Eine Art zu lesen
Eine Art zu fliegen

GOYA

DAS BUCH

Eigentlich ist Katharina mit ihrem Leben rundherum zufrieden. Sie und ihr Mann führen nach all den Jahren immer noch eine erfüllte Ehe, sie haben zwei Kinder großgezogen und ein rentables Weingut in der Steiermark aufgebaut. Dann jedoch erreicht sie ein Anruf aus ihrem Heimatort an der Nordsee, der sie in die Vergangenheit katapultiert. Ihr Vater, zu dem sie seit über zwanzig Jahren keinen Kontakt mehr hat, liegt im Koma.

Als Katharina in Hooksiel ankommt, muss sie erkennen, dass es auch um die familieneigene Werft schlecht steht. Ihr Cousin hat die Geschäfte übernommen, verfolgt aber zweifelhafte Ziele. Auch in Österreich läuft seit ihrer Abreise nicht alles rund. Katharina ist hin- und hergerissen. Wo wird sie nun am meisten gebraucht? Und was will sie eigentlich selbst vom Leben?

DIE AUTORIN

Christiane Franke, geboren 1963 in Wilhelmshaven, ist Schriftstellerin und Dozentin für kreatives Schreiben. Mit ihren Küstenkrimis erlangte sie große Bekanntheit. Sie ist in den *SPIEGEL*-Bestsellerlisten sowie auch regelmäßig in den regionalen Buch-Charts zu finden und war für den Deutschen Kurzkrimipreis nominiert. Mit ihren rund zwanzig Romanen und zahlreichen Lesereisen hat sie sich eine treue Fangemeinde aufgebaut. Sie genießt den Blick aufs Wasser, der sich ständig verändert, und liebt es, sich an der Nordsee zur Inspiration den Wind ins Gesicht pusten zu lassen. Da ein Teil ihrer Familie in Graz lebt, streift sie bei jeder sich bietenden Gelegenheit durch die farbenfrohen steirischen Weinberge.

CHRISTIANE FRANKE

Endlich wieder Meer

ROMAN

GOYA

Das Hörbuch »Endlich wieder Meer«, gelesen von der Autorin, erscheint bei GOYALiT.
Dieses Buch ist auch als E-Book erhältlich.

Besuchen Sie uns im Internet:
www.goyaverlag.de

Aus Verantwortung für die Umwelt hat sich der Verlag GOYA dazu entschieden, keine Plastikfolie zum Einschweißen der Bücher zu verwenden.

Klimaneutral
Druckprodukt
ClimatePartner.com/12566-2106-1022

FSC
www.fsc.org
MIX
Papier aus verantwortungsvollen Quellen
FSC® C083411

Verlag GOYA
1. Auflage 2021

Umschlaggestaltung: Fabia Schubert
Titelabbildung: Shutterstock © Golden Shrimp, Iya Balushkina, Le Panda, Mc Lura, MyStocks, VerisStudio
Satz: Pinkuin Satz und Datentechnik, Berlin
Gesetzt aus der Utopia
Druck und Bindearbeiten: CPI books GmbH, Leck
Printed in Germany
ISBN 978-3-8337-4337-5

Manchmal befindet man sich zwischen
zwei Stühlen und muss sich entscheiden.
Und egal welchen von beiden man wählt,
ein wenig verliert man dadurch den anderen.
Aber man hat die Chance, sich selbst zu finden.

Katharina Baumgartner liebte diese goldene Stunde nach Feierabend. Sie schloss die Bürotür hinter sich und ging durch den Garten zum Hang, dorthin, wo die verwitterte Holzbank stand, die ihr Schwiegervater vor vielen Jahren eigenhändig für sie gezimmert hatte. »Kathies Bank« hatte er in die Rückenlehne hineingebrannt. Sie genoss es, allein in der warmen Abendsonne zu sitzen und über den Weinberg zu schauen, für den ihr Herz schon so lange schlug. Es war Liebe auf den ersten Blick gewesen, als sie damals mit Hannes auf das Weingut gekommen war. Mit schweißnassen Händen, so groß war ihre Angst gewesen, Hannes' Vater könnte sie, das Mädchen von der Nordseeküste, ablehnen. Doch der alte Joschi hatte sie herzlich aufgenommen und in der Familie willkommen geheißen. Er hatte ihr den eigenen Vater ersetzt, der sie verstoßen hatte, als er von ihrem Wunsch erfuhr, in Österreich bei Hannes zu bleiben.

Katharina lächelte dankbar, als sie sich daran erinnerte. Ja, sie war heimisch geworden in der Fremde, die für sie schon längst keine Fremde mehr war. Jeden Abend erfüllte die Aussicht auf die Hänge bis hinüber auf die andere Seite des Tales sie mit einem tiefen Glücksgefühl. Hier gehörte sie hin, hier fühlte sie sich geborgen. Und doch vermisste sie das Rauschen der Nordseewellen und das Tosen des Windes. Manchmal sogar sehr.

Sie setzte sich und streckte die Beine aus. Hannes war irgendwo auf dem Weingut beschäftigt, wie immer. Selten fand er die Muße, einfach nur die Natur zu genießen. Er hatte ständig etwas zu tun. Auch heute war es wieder ein langer Arbeitstag gewesen, früh schon hatten die Arbeiter die Weinlese fortgesetzt. Es versprach, ein guter Jahrgang zu werden. Die Trauben hatten ausreichend Sonne abbekommen. Sie waren süßer und größer als in den vergangenen Jahren. Wohlig lehnte Katharina sich zurück und spürte die Wärme des Septembertages, die das Holz der Bank gespeichert hatte.

Herr Schneider, ihr schokobrauner Labrador, kam gemütlich angetrottet. Unwillkürlich schmunzelte Katharina. Mit seinen zehn Jahren galt er bereits als Hunde-Senior. Sie hoffte, er würde noch einige Jahre leben. Seine behäbige Art machte ihn zu einem Ruhepunkt in ihrem manchmal recht turbulenten Familienleben. Die größte Herausforderung war, die Leitung des Weinguts mit der Kindererziehung zu vereinen, denn dem charismatischen Hannes waren Termine bei der Bank oder einem Großabnehmer nicht allzu wichtig. »Das geht sich schon aus« lautete sein Standardspruch. Und so wurden die täglichen ausgiebigen Spaziergänge mit Herrn Schneider in den Weinbergen für Katharina zu einer Art Ruhe-Ritual.

Der Hund blickte sie aus seinen treuen Augen an und ließ sich zu ihren Füßen nieder. Automatisch beugte sie sich vor und streichelte ihn.

»Mama, Telefon!« Die fordernde Stimme ihres Sohnes Oskar schallte vom Haus zu ihr herunter.

Sie hob nur kurz winkend die Hand, drehte sich aber nicht um. Nichts in der Welt konnte Katharina in diesen Momenten stören, sie waren ihr heilig. Das wusste Oskar eigentlich. Er würde Anrufer und Telefonnummer sicher notieren. Nichts war so wichtig, als dass es nicht eine halbe Stunde warten konnte. Katharinas

Blick wanderte über die Rebstöcke. Am Anfang jeder Reihe standen Rosen, die auch um diese Jahreszeit noch in kräftigen Rosétönen blühten.

»Mama!« Oskar gab nicht auf.

Katharina seufzte. Konnte er sie denn nicht für diese kurze Zeit in Ruhe lassen?

»Mensch, Mama! Da ist ein Anruf für dich!« Oskar kam angerannt. »Aus Deutschland.« Ein wenig außer Atem blieb er vor ihr stehen. Sein erhitztes Gesicht zeigte den wirklichen Oskar, nicht den pubertierenden fünfzehnjährigen Macho, den er in der letzten Zeit gern herauskehrte.

»Wer ist es denn?«, fragte Katharina verwundert. Sie hatte nur noch wenige Kontakte in der Heimat. Da waren drei alte Schulfreundinnen, mit denen sie regelmäßig telefonierte und die sie auch schon hier auf dem Gut besucht hatten. Und da war Ingrid Brinkmann.

»Keine Ahnung. Hab mir den Namen nicht gemerkt. Ist auf jeden Fall jemand aus einem Krankenhaus.« Oskar drehte sich um und schlenderte zurück zum Haus.

Augenblicklich überfiel Katharina ein ungutes Gefühl wie ein Raubtier aus dem Hinterhalt. Eine Mischung aus Angst und ... noch mehr Angst. Sie sprang auf. Mechanisch setzte sie einen Fuß vor den anderen, dann begann sie zu rennen.

Atemlos erreichte sie die großzügige Wohndiele des Hauses und nahm das Gespräch an.

»Ja?«

»Klinikum Wilhelmshaven, Dr. Winter hier. Spreche ich mit Katharina Baumgartner?«

»Ja.« Sie spürte, dass ihr Mund trocken wurde. Gänsehaut und ein kalter Schauer lösten die Hitze ab, die sie eben noch ins Schwitzen gebracht hatte.

»Frau Baumgartner, ich muss Sie darüber in Kenntnis setzen,

dass Ihr Vater mit einer schweren Lungenentzündung eingeliefert wurde. Erschwerend kam ein Kreislaufschock hinzu. Es sieht leider nicht gut aus. Wenn Sie ihn noch lebend sehen möchten, sollten Sie sich beeilen.«

* * *

Bleich legte Katharina den Hörer auf. Wie erstarrt stand sie da, unfähig, sich zu bewegen. Sie hätte wissen müssen, dass dieser Tag kommen würde. Dass sie jederzeit einen Anruf erhalten konnte, der gnadenlos all das aus den Tiefen ihrer Seele an die Oberfläche katapultierte, was sie bislang erfolgreich verdrängt hatte. Trauer. Und diese unglaubliche Sehnsucht. Sie hätte wissen müssen, dass sie sich irgendwann all dem würde stellen müssen. Doch sie hatte die Augen davor verschlossen, dass auch ihr Vater nicht unsterblich war. In diesem Moment flutete die Liebe zu ihm ihr Herz, obwohl sie versucht hatte, es vor dieser Liebe zu verschließen. Denn er hatte jeden ihrer Versuche abgewehrt, sich ihm zu nähern. Als umgäbe ihn eine unüberwindbare Mauer. Sie hatte alles versucht, doch da war nirgends auch nur ein schmaler Spalt gewesen, durch den sie hätte schlüpfen können.

»Was is' denn, Mama?« Oskar war ihr hinterhergelaufen und hatte während des Telefonates neben ihr gestanden. »Du schaust so eigenartig.«

Was sollte sie ihrem Sohn antworten? Oskar kannte seinen Großvater nur aus ihren Erzählungen. Nie hatte es Familienbesuche gegeben, nie hatten sie miteinander telefoniert. Zuerst hatte ihr Vater immer aufgelegt, wenn sie sich am Telefon meldete. Dann hatte er das Gespräch nicht einmal mehr angenommen. Zum Schluss hatte sie es mit unterdrückter Nummer versucht, war aber auch gescheitert. Walter Hansen hatte sie aus seinem Leben gestrichen. Seine einzige Tochter. Er war weder bei ihrer Hochzeit mit Hannes gewesen, noch hatte er seine beiden

Enkelkinder je sehen wollen. Der Schmerz, den sie bei jedem gescheiterten Versuch empfunden hatte, ihn in ihr Familienleben einzubeziehen, drängte nun mit Macht in ihr Bewusstsein.

Katharina schluckte. »Dein Großvater liegt im Sterben. Das Krankenhaus hat angerufen. Ich soll mich beeilen, wenn ich ihn noch lebend sehen möchte.«

Oskar wich ihrem Blick aus, und sie merkte, dass er keine Ahnung hatte, was er antworten sollte. In diesem Moment war ihr Sohn ein kleiner Fremder. Ein Österreicher, der zwar seinen Opa Joschi bis zu dessen Tod heiß und innig geliebt hatte und der von Oma Maria genau wie seine drei Jahre ältere Schwester Johanna verwöhnt worden war, der aber keine Verbindung zu seiner friesischen Familienhälfte hatte, zu seiner Herkunft.

»Und jetzt?«, fragte Oskar schließlich.

Diese zwei kleinen Wörter lösten Katharina aus ihrer Erstarrung. »Ich nehme den nächsten Flieger.« Sie zog ihr Handy aus der Hosentasche und suchte im Internet die nächsten Flugverbindungen von Graz nach Bremen heraus. Sicherlich könnte sie auch mit dem Zug fahren, aber die Fahrt dauerte wesentlich länger, und so viel Zeit blieb ihr wohl nicht. Nach nicht einmal zehn Minuten hatte sie für den nächsten Tag die Flüge gebucht. In Bremen würde sie sich einen Mietwagen nehmen. Und in achtzehn Stunden würde sie am Krankenbett ihres Vaters stehen. Hoffentlich komme ich rechtzeitig, dachte sie flehentlich.

* * *

Ingrid Brinkmann legte das schnurlose Telefon auf den Tisch und ließ sich erleichtert in den Sessel zurückfallen. Katharina kam. Es war also richtig gewesen, den Ärzten im Krankenhaus ihre Telefonnummer zu geben. Auch wenn Walter sie garantiert dafür zur Minna machen würde, sobald er wieder auf dem Damm war. Wenn er denn überhaupt wieder auf den Damm kam.

Sie griff zu dem Glas Wasser, das neben ihr auf dem Couchtisch stand, und nahm einige kleine Schlucke. Es hieß ja, ältere Menschen würden dazu neigen, zu wenig zu trinken. Aber mit ihren vierundsechzig Lenzen gehörte sie natürlich noch nicht in diese Riege. Walter hingegen schon. Immerhin war er bereits achtundsiebzig. Als seine langjährige Sekretärin hatte sie sich dafür verantwortlich gefühlt, dass stets ein Glas frisches Wasser auf seinem Schreibtisch stand. Dennoch hatte sie es oftmals zum Feierabend immer noch randvoll wieder abgeräumt.

Warum war der alte Sturkopf nicht eher zum Arzt gegangen? Ihre Sorge um ihn hatte er als überflüssig abgetan. Doch vorgestern war er dann hinter seinem Schreibtisch zusammengebrochen. Ingrid hatte sofort den Notarzt gerufen. Er hielt es für übertrieben und hatte, schon auf der Krankentrage liegend, noch mit ihr geschimpft. Aber sie hatte recht behalten. Die schwere Lungenentzündung hätte viel eher behandelt werden müssen. Aus einem Impuls heraus hatte sie dem Notarzt Katharinas Telefonnummer in Österreich gegeben. Und eine Kopie der alten Patientenverfügung, in der Walter damals seine Tochter eingesetzt hatte und die er seither in jedem Jahr neu unterschrieb.

Besorgt hatte Ingrid dem Krankenwagen hinterhergesehen, als er vom Gelände gefahren war. Dann hatte sie sich an Thomas gewandt, Walters Neffen und designierten Nachfolgerin der kleinen Segelwerft. »Wir müssen Katharina benachrichtigen«, hatte sie gesagt.

Doch Thomas hatte barsch abgewunken. »Katharina hat uns alle damals im Stich gelassen. Onkel Walter wollte in all den Jahren keinen Kontakt zu ihr, da wird er auch jetzt keine Ausnahme machen. Sie hat sich für diesen Winzer entschieden. Gegen den Familienbetrieb. Wir müssen Onkel Walters Wunsch respektieren.«

Nachdenklich hatte Ingrid ihn angeschaut. Onkel Walters Wunsch. Normalerweise redete Thomas seinen Onkel nur mit dem Vornamen an. Was führte er im Schilde? Wollte er wirklich lediglich Walters Wunsch respektieren? Oder hatte er gar kein Interesse daran, seinem alten Onkel die Versöhnung mit der Tochter zu ermöglichen? Thomas ging es stets nur um seinen eigenen Vorteil, wie sie mittlerweile spitzgekriegt hatte. Er war ein Egozentriker durch und durch.

»Katharina ist sein einziges Kind«, damit hatte sie Thomas vor der Tür des Bürogebäudes stehen lassen und war hineingegangen. Sie hatte sich Walters Kalender vorgenommen und alle anstehenden Termine der nächsten Tage telefonisch abgesagt.

Und gerade eben hatte Katharina angerufen! Ein dankbares Lächeln huschte über Ingrids Gesicht. Walters Tochter würde morgen Nachmittag in Bremen landen. Ingrid schickte ein kleines Gebet gen Himmel. Und die Bitte hinterher, dass Walter mindestens noch so lange durchhielt, dass er sich mit seiner Tochter aussöhnen konnte. Sie wusste doch, wie sehr er Katharina liebte.

* * *

»Das ist nicht dein Ernst!« Aufgebracht stemmte Hannes die Fäuste in die Hüften. »Du willst mi doch net wirklich mitten in der Weinlese im Stich lassen? Das geht net! Wir stecken bis über beide Ohren in der Arbeit. Da brauch i jede helfende Hand! Des muss i dir doch net erzählen! Schließlich bist du es, die den deutschen Perfektionismus auf unserem Weingut eing'führt hat.« Sein Ton wurde scharf bei den letzten Worten.

»Hör auf, Hannes. Bitte! Mein Vater liegt im Sterben.« Katharina hatte Mühe, die Fassung zu wahren und nicht in Tränen auszubrechen.

»Du warst deinem Vater all die Jahre schnurzpiepegal! Hast des vergessen?«, entgegnete Hannes kalt. »Er hat sich einen Scheiß um di 'kümmert, er is net amol zur Taufe der Kinder kumman. Dem is' es wahrscheinlich auch jetzt liaber, allein zu krepieren, als wenn'st ihm vorher noch an B'such abstattest. Hätt' er ja haben können. Hätt' sich nur amol meld'n müssen, der feine Herr. Aber nein, i war dem net gut g'nug. Es hat ihm net g'passt, dass sei Tochter an Winzer heiratet. Wie er mi abschätzend betrachtet hat, als mir bei ihm war'n und du ihm g'sagt hast, dass'd mi heiraten willst. Des vergess i nie! Der hat ja kaum mit mir g'redet. Hat mi wie Luft behandelt. A liebevoller Vatter is' was anderes.«

Sie saßen in der geräumigen Wohnküche um den Esstisch aus dunkel lackiertem Kiefernholz, auf dem eine rot-weiß karierte Tischdecke für bäuerliche Gemütlichkeit sorgte. Oskar und Johanna fühlten sich sichtlich unwohl und blickten unsicher von Hannes zu ihr. Das tat ihr leid, trotzdem wollte Katharina sie bei diesem Gespräch dabeihaben. Es ging schließlich um eine Familienangelegenheit. Selbst wenn es in diesem Fall den Großvater betraf, zu dem sie nie Kontakt gehabt hatten.

»Du magst in allem recht haben«, konterte Katharina. »Aber er ist dennoch mein Vater. Und ich möchte ihn vor seinem Tod noch einmal sehen, wenn mir die Gelegenheit dazu überhaupt noch vergönnt sein sollte. Ich möchte ihm sagen, wie sehr ich darunter gelitten habe, dass er den Kontakt zu uns abgelehnt hat. Ich will ihm aber auch sagen, wie sehr er mir in all den Jahren gefehlt hat. Dass ich nicht verstehe, wie er so stur sein konnte und dir nicht mal die Chance gegeben hat, ihn näher kennenzulernen. Wie sehr ich darauf gehofft habe, dass er irgendwann auf einen meiner vielen Briefe oder auf die Fotos der Kinder reagiert.« Sie sah ihrem Mann direkt in die Augen. »Glaub mir, auch wenn mich sein Verhalten noch immer sehr traurig macht, bin ich dem Schicksal dankbar, dass es mir auf diese Art eine letzte Chance gibt, Frieden mit ihm zu schließen. Und diese Chance werde ich nutzen.«

Hannes kniff die Augen zusammen. »Wenn'st des unbedingt möchtest, dann fahr halt. Allerdings hob i ka Zeit, dich zum Flughafen zu bringen. I hob im Weinberg zu tun. Einer muss sich schließlich um den Betrieb kümmern.« Mit diesen Worten stand er auf und verließ den Raum.

Katharina, Johanna und Oskar starrten ihm hinterher. Dann stand Johanna auf, kam um den Tisch herum und umarmte ihre Mutter.

»Hab doch ein bisschen Verständnis für Papas Reaktion, Mama«, bat sie leise. »Er kriegt sich schon wieder ein. Und ich fahre dich morgen gerne zum Flughafen.«

Katharina fühlte sich seltsam leer. Sie hatte nicht gewusst, dass die Ablehnung ihres Vaters Hannes auch nach so vielen Jahren noch derart kränkte. Ihr Vater war irgendwann einfach kein Thema mehr zwischen ihnen beiden gewesen. Sie hatte sich mit der Situation arrangiert, wie sie sich mit so manchem in ihrer Ehe arrangiert hatte. Trotzdem verletzte es sie, dass Hannes ihrem Wunsch nach Versöhnung kein wirkliches Verständnis entgegenbrachte und ihr vorwarf, das Weingut im Stich zu lassen. Als wenn sie sich nicht mit Freude darum kümmerte! Sie war es schließlich, die die komplette Büroarbeit erledigte. Sie verhandelte mit den Abnehmern, den Gastronomen der Region, dem Großhandel, sie war die Ansprechpartnerin für die Bank. Hannes hingegen packte auf dem Gut mit an. Bislang hatte sie gedacht, sie seien ein perfektes Team, das sich in jeder Hinsicht wundervoll ergänzte. Und nun das.

Als Johanna zu einer Freundin gefahren war und Oskar sich in sein Zimmer zurückgezogen hatte, um eine weitere Folge seiner Lieblingsserie auf Netflix zu schauen, packte Katharina ihren kleinen Koffer. Eine Woche würde sie schon damit hinkommen, wer wusste denn, was sie in ihrem Heimatdorf überhaupt erwartete.

Sie war froh, Ingrid Brinkmann angerufen zu haben. Ingrid hatte ihrer Freude darüber, dass Katharina kommen würde, unverhohlen Ausdruck verliehen. »Ich hole dich am Flughafen ab«, hatte sie gesagt. »Du kannst hier den Wagen deines Vaters nutzen und brauchst dir kein Auto zu mieten.«

Katharina stellte den Koffer in den Flur. Hannes war noch immer nicht zurück. Sie ging in die Küche, nahm die angebrochene Flasche Welschriesling aus dem Kühlschrank und goss sich ein Glas ein. Sie liebte die fruchtigen Aromen von Apfel und Zitrus, die in diesem Wein anklangen und von einer frischen, lebendigen Säure begleitet wurden. Mit dem Glas setzte sie sich auf die Terrasse und zündete ein Windlicht an.

Die Abendsonne tauchte die Weingärten in ein warmes Licht, noch war es mild. Kein Vergleich zu dem, was sie an der Nordsee erwarten würde, wo der Wind allgegenwärtig war und fast immer von vorn zu kommen schien. Unwillkürlich fröstelte sie, und ihre Gedanken wanderten zurück zu der Zeit, in der ihr Vater und sie noch ein Herz und eine Seele gewesen waren.

Als Hannes nach Hause kam, war es bereits dunkel.

»Wann geht dein Flug?«, fragte er.

Hoffnung keimte in Katharina auf. Vielleicht konnten sie doch noch vernünftig miteinander reden. »Um halb zehn morgen früh«, antwortete sie.

»Nun denn. Du wirst scho wissen, was du tust. Obwohl ich es als eine Art Verrat an mir empfinde, dass'd jetzt zu ihm fährst.« Er drehte sich um. »I werd im Gästezimmer schlafen. Gut' Nacht.«

Katharina sah ihm nach, hin- und hergerissen zwischen dem Wunsch, ihm nachzulaufen, und der Enttäuschung darüber, dass er ihr in dieser schweren Situation kein bisschen Verständnis entgegenbrachte. Zum ersten Mal seit vielen Jahren weinte sie sich in den Schlaf, als sie alleine im großen Bett lag.

* * *

Unruhig wälzte sich Walter Hansen im Krankenhausbett hin und her. Die Geräte, an die er angeschlossen war, piepten in monotonem Gleichklang. Das rote und kaltblaue Licht der Digitalanzeigen wirkte wie eine in die Jahre gekommene Discokugel.

Selbst wenn Walter das nur am Rande wahrnahm. Sein Unterbewusstsein quälte ihn. Er durfte jetzt nicht schlappmachen. Die Werft befand sich in einer gefährlichen Lage. Er musste sie retten. Die Werft war doch wie ein Kind für ihn. Alles, wofür er gelebt hatte, nachdem Katharina damals gegangen war.

»Sssccccchhh, ruhig, Herr Hansen.« Jemand war an sein Bett getreten. Eine weibliche Stimme, die er niemandem zuordnen konnte, sprach besänftigend auf ihn ein und jemand nahm seine Hand.

Schwach öffnete er die Augen. Konnte sie aber nicht lange offen halten.

»Ich muss ...«, flüsterte er. »Ich muss ...« Ihm fehlte die Kraft, um den Satz zu Ende zu bringen. Aber er musste doch zurück in sein Büro! Wieder versuchte er zu sprechen. Sein Atem ging schwer.

Das Piepen der Geräte wurde hektischer.

»Herr Hansen?« Die Stimme der Krankenschwester wurde aufgeregter. »Herr Hansen?« Sie ließ seine Hand los. »Ach du Scheiße«, hörte er wie aus weiter Ferne, und wenig später schienen mehrere Stimmen um ihn herumzuschwirren.

»Ssscchhh ... ganz ruhig ... bleiben Sie ganz ruhig.«

Kurz darauf spürte Walter über die Braunüle ein Medikament in seine Adern laufen. Es fühlte sich kühl an. Ließ ihn frösteln. Nur wenige Momente später verschwammen die Gedanken. Katharina, dachte er sehnsüchtig. Doch es war nicht Katharina, die gesprochen hatte.

* * *

In aller Herrgottsfrühe stand Katharina auf, kochte Kaffee, schmierte Vollkornbrote und belegte sie mit steirischem Vulcanoschinken. Im Stehen verzehrte Hannes Brot und Kaffee.

»Versteh mich doch«, bat Katharina ihn. »Ich muss einfach

fahren. Das ist kein Verrat an dir. Ich liebe dich. Aber es könnte meine letzte Chance sein, mich mit meinem Vater auszusöhnen.«

Hannes wischte sich mit der Hand über den Mund und sah ihr fest in die Augen. Dann zwinkerte er. »Komm her.« Er streckte eine Hand nach ihr aus, die sie eilig ergriff. Er zog sie in seine Arme. »Fahr. Meinen Segen hast du. I war gestern einfach a bisserl zu überrascht. Und wütend auf deinen Vater. Weil er dir so lange mit seiner Ablehnung wehgetan hat. Und mir auch, wenn i's a net mehr g'zeigt hab. Vielleicht sollt' es so sein, dass jetzt andere entscheiden, dass'd zu ihm kommen sollst.« Er küsste sie auf den Haaransatz.

Erleichtert lehnte sie sich an ihn und sog tief seinen vertrauten Duft ein. »Danke. Das bedeutet mir sehr viel. Ich wäre ungern im Streit mit dir gefahren.«

»Brauchst' ja auch net.« Er hob ihr Kinn sanft an und küsste sie auf den Mund. »Und nun muss i los. Servus. Meld' di, wenn'd angekommen bist.«

Lächelnd sah Katharina ihm hinterher. Obwohl er vor Kurzem fünfzig geworden war, strahlte Hannes jugendliche Kraft und unbändigen Tatendrang aus. Seine durchtrainierte Figur, die sonnengebräunte Haut, das leicht ergraute Haar: Sein Anblick ließ ihr Herz immer noch höherschlagen. Als er sie damals hier auf dem Weingut im Abendsonnenschein vor dieser traumhaften Bergkulisse gefragt hatte, ob sie seine Frau werden wolle, hatte sie gedacht, ein Märchen würde wahr werden. Dass es allerdings auch in jedem Märchen Konflikte gab, daran hatte sie damals nicht gedacht.

»Was meinst du, sollen Oskar und ich nachkommen?«, fragte Johanna, als sie ihre Mutter zum Flughafen Thalerhof fuhr.

Wie Hannes fuhr auch Johanna sehr schneidig. Am liebsten hätte sich Katharina selbst hinter das Steuer geklemmt, aber Johanna hatte sich wie selbstverständlich die Autoschlüssel geschnappt, während Katharina noch ihr Gepäck in den Kofferraum wuchtete. Nun hielt sie sich am Haltegriff über dem Fenster fest, verkniff sich jedoch jegliche Kritik an Johannas Fahrstil, um nicht in den letzten Minuten mit ihrer Tochter in Streit zu geraten.

»Ich meine, es wäre doch schön, wenn wir deinen Vater wenigstens noch kennenlernen, bevor …« Johanna verstummte.

Auch Katharina schwieg. Deinen Vater. Das klang so fremd. Als wäre Johanna nicht Walters Enkeltochter. Dabei war sie es, nur nicht so unverkennbar wie Oskar sein Enkelsohn. Aber sie war genauso geradeheraus wie ihr Opa. Und sie hatte sich gewünscht, ihn kennenzulernen.

Als sie damals eingeschult wurde, hatte Johanna gesagt: »Mama, wenn ich erst mal schreiben kann, schicke ich ihm einen Brief. Bestimmt freut er sich darüber und besucht uns dann endlich.«

In den ersten Wochen, nachdem sie ihren Brief abgeschickt hatten, fragte Johanna noch nach. »Hat der Opa geantwortet?« Irgendwann waren die Fragen ausgeblieben. Als Oskar lesen und schreiben gelernt hatte, startete er erst gar keinen Versuch, dem fernen Opa an der Nordsee nahezukommen.

»Lass mich erst einmal sehen, wie die Situation vor Ort tatsächlich ist, Mäuschen«, bat sie. »Ich bin ja froh, überhaupt so schnell einen Flug nach Bremen bekommen zu haben. Sobald ich bei Opa war, melde ich mich. Und sobald es Sinn ergibt, buchen wir eure Flüge. Versprochen.«

»Okay.« Johanna hielt vor dem Eingang des Terminals auf dem Kurzparkstreifen. »Du warst ganz schön lange nicht in Hooksiel, oder?«

Katharina hatte schon eine Hand am Türgriff, doch sie ließ ihn wieder los. »Seit über zwanzig Jahren nicht«, antwortete sie leise.

»Es muss ein komisches Gefühl sein, jetzt wieder hinzufahren. Vor allem unter diesen Umständen.«

Katharina nickte. »Ja, das ist es wirklich.«

»Hättest du nicht schon viel früher mal über deinen Schatten springen und einfach bei Opa vor der Tür stehen sollen?«

»Es hätte nichts gebracht. Er hätte mir nicht aufgemacht. Er hat ja nicht einmal den Hörer abgenommen, wenn ich angerufen habe. Beziehungsweise gleich wieder aufgelegt, sobald ich mich meldete.«

»Du hättest es dennoch versuchen können. Wer weiß, wie er reagiert hätte, wenn du leibhaftig vor ihm gestanden hättest.«

»Ja, wer weiß«, antwortete Katharina gedehnt. Diesen Gedanken hatte sie am gestrigen Abend ebenfalls gehabt. »Aber dieses ›Was wäre wenn …‹ bringt uns jetzt nicht weiter. Es ist, wie es ist, und nun fahre ich ja hin. Drück mir die Daumen.« Katharina sog seufzend die Luft ein und öffnete die Beifahrertür. »Danke fürs Fahren, meine Große«, sagte sie unbeholfen, streckte dann aber doch die Hand aus und strich ihrer Tochter über die Wange.

Johanna beugte sich zu ihr und gab ihr einen Kuss. »Wenn etwas ist, Mama, du kannst mich jederzeit anrufen, das weißt du.«

Unvermittelt stiegen in Katharina die Tränen auf. Sie blinzelte sie schnell weg. »Danke, mein Schatz.« Seufzend stieg sie aus, hob den Koffer aus dem Kofferraum, warf Johanna noch eine Kusshand zu und betrat das Flughafengebäude.

* * *

Nervös saß Ingrid Brinkmann beim Selbstbedienungsbäcker im Ankunftsterminal des Bremer Flughafens vor einem Milchkaffee. Sie war schon über eine Stunde in der Empfangshalle herumgeschlendert. Aus Angst, zu spät zu kommen, hatte sie einen großzügigen Zeitpuffer für die Fahrtzeit eingeplant. Um sie herum herrschte ein geschäftiges Treiben, aufgeregte Kinderstimmen, Eltern, die zur Geduld mahnten. Sie spürte Urlaubsvorfreude und sah gelangweilte Geschäftsleute. Rollkoffer wurden geschoben oder gezogen, an einigen Check-in-Schaltern bildeten sich lange Schlangen.

Am Nebentisch küsste sich ein Pärchen wieder und wieder. Ein kleiner Junge kippte die Cola seines Vaters um, sodass der nun sauer und in nasser Jeans dasaß, während die Mutter versuchte, den Schaden zu begrenzen und mit Zellstoffservietten die Hose ihres Mannes zu trocknen. Ingrid amüsierte sich. Das waren eben die kleinen und großen menschlichen Dinge. Sie sah auf die Uhr. Die Minuten verstrichen so langsam. Und mit jeder Minute wuchs ihre Aufregung.

Nicht mehr lang, dann war Katharina da. Ingrid kannte sie von Kindesbeinen an. Ihre eigene Tochter Angela und Walters Tochter waren früher dicke Freundinnen gewesen. Auch nachdem Katharina Ostfriesland verlassen hatte und in Österreich geblieben war, hielten sie regelmäßig Kontakt.

Auf der Segelwerft hatte Ingrid heute Morgen Bescheid gegeben, dass sie die Tochter des Chefs vom Flughafen abholen würde. Natürlich hätte ihr das niemand verbieten können – nicht einmal Walters Neffe Thomas, der als Prokurist derzeit die Geschäfte des Unternehmens führte. Ingrids Ankündigung hatte zu fragenden Blicken geführt. Obwohl die meisten wussten, dass »der Alte«, wie er innerhalb der Belegschaft genannt wurde, eine Tochter hatte, war Katharina für viele nur ein gesichtsloser Name. Lediglich Matthias, der Takelmeister, hatte genickt.

»Wird auch Zeit, dass Kathie wieder herkommt«, hatte er gesagt. »Ist lang genug weg gewesen. Wer weiß, vielleicht läuft es nicht mehr so gut zwischen ihr und dem Winzer, und sie bleibt.«

Ingrid hatte geschmunzelt. Matthias und Katharina. Sie erinnerte sich noch gut daran, wie verliebt die beiden in den Mittagspausen über das Gelände gezogen waren. Damals. Bevor Katharina nach Wien ging, um dort Betriebswirtschaftslehre zu studieren. Um sich dafür zu rüsten, später die väterliche Werft zu übernehmen. Doch in Wien hatte Katharina Hannes kennengelernt. Die Brandspuren, die sie in der Heimat sowohl bei Matthias als auch bei Walter hinterließ, hatte sie nicht sehen wollen.

Ein weiterer Blick auf die Uhr. Es wurde Zeit. Ingrid stand auf und stellte ihr Tablett in den dafür vorgesehenen Rollcontainer. Mit pochendem Herzen lief sie hinüber zu dem abgesperrten Ankunftsbereich. Schon öffnete sich die automatische Tür und spuckte die ersten Fluggäste aus.

Nervös hielt Ingrid nach Katharina Ausschau. Endlich entdeckte sie sie. Unbeschreibliche Freude machte sich in ihr breit. Selbst wenn sie die Fotos nicht gesehen hätte, die Walters Tochter all die Jahre über nach Hooksiel an die Büroadresse ihres Vaters geschickt hatte, hätte Ingrid Katharina überall erkannt. Denn sie sah ihrem Vater unglaublich ähnlich. Dieselben vollen, lockigen Haare, die beeindruckende Körpergröße. Mit ihren gut ein Meter achtzig stach Katharina aus der Masse heraus.

»Katharina!« Ingrid winkte. Sofort wandte sich Katharina ihr zu, und für einen Augenblick war Ingrid doch überrascht. Natürlich wusste sie, dass Katharina nicht mehr die junge Frau war, die damals euphorisch und voller Begeisterung für ein Studium ins Ausland gegangen war. Doch während sie auf den Fotos stets einen unbekümmerten und fröhlichen Eindruck machte, sah man ihr jetzt deutlich an, dass sie eine Frau von Anfang vierzig war. Ingrid vermutete, dass auch die letzten vierundzwanzig Stunden Spuren in Katharinas Gesicht hinterlassen hatten.

Als Katharina endlich vor ihr stand, nahm Ingrid sie in die Arme. Es war ihr egal, dass Walters Tochter so lange fort gewesen war. Hauptsache, sie war wieder zurück.

* * *

Nach der ersten Wiedersehensfreude machte sich eine eigenartige Sprachlosigkeit zwischen den beiden Frauen breit. Katharina wusste nicht, wo sie anfangen sollte, zu fragen, und Ingrid schien es ähnlich zu gehen, obwohl sie sich in der Vergangenheit doch stets telefonisch über das Wesentliche ausgetauscht hatten. Schweigend liefen sie hinüber zum Parkhaus.

Auf dem Weg vom Fahrstuhl zum Auto spürte Katharina unvermittelt Ingrids Hand, die nach ihrer griff. »Er wird es ganz bestimmt schaffen. Jetzt, wo du da bist.«

»Ich habe Angst«, gab Katharina zu. »Angst, er könnte sich zu stark aufregen, wenn er mich sieht. Angst davor, dass mein Besuch eher das Gegenteil bewirkt und nicht hilfreich ist.« Sie blieb stehen und sah Ingrid an. »Du wolltest ja schon länger mal, dass ich zu Besuch komme. Und Johanna hat mich heute Morgen gefragt, warum ich nicht eher hergefahren bin. Sie meint, ich hätte es versuchen müssen.« Katharina schluckte. »Hat sie recht? Hätten wir eine Chance gehabt, wenn ich einfach vor ihm gestanden hätte?«

Ingrid schwieg nachdenklich. Dann strich sie Katharina sanft über den Arm. »Es ist jetzt müßig, darüber nachzugrübeln, ob es etwas geändert hätte. Damit quälst du dich nur. Du bist ja nur deshalb nicht gekommen, weil dein Vater dir zu verstehen gegeben hat, er wolle nichts mehr mit dir zu tun haben. Wie er sich verhalten hätte, wenn du tatsächlich vor seiner Tür gestanden hättest, kann nur er dir beantworten. Aber nun komm. Ich befürchte, wir haben keine Zeit zu verlieren.«

* * *

»Ich hab Mama lieber doch nichts von uns gesagt.« Johanna kuschelte sich an Paul. Sie hatten es sich im alten Heuschober des Weingutes gemütlich gemacht, der zwar nur noch wenig Heu beherbergte, dafür aber die Ruhe und Abgeschiedenheit bot, die sie suchten.

Sie hatte Paul auf dem Rückweg vom Flughafen angerufen. Die Gelegenheit war günstig. Ihr Vater war bis zum Abend im

Weinberg beschäftigt, Oskar wollte zu einem Freund zum Lernen gehen. In ihr Zimmer konnte Johanna ihren Freund natürlich nicht mitnehmen. Denn falls ihr Vater überraschend heimkommen sollte, wäre sie in ziemlicher Erklärungsnot. Schließlich war Paul nicht nur elf Jahre älter als sie, sondern auch verheiratet. Aber was sollten sie machen, sie hatten sich ineinander verliebt.

Es war ein unbeschreiblicher Moment gewesen, als sie ihm vor sechs Monaten in dem Café begegnet war, in dem sie jobbte. Sie hatte ihm einen Kleinen Braunen serviert. Sein Blick, die Art, wie er sich bedankte und sie ansah. Ihre Knie waren augenblicklich weich geworden. Sie hatte inständig gehofft, ihn wiederzusehen. Hatte sogar extra mehr Schichten übernommen, obwohl sie kurz vor der Maturaprüfung stand. Und das Warten hatte sich gelohnt. Paul war wiedergekommen.

Zunächst hatten sie sich nur im Café gesehen, dort das eine oder andere private Wort gewechselt. Irgendwann hatte Johanna es nicht mehr ausgehalten und ihn einfach direkt gefragt, ob er sich auch einmal außerhalb ihres Dienstes mit ihr treffen wollte. Er wollte. Dass er verheiratet, seine Ehe jedoch unglücklich war, hatte er ihr allerdings erst nach drei Wochen gebeichtet.

»Weißt du, nachdem Mama erfahren hat, dass mein Opa im Sterben liegt, fand ich es nicht angebracht, ihr von uns zu erzählen. Das hole ich aber so bald wie möglich nach. Und dann kann sie gut Wetter bei Papa für uns machen.« Heusporen tanzten im hereinfallenden Sonnenlicht, und Johanna spürte die Septemberwärme, die ihre nackten Körper einhüllte.

Paul fischte einen Strohhalm aus ihrem Haar und küsste sie sanft. »Pssst, du Dummchen. Du sollst es ihr doch auch gar nicht sagen.« Er strich ihr übers Gesicht. »Du sollst es noch niemandem sagen. Das bleibt vorerst unser Geheimnis. Wir wollen unsere Liebe erst richtig auskosten, bevor wir sie öffentlich machen. Außerdem muss ich zuvor mit meiner Frau sprechen. Das aber ...« Er sah sie mit traurigem Blick an.

Johanna lächelte mitfühlend. »Ich weiß, du magst ihr nicht wehtun. Aber du wirst es ihr sagen müssen, wenn wir glücklich werden wollen.«

»Ja«, sagte er. »Das werde ich auch.« Wieder küsste er sie. »Wenn der richtige Zeitpunkt gekommen ist.«

* * *

Ohne den Umweg über ihr Elternhaus zu machen, steuerten Katharina und Ingrid das Klinikum Wilhelmshaven an, in dem Walter Hansen auf der Intensivstation lag. Je näher sie dem Krankenhaus kamen, desto unsicherer wurde Katharina.

»Was, wenn mein Anblick ihm den Rest gibt?«, fragte sie die Sekretärin ihres Vaters erneut. »Was, wenn ich dann Schuld bin an seinem Tod?«

»Das wird nicht passieren.« Zuversicht klang in Ingrids Stimme mit. »Glaub mir, er freut sich, wenn du endlich wieder bei ihm bist. Ich weiß es bestimmt.«

»Wirklich?«, fragte Katharina ängstlich. Sie kam sich wie ein kleines Mädchen vor. Nicht wie eine erwachsene Frau von Anfang vierzig, die Geschäftsfrau sowie Mutter von zwei fast erwachsenen Kindern war und mit beiden Beinen fest im Leben stand. In diesem Moment fühlte sie sich nur als Tochter. Und ganz klein.

Als sie sich der Intensivstation näherten, blieb Ingrid stehen. »Ich warte hier auf dich«, sagte sie.

Ein paar Kunststoffstühle standen auf dem nüchternen Krankenhausflur, dazwischen ein kleiner Tisch mit zerlesenen Zeitschriften. Hier hatte offenbar schon so mancher darauf gewartet, Auskunft von den Ärzten zu erhalten. »Nimm dir so viel Zeit, wie ihr füreinander braucht. Ich bin da.«

Spontan drückte Katharina ihr einen Kuss auf die Wange. Es tat so gut, in dieser Situation nicht allein zu sein.

Als Katharina sich an der Tür zur Intensivstation gemeldet, den Kittel und die Einwegüberschuhe angezogen hatte und eingelassen worden war, nahm die anwesende Krankenschwester sie einen Moment beiseite. Überall piepten Geräte, von Stille keine Spur. Man hörte niemanden sprechen. Nur das ständige Piepen. Und gelegentliches Stöhnen. Katharina schnürte es den Hals zu. War einer dieser stöhnenden Menschen ihr Vater?

»Es ist gut, dass Sie so schnell herkommen konnten«, sagte die Intensivschwester nun. »Ich bin sicher, Ihr Vater wird spüren, dass Sie da sind.«

Irritiert sah Katharina sie an. »Er wird es spüren? Kann ich nicht mit ihm reden?«

Die Schwester schüttelte den Kopf. »Leider nicht. Er war schon sehr unruhig, als er eingeliefert wurde. Unsere Medikation hat ihm diese Unruhe nicht nehmen können. Unabhängig von seinem Gesundheitszustand scheint ihn etwas sehr zu beschäftigen. Zusätzlich hat der Infekt seinem Körper allerhand abverlangt. In Kombination mit der eingeschränkten Lungenfunktion und seiner kardialen Vorerkrankung hat er zum Kollaps des gesamten Organismus geführt. Wir mussten ihn deshalb heute Morgen ins künstliche Koma versetzen. Damit sein Körper die Möglichkeit hat, zunächst die primären Gefährdungen zu bekämpfen.«

»Das heißt was?«, fragte Katharina beklommen.

»Aus medizinischer Sicht tun wir unser Möglichstes. Das allein reicht aber leider nicht immer aus. Und auch wenn wir hier nicht in einem christlichen Krankenhaus sind, würde ich sagen: Wir können in diesem Fall nur abwarten. Und beten.«

»Darf ich zu ihm?« Katharina bemühte sich, ihre Anspannung zurückzudrängen. Hoffentlich war sie nicht doch zu spät gekommen.

»Sicher. Aber erwarten Sie keine Reaktion. Reden Sie ruhig mit ihm. Wir wissen, dass Komapatienten eine Menge von dem mitbekommen, was um sie herum geschieht, auch wenn das individuell sicher unterschiedlich ist. Erzählen Sie ihm etwas Schönes. Aber bleiben Sie für den Anfang nicht zu lang. Folgen Sie mir bitte.«

Die Schwester lief vor und Katharina hinterher. Wenig später stand sie in einem Zweibettzimmer am Bett eines alten Mannes, der wenig mit dem Vater gemein hatte, dessen Bild sie tagtäglich vor ihrem inneren Auge sah. Er trug ein Krankenhaushemd, war an Geräte angeschlossen, die fortwährend blinkten. Er gab keinen Laut von sich. Ganz im Gegensatz zu seinem Bettnachbarn, der zahlreiche Bandagen und einen Kopfverband trug und unentwegt stöhnte.

»Sie können sich gerne einen Stuhl nehmen«, sagte die Schwester, bevor sie das Zimmer verließ.

Behutsam zog sich Katharina einen Stuhl heran. Setzte sich und betrachtete ihren Vater. Diesen alten Mann, der seltsamerweise fremd und vertraut zugleich war. Seine Haut war eigenartig grau, das Gesicht eingefallen. Alt war er geworden. Hatte Falten, die sie nicht kannte. Das einst graumelierte Haar war weiß. Die Ohren größer, als sie sie in Erinnerung hatte. Aus der Nase wuchsen Haare. Der Mann, den sie als kraftvollen, energiegeladenen Endfünfziger in Erinnerung hatte, lag nun als Greis vor ihr.

Mechanisch griff sie nach seiner Hand und streichelte sie. Die Haut erschien ihr dünn wie Pergament. »Ich bin da, Papa«, flüsterte sie, und in diesem Augenblick rannen Tränen ungebremst über ihre Wangen. »Endlich bin ich wieder bei dir.«

* * *

Walter Hansen hörte die Stimme seiner Tochter. Obwohl er sich wie in Watte gehüllt fühlte und die Augen nicht öffnen konnte. Er spürte die Wärme ihrer Hand, die auf seiner lag. Was für ein wunderbarer Traum. Lange hatte er nicht mehr so beglückend geträumt. Staunend vernahm er die Worte, die Katharina ihm liebevoll sagte. Tränen rannen über seine Wangen. Er spürte deutlich ihre Nähe, dabei war sie doch so weit weg. In einem anderen Land. In einem anderen Leben. Wie er sich all die Jahre nach ihr gesehnt hatte.

Nach dem frühen Tod seiner Frau war ihm nur Katharina geblieben. Aber auch sie hatte er nicht zu halten vermocht. Sie hatte ihn verlassen. Und sich seiner Sturheit ergeben. Nicht gegen ihn aufbegehrt. Dabei hatte er gehofft, sie wäre wie er. Würde um das kämpfen, was ihr wichtig war. Aber vielleicht war er ihr nicht mehr wichtig gewesen, nachdem dieser Winzer aufgetaucht war, den sie gegen seinen Willen geheiratet hatte. Dieser Winzer, für den sie ihr altes Leben mit einem Fingerschnipsen weggeworfen hatte.

Walter merkte, dass er keine Luft mehr bekam. Er musste um jeden Atemzug kämpfen. Das monotone, leise Piepen veränderte sich plötzlich. Wurde hektischer. Lauter.

»Papa?« Katharinas Stimme. »Papa?« Angst schwang darin mit.

Gleich darauf mischten sich aufgeregte Stimmen in das hektische Piepen.

»Wir verlieren ihn!«

»Beatmungstubus.«

»Herzmassage!«

Dann wurde es dunkel. Und still.

* * *

Ingrid Brinkmann hatte die Zeit aus dem Blick verloren. Sie wusste nicht, wie lange sie schon im Warteraum saß, als sich die Tür der Intensivstation öffnete und Walters Tochter herauskam. Bleich sah sie aus. Sie eilte auf Ingrid zu und warf sich in ihre Arme, obwohl sie noch den Einmalkittel und die Überschuhe aus Plastik trug.

»Ich hätte nicht kommen dürfen«, sagte Katharina schluchzend. »Ich bin schuld, wenn er jetzt stirbt.«

»Sch, ganz ruhig ...« Ingrid strich ihr hilflos über den Kopf. »Was ist denn geschehen?«

Katharina sah sie an. »Ich habe bei ihm gesessen. Seine Hand gestreichelt. Ihm gesagt, wie sehr er mir gefehlt hat. Wie sehr ich ihn liebe. Und plötzlich bekam er Atemnot. Die Geräte fingen an zu piepen. Ich musste aus dem Zimmer und ihn mit dem Personal alleine lassen. Ingrid, ich hätte nicht kommen dürfen. Dass ich da bin, hat ihn zu sehr aufgeregt. Er hat mich einfach nicht mehr sehen wollen.« Schluchzend ließ sie sich auf einen der Plastikstühle fallen und von Ingrid in den Arm nehmen.

Die Minuten zogen sich quälend langsam dahin, bis sich die Tür zur Intensivstation öffnete und ein Arzt heraustrat.

»Frau Baumgartner?«

Katharina nickte.

»Wir haben Ihren Vater wieder stabilisieren können. Aber es ist besser, wenn er für heute keinen weiteren Besuch bekommt.«

Katharina nickte erneut.

»Ich verstehe.« Sie senkte den Kopf. »Vielleicht ist es besser, wenn ich gar nicht mehr komme. Vielleicht hat mein Besuch diese Situation ausgelöst.«

»Sie sind sein einziges Kind?«, fragte der Arzt.

»Ja. Aber wir hatten lange keinen Kontakt.«

»Herr Hansen liebt seine Tochter«, mischte sich nun Ingrid ein. »Das weiß ich. Dass sie hier ist, tut ihm bestimmt gut.«

»Kommen Sie morgen wieder«, sagte der Arzt. »Dann sehen wir weiter.«

Bedrückt zog Katharina sich die Schutzkleidung aus, warf sie in den dafür vorgesehenen Entsorgungsbehälter und verließ mit Ingrid das Krankenhaus.

»Danke. Trotzdem«, sagte Katharina unvermittelt.

»Wofür?«, wollte Ingrid wissen.

»Dafür, dass du den Ärzten meine Telefonnummer gegeben hast. Dafür, dass ich ihn noch einmal lebend sehen durfte. Auch, wenn ich nun vielleicht schuld daran bin, dass er stirbt.«

»Unsinn!« Ingrid wies diesen Gedanken strikt zurück. »Er

liebt dich nach wie vor. Ich habe den Arzt nicht angeschwindelt. Glaube mir.«

»Das würde ich ja gern, wenn ich es dir doch nur glauben könnte.« Katharina wischte sich über die Augen. »Bringst du mich jetzt bitte nach Hause?«

Ingrid nickte. Ihre Mission war geglückt. Sie hatte die Tochter zum Vater zurückgebracht. Alles Weitere würde sich fügen.

* * *

Als Katharina vor ihrem Elternhaus aus dem Wagen stieg, hatte sie sich wieder ein wenig gefangen. Sie zog den Schlüssel mit dem kleinen hölzernen Segelschiff als Anhänger aus der Handtasche und hielt inne. »Passt der überhaupt noch, oder hat mein Vater ein neues Schloss einbauen lassen?«, fragte sie Ingrid, die nun ebenfalls ausgestiegen war.

»Nein. Er müsste passen. Zumindest sieht er genauso aus wie der, den dein Vater mir als Reserveschlüssel gegeben hat. Siehst du?« Sie zog ebenfalls einen Schlüssel aus ihrer Tasche. »Ich wusste ja nicht, ob du noch einen Schlüssel hast«, fügte sie beinahe entschuldigend hinzu.

»Alles gut«, sagte Katharina und sog tief die Luft ein, um sich zu wappnen für das, was nun vor ihr lag. Ingrid schien ihre Anspannung zu spüren.

»Soll ich mit reinkommen und uns etwas zu essen machen?«, fragte sie behutsam.

Katharina schüttelte den Kopf. »Das ist ganz lieb, aber ich möchte jetzt gern allein sein. Zur Not fahre ich morgen in den Ort und hole mir beim Bäcker einen Kaffee und ein Brötchen. Wie ich Papa kenne, hat er in der Garage nur eine Kiste Mineralwasser und Jever Pils gelagert. Aber nach essen steht mir der Sinn ohnehin nicht.«

»Ich hab dir Brot, Eier, Käse und Aufschnitt besorgt. Und ein

Glas Nutella. Das hast du früher so gern gegessen. Ist alles in der Küche.«

»Danke! Du bist die Beste.« Katharina beugte sich zu Ingrid hinüber und küsste sie auf die Wange. »Ich melde mich morgen.« Dann fiel ihr Blick auf den silbernen SUV, der in der Auffahrt stand. »Ist das Papas Auto?«

Ingrid nickte. »Ja. Ein anderes steht noch in der Garage, aber dieses benutzt er normalerweise. Der Schlüssel ...«

»Ich werde ihn schon finden«, unterbrach Katharina sie, denn mit einem Mal verspürte sie das Bedürfnis, sofort allein zu sein.

»Ist gut. Sag Bescheid, wenn du etwas brauchst.«

»Bis morgen komme ich schon klar. Aber noch einmal: Danke für alles.«

Katharina nahm ihren Koffer und ging zur Eingangstür. Einen Augenblick zögerte sie, bevor sie die Tür aufsperrte. Dann atmete sie erneut tief durch, drehte sich noch einmal um und sah Ingrid winkend davonfahren. Katharina drückte die Haustür auf und ließ den Koffer im Vorflur stehen. Bedächtig öffnete sie die Tür zur Diele. Abgestandene Luft schlug ihr entgegen.

Und die Vergangenheit.

Nichts schien sich verändert zu haben, seit sie zuletzt hier gewesen war. Ganz als wäre die Zeit stehengeblieben. Mit trockenem Mund ging Katharina weiter. Sie blickte links in die Küche. Es kam ihr vor, als wäre sie erst gestern gegangen. Nur der Wasserkocher war neu, das registrierte sie unwillkürlich. Statt des weißen Plastikungetüms stand neben der Spüle nun ein modernes Edelstahlgerät. Auch das Wohnzimmer war auf den ersten Blick bis auf einen neuen Flachbildfernseher unverändert. Im Esszimmer stand noch immer der Kunstblumenstrauß auf dem Tisch, den ihre Mutter in den letzten schweren Wochen ihrer Krebserkrankung gekauft hatte. »Damit euch die Blumen als Erinnerung an mich bleiben«, hatte sie damals gesagt.

Tränen stiegen Katharina in die Augen. Ihre Mutter war eine

begeisterte Hobbygärtnerin gewesen. Besonders die Rosen hegte und pflegte sie wie ihren Augapfel. Katharina hingegen hatte sich schon als Kind lieber ein Gewächshaus zum Geburtstag gewünscht und dort Tomaten und Gurken angepflanzt. Sie wollte die Kunstblumen ablehnen. Doch ihre Mutter hatte den Protest einfach ignoriert und den Strauß ebenso liebevoll in einer Vase arrangiert wie die selbstgepflückten aus dem eigenen Garten. Daraufhin hatten sowohl Katharina als auch ihr Vater die Blumen akzeptiert. Mehr noch. Nach Mutters Tod hatten sie immer genau dort auf dem Tisch gestanden, wo sie frühstückten, zu Mittag oder zu Abend aßen.

Inzwischen war der Strauß verstaubt. Katharina nahm sich vor, ihn später unter der Dusche abzubrausen. Aber erst mal wollte sie sich weiter umsehen. Sie stieg die Treppe in den ersten Stock hinauf. Die Holzstufen knarrten. Der Teppich war an manchen Stellen ein wenig durchgetreten und die Wände könnten dringend einen frischen Anstrich gebrauchen. Auch im Obergeschoss war lange kein Maler gewesen. Der Teppichboden war alt und fleckig.

Katharina blieb im Flur stehen. Durchs Dachfenster im Treppenbereich fiel Tageslicht herein und erhellte die Etage. Das Obergeschoss war in zwei Bereiche eingeteilt. Den ihrer Eltern mit Schlafzimmer und Bad auf der einen und Katharinas Zimmer auf der anderen Seite. Dazwischen lagen ein Gästezimmer und ein Duschbad. Den Elternbereich ließ sie unangetastet, es kam ihr falsch vor, in die Räume ihres Vaters einzudringen. Aber ihr altes Kinderzimmer ... Vorsichtig öffnete Katharina die Tür. Auch hier schien es, als hätte sie es erst gestern verlassen.

An der Wand hingen noch immer die Filmposter von *Dirty Dancing*. Die Szene, in der Patrick Swayze mit »seinem Baby« tanzte. Die legendäre im Wasser geübte Hebefigur, die in der Abschlussfilmszene dann doch formvollendet präsentiert wurde. Katharina musste lächeln. Wie hatte sie diesen Film geliebt.

Ihn sich sogar mehrfach auf Video angesehen. Gemeinsam mit Matthias. Der damals *ihr* »Johnny« gewesen war. Sie hatte ihn kennengelernt, als sie nach dem Abitur für ein paar Monate in den väterlichen Betrieb reingeschnuppert hatte. Um sich ein Bild zu machen von dem, was eine Segelwerft überhaupt war, bevor sie zum Studium nach Wien ging.

Schmunzelnd betrat sie den Raum. Irgendwo musste es ein Foto von ihnen beiden geben. Sie wusste, dass sie es in ihr Tagebuch eingeklebt hatte. Ob es das noch gab? Sie hatte es damals nicht mitgenommen. Hatte alles, was ihr »mädchenhaft« erschien, zurückgelassen.

Zögernd setzte sie sich auf ihr durch eine gemusterte Tagesdecke geschütztes Bett und zog an der Schublade ihres Nachttisches. Sie klemmte. Wie damals musste sie daran herumruckeln, so als wollte die Schublade den Inhalt nicht ohne Weiteres preisgeben. Endlich aber ließ sie sich aufziehen. Und da lag es. Das Tagebuch. Neben einer alten Armbanduhr. Und einer längst abgelaufenen Packung Kondome.

Sie sah sich erneut um. In diesem Raum war die Zeit nun vollends stehengeblieben. Ihr Vater hatte sie angehalten. War das eine Art Totenschrein für die Tochter, die nicht wiederkehrte? Oder stand dahinter die Hoffnung, dass sie irgendwann den Weg zurück nach Hause fand? War der Raum ein stummer Zeuge der väterlichen Liebe?

Sie nahm das in rotes Leinen gebundene Tagebuch in die Hand und öffnete es behutsam. Tatsächlich. Da war das Foto. Matthias und sie strahlten ihr als junges Paar entgegen. Verliebt und unbeschwert. Sie hatte sich früher so frei gefühlt. Und wollte die ganze Welt erobern, bevor sie zurück nach Hooksiel kam. Wie blauäugig sie gewesen war. Damals hätte Katharina nie damit gerechnet, einmal woanders als an der Nordsee zu leben. Und nun war die Steiermark schon seit so langer Zeit ihr Zuhause. Auch wenn sie im Sommer so manches Mal die kühle Frische des Nordens, die salzige Luft an der Nordsee und die kurzen Segeltörns rüber zu den Ostfriesischen Inseln vermisste.

Wo Matthias wohl abgeblieben war? Katharina nahm sich vor, Ingrid morgen nach ihm zu fragen.

Ihr Magen knurrte. Jetzt erst fiel ihr auf, dass sie seit dem Frühstück nichts mehr gegessen hatte. Und ein wenig Appetit verspürte sie nun doch. Sie ging hinunter in die Küche, brühte sich einen starken Ostfriesentee auf und öffnete den Kühlschrank. Wie Ingrid angekündigt hatte, lagen Käse, Aufschnitt und Butter darin. Auch ein Sechserkarton Eier. Sie könnte sich Rühreier machen. Mit Käse. Zwiebeln waren garantiert auch noch da. Dazu das frische Brot, das so herrlich duftete. Hätte sie Tomaten ...

Aus einem Impuls heraus öffnete sie die Terrassentür und lief ums Haus herum. Tatsächlich! Ihr Gewächshaus stand noch. Und nicht nur das, ihr Vater hatte die alten Tomatensorten offensichtlich all die Jahre gepflegt. Gerührt betrat Katharina das kleine Glashaus. Wie vergessen hingen zwei rote Tigerella-Tomaten verlockend am Strauch. Beinahe andächtig pflückte sie die reifen Früchte. Dass es diese Tomatenpflanzen noch gab!

Als sie sich wieder dem Haus näherte, erschrak sie.

In der Küche stand ein Mann.

Noch während sie überlegte, ob sie wegrennen und vom Nachbarhaus aus die Polizei rufen sollte, trat der Mann ihr auch schon entgegen. »Willkommen in deiner alten Heimat, Kathie!«

Katharina stutzte. »Thomas?« Sie hatte ihren Cousin nicht auf Anhieb erkannt. Sicher, sie hatte die Fotos aus den Presseberichten gesehen, die Ingrid ihr geschickt hatte, auch hatte Vaters Sekretärin ihr Bilder vom letzten Firmenjubiläum per Mail zugesandt. Bei den Aufnahmen hatte sie jedoch mehr auf ihren Vater als auf ihren Cousin geachtet.

»Genau der.«

Beklommen betrat sie die Küche. »Wie kommst du hier rein?«

»Was ist das denn für eine Begrüßung? Na hör mal, ich werde dir doch persönlich guten Tag sagen dürfen nach deiner langen Abwesenheit. Wie lang bleibst du denn? Deinem Koffer nach zu urteilen, hast du dich nicht auf eine längere Verweildauer eingestellt.«

»Wie bist du reingekommen?«, wiederholte Katharina ihre Frage.

»Mit meinem Schlüssel. Walter hat ihn mir gegeben. Für den Notfall.«

»Und wo bitte gibt es jetzt hier einen Notfall? Papa ist doch schon seit vorgestern im Krankenhaus.«

»Tja. Also einen wirklichen Notfall gibt es natürlich nicht, aber ich dachte, wenn du heute ankommst, kann ich ein wenig lüften und dir ein paar Lebensmittel bringen. Falls die gute Ingrid das nicht schon erledigt hat. Außerdem dachte ich, du kannst bestimmt ein wenig Gesellschaft gebrauchen.« Thomas sah ihr fest in die Augen.

Katharina ließ den Blick durch die Küche schweifen. Neben der Spüle stand eine Papiertüte vom Edeka-Markt. Sie beschloss, ihren Argwohn über Bord zu werfen, trat auf Thomas zu und begrüßte ihn mit einer freundlichen Umarmung sowie den beiden Wangenküssen, die man sich in Österreich üblicherweise gab.

»Es ist wirklich lieb, aber sei mir nicht böse, ich möchte jetzt erst einmal allein sein. Es war ein langer und emotional fordernder Tag. Ich komme morgen Vormittag auf die Werft.«

»Ich hätte dich ebenso gut wie Frau Brinkmann vom Flughafen abholen und zu Walter begleiten können.« Ihr Cousin verschränkte die Arme vor seiner massigen Brust. »Wie geht es ihm denn heute? Was hat er gesagt, als die verlorene Tochter an seinem Krankenbett stand?«

Irrte sich Katharina, oder lag etwas Lauerndes in seiner Stimme? Bestimmt meinte er es nicht so. Sie war einfach übermüdet. »Wir haben nicht miteinander gesprochen«, gab sie vage Auskunft. »Er ist sehr schwach. Ich habe bei ihm gesessen und seine Hand gestreichelt.«

»Aber erkannt hat er dich?«

Etwas an Thomas' Art zu fragen gefiel Katharina nicht. »Entschuldige bitte, ich kann das heute nicht mehr. Wie gesagt, ich möchte jetzt gern allein sein. Ich komme morgen früh auf die Werft und als Erstes in dein Büro. Versprochen.«

Thomas lächelte. »Nun gut. Ich habe zwar gedacht, wir könnten heute Abend über einige Dinge reden, aber das hat auch bis morgen Zeit.«

Katharina trat auf ihn zu. »Danke für dein Verständnis«, sagte sie. »Ich begleite dich zur Tür. Ach ja, sei bitte so nett und benutze die Türklingel, solange ich hier bin. Du hast mir einen Heidenschreck eingejagt.«

Nun grinste ihr Cousin breit. »Tut mir leid, das wollte ich nicht. Es kommt nicht wieder vor. Bis morgen also.« Er tippte sich mit dem Zeigefinger der rechten Hand an die Stirn und verließ das Haus.

Katharina schloss die Tür ab, legte sicherheitshalber noch die Türkette vor und ging hinunter in den Keller, wo ihr Vater früher seine Weine aufbewahrt hatte. Auch daran hatte sich nichts geändert. Aber heute stand ihr nicht der Sinn nach einem schweren Rotwein, wie ihr Vater ihn bevorzugte. Sie öffnete den Getränkekühlschrank. Überrascht starrte sie hinein. Da lagen einige Flaschen vom letztjährigen Roséwein ihres Weingutes. Wie kamen die denn hierher?

Natürlich hatte Katharina Fotos von den Kindern und ihrer Familie geschickt, auch vom Gutshaus und den Weinbergen. Aber auf den Gedanken, ihrem Vater Weine zu schicken, wäre sie nicht gekommen. Falsch. Sie hatte durchaus mit diesem Gedanken gespielt, als sie den ersten Jahrgang abfüllten, an dessen Entstehung Katharina beteiligt gewesen war. Doch sie hatte befürchtet, ihr Vater würde diese Flaschen wütend und ungeöffnet in den Altglascontainer werfen. Seit wann interessierte er sich für ihre Weine? Sie würde Ingrid morgen fragen. Vielleicht wusste sie mehr.

Katharina nahm sich eine Flasche Rosé und schloss die Kühlschranktür. Während sie die Treppe hinauf ins Erdgeschoss stieg, kam ihr Johannas Frage wieder in den Sinn: »Was wäre, wenn du über deinen Schatten gesprungen und zu ihm gefahren wärst?«

* * *

Johanna lag auf ihrem Bett und starrte wütend die Zimmerdecke an. Verdammt, ihr Vater behandelte sie wie ein kleines Kind und gleichzeitig wie eine Dienstmagd. Er ließ seinen ganzen Frust darüber, dass Mama an die Nordsee gefahren war, an ihr aus. Als ob sie etwas dafür konnte, dass Mamas Vater im Sterben lag. Überhaupt: Warum hatten Oskar und sie ihren Opa eigentlich nie kennengelernt? Bislang hatte sie es einfach als gegeben hingenommen. Es war eben so, wie es nun mal war. Aber warum eigentlich? Gut, er mochte seit Jahren Krach mit ihrer Mutter haben, aber hey: Sie waren seine Enkelkinder. Sogar seine einzigen. Mama hatte doch keine Geschwister.

Johanna hoffte sehr, dass ihre Mutter anrief und sagte, sie sollten auch nach Hooksiel kommen. Dort war sie noch nie gewesen. Andere Klassenkameraden und Freundinnen hatten vom Urlaub an der Nordsee geschwärmt. Sie hatten von dem witzigen Phänomen erzählt, das sich Tide nannte. Ebbe und Flut. Bei Ebbe war das Wasser weg und kam dann ganz langsam wieder zurück, bis es einige Stunden später erneut verschwand. Das würde sie auch gern einmal sehen.

Aber für ihre Eltern gab es nur Italien und die Adria als Urlaubsziel. Immer das Gleiche. Langweilig. In dem Dorf, in dem sie all ihre Sommerferien verbracht hatten, kannte Johanna mittlerweile jeden Stein. Sie hatte sich im letzten Jahr schon vorgenommen, nicht mehr mitzufahren, und es für dieses Jahr auch durchgesetzt. Sie wollte mehr von der Welt sehen. Ja, Johanna fand, es wurde hochnotdringend Zeit, die Heimat ihrer Mutter zu erkunden. Immerhin war sie zur Hälfte Norddeutsche. Und dass ihr Großvater nun Hilfe brauchte, schien ein Fingerzeig des Schicksals zu sein. Sie *musste* sich einfach auf die Spuren ihrer Familiengeschichte begeben.

Überhaupt stellte sie sich einen Urlaub an der Nordsee himmlisch vor. Gemeinsam mit Paul durch die Wellen zu tauchen, den frischen Wind auf der Haut zu spüren, ganz viele von diesen Krabben zu essen, die ihre Mutter Granat nannte. Und zu sehen, wie es war, wenn das Wasser nicht da war. Ach, Paul. Johanna seufzte wohlig. Es waren wieder einmal zwei traumhafte Stunden mit ihm gewesen. Sie spürte noch seine Berührungen auf ihrer Haut. War extra noch nicht duschen gewesen. Natürlich verhütete sie. Logisch. Sie war ja eine verantwortungsbewusste junge Frau. Nahm die Pille. Und er benutzte zusätzlich ein Kondom. Er war so aufmerksam und fürsorglich.

Ihr Handy klingelte. Sie warf einen schnellen Blick aufs Display, bevor sie das Gespräch annahm. »Hi, Mama. Wie geht es deinem Vater? Sollen Oskar und ich kommen? Ich kann gleich im Internet nach Flügen schauen.« Mit wachsender Enttäuschung hörte sie ihrer Mutter am anderen Ende zu. Nein, das wurde wohl erst mal nichts mit dem Liebesurlaub an der Nordsee. Vielleicht war es ja auch gut so, schließlich könnte sie ihrer Mutter Paul nicht einfach aus dem Nichts präsentieren. Da war sicher eine kleine Vorbereitung angebracht. Aber: Sie und Oskar könnten ja schon mal hinfahren und Paul nachkommen. Doch das vorzuschlagen, verkniff Johanna sich heute lieber.

»Ist Papa unterwegs?«, drang Mamas Stimme in ihre Gedanken ein. »Er ist nicht ans Telefon gegangen.«

»Keine Ahnung. Wir haben uns gezofft«, brummte Johanna. »Er erwartet von mir, dass ich für Oskar und ihn das Frühstück mache. Tickt's bei dem noch sauber? Die sind doch alt genug, sich selbst einen Kaffee und ein Brot zu machen. Ich werde jedenfalls nicht die Dienstmagd für die beiden Machos spielen. Garantiert nicht.«

»Bitte. Johanna. Tu mir doch den Gefallen und achte ein wenig auf Oskar. Der ist mitten in der Pubertät. Und mit Papa gerät er so leicht in Streit. Sie haben beide das gleiche aufbrausende Temperament. Vielleicht kannst du ein wenig ausgleichen?«

»Ich bin doch nicht deren Puffer!«, regte Johanna sich auf. »Kommt gar nicht in Frage, das sollen die mal schön allein untereinander ausmachen. Ich hab genügend andere Dinge, um die ich mich kümmern muss.«

Sofort wurde ihre Mutter hellhörig. »Was denn? Gibt es etwas, das ich wissen sollte?«, fragte sie besorgt.

»Na, na«, wiegelte Johanna ab. »Mach dir um mich mal keine Sorgen. Ist nichts Wichtiges, ich krieg das alles auf die Reihe. Kümmere du dich lieber um Großvater. Ich habe mich übrigens dazu entschlossen, demnächst zu dir an die Nordsee zu kommen. Ob es dir nun passt oder nicht. Ich finde, es wird Zeit, dass ich das Land meiner Vorfahren kennenlerne.«

* * *

Bedrückt beendete Katharina das Gespräch. Es gab wieder einmal Streit zwischen Johanna und Hannes. Und sie war nicht da, konnte nicht besänftigen und vermitteln. Oft schon hatte sie versucht, Hannes verständlich zu machen, dass man heutzutage nicht mehr als Patriarch über die Familienangehörigen bestimmen konnte. Die Zeiten, in denen sein Vater, sein Großvater und sein Urgroßvater es so gehandhabt hatten, waren vorbei. Heute bestimmte ein wertschätzendes Miteinander das Familienleben. Ab einem gewissen Alter begegnete man sich auf Augenhöhe, akzeptierte die Kinder als eigenständige Personen.

Hannes jedoch lehnte das rundheraus ab. »Solang die Kinder

ihre Füße unter meinen Tisch stellen, habe ich zu bestimmen, wie es läuft«, lautete sein Standardspruch.

Noch einmal drückte sie die Kurzwahltaste, unter der seine Rufnummer gespeichert war. Und wie schon zuvor sprang nach sechsmaligem Klingeln die Mailbox an. Diesmal sprach sie darauf. »Schade, dass ich dich nicht erreiche«, sagte sie. »Ich bin gut angekommen. Mein Vater liegt im Koma, ich bin jetzt in meinem Elternhaus. Es ist ganz unwirklich, hier zu sein, denn mein Vater hat an den Räumen nichts verändert. Es ist, als wäre ich in die Vergangenheit zurückkatapultiert worden. Ruf doch bitte noch an, bevor du schlafen gehst. Ich lege das Handy nebens Bett.«

Sie goss sich ein zweites Glas Rosé ein. Für sie war es ein bisschen von der neuen Heimat in der alten an diesem Abend. Sie trug das Glas mit hinaus auf die Terrasse. Es war beinahe windstill, die Luft fühlte sich lau und mild an. Und doch so anders als in der Steiermark.

Katharina holte eine Kerze aus der Küche und nahm aus der Holztruhe neben der Terrassentür eines der alten Stuhlkissen, die sie noch von früher kannte. Ihre Mutter hatte sie genäht. Rotweiß kariert. Passend zu den Tischdecken. Ihr Vater hatte offensichtlich kaum draußen gesessen. Die Kissen wirkten jedenfalls nicht so, als wären sie all die Jahre regelmäßig in Gebrauch gewesen.

Sie zündete die Kerze an und zog sich die alte Strickjacke ihrer Mutter über, die sie an der Garderobe entdeckt hatte. War ihr Vater in der Vergangenheit verhaftet geblieben? Hatte er Mutters Tod nicht wirklich verarbeitet, sondern nur überspielt? War sie deshalb nach wie vor in der gesamten Wohnung anwesend, durch ihre Kunstblumen und ihre Strickjacke, von der gefühlt immer noch der Duft ihrer Mutter ausging?

Eingekuschelt in die Jacke, zog sie die Füße zu sich auf den Stuhl. Der Himmel war sternenklar. Dann griff sie zu ihrem Handy und drückte die Nummer ihrer besten Freundin Sabine.

Sie wohnte nur anderthalb Kilometer vom Weingut entfernt und war seit zwei Jahren geschieden. Nach der Trennung von Michael waren Katharina und Hannes intensiv für Sabine da gewesen. Hatten sie mehr als bisher in ihr Familienleben einbezogen. Sogar Weihnachten und Silvester hatte Sabine mit ihnen verbracht. Platz gab es ja genug in dem großzügigen Haus, sodass Sabine an den Feiertagen auch bei ihnen übernachten konnte. Jetzt war der Moment gekommen, so dachte Katharina, an dem Sabine auch etwas für sie tun konnte.

»Hi, Süße«, hörte Katharina die Freundin sagen. »Ist es dir langweilig? Magst auf einen Spritzer vorbeischauen? Zum Essen hob i jetzt grad eher wenig da, nur Paradeiser und Käse. Aber wenn's dir taugt …«

Katharina schmunzelte unwillkürlich. Tomaten und Käse. Das Gleiche hatte sie auch gerade zum Abendessen verspeist. »Ganz lieb, danke. Und obwohl ich jetzt riesig gern einen weißen Spritzer mit dir trinken würde, der Weg wäre zu weit. Ich bin daheim. An der Nordsee.«

»Du bist … *daheim?*«, unterbrach Sabine sie, bevor sie weitersprechen konnte.

Erst bei der Betonung der Frage bemerkte Katharina, was für ein Wort sie benutzt hatte. »Ja, ich bin daheim«, wiederholte sie nun bewusst. »Mein Vater ist sehr krank, die Ärzte wissen nicht, ob er überlebt. Man hat mich benachrichtigt und gebeten, zu kommen.«

»Ah, gut, ich dacht' schon, du hättest dich mit Hannes verkracht. Aber wenn's dein Vater ist …« Sabine geriet ins Stocken.

»Nein, kein Krach mit Hannes«, flunkerte Katharina. Das wollte sie jetzt nicht auch noch besprechen. »Ich hab einen Anruf aus dem Krankenhaus erhalten und den nächsten Flieger genommen. Bine, mein Vater ist inzwischen ein alter Mann. Als ich ihn das letzte Mal gesehen habe, war er nur etwas älter als Hannes jetzt. Erst heute im Krankenhaus, als ich an seinem Bett saß und seine Hand gestreichelt habe, ist mir bewusst geworden, dass die Zeit gnadenlos ist. Sie rinnt dahin, und niemand von uns kann sie aufhalten. Kein Cremetiegelchen, kein Sport, kein Superfood. Seine Ohren sind gewachsen, Bine. Ich hab zwar mal gehört, dass Nase und Ohren im Alter weiterwachsen, aber heute habe ich es gesehen. Mein Vater ist ein alter, sehr kranker Mann.«

»Oje. Du Arme.« Katharina hörte, dass Sabine mit ihr litt. »Wie lang bleibst' denn da oben?«

»So lange, wie es nötig ist. Heute früh ist er ins Koma versetzt worden. Kurz bevor ich im Krankenhaus ankam. Ich hab gar nicht mit ihm reden können. Aber ich werd bleiben, solange ich hier gebraucht werde.«

»Ist eh klar«, antwortete Sabine. »Und wenn ich dir irgendwie helfen kann, sag Bescheid.«

»Du könntest mir in der Tat einen ganz großen Gefallen tun«, gab Katharina zurück. »Kümmerst du dich ein wenig um Hannes, Oskar und Johanna? Also schaust du dort zumindest ab und zu mal nach dem Rechten, bitte? Ich schick dir gleich die Kontaktdaten der Kinder, Hannes erreichst du ja über unseren Festnetzanschluss. Ich hab gerade mit Johanna telefoniert, sie hat sich wieder mit Hannes gestritten. Mir wäre es wirklich lieb, wenn du vielleicht ein wenig ausgleichen könntest. Du stehst den Kindern doch so nah wie eine Tante. Und für Hannes bist du wie eine Schwägerin.«

»Natürlich, Süße.« Katharina konnte Bine förmlich durch den Hörer lächeln sehen. »Ich kümmere mich gern um die drei. Ich hab ja eh Zeit im Moment. Keine Sorge. Du kannst dich auf mich verlassen. Ich werde alles tun, um dich würdig zu vertreten.« Bine lachte fröhlich.

»Danke. Du bist ein Schatz.« Zufrieden beendete Katharina das Gespräch. Wie gut, dass sie Bine hatte. Jetzt brauchte sie sich um Hannes, Oskar und Johanna keine allzu großen Sorgen mehr zu machen.

DONNERSTAG

Entgegen ihrer Erwartung schlief Katharina tief und fest und wachte am nächsten Morgen um halb sieben auf, obwohl sie sich keinen Wecker gestellt hatte. Es war wohl die innere Uhr. Im Schrank ihres alten Kinderzimmers hatte sie Bettwäsche gefunden und als sie daran schnupperte, festgestellt, dass sie angenehm und frisch roch. Als würde sie regelmäßig gewaschen und läge nicht den Motten hoffnungslos ausgeliefert seit Jahren im Schrank.

Als sie das Bett bezog, hatte Katharina erneut über ihren Vater nachgedacht. Das Bettzeug. Das Gewächshaus. Der von ihrem Gut stammende Wein im Keller – das waren doch alles Zeichen, dass sie sehr wohl einen Platz in seinem Herzen hatte. Warum aber hatte er dann auf keinen ihrer Annäherungsversuche reagiert?

Sie warf die Bettdecke zurück und ging ins Bad. Die Tablette für die Schilddrüse, die sie gestern Abend auf der Ablage unter dem Spiegel bereitgelegt hatte, war der eindeutige Beweis dafür, dass sie eben nicht mehr die junge Frau von damals war. Erinnerungen stiegen in ihr hoch: wie sie als Teenager in diesem Badezimmer gestanden, sich den ersten Kajal um die Augen gemalt und überlegt hatte, wie sie sich wohl zwanzig Jahre später in diesem Badezimmer fühlen würde. Als dann ganz bestimmt verheiratete Frau und Mutter von mindestens zwei Kindern. Niemals wäre sie damals auf den Gedanken gekommen, sie könnte nach dem Studium in Wien nicht zurückkehren. Niemals hätte sie sich vorstellen können, über zwanzig Jahre keinen Kontakt zu ihrem Vater zu haben.

Katharina schluckte die Tablette, stieg unter die Dusche und machte sich fertig. Geschminkt und in ihrer dunkelblauen Hose, kombiniert mit einer weißen Bluse, fühlte sie sich gewappnet für den Tag.

Als Erstes rief sie im Klinikum an, doch dort gab es nichts

Neues. Ihr Vater lag immer noch im Koma, aber er schien etwas ruhiger geworden zu sein, gab die Intensivkrankenschwester Auskunft. Katharina bat darum, sofort verständigt zu werden, sobald sich etwas an seinem Zustand änderte. Sicherheitshalber gab sie noch einmal ihre Handynummer durch.

Danach brühte sie sich einen Tee auf und versuchte, Hannes zu erreichen. Sie musste wirklich tief geschlafen haben, denn sie hatte seinen Anruf nicht gehört. Aber er hatte anschließend noch eine WhatsApp geschickt. Gegen Mitternacht. *Bin erst jetzt im Haus. War ein langer Tag. Wünsche dir und deinem Vater alles Gute.*

Enttäuscht legte Katharina auf, als sich auch jetzt wieder nach langem Klingeln nur Hannes' Mailbox meldete. Er war wohl schon bei den Weinreben. Schnell schickte sie ihm eine kurze Sprachnachricht. Dann schmierte sie sich eine dicke Scheibe Vollkornbrot mit Nutella und nahm Brot und Tee mit hinaus auf die Terrasse, wo sie beides verzehrte, während sie auf dem Tablet die Online-Ausgabe der *Kleinen Zeitung* las. Kaum war sie fertig, hielt es sie nicht länger auf dem Stuhl. Jetzt wollte sie ans Meer! Erst danach würde sie zur Segelwerft fahren.

* * *

Obwohl Ingrid Brinkmann versucht gewesen war, gleich heute früh bei Katharina anzurufen, hatte sie sich zurückgehalten. Walters Tochter sollte ausschlafen und sich von den emotional anstrengenden vergangenen Tagen erholen. Katharina hatte außerdem versprochen, ins Büro zu kommen. Ingrid setzte in der Teeküche einen Kaffee auf und sah die Post vom gestrigen Tag durch. Nichts, was nicht auch vom Neffen des Chefs erledigt werden konnte.

Seit zwanzig Jahren arbeitete Thomas mit im Unternehmen. Schwung- und elanvoll hatte er damals begonnen, nachdem Katharina verkündet hatte, dass sie in Österreich bleiben wollte.

Ingrid wusste, dass er schon seit ein paar Jahren darauf wartete, endlich das Ruder übernehmen zu können. Was durchaus verständlich war, immerhin war Walter Hansen mittlerweile achtundsiebzig. Doch er hatte die Fäden bisher nicht aus der Hand geben wollen. Und obwohl Ingrid ihrem Chef freie Zeit und den Ruhestand gönnte, ahnte sie, weshalb er die Geschäfte weiterführte. Er wüsste mit seiner Zeit sonst nichts anzufangen.

Für Ingrid war das durchaus positiv, denn sie ging davon aus, dass Thomas ihr umgehend kündigen würde, wenn Walter die Verantwortung für die Werft gänzlich auf seinen Neffen übertrug. Deshalb war sie gar nicht böse gewesen, dass ihr Chef so an seinem Sessel hing. Mittlerweile war sie vierundsechzig, und wenn Walter nun nicht mehr arbeiten wollte, würde sie sich ein Jahr arbeitslos melden und dann in Rente gehen.

Es klopfte, und im gleichen Moment trat Matthias Behrendt ein. Er war ein Hüne, der vollkommen dem Klischee des blonden Norddeutschen entsprach. »Guten Morgen.« Er lächelte sie an.

»Guten Morgen, Matthias.«

»Gibt's was Neues vom Chef?«

Ingrid nickte. »Leider nichts Gutes. Sie mussten ihn ins künstliche Koma versetzen.«

»Ach herrje. Aber er wird doch wieder?« Matthias stand Walter Hansen auf eine gewisse Art nahe, nicht nur, weil er Katharinas erste Liebe gewesen war. Walter hatte dem schlaksigen Jungen mit den nicht gerade überragenden Zeugnissen damals zugehört, als er einfach so auf dem Werftgelände aufgetaucht war, um sich persönlich zu bewerben. Nach dem Gespräch hatte Walter Ingrid erzählt, wie sehr ihn die Leidenschaft des Jungen für den Bootsbau beeindruckt hatte, und Matthias deshalb eine Chance gegeben. Die der ergriffen und sich zum ersten Techniker der Werft entwickelt hatte. Matthias war fachlich kompetent und beliebt unter den Kollegen.

»Wir wollen es hoffen, dass er wieder wird«, sagte Ingrid

bedrückt. »Katharina ist gestern eine knappe halbe Stunde bei ihm gewesen, aber sie hat nicht mit ihm reden können. Ich hoffe jedoch sehr, dass er ihre Anwesenheit gespürt hat.«

»Katharina.« Matthias sprach den Namen langsam und nachdenklich aus. »Ist sie keine Kathie mehr? Hat sie sich sehr verändert?«

Als Katharina damals nach dem großen Streit mit ihrem Vater Hooksiel verlassen hatte, war Matthias einige Wochen mit Leichenbittermine über das Betriebsgelände gelaufen. Ingrid hatte ihn nicht danach gefragt, aber es war unverkennbar gewesen, dass auch er und Katharina sich heftig gestritten hatten. Das musste wohl das endgültige Ende ihrer Beziehung gewesen sein. Natürlich hatte Matthias Katharina während ihres Studiums mehrfach in Wien besucht, war jedoch jedes Mal nach seiner Rückkehr der Meinung gewesen: »Mir gefällt es nicht in Wien. Und überhaupt. Sie gehört hierher. Es wird Zeit, dass Kathie wieder nach Hause kommt.«

Das war sie nach dem Studium dann auch. Aber nur für einen sehr kurzen Besuch. Mit diesem Winzer im Schlepptau.

»Auch sie ist älter geworden«, bestätigte Ingrid lächelnd. »Nicht mehr das junge, wilde Ding. Aber hübsch ist sie wie eh und je. Sie kommt nachher. Soll ich dir Bescheid geben, wenn sie da ist, damit du sie begrüßen kannst?«

Matthias schüttelte den Kopf. »Ach, lass man. Wenn sie mich überhaupt sehen möchte ... Sie weiß ja, wo sie mich findet. Ist immerhin lang her, dass ... Na, damals. Ich weiß gar nicht, ob wir uns noch was zu erzählen haben. Ich meine, ich freu mich natürlich für den Chef, dass sie nun endlich gekommen ist, aber wenn er im Koma liegt, hat er ja auch nichts davon. Hat sie gesagt, wann sie wieder fährt?«

»Ich glaube, sie bleibt erst einmal. Sie hat gesagt, sie bleibt, solange es nötig ist.«

»Solange es nötig ist. Also sieht sie ihren Besuch hier lediglich als Pflichtübung an. Nicht als Herzensangelegenheit.« Matthias klang bitter. »Hätt' sie gleich auf ihrer Alm bleiben sollen. Das hätte auch keinen Unterschied gemacht, wo sie doch schon so lange fort ist. Hier vermisst sie keiner.«

»Das stimmt nicht«, widersprach Ingrid leise. »Ihr Vater hat sie sehr vermisst. Das weiß ich sicher.«

* * *

Der Schlüssel für den Wagen hing am Haken neben der Eingangstür. Katharina verschloss das Haus, entriegelte das Auto, stieg ein und startete den Motor. Ihr Weg zur Werft führte am Deich entlang. Auf dem Weg zum Außenhafen kamen Erinnerungen an ihre Kindheit hoch. Wie sie in den Sommerferien täglich mit ihrer besten Freundin Angela und anderen Freundinnen am Strand gewesen war, wie sie mit den Füßen im Wattenmeerschlick gebohrt oder sich mit den anderen eine ausgelassene Schlammschlacht geliefert hatte, wenn Ebbe war. Einige ihrer damaligen Klassenkameradinnen lebten heute noch in Hooksiel, wie sie wusste. Katharina nahm sich vor, sich bei ihnen zu melden, schließlich würde sie ein paar Tage bleiben.

Sie bog links ab auf den großen Parkplatz am Außenhafen. Fischkutter und zwei Passagierschiffe lagen vertäut am Kai. Keine Kreuzfahrtdampfer, natürlich nicht, dafür war der Hafen zu klein. Eines der weiß in der Sonne glitzernden Schiffe erinnerte sie an die beschaulichen Fähren, die hinüber nach Wangerooge, Spiekeroog und zu den anderen Ostfriesischen Inseln fuhren. Am Himmel zogen Möwen kreischend ihre Runden. Es gab sogar eine Fischbude. Augenblicklich überkam sie der Appetit auf ein Matjesbrötchen, obwohl sie vom Frühstück noch gesättigt war. Zuerst aber hielt sie ihre Nase in den Wind, roch das Salz, das die Gischt der Wellen in der Luft versprühte, denn zu Katharinas Freude war das Wasser da.

Mit schnellen Schritten lief sie hinunter an den Strand. Der Wind wehte ihr ordentlich entgegen, sie breitete die Arme aus und drehte sich übermütig um sich selbst. »Ich bin wieder da!«, rief sie laut. Ihr Freudenschrei blieb unbeantwortet, denn außer ihr war niemand da. Der Strand war leer. Sie hatte ihn ganz für sich allein. Sie zog Schuhe und Strümpfe aus und lief bis an die Wasserkante. Bohrte ihre Zehen in den nassen Sand, der sich so anders anfühlte als an der italienischen Adriaküste in Rimini. Dieser Sand hier war Kindheit. Unbeschwerte Freiheit. Sie tauchte ihre Hände in die heranrollenden Wellen und hielt sie frisch vom Meerwasser benetzt unter ihre Nase. Ja. So roch ihre Heimat.

Spontan zog sie das Handy aus der Hosentasche, machte ein paar Bilder und ein Selfie. Mit der Nordsee im Hintergrund. Über WhatsApp schickte sie die Fotos an Hannes und ihre Kinder. *Liebe Grüße aus meiner alten Heimat! Schaut mal, das Meer ist zur Feier meiner Ankunft anwesend. Es ist zwar viel kühler als das Wasser an der Adria, aber es ist wunderbar!* Sie suchte ein rotes Herz in den Emojis, setzte es ans Ende der Nachricht und sendete sie ab.

Prompt kam eine Antwort von Johanna. *Super, dann müssen wir unbedingt so schnell wie möglich kommen.* Ein zwinkernder Smiley folgte. Auch Oskar schickte ein »Daumen hoch«-Emoji. Hannes blieb stumm. Sicher war er am Weinberg beschäftigt. Da ließ er sich nicht von seinem Handy stören. Obwohl, sie musste zugeben, ein wenig enttäuscht war sie schon darüber, seine Stimme seit gestern früh nicht mehr gehört zu haben.

Leider hatte der Fischimbiss noch nicht geöffnet, sodass sie auf das Matjesbrötchen verzichten musste, aber das lief ihr ja nicht davon. Sie nahm sich vor, am Mittag erneut zum Strand zu gehen, wo sie schon mal da war.

Als sie auf das Gelände der Werft fuhr, das am Binnentief, gleich hinter der Schleuse lag, staunte sie nicht schlecht. Natürlich hatte sie gewusst, dass ihr Vater den Betrieb im Laufe der letzten zwanzig Jahre stetig vergrößert hatte – Ingrid versorgte sie regelmäßig mit Informationen. Aber es war ein Unterschied, ob man Bilder und Presseartikel vor sich hatte oder die Dimensionen in der Wirklichkeit erfassen konnte. Die alte, aus dunkelbraunem Holz gefertigte Halle gab es noch, aber eine neue Halle war hinzugekommen. Yachten verschiedenster Größen lagerten auf Bootsböcken, und über die Slipanlage wurde gerade ein weiteres Schiff an Land gezogen. Bei dem Anblick machte ihr Herz einen Hüpfer. Ach, es war einfach unbeschreiblich, wieder hier zu sein.

Sie parkte, griff ihre Handtasche vom Beifahrersitz und lief voller Energie auf das Gebäude zu. Auch wenn ihr Vater den Bereich, der die Liegeplätze an Land und im Binnentief umfasste, erheblich vergrößert hatte, war das Bürogebäude in seiner ursprünglichen Art erhalten geblieben, lediglich ein Anbau war hinzugekommen. Als sie eintrat, kam ihr eine junge Frau aus einem angrenzenden Büro entgegen, dessen Tür offenstand.

»Moin, kann ich etwas für Sie tun?«, fragte sie freundlich.

Beinahe wäre Katharina jetzt ein »Grüß Gott« herausgerutscht, doch im letzten Moment besann sie sich anders. »Guten Morgen. Mein Name ist Katharina Baumgartner. Ich bin ... ich möchte gern zu Frau Brinkmann.«

Erfreut reichte die junge Frau Katharina die Hand. »Oh, Frau Baumgartner! Herzlich willkommen! Ich bin Andrea Edzards. Gibt es Neuigkeiten von Ihrem Vater? Wir alle hoffen, dass er bald wieder auf dem Damm ist.«

»Danke für die Nachfrage, es geht ihm den Umständen entsprechend«, antwortete sie zurückhaltend. »Ich werde ihm später Ihre guten Wünsche ausrichten.« Was die Angestellten wohl darüber dachten, dass sie jetzt plötzlich hier auftauchte?

»Danke. Wir alle hier schätzen Ihren Vater sehr. Die Stimmung war richtig gedrückt, als er mit dem Krankenwagen abtransportiert worden ist. Kommen Sie, ich begleite Sie zu Frau Brinkmann.« Andrea Edzards lief voraus, und Katharina folgte ihr.

Kurz darauf stand sie Ingrid gegenüber, die sie sofort umarmte.

»Guten Morgen, Kathie. Wie schön, dass du da bist. Hast du einigermaßen schlafen können?«, fragte sie besorgt.

»Erstaunlicherweise ja. Ich hab nicht einmal das Handy klingeln gehört, als mein Mann spät abends noch angerufen hat. Weißt du, an meinem Zimmer ist nichts verändert worden seit damals. Es war, als wäre ich wieder das junge Mädchen. Es war … ganz eigenartig. Aber vielleicht habe ich deshalb geschlafen wie ein Stein. Und entschuldige bitte, dass ich jetzt erst komme, aber ich musste unbedingt zuerst meine Füße in die Nordsee tauchen. Ich konnte nicht anders.«

»Das ist doch verständlich«, antwortete Ingrid. »Ich an deiner Stelle hätte es auch getan. Magst du einen Tee? Ich habe gerade einen aufgebrüht. Kluntjes und Sahne stehen schon nebenan.«

»Sehr gern. Es geht doch nichts über richtigen Ostfriesentee. In der Steiermark schmeckt er einfach nicht so gut wie hier.«

»Lass uns in das Büro deines Vaters hinübergehen«, schlug Ingrid vor. »Da sitzen wir bequemer.«

Mit einem eigentümlichen Gefühl trat Katharina in den großen Raum, dessen Fenster zum Binnentief hinausgingen. Ihr Blick fiel auf Segel- und Motorschiffe, die dicht aneinander an den Liegeplätzen vertäut waren. Die Septembersonne hüllte alles in ein warmes Licht. Der massive Schreibtisch aus Mahagoniholz stand so, dass ihr Vater in den Raum sah, vielleicht um sich nicht von der Idylle draußen ablenken zu lassen.

Zögernd trat Katharina näher. Nahm den Raum aus der Perspektive ihres Vaters wahr. An den Wänden hingen Bilder des verstorbenen Schortenser Malers Heinz Sauermann. Inselmotive. Maritim. Das Nordseefeeling einfangend. Sie wandte sich dem Tisch zu, auf dem eine Tastatur auf einer Schreibtischunterlage und ein Flachbildschirm die Hauptkomponenten bildeten. Links stand ein gerahmtes Foto ihrer Mutter. Auf dem Bild beschnitt sie lächelnd ihre Lieblingsrose an der Terrasse, eine Hand grüßend schwenkend. Die Aufnahme musste ein halbes Jahr vor ihrem Tod entstanden sein. Katharina wollte auf den Besprechungstisch zugehen, an dem Ingrid gerade die Teekanne mit der ostfriesischen Rose aufs Stövchen stellte, als die Bürotür mit Schwung geöffnet wurde.

»Katharina! Warum hat mir niemand Bescheid gesagt, dass du da bist?« Thomas trat in den Raum. Sofort veränderte sich die Atmosphäre. Ingrid Brinkmann richtete sich auf, stellte die Kanne ab und nickte förmlich. Argwöhnisch betrachtete Katharina die Situation.

»Guten Morgen«, begrüßte sie ihren Cousin. »Ich wäre gleich schon noch zu dir gekommen, ich wollte nur zunächst mit Ingrid …«

Thomas ließ sie nicht ausreden. »Danke, Frau Brinkmann. Wir melden uns, wenn wir etwas brauchen. Jetzt aber müssen meine Cousine und ich erst mal ungestört sprechen. Wir haben wichtige Entscheidungen zu treffen.« Er nahm auf dem Stuhl Platz, auf den Ingrid sich hatte setzen wollen. »Danke für den Tee. Umsichtig wie immer, liebe Frau Brinkmann. Umsichtig wie immer.« Er wandte sich Katharina zu. »Wenn du auch Platz nehmen würdest, dann können wir gleich zum Punkt kommen. Glaube mir, ich hätte dir das gerne erspart, aber wir können dieses Gespräch leider nicht umgehen. Die Zeit drängt. Es geht um die *Lange Anna.*«

* * *

Johanna war aufgeregt und nervös, als sie an Pauls Wohnungstür klingelte. Vor ihnen lagen ein paar himmlische ungestörte Tage. Seine Frau war in aller Herrgottsfrühe zu einer Chorreise nach Wien aufgebrochen. Sie sang im gemischten Chor der Basilika Mariatrost. Paul hatte erzählt, dass sie dort in der Kirchengemeinschaft Ablenkung fand und ihn nicht ständig mit ihrem Wunsch nach einem Kind nervte. Er habe sein Bestes gegeben, hatte er

Johanna versichert, aber zu ehelichem Beischlaf, streng getaktet nach einem Hormon-Zeitplan, der ihm aufzwang, auch mitten am Tag zwecks Zeugungsversuch die Arbeit zu unterbrechen, stehe ihm der Sinn absolut nicht. Und darum war ihm das neue Hobby seiner Frau mehr als recht. Die regelmäßigen Chorproben nahmen einen großen Teil von ihrem Leben ein. Einen Teil, an dem Paul nicht teilnehmen musste. Er mochte die kirchlichen Lieder ohnehin nicht.

Die Tür sprang so schnell auf, als hätte Paul direkt dahintergestanden und auf sie gewartet. »Komm herein.« Er nahm ihr die Reisetasche ab, zog sie in die Wohnung und in seinen Arm. »Schön, dass du da bist.« Gierig küsste er sie, und genauso gierig küsste sie ihn zurück.

Als sie Luft holen musste, fragte Paul: »Gab es Schwierigkeiten mit deinem Vater?«

Johanna zuckte mit den Schultern. Natürlich hatte es Streit gegeben, aber das mochte sie Paul gegenüber nicht eingestehen. Schließlich wollte sie für ihn eine Frau sein, kein Schulmädchen. »Ich hab ihm gesagt, dass ich ein paar Tage bei einer Freundin bin, dass wir die letzten freien Tage ausnutzen wollen, bevor wir mit dem Studium starten.«

In wenigen Wochen schon würde in Wien das erste Semester beginnen. Johanna hatte sich für den Bereich Weinbau und Weinwirtschaft an der Uni für Bodenkultur entschieden.

»Außerdem hab ich in den letzten Wochen wahnsinnig viel bei der Lese geholfen. Er kann sich also nicht beschweren.« Sie kuschelte sich an ihn. »Wenn ich erst in der WG in Wien wohne, kannst du mich besuchen, wann immer du willst. Da müssen wir auf niemanden Rücksicht nehmen.«

Er nahm sie bei der Hand. »Komm mit ins Schlafzimmer. Wir wollen unsere gemeinsamen Stunden doch gebührend beginnen.« Ihr Herz pochte, als sie ihm folgte. Sie war das erste Mal in seiner Wohnung. Ein wenig eigenartig fühlte sie sich schon, als sie in dem Zimmer stand, in dem er sonst mit seiner Frau schlief. Ob er die Betten frisch bezogen hatte? Sicher hatte er das, alles war so romantisch vorbereitet. Die Vorhänge waren zugezogen, auf den Nachttischen brannten Kerzen, eine Flasche Sekt stand im Kühler, Gläser daneben. Langsam zog er sie aus, küsste dabei ihren Körper. Als sie komplett nackt war, goss er den Sekt ein und reichte ihr ein Glas. »Auf dich!«, sagte er.

»Auf uns«, erwiderte sie und fragte irritiert: »Warum ziehst du dich nicht aus?«

»Gleich. Ich will erst noch deinen Anblick genießen.« Er entwendete ihr das Glas und drückte sie rückwärts auf das Bett. Dann nahm er ihre Hände und hielt sie über ihrem Kopf fest. »Jetzt bist du mir mit Haut und Haaren ausgeliefert«, sagte er ernst.

»Ja.« Sie lächelte. »Das bin ich wohl.« In diesem Moment war sie absolut glücklich.

* * *

Leise schloss Ingrid Brinkmann die Tür hinter sich. Was spielte Thomas für ein Spiel? Was musste er mit Katharina besprechen? Kathie hatte nichts mit der Werft zu tun. Gut, ihr Vater hatte ihr vor Jahrzehnten eine Vollmacht nicht nur über seine Privatkonten erteilt, sondern auch über die Firmenkonten. Er hatte dies nie widerrufen, aber das hatte nichts mit dem eigentlichen Betrieb zu tun. Und warum wollte Thomas über die *Lange Anna* sprechen?

Walter Hansen hatte das hochseetaugliche Passagierschiff vor einem Jahr auf Drängen seines Neffen gekauft, um neben der Werft ein zweites Standbein für die Firma aufzubauen. Thomas wollte damit den Linienverkehr von Hooksiel nach Helgoland begründen, da die Insel von dieser Seite des Jadebusens nicht mehr angefahren wurde, seit die Überfahrt von Wilhelmshaven aus eingestellt worden war. Er versprach sich viel von der neuen Fährverbindung, hatte Walter letztlich überzeugt und einen

Marketingstrategen engagiert, der die Fahrten bei Reiseunternehmen anpries.

Die Idee war nicht schlecht. Tatsächlich gab es einen regen Markt für Fährfahrten und jede Menge Buchungen. Vor allem Touristen, die auf dem Festland Urlaub machten, nutzten intensiv die Möglichkeit, Tagesausflüge auf die Ostfriesischen Inseln zu machen. Und nun bot die Hansen Werft obendrein Helgoland-Ausflüge an. Eine Fahrt zu Deutschlands einziger Hochseeinsel, dem exotischen Eiland. Das stieß auf großes Interesse.

Leider war der Traum im vorletzten Monat geplatzt. Auf der Jungfernfahrt nach Helgoland war ein Brand im Maschinenraum der *Langen Anna* ausgebrochen.

* * *

»Da du sicher nicht weißt, worum es geht, will ich dich eben ins Bild setzen«, begann Thomas freundlich, gab zwei Kluntjes in seine Tasse und goss den Tee darüber. Der Zucker knackte, Thomas nahm die kleine silberne Schöpfkelle und ließ Sahne in den Tee rinnen. Gegen den Uhrzeigersinn, wie es sich gehörte. »Die *Lange Anna* ist ...«

»... ein hochseetaugliches Passagierschiff, das regelmäßig von hier nach Helgoland fährt«, ergänzte Katharina ungefragt. »Ich habe sie vorhin im Außenhafen liegen gesehen.«

Überrascht sah Thomas sie an. »Ach. Du bist informiert? Das hat Walter mir gar nicht gesagt.« Thomas kniff die Augenbrauen zusammen. »Dann weißt du sicher auch, dass es beim ersten Einsatz einen Brand im Maschinenraum gegeben hat und das Schiff auf unbestimmte Zeit nicht einsatzfähig ist.«

Diesmal war es an Katharina, überrascht zu sein. »Nein. Ich wusste zwar von dem Brand, aber ich dachte, der Schaden sei inzwischen behoben.«

»Leider nicht. Und wie du dir vorstellen kannst, laufen die Kredite für die *Lange Anna* weiter und müssen bedient werden. Solange die Gutachter noch nicht abschließend festgestellt haben, ob es sich um einen Unfall oder Sabotage handelt, zahlt die Versicherung nicht.« Er trank einen Schluck von seinem Tee, lehnte sich auf dem Stuhl zurück und verschränkte die Arme vor der Brust. »Die Werft befindet sich dementsprechend in einer bedrohlichen Lage. Ohne das finanzielle Desaster mit der *Langen Anna* wären wir im grünen Bereich. Die neue Sachlage jedoch ...« Er öffnete theatralisch die Arme und beugte sich vor. »Tja, die kann uns den Todesstoß versetzen. Niemand weiß, wann die Gutachter zu ihrem abschließenden Urteil kommen.«

Katharina wurde blass. »Du meinst, die Werft läuft Gefahr, Insolvenz anmelden zu müssen?«

Thomas nickte. »Ja. Ich gebe dir gern die kompletten Unterlagen. Du hast doch damals Betriebswirtschaft in Wien studiert. Da wirst du dich schnell zurechtfinden. Denn wir müssen unverzüglich eine Entscheidung treffen.«

Verständnislos sah Katharina ihn an. »Eine Entscheidung? Hat das nicht Zeit, bis mein Vater wieder gesund ist?« Plötzlich kam ihr ein erschreckender Gedanke. »Ist die Sache mit dem Brand der Grund dafür, dass es ihm so schlecht geht?«

»Keine Ahnung. Es war ja kein Herzinfarkt, sondern eine nicht ausgeheilte Lungenentzündung.«

»Vielleicht ist er deswegen nicht beim Arzt gewesen, weil er dachte, er dürfe in einer solchen Situation nicht ausfallen«, versuchte Katharina das Verhalten ihres Vaters zu rechtfertigen. »Und warum soll ich mir die Unterlagen anschauen, wenn du sagst, die Werft steuert auf die Insolvenz zu. Ich habe doch überhaupt keine Befugnisse im Unternehmen.«

»Es geht zwar auch ums Anmelden der Insolvenz, vor allem jedoch geht es um den Verkauf der Werft. Wir müssen – im wahrsten Sinn des Wortes – das sinkende Schiff verlassen. Die Kosten für die *Lange Anna* treiben uns in den Ruin. Aber noch ist es nicht zu spät. Noch können wir mit einem blauen Auge davonkommen. Noch kriegen wir viel Geld beim Verkauf. Ich habe sogar schon einen Interessenten aufgetrieben.«

Katharina runzelte die Stirn. »Hast du mit meinem Vater darüber geredet?«, fragte sie.

Thomas griff zu seiner Tasse und trank einen Schluck, bevor er weitersprach. »Nein. Ich wollte erst alles so weit vorbereitet haben, dass ich ihm eine vernünftige Lösung vorschlagen kann. Weißt du, es ist nicht einfacher geworden mit ihm in den letzten Jahren. Du weißt, wie stur er sein kann. Das hat sich noch gesteigert. Es kommt mir vor, als wenn er sich Scheuklappen aufgesetzt hat und weder links noch rechts über den Tellerrand gucken will.«

»Aber er hat doch die *Lange Anna* erst vor Kurzem gekauft«, widersprach Katharina. »Das kann man kaum als engstirnig oder stur bezeichnen. Auch wenn der Kauf dein Vorschlag war, wenn ich richtig informiert bin.«

»Ja, das bist du. Aber er hat dem Kauf nur deshalb zugestimmt, weil ich ihm wieder und wieder eingehämmert habe, dass das ein unglaublich gutes Geschäft ist. Wenn nicht dieser vermaledeite Brand gewesen wäre, hätte sich die Investition innerhalb weniger Jahre amortisiert. Wir hatten bereits vor der ersten Tour Buchungen von Reisegruppen für zwei Monate im Voraus! Was meinst du, wie ich mich mit der Marketingfirma zusammen abgerackert habe, um das hinzukriegen. Dieser Balanceakt, auf der einen Seite den Schiffsmakler bei der Stange zu halten und auf der anderen Seite die Buchungsoptionen der Reiseunternehmen zu bekommen, hat wahnsinnige Kraft gekostet. Aber es hat sich gelohnt. Und als Walter schwarz auf weiß sah, dass sich ein gewinnbringendes Geschäft abzeichnet, hat er zugestimmt. Dass es diesen Brand geben würde, konnte ja keiner ahnen.«

»Du kannst doch die Segelwerft meines Vaters nicht einfach so über seinen Kopf hinweg verkaufen! Die Werft ist sein Leben! Wir müssen warten, bis er wieder gesund ist. Was hoffentlich ganz bald der Fall sein wird.« Katharina musste sich zusammenreißen, um nicht laut zu werden. Denn das, was Thomas da vorschlug, war ungeheuerlich.

Er sah sie nun kühl an. »Kapier es endlich. Die Werft steht am Abgrund. Wir haben schlicht kein Geld für die Kreditraten. Uns steht das Wasser bis zum Hals. Und wir werden mit Mann und Maus untergehen, wenn wir nicht handeln. Jetzt haben wir noch die Chance, mit einem blauen Auge davonzukommen. Aber die Zeit läuft uns davon.« Mit einem Ruck schob Thomas seinen Stuhl zurück. »Sei es, wie es sei, ich werde dir die Unterlagen zukommen lassen. Tu der Werft und ihren Angestellten den Gefallen und lies sie intensiv durch. Schließlich hängen ganze Existenzen an unserem Unternehmen. Familien. Wir dürfen nicht einfach zusehen, wie die Firma an die Wand fährt. Das sind wir unseren Leuten schuldig. Und du darfst eines nicht vergessen, liebe Cousine: Dein Vater ist knapp achtzig. Obwohl er meint, nach wie vor alles überblicken zu können, ist das seit geraumer Zeit nicht mehr der Fall. Über kurz oder lang hätte er selbst für den Ruin der Werft gesorgt.«

»Und warum hast du ihn dann dazu ermutigt, auch noch das Passagierschiff zu kaufen?«, fragte Katharina herausfordernd. Sie stand jetzt ebenfalls auf.

»Weil ich derjenige sein wollte, der das Unternehmen in eine glanzvolle Zukunft führt. Nur unter diesen Bedingungen, was soll man da noch machen …« Er hob bedauernd die Hände. »Zumindest werde ich alles dafür tun, damit der Betrieb von einer anderen Werft übernommen wird und die Arbeitsplätze erhalten bleiben.« Mit entschlossener Miene blickte er sie an, dann verließ er das Büro.

Sprachlos sah Katharina ihm nach. Dann ließ sie sich auf den Stuhl zurückfallen, verschränkte die Hände vor sich auf dem

Tisch und senkte erschöpft die Stirn darauf. Es war einfach zu viel, was da gerade alles auf sie einprasselte.

* * *

Ohne ein Wort lief Thomas Hansen an Ingrids Schreibtisch vorbei. An seinem Gesichtsausdruck war nicht abzulesen, was für ein Gespräch er mit Katharina geführt hatte und wie es verlaufen war. Ingrid ließ ein paar Minuten verstreichen, bevor sie an die Bürotür klopfte. Ein schwaches »Ja« erklang. Sie trat ein.

Katharina saß noch am Besprechungstisch und sah traurig zu ihr herüber. »Thomas hat gesagt, die Werft steht finanziell am Abgrund«, erklärte sie. »Weil die *Lange Anna* nicht einsetzbar ist und noch in den Sternen steht, wann sie die Verbindung nach Helgoland wieder aufnehmen kann.«

Ingrid setzte sich. »Das stimmt leider«, gab sie zu. »Es war ein Albtraum. Maschinenbrand auf der allerersten Fahrt. Wer rechnet denn mit so was? Bei einem neuen Schiff! Und deswegen untersuchen die Gutachter auch noch, ob der Auslöser ein technischer Defekt war oder vielleicht Sabotage.«

»Sabotage?«, fragte Katharina bestürzt. »Wie kommen die denn darauf?«

»Wie gesagt: Das Schiff war neu. Kein alter Kahn. Und bevor eine Versicherung eine derart hohe Summe bezahlt, drehen die jede Schraube an Bord um.«

»Aber das Gutachten kann sich doch nicht so lange hinziehen. Der Brand war vor zwei Monaten!«

Ingrid nickte. »Genau. Du kannst dir vorstellen, wie sehr das deinen Vater belastet hat. Er selbst hat die Fährverbindung auch gar nicht gewollt. Aber Thomas hat ihn immer mehr unter Druck gesetzt. Er hat behauptet, dass die Hansen Werft nur mit diesem zweiten Standbein in der Zukunft existieren könne.« Sie nahm Thomas' Tasse und stellte sie aufs Tablett.

Katharina stellte ihre Tasse dazu. »Vielleicht lag er mit seinen Überlegungen ja sogar richtig. Es konnte doch niemand ahnen, dass es zu einer solchen Katastrophe kommen würde.« Sie schürzte nachdenklich die Lippen. »Thomas meint, das Beste sei, die Werft zu verkaufen.«

»Wie bitte?« Fast hätte Ingrid das Sahnekännchen fallen gelassen.

»Es gibt wohl sogar schon einen Interessenten. Aber darüber hat Thomas noch nicht mit meinem Vater gesprochen. Und ehrlich gesagt, fühle ich mich von ihm ziemlich überfahren. Ich kann doch nicht einfach über den Kopf meines Vaters hinweg einem Verkauf zustimmen. Außerdem bin ich überhaupt nicht befugt, Firmenentscheidungen zu treffen. Ich finde, wir sollten warten, bis mein Vater wieder gesund ist und selbst entscheiden kann. Sonst würde die Tatsache, dass ich gemeinsam mit Thomas sein Lebenswerk verkauft habe, während er mit dem Tod gerungen hat, ihn womöglich endgültig gegen mich aufbringen.« Katharina zog die Nase hoch. »Vielleicht würde ihn das letztlich sogar umbringen. Nein, das kann ich nicht verantworten. Ich gucke mir gern die Unterlagen an und bringe mich auf den aktuellen Stand der Lage, aber mehr nicht. Einen Teufel werde ich tun.«

Ingrid lächelte sie an. »Richtig so. Du und dein Vater, ihr seid Kämpfernaturen.«

Katharina sah sie unglücklich an. »Ach, Ingrid. Wer weiß, ob man in diesem Fall überhaupt noch kämpfen kann. Bei einem Weingut kenne ich mich zwar mit der Buchhaltung aus, aber bei einer Werft? Davon hab ich keine Ahnung. Und was soll ich tun, wenn sich der Zustand meines Vaters nicht bessert?«

»Vielleicht kommen die Gutachter ja schon in den nächsten Tagen zu einem positiven Ergebnis«, sagte Ingrid optimistischer, als ihr zumute war. »Dann geht alles seinen geregelten Gang und die Gefahr ist gebannt.« Sie stand auf.

Katharina schnaubte kurz. »Dein Wort in Gottes Gehörgang.«

Ingrid nahm das Tablett mit beiden Händen.

»Warte«, sagte Katharina und erhob sich ebenfalls. »Ich mach dir die Tür auf.« Als Ingrid an ihr vorbeiging, sagte sie: »Ich hab gestern im Keller Weine von unserem Weingut entdeckt.«

Ingrid stellte das Tablett auf ihrem Schreibtisch ab. »Ja. Den Rosé, nicht? Der Welschriesling ist noch nicht da, den haben wir erst letzte Woche neu bestellt.«

Verblüfft sah Katharina Ingrid an. »Wie, den habt ihr erst letzte Woche neu bestellt?«

»Na, dein Vater mag die Weine eben, die du auf dem Gut fabrizierst. Den Rosé trinkt er am liebsten im Sommer, den Welschriesling das ganze Jahr über als leichten Wein zum Essen.«

»Aber wo hat er ihn denn gekauft? Bei uns jedenfalls nicht. Das hätte ich doch gesehen.«

»Wir beziehen ihn über euren deutschen Lieferanten. Der wollte zwar erst nicht, weil er sonst nur an Gastronomiebetriebe liefert, aber du kennst deinen Vater, der kann noch jeden überzeugen, das zu tun, was er möchte.«

»Wie lange denn schon?«, fragte Katharina entgeistert.

»Ich glaub, seit ungefähr fünfzehn Jahren.«

»Aber wieso hast du nichts davon gesagt oder geschrieben?«

»Walter hat es mir ausdrücklich verboten.«

»Ich fass das alles nicht.« Katharina schüttelte den Kopf. »Erst Thomas, der den Betrieb verkaufen möchte, und nun erfahre ich, dass unser Wein seit fünfzehn Jahren hierher geliefert wird … Das muss ich erst mal sacken lassen.«

»Natürlich. Es ist ja auch alles ganz schön viel auf einmal. Aber dass Thomas die Werft tatsächlich verkaufen will, das muss auch ich erst mal verdauen.« Ingrid nahm das Tablett auf, um es in die Teeküche zu bringen.

Katharina ging neben ihr her. »Ich werde als Erstes versuchen, mir einen Überblick zu verschaffen.« Sie runzelte die Stirn. »In Papas Büro müsste eigentlich alles Wichtige abgelegt sein, oder?«

»An und für sich schon, aber Thomas hat sich gestern einige Ordner rausgeholt. Er sagte, es ist für ihn einfacher, alles beisammen zu haben. Frag ihn doch.«

»Das mache ich. Aber jetzt muss ich an die frische Luft. Und anschließend fahre ich ins Krankenhaus.«

* * *

Den Kopf voller neuer, verwirrender Informationen verließ Katharina das Gebäude. Wie früher schlug sie automatisch den Weg zu den hintersten Liegeplätzen ein, wo der Alltagstrubel nicht hinkam. Dort auf einem der Stege könnte sie in aller Ruhe allein sein und ihre Gedanken sortieren. An den Strand könnte sie in der nächsten Zeit noch oft genug. Wie es aussah, würde sie sich auf eine längere Verweildauer einstellen müssen. Aber das war in Ordnung. Sie war fest entschlossen, hierzubleiben, solange ihr Vater sie brauchte.

Im Internet hatte sie gestern Abend noch über Komapatienten recherchiert und erfahren, dass es gerade in dieser schwierigen Phase für die Patienten wichtig war, Familienangehörige um sich zu haben, die ihnen durch sanften, humorvollen, vor allem aber liebevollen Umgang halfen, das Koma so gut wie möglich zu überstehen. Und egal wie Hannes auf die Nachricht reagierte, sie würde bleiben. Im Büro konnte die Hilfskraft eine Menge abfedern, vieles könnte Katharina sogar von hier aus regeln. Sie wollte diese Chance für sich und ihren Vater nutzen. Und selbst wenn sie sich nicht wirklich als gläubigen Menschen sah, so hatte sie doch in den letzten beiden Tagen für ihren Vater gebetet. Dafür, dass er allen ärztlichen Befürchtungen zum Trotz bald wieder gesund und in der Lage war, das Ruder selbst in die Hand zu nehmen.

Aber was, wenn nicht? Sie fuhr sich mit der Hand durchs Haar. Garantiert hatte er Vorkehrungen getroffen. Für den Fall, dass er krank werden würde oder ihm Schlimmeres zustoßen sollte. Er war ein Kontrollfreak, jemand, der nichts im Leben dem Zufall überließ. Sie nahm sich vor, zu Hause in seinem Arbeitszimmer nach entsprechenden Unterlagen zu suchen. Sie würde nicht tatenlos zusehen, sondern aktiv werden und sich um die anstehenden Dinge kümmern. Dieser Gedanke gab ihr ein gutes Gefühl.

Ein wenig beruhigt schlenderte sie über das Gelände. Aus einer der beiden Hallen hörte sie die typischen Geräusche, die die Wartung und Instandsetzung der Yachten, aber auch die Reinigung von Rumpf und Deck verursachten. Das alles hatte früher zu ihrem Leben gehört. War vertraut, bot Geborgenheit.

Es bedeutete aber auch Verantwortung.

Die sie nicht übernommen hatte.

Unvermittelt holte sie tief Luft, legte den Kopf in den Nacken und blickte in den wolkenlosen Himmel. Habe ich versagt, Mama? dachte sie. Aber ich habe doch auch das Recht auf ein selbstbestimmtes Leben. Langsam ließ sie die Luft durch die Nase entweichen und wollte weitergehen, als sie mit einem Bootsanhänger zusammenstieß, der langsam rückwärts aus der Halle geschoben wurde.

»Oh, Entschuldigung«, rief sie der Person an der Deichsel zu. »Ich habe nicht aufgepasst. Dabei weiß ich eigentlich, dass man auf der Werft seine Augen überall haben muss.«

Der Mann richtete sich auf. »Kathie?«

Er war groß. Und blond. Sein Gesicht war wettergegerbt, um seinen Mund lagen Lachfalten. Um seine Augen jedoch erkannte sie einen traurigen Zug.

Sie stutzte. »Matthias?« Das konnte doch nicht wahr sein. War er tatsächlich noch hier? War er all die Jahre geblieben? Einen Moment lang durchflutete sie ein glückliches Gefühl, das gleich darauf einer verlegenen Unsicherheit wich.

»Jo.« Er wischte seine Hände an der blauen Arbeitshose ab und trat auf sie zu. »Moin. Hab schon gehört, dass du hier bist. Tut mir leid mit deinem Vadder. Wir alle hier drücken ganz fest die Daumen, dass er schnell wieder auf den Beinen ist.«

Ein wenig unbeholfen standen sie sich gegenüber. Es war so lange her, dass sie sich zum letzten Mal gesehen hatten. Damals waren sie im Streit auseinandergegangen. Hatten danach keinen Kontakt mehr zueinander gehabt. Wie auch, es gab ja noch kein Handy für jedermann, und von sozialen Netzwerken oder Nachrichtendiensten war auch keine Spur. Das Internet hatte damals gerade erst begonnen, seinen Siegeszug anzutreten.

»Danke. Ich hoffe inständig, dass er die Krise übersteht und wieder gesund wird.« Sie sah Matthias an, und mit einem Mal spürte sie die alte Vertrautheit. »Es ist so viel Zeit vergangen, die er und ich nicht genutzt haben«, sprudelte es plötzlich aus ihr hervor. »Und ich wünsche mir nichts mehr, als dass wir uns versöhnen.«

»Tja. Ist wirklich verdammt viel Zeit vergangen.« Matthias legte den Kopf schief. So wie er es früher schon immer gemacht hatte. »Hast dich aber gut gehalten«, sagte er mit einem schelmischen Grinsen. Sofort war das Eis gebrochen.

Sie knuffte ihn in die Seite. »Du aber auch. Bist immer noch eine stattliche Erscheinung! Ich freu mich riesig, dich zu sehen. Hab gar nicht damit gerechnet, dass du noch hier arbeitest. Ich wollte Ingrid auf jeden Fall nach dir fragen, aber dann kam das Gespräch mit Thomas dazwischen und dann … Aber egal. Lassen wir das. Wie geht's dir? Bist du verheiratet? Hast du Kinder?«

»Jo. Zwei Söhne. Zwillinge. Sind zwanzig. Lars studiert Maschinenbau und ist gerade für ein Praxissemester in Stuttgart. Jonas hat eine Ausbildung als Tischler gemacht, sitzt an der Meisterprüfung und arbeitet in Jever. So hab ich zumindest noch einen in meiner Nähe. Und du? Bist du immer noch mit diesem Winzer verheiratet?« Das Lächeln wich einem ernsten Blick, und sie meinte, in seinen Augen immer noch einen Hauch der Verletzung zu sehen, die sie ihm damals zugefügt hatte.

»Ja. Ich hab auch zwei Kinder. Ein Pärchen. Johanna ist achtzehn und hat gerade die Matura hinter sich. Gott sei Dank. Schon mal ein Kind mit Schulabschluss. Oskar ist fünfzehn. Er steckt mitten in der Pubertät, will beweisen, wie cool er ist, und gerät ständig mit seinem Vater aneinander. Johanna möchte Winzerin werden. Noch. Aber wer weiß, ob sie die Ausbildung tatsächlich durchzieht. Obwohl ich es ihr zutraue. Sie ist sehr zielstrebig.«

»Das hat sie dann wohl von ihrer Mutter«, sagte Matthias. »Die hat auch gnadenlos das durchgezogen, was ihr in den Kopf kam.«

Sofort beschlich Katharina ein schlechtes Gewissen. Sie wusste, dass sie Matthias sehr wehgetan hatte. Aber es wäre nicht gutgegangen mit ihnen. Bestimmt nicht. »Tut mir leid«, sagte sie nun leise. »Ich hab mich damals sicher nicht ganz fair verhalten.«

»Nein, das hast du nicht«, bestätigte Matthias. »Du hast mich – und deinen Vater – vor vollendete Tatsachen gestellt. Bist hergekommen, hast gesagt, was du sagen wolltest, nur um gleich wieder nach Wien abzudampfen.«

»In die Steiermark«, korrigierte Katharina automatisch.

»Ist doch Wurscht. Du hast deinem Vater und mir erzählt, dass du dich in einen Österreicher verliebt hast, dass du ihn heiraten und in Österreich leben willst. Und wir standen da. Also jeder von uns für sich, meine ich. Dein Vater hatte dich als seine Nachfolgerin gesehen. Und ich … na ja.«

Katharina schluckte. »Es war für mich auch nicht einfach.«

Matthias grunzte kurz. »Das kann ich mir allerdings nur schwer vorstellen. Ist aber jetzt auch egal. Inzwischen ist viel Zeit vergangen. Ich bin dir nicht mehr böse. Hab mein Leben auch ohne dich ganz gut auf die Reihe bekommen.«

Sie lächelte ihn zaghaft an. »Bist du mir wirklich nicht mehr böse?«

»Na ja. Nur ein wenig noch.« Er zwinkerte ihr zu. »Aber nun mal ehrlich: Nein. Sollte wohl alles so sein. Ist ja auch schon ein halbes Leben her. Und man muss vergeben und vergessen können.«

»Da bin ich froh.« Und das meinte Katharina genau so, wie sie es gesagt hatte. Es tat bei all den Turbulenzen hier so unglaublich gut, unvermittelt einem Menschen gegenüberzustehen, zu dem sie eine enge, vertrauensvolle Beziehung gehabt hatte, auch wenn das schon eine ganze Weile her war. Sie lächelte dankbar. »Ich hab gestern, als ich das erste Mal nach all den Jahren wieder in meinem alten Zimmer war, im Nachttisch mein altes Tagebuch gefunden. Da ist ein Foto von uns beiden drin.«

Matthias grinste. »Kannst mal sehen. So schnell holt einen die Vergangenheit wieder ein. Erzähl, was hattest du dazu geschrieben?«

»Ach, das Übliche.« Katharina wurde ein wenig verlegen. »Was ein verliebter Teenie eben so schreibt.«

Matthias' Lächeln verschwand. »Ah ja? Schade eigentlich. Ich dachte damals, das mit uns wäre was Besonderes. Na, hat sich ja auch gezeigt, dass es für dich nicht wirklich was Besonderes war.«

»Das kannst du so nicht sagen. Es war …« Katharina wusste nicht, was sie sagen sollte. Sie hatte Matthias damals geliebt. Aufrichtig. Doch dann kam Wien, die große, weite Welt. Das Studium. Und der charmante, weltoffene Hannes. Matthias hingegen … Er war so norddeutsch. So heimatverwachsen. Unglücklich sah sie ihn an, er zuckte kurz mit den Schultern und ging zur Deichsel zurück.

»Ich muss dann mal wieder. Bin ja nicht zum Spaß hier. Wie lange bleibst du denn?«

»So lange wie nötig.«

Matthias ließ die Deichsel los. »Das heißt, du reist nicht morgen oder übermorgen gleich wieder ab?«

»Nein. Ich bleibe, solange mein Vater mich hier braucht.«

»Und dein Winzer? Was sagt der dazu?«

Katharina vermied es, direkt darauf zu antworten. »Ich war lange genug fort. Jetzt zählt nur mein Vater. Und solange er hilflos im Krankenhaus liegt, bleibe ich.«

»Gut.« Ein zufriedenes Lächeln umspielte Matthias' Mund, als er die Deichsel wieder anhob und den Bootsanhänger weiterschob.

* * *

Als Katharina das Krankenhauszimmer betrat, lag ihr Vater wie schon am Tag zuvor bleich im Bett. Die Geräte piepten leise. Sachte zog sie sich den Stuhl heran, setzte sich und nahm seine Hand. Sein Zustand war unverändert, wie sie von der Krankenschwester erfahren hatte.

»Hallo, Papa«, sagte sie. »Ich soll dich von allen Mitarbeitern der Werft ganz herzlich grüßen. Sie wünschen dir gute Besserung und hoffen, dass du bald wieder bei ihnen sein kannst.« Behutsam streichelte sie seine Hand und beobachtete ihn. Doch er reagierte nicht. Ob er sie hörte? Egal, sie sprach einfach weiter. »Ich hab dich all die Jahre sehr vermisst, Papa. Und auf dem Flug nach Bremen sind mir so viele Sachen wieder eingefallen.« Ein Lächeln glitt über ihr Gesicht.

»Weißt du noch, als du mir das Fahrradfahren beigebracht hast? Mama hat damals mit der Super-8-Kamera gefilmt, wie du neben mir hergerannt bist und mich an der Kapuze meiner Jacke festgehalten hast. Meist haben wir die alten Filme im Winter rausgeholt, daran kann ich mich gut erinnern. Dann haben wir es uns im Wohnzimmer gemütlich gemacht, und Mama hat mir ein Schälchen mit geknackten Nüssen und einer gepellten Mandarine zum Knabbern gegeben.«

Gespannt beobachtete sie, ob sich bei ihren Worten eine Regung in seinem Gesicht abzeichnete, doch sie suchte vergeblich.

»Und weißt du noch, dass ich unser Auto lenken durfte, wenn wir auf dem schmalen Waldweg zum Braunen Hirschen in den Upjeverschen Forst gefahren sind? Ich war so stolz! Ich durfte auf deinem Schoß sitzen und lenken. Natürlich bist du nur Schrittempo gefahren. Mama war es trotzdem nicht recht, aber wir beide hatten Spaß. Johanna hat inzwischen übrigens auch schon den Führerschein. Es ist gar nicht so leicht, ruhig neben einem Fahranfänger sitzen zu bleiben, habe ich festgestellt.

Johanna wäre übrigens am liebsten gleich mitgekommen. Aber ich denke, wir warten, bis es dir wieder besser geht, bevor sie und Oskar herkommen. In Johanna wirst du dich verlieben. Sie sieht dir und vor allem Mama sehr ähnlich. Wenn sie lächelt, hab ich das Gefühl, Mama lächelt mich an. Ich werde nachher zu Hause mal die alten Fotoalben heraussuchen und die Bilder von früher angucken. Als ihr euch verlobt habt. Bestimmt erkenne ich in Mama auch vieles von Johanna.«

Während sie sprach, betrachtete sie weiter sein Gesicht. Suchte nach Anzeichen dafür, dass er hörte, was sie sagte. Aber da regte sich nichts. Vielleicht war es für ihn auch zu viel. War sie bereits zu lange bei ihm?

»Weißt du, Papa, ich will dich jetzt auch nicht überstrapazieren. Ich geb dir einen Kuss, und dann fahre ich nach Hause. Ich hab mich übrigens sehr darüber gefreut, dass du unseren Wein im Keller hast. Du kleiner Schlawiner. Hättest dich doch direkt an mich wenden können. Ich hätte dir auch Prozente gegeben.« Sie lachte leise, stand auf, beugte sich über ihn und küsste seine bleiche Wange. »Bis morgen, Papa. Und falls etwas ist, sag der Schwester Bescheid, sie hat meine Handynummer, dann bin ich im Nu bei dir.«

Die Leichtigkeit wich, sobald Katharina die Intensivstation verlassen hatte. Ob irgendetwas von dem, was sie gesagt hatte, zu ihm durchgedrungen war?

* * *

Nachdenklich stieg Matthias Behrendt auf sein Fahrrad. Ausnahmsweise hatte er heute zeitig Feierabend gemacht. Normalerweise blieb er länger, denn seine Arbeit machte ihm Spaß, sie war ihm wichtig und gab ihm vor allem nach dem frühen Tod seiner Frau Kerstin Halt, denn die Jungs waren flügge, lebten ihr eigenes Leben. Im ersten Jahr nach Kerstins Tod hatten sie sehr stark aufeinandergehangen, wie man so schön sagte, sich gegenseitig Trost gegeben. Mittlerweile war eine neue Form der Normalität eingekehrt. Auch wenn Kerstin immer Teil seines Lebens bleiben würde, er hatte sich an den Alltag ohne sie gewöhnt. Die Arbeit hatte ihm dabei geholfen.

In gemäßigtem Tempo radelte Matthias entlang der Wasserkante des Hooksieler Binnentiefs. Es war ein schöner und entspannter Weg zur Arbeit und zurück. Quer durch die Natur. Der Pfad war von Bäumen gesäumt, aber nicht zu sehr kultiviert. Sträucher, die am Rand wuchsen, streckten ihre Äste aus. Im Sommer konnte man beschattet vom Naturdach der Bäume vom Dorf bis an den Außenhafen fahren.

Matthias' Gedanken wanderten zu Katharina. Obwohl er damit gerechnet hatte, ihr in den nächsten Tagen zu begegnen, war das Zusammentreffen überraschend gewesen. Ein Zufall, eine Art Zusammenstoß. Und da war trotz der Distanz, die durch das Ende der Beziehung entstanden war, trotz der Trauer, die ihn damals gequält hatte, gleich wieder eine besondere Nähe zwischen ihnen gewesen. War es sentimentale Verbundenheit? Es hieß ja, die Zeit heilt alle Wunden. Ob das in seinem Fall so war? Oder hatte Kerstins Liebe diese Wunde schließen können? War es jetzt nur eine Erinnerung an vertraute gemeinsame Zeiten, in denen man sich miteinander wohlgefühlt hatte?

Keine Ahnung. Auf jeden Fall war es erstaunlich unkompliziert gewesen. Matthias schaltete einen Gang höher. Musste nun kräftiger in die Pedale treten. Sich anstrengen. Das war erheblich besser, als sich mit Begegnungen aus der Vergangenheit zu beschäftigen.

* * *

Hannes Baumgartner kam gerade aus der Dusche und hüllte sich in ein großes weißes Badetuch, als das Handy klingelte. Er hatte es auf den Badewannenrand gelegt. Nur für den Fall, dass etwas Wichtiges sein sollte. Katharinas Anruf zum Beispiel. Gut, er musste zugeben, dass er nicht gerade sensibel reagiert hatte, als Katharina Knall auf Fall erklärt hatte, dass sie nach Deutschland zu ihrem Vater fahren wolle. Aber Herrschaftszeiten, der Typ hatte sich voll und ganz gegen ihn gestellt! Ohne ihn überhaupt richtig kennengelernt zu haben. Arroganter Piefke!

Dennoch wusste Hannes, wie sehr sich Katharina die Versöhnung mit ihrem Vater wünschte. Und sie hatte sich ja auch wunderbar in seine eigene Familie eingefügt, war seinen Eltern zur Tochter geworden. Darum hatte er eingelenkt. Obwohl er die unbegründete und heftige Ablehnung seines Schwiegervaters noch immer wie einen Stachel spürte.

Hannes trocknete die Finger ab und nahm das Gespräch an. »Baumgartner.«

»Ich bin's. Die Kathie.«

»Servus, mein Schatz. I hab grad an dich gedacht. Schön, dass'd dich meldest.«

»Ja, entschuldige bitte, ich muss gestern tief und fest geschlafen haben, ich hab deinen Anruf gar nicht mitbekommen.«

»Na geh, is doch net weiter schlimm«, sagte er versöhnlich und setzte sich auf den Badewannenrand. »Willst mir net erst amol erzählen, wie's deinem Vater geht?«

»Er liegt im Koma. Ich hab gar nicht mit ihm sprechen können. Und in der Werft scheint es massive Probleme zu geben, hat mir mein Cousin berichtet.« Ausführlich erzählte sie ihm, was sie von Thomas erfahren hatte. »Ich werd erst einmal hierbleiben müssen, Hannes.«

»Was soll das heißen, ›hierbleiben‹? Und unser Weingut? Wie soll das laufen, wenn'st in Deutschland bleibst? I hab mit der

Weinlese g'nug an den Hacken, das weißt schon, gell?« Hannes bemühte sich, ruhig zu bleiben.

»Wir haben Frau Moser, die wird das im Büro richten. Und ich kann von hier aus auch eine Menge erledigen. Du wirst sehen, du spürst es im Betrieb kaum, dass ich nicht da bin.« Katharina machte eine Pause. »Hannes, du verstehst, dass es mir wichtig ist, in dieser Situation bei meinem Vater zu bleiben?« Er hörte einen leicht flehentlichen Ton in ihrer Stimme.

»Ich erinnere dich nur daran, dass er nix mehr von dir hat wissen wollen, nachdem du ihm gesagt hast, dass du mich heiraten und hierbleiben willst«, gab Hannes knapp zurück. Wenn er sich anstrengte, konnte er durchaus hochdeutsch reden. »Aber wir müssen die Sache net no amol wieder aufwärmen. I denk nur: Wenn er stirbt, ohne seine Enkelkinder je gesehen, ohne sich mit dir ausgesöhnt zu haben, ist es seine Schuld. Nicht deine.«

»Ich möchte trotzdem die Möglichkeit nutzen, die mir vielleicht noch bleibt«, erwiderte Kathie.

»Du bist erwachsen, du kannst deine eigenen Entscheidungen treffen«, sagte er. »Denk halt nur daran, dass du hier deinen Mann und deine Kinder hast. Und das Weingut.«

»Natürlich, Hannes. Und das weißt du auch.«

»Du, Kathie, i muss mi jetzt fertig mach'n, i steh hier noch im Badetuch.« Er stand auf und öffnete das Fenster, um den Wasserdampf rauszulassen.

»Alles klar. Grüß die Kinder lieb von mir. Bussi.«

»Bussi«, gab er zurück und beendete das Gespräch.

Er hatte sich gerade abgetrocknet und war dabei, sich mit der neuen Bodylotion einzucremen, die ihm eine Verkäuferin in der Parfümerie aufgeschwatzt hatte, als das Festnetztelefon klingelte. »Hast noch was vergessen?«, fragte er lächelnd, wurde jedoch von einer gurrenden Frauenstimme überrascht.

»Ja, sag amol, was ist jetzt das für eine Begrüßung? Mit wem hast denn gerechnet?« Bine war dran. Kathies beste Freundin.

»Die Kathie is' net da. Die is' in Deutschland. Kannst sie übers Handy erreichen.« Er wandte sich wieder dem Spiegel zu und verteilte die Bodylotion in langsam kreisenden Bewegungen auf seinem Oberkörper.

»Ich weiß«, sagte Bine. »Ich hab vorhin mit ihr telefoniert. Sie hat mich gebeten, zwischendrin mal nach den Kindern zu schaun. Du bist ja mit der Weinlese arg beschäftigt. Ich könnt kommen, und wir essen zusammen zu Abend. Ich richt's auch, du brauchst dich um nichts zu kümmern.«

»Heut net«, gab Hannes zurück. »Es war ein langer Tag. Und den Kindern geht's gut. Sie haben ja ihren Vater, da kann die Mutter auch amol für ein paar Tag' fort sein.«

»Schade. Vielleicht in den nächsten Tagen?«, fragte Bine fröhlich. »Immerhin hab ich den Auftrag von deiner Frau, nach euch zu sehen.«

»Na, wenn's denn so is ... Dann komm halt morgen Abend vorbei.«

* * *

Nach dem Telefonat starrte Katharina noch eine Weile aus dem Küchenfenster in den Garten. Amseln hüpften auf dem gemähten Rasen herum, ein Rotkehlchen und ein Zitronenfalter flatterten um den Kirschbaum. Sie hatte den Unterton in Hannes' Stimme wohl gehört. Normalerweise war sie stets darum bemüht, Frieden innerhalb der Familie zu halten, zwischen ihm und den Kindern zu vermitteln. Leider wechselte seine Laune in den letzten Jahren öfter von einem Moment auf den anderen. Katharina schob das auf die Arbeit, denn sie hatten expandiert und einen Hofladen eröffnet, in dem Hannes sich zusätzlich nach Feierabend aufhielt. Er liebte es, Kunden von den Vorzügen seiner Weine vorzuschwärmen, sie verkosten zu lassen, und neuerdings spukte ihm der Gedanke im Kopf herum, einen eigenen Gin herzustellen.

Jetzt aber würde sie seinem Unmut nicht nachgeben. Ihr momentaner Platz war hier. Bei ihrem Vater. Irgendwie hatte sie auch das Gefühl, ein wenig seinen Platz in der Werft einnehmen zu müssen. Nicht arbeitstechnisch, natürlich nicht, dazu war sie viel zu unerfahren in seinem täglichen Geschäft, aber doch so, dass die Belegschaft merkte, es war noch ein Teil von ihm da.

Das Gespräch mit ihrem Cousin kam ihr wieder in den Sinn. Er wollte die Werft, so schnell es ging, verkaufen. Warum die gesamte Werft? Warum nicht lediglich das Schiff? Es musste doch auch trotz des Brandes im Maschinenraum eine Menge wert sein. Zumindest könnte man den Kredit damit sicher zum Teil ablösen. Katharina kniff die Augen zusammen und fasste einen Entschluss.

Sie lief zum Arbeitszimmer ihres Vaters, verharrte dann aber doch einen Moment vor der geschlossenen Tür, bevor sie sie mit einem Ruck öffnete.

Auch hier hatte sich nichts verändert. Sein schwerer Mahagoni-Schreibtisch beherrschte den Raum, mit Ordnern gefüllte Regale säumten die Wände. Das große Fenster gab hier ebenfalls den Blick in den Garten frei. Langsam ging sie auf den Schreibtisch zu, trat neben den Drehstuhl und blickte überrascht auf die Fotos, die in silbernen Rahmen neben dem Computerbildschirm standen. Mit dem Bild ihrer Mutter hatte sie gerechnet. Nicht aber mit einem von sich selbst und einem von Oskar und Johanna.

Vollkommen perplex ließ sie sich auf den Drehstuhl sinken. Starrte die Bilder an. Das waren keine von denen, die sie ihrem Vater geschickt hatte. Diese Aufnahmen kannte sie nicht. Sie betrachtete die Bilder genauer. Weder sie noch die Kinder hatten direkt in die Linse geblickt. Sie waren fotografiert worden, ohne es zu merken. Wer hatte hinter der Kamera gestanden? Wer hatte auf den Auslöser gedrückt? Ihr Vater konnte es nicht gewesen sein. Sie hätte ihn garantiert erkannt. Wer dann? Was ging hier vor? Was war vorgegangen in den letzten zwanzig Jahren bis heute? Denn das hier war kein altes Bild. Es musste im Laufe des letzten Jahres entstanden sein. Und es war auf ihrem Weingut gemacht worden. Das sah Katharina sofort. Gänsehaut lief ihr über die Arme.

Was gab es noch für Geheimnisse? Während sie dachte, ihr Vater hätte sie rigoros aus seinem Leben gestrichen, hatte er nicht nur ihren Wein bestellt, sondern sich auch Fotos von ihr und den Kindern beschafft. Katharina überlegte. Sollte sie Ingrid anrufen? Ach was, das hatte auch Zeit bis morgen. Sie startete den Computer. Wenn sie Glück hatte, war er nicht passwortgeschützt, und sie könnte direkt ins Internet. Zwar hatte sie ihr iPad oben in ihrem Zimmer, doch am Computer war es komfortabler, sich die Unterlagen anzuschauen, die Thomas ihr schicken wollte. Aber zur Not könnte sie auch ihr Handy als mobilen Hotspot nutzen.

Der Bildschirm leuchtete auf. Und in der Mitte prangte die Aufforderung, ein Passwort einzugeben. Verdammt. Hätte sie sich eigentlich denken können, dass ihr Vater seine Daten nicht ungeschützt ließ. Katharina erhob sich und trat ans Regal. Sie legte den Kopf schief und las die Ordnerrücken. Sie war sich sicher, dass hier irgendwo eine Liste mit Passwörtern deponiert war.

Nachdem sie eine halbe Stunde lang vergeblich in verschiedenen Ordnern gesucht hatte, ließ sie sich entmutigt auf den Schreibtischstuhl fallen. So ein Mist. Aber irgendwo musste es eine Liste geben. Aus einem Reflex heraus hob sie die dunkelblaue Schreibtischunterlage aus Leder an, die sie ihrem Vater zu seinem fünfundfünfzigsten Geburtstag geschenkt hatte. Inzwischen wies sie deutliche Macken auf, an vielen Stellen war das Leder abgegriffen, hatte sich gelöst. Dennoch rührte es sie, dass er die Unterlage behalten und nicht durch eine neue ersetzt hatte.

Sie blickte auf eine Anzahl unterschiedlichster Zettel. Und tatsächlich. Am einfachsten Ort von allen lag ein gefalteter DIN-

A4-Bogen, der nach der gesuchten Liste aussah. Sie zog ihn hervor und jubilierte innerlich: Da waren sie, die Passwörter. Voller Elan und mit einem Hauch Wehmut tippte sie die Buchstaben und Zahlen ein: Ursel020875. Der Vorname ihrer Mutter und das Datum, an dem ihre Eltern geheiratet hatten.

Mit wenigen Klicks öffnete sie den Browser ihres Mail-Anbieters und loggte sich ein. Thomas' Mail wartete bereits im Posteingangsordner auf sie.

* * *

Walter Hansen spürte, dass sich etwas um ihn herum veränderte. Obwohl er wild und unzusammenhängend träumte, obwohl er nicht wusste, was real war und was nicht, spürte er mitunter eine Wärme, die ihn glücklich machte. Er meinte, Katharinas Stimme zu hören, wie sie liebevoll mit ihm sprach. Im Traum sah er auch seine Enkelkinder, Oskar und Johanna, obwohl er sie nur von Fotos kannte. Die Bilder verschwammen. Wandelten sich von angenehm in alptraummäßig. Da war ein Tiger, der ihm die Werft entreißen wollte. Und wieder Katharinas zärtliche Stimme. Wie sehr er sich nach ihr sehnte. Er wollte den Gedanken an sie festhalten, doch er spürte, wie er wieder abdriftete in diesen diffusen Schlaf, in dem gar nichts mehr zu ihm durchdrang. In einen Zustand, aus dem selbst die Träume ausgesperrt waren.

* * *

Es war bereits kurz nach dreiundzwanzig Uhr, als Katharina mit der ersten oberflächlichen Durchsicht der gesendeten Unterlagen fertig war. Thomas hatte nicht übertrieben, die betriebswirtschaftliche Auswertung der letzten Monate sah alles andere als rosig aus. Er hatte ihr zudem eine Menge Dokumente geschickt, die sie zwar angesehen hatte, die für sie jedoch vollkommen zusammenhanglos waren. Kurz gesagt: Sie hatte keine Ahnung, was in der Werft wirklich vor sich ging.

Sie merkte nur, dass sie sich tiefer in alles hineinknien musste, um zu begreifen, was los war. Allein an der *Langen Anna* konnten die Probleme nicht liegen.

Katharina raufte sich mit beiden Händen die Haare. So kam sie nicht weiter. Sie musste mit Thomas sprechen. Vielleicht auch mit Matthias. Schließlich war er lang genug bei der Werft und wusste sicher auch einiges über die Gesamtsituation. Entmutigt fuhr sie den Computer herunter. Dann reckte sie zuversichtlich das Kinn in die Höhe. Es wäre ja gelacht, wenn sie die Sachlage nicht durchschauen würde. Sie musste sich einfach mehr Zeit geben. Jetzt allerdings sollte sie schleunigst ins Bett und schlafen.

FREITAG

Als ihr Wecker am nächsten Morgen klingelte, sprang Katharina energiegeladen aus dem Bett. Sie brühte sich einen Kaffee auf, holte einen Joghurt aus dem Kühlschrank, schnitt sich einen Apfel hinein und begann noch im Schlafanzug, zu essen. Dabei las sie das *Jeversche Wochenblatt* und schmunzelte über den Bericht zu einer Aktion, die am kommenden Wochenende im Nachbarort Schillig stattfinden sollte. Falsch, eigentlich nicht direkt im Ort. »Schollenbraten im Watt« hieß die verlockende Ankündigung. Gastronomen taten sich für diese Veranstaltung zusammen, stellten Pavillons im Watt auf, brieten dort Schollen und verkauften sie zusammen mit Bratkartoffeln oder Kartoffelsalat.

Vielleicht sollte sie sich das Spektakel ansehen und endlich mal wieder eine frische Kutterscholle essen. Ja, das war eine gute Idee! Sie faltete die Zeitung zusammen, rief im Krankenhaus an, goss sich noch einen Kaffee ein, nahm ihn mit ins Bad, sprang unter die Dusche und verließ eine gute halbe Stunde später das Haus.

Auf der Werft herrschte geschäftiges Treiben, als sie vom Parkplatz zum Verwaltungsgebäude hinüberlief. Die so typischen Maschinengeräusche waren zu hören. Zwei Mitarbeiter holten ein kleineres Segelschiff aus dem Wasser. Matthias war nicht dabei. Ob sie zu ihm gehen sollte? Vielleicht könnten sie am Wochenende gemeinsam mit seiner Frau einen Kaffee trinken. Oder würde die das nicht wollen? Zu gerne würde Katharina sie kennenlernen.

Sie betrat das Verwaltungsgebäude und ging hinauf in das Vorzimmer ihres Vaters.

»Guten Morgen«, begrüßte sie Ingrid Brinkmann. Sie ahnte, dass die Sekretärin ihres Vaters sicher bereits seit einer Stunde am Schreibtisch saß. »Ich wollte dir nur Bescheid geben, dass ich da bin. Ich möchte mit Thomas reden. Er hat mir einige Unterlagen zugeschickt, ich habe dazu allerdings noch etwas Erklärungsbedarf.«

»Hast du denn gut geschlafen?«, fragte Ingrid fürsorglich. »Und wie geht es deinem Vater?«

»Keine Veränderung. Ich war gestern etwas über eine Stunde bei ihm. Hab ihm von der Vergangenheit erzählt, also von Mama und von meinen Kindheitserinnerungen, seine Hand gestreichelt ... Aber ob er irgendetwas mitkriegt? Ich weiß es nicht. Im Internet hab ich gelesen, dass man Komapatienten etwas Aufbauendes erzählen soll, denn sie scheinen durchaus etwas mitzubekommen. Man kann sogar Witze erzählen, über die sie früher gelacht haben. Das hab ich allerdings nicht gemacht. Er war ganz ruhig, vielleicht hat er gespürt, dass jemand bei ihm ist, der ihn mag.«

»Ich bin sicher, dass er spürt, dass *du* bei ihm bist«, sagte Ingrid im Brustton der Überzeugung.

»Schön wär's«, gab Katharina zurück. »Bis später.«

»Bis nachher. Soll ich dir einen Kaffee durchlaufen lassen?«

»Das ist ganz lieb, aber so schnell werde ich nach der Dosis heute Morgen schon nicht unter Koffeinentzug leiden. Ich komme lieber nachher auf eine Tasse Tee bei dir vorbei, das dauert ja auch nicht so lang. Servus!« Katharina winkte Ingrid zu und schloss die Tür.

* * *

Servus. Ingrid sah die geschlossene Tür an, als könnte sie durch sie hindurchschauen und Katharina mit ihrem Blick folgen, wenn sie nun mit Thomas sprach. Auch wenn Kathie den österreichischen Akzent noch nicht vollkommen übernommen hatte, ihr Sprachgebrauch zeugte deutlich davon, dass sie schon lange in Österreich lebte. Wie ihre Kinder wohl sprachen? Waren sie Österreicher durch und durch? Ingrid hatte die Bilder von Johanna und Oskar gesehen, Walter Hansen hatte die Briefe seiner Tochter immer mit auf die Werft gebracht. Zusammen mit einem Fotoalbum, das er gekauft und in das Ingrid die Bilder eingeklebt hatte. Kathies Bilder. Und die anderen.

Je älter Oskar wurde, desto mehr fiel Ingrid die Ähnlichkeit auf, die das Kind mit Walter Hansen hatte. Die schwer zu bändigenden Haare, die großen, lieben Augen und die Mundpartie erinnerten stark an den Großvater, genauso hatte er in jüngeren Jahren ausgesehen. Nach wem Johanna kam, ließ sich hingegen nicht so einfach sagen. Obwohl sie die Mundpartie eindeutig von Walters verstorbener Frau Ursel hatte.

Ingrid seufzte. Sie hoffte so sehr, dass Johanna und Oskar ihren Opa noch kennenlernen konnten. Oft genug hatte sie, wenn wieder ein Brief von Katharina kam und sie die Bilder einklebte, ihren Chef darum gebeten, seine Sturheit abzulegen. Sie wusste doch, wie sehr er an seiner Tochter hing. Das zeigte nicht allein das Fotoalbum. Doch Walter Hansen gab nicht nach. »Kathie hätte mehr kämpfen müssen«, hatte er ein ums andere Mal gesagt. »Sie weiß, wie sehr ich sie liebe. Sie hat nur meine Ablehnung für ihre Lebensentscheidung gesehen. Und sich beleidigt zurückgezogen.«

»Weil Sie ihr zu verstehen gegeben haben, dass Sie sie nicht mehr sehen wollen!«, hatte Ingrid immer wieder protestiert.

»Ich habe die Briefe immerhin nie zurückgeschickt«, hatte Walter Hansen erklärt, als wäre das allein schon Liebesbeweis genug. »Sie hätte von Angesicht zu Angesicht mit mir reden, noch einmal herkommen müssen, nachdem sie direkt nach unserem Streit die Sachen und ihren Winzer gepackt hat und eingeschnappt abgefahren ist. Hätte sie mit der Faust auf den Tisch gehauen und aufrecht vor mir gestanden, hätte ich ihr geglaubt, dass sie den richtigen Weg geht. Aber diesen Mumm hat sie nicht gehabt. Bilder zu schicken und anzurufen – das ist halbherzig. Aber hierherzukommen, das war ihr nicht mehr wichtig. *Ich* war ihr nicht mehr wichtig. Und das, obwohl wir uns doch immer so nahstanden. Es schmerzt noch immer. Jeden Tag. Daran können auch diese Almosen, die sie mir schickt, nichts ändern.«

Es war ein Jammer. Da standen sich Vater und Tochter durch ihre Sturheit selbst im Weg. Dabei wussten sie doch, wie schnell ein Leben vorbei sein konnte. Sie hatten es nicht nur bei Ursel gesehen.

Auch Angelas Unfall hatte vor Jahren auf drastische Art gezeigt, wie schnell sich das Leben von heute auf morgen wenden konnte. Danach war für Ingrid nichts mehr wie früher gewesen.

* * *

»Grüß dich, Thomas. Danke für die Unterlagen. Ich hab sie mir gestern Abend angeschaut, aber du müsstest mir noch einiges erklären.« Katharina kam ohne Umschweife zur Sache, als sie das Büro ihres Cousins betrat.

»Moin.« Thomas erhob sich, trat auf sie zu und begrüßte sie per

Handschlag. »Gut, dass du dir die Zeit genommen hast. Die betriebswirtschaftlichen Auswertungen hast du verstanden?«

Mit einem amüsierten Blick sah sie ihn an. »Na geh, so eine kleine Klitsche ist unser Weingut auch wieder nicht.« Sie wollte ihre Umhängetasche öffnen, um die Unterlagen herauszunehmen, doch Thomas stoppte sie.

»Tut mir leid, jetzt passt es gerade überhaupt nicht. Ich habe gleich einen Termin außer Haus. Konnte ja niemand ahnen, dass Walter erkrankt und wir beide uns plötzlich in dieser Situation befinden. In meinem Kalender stehen wichtige Termine, die ich nicht einfach absagen kann. Dafür hast du sicher Verständnis.«

»Natürlich. *Du* warst derjenige, der gestern so einen großen Druck gemacht hat. Bei mir eilt es überhaupt nicht. Ich möchte nur verstehen, was vor sich geht.«

Thomas lächelte gewinnend. »Ich erkläre es dir später ganz in Ruhe.«

Für Blöde, dachte Katharina unvermittelt. Der meint, er erklärt es mir wie für Blöde. Auf einmal wurde sie sauer, zwang sich aber, freundlich zu bleiben. »In Ordnung. So dringend scheint's dann wohl doch nicht zu sein, lassen wir uns halt einfach ein bisschen Zeit.«

»Na, so viel Zeit haben wir auch wieder nicht, aber am Nachmittag können wir miteinander reden. Kann ich dich übers Handy erreichen oder besser auf dem Festnetzanschluss von Walter?« Thomas lächelte immer noch.

»Ich bleib hier. Melde dich einfach, wenn du wieder zurück bist.« Sie nickte ihm gelassen zu. Auch bei Thomas wurde also nichts so heiß gegessen, wie es gekocht wurde. Vielleicht war er durch die plötzliche Erkrankung ihres Vaters in eine Art Panik geraten und fand nun langsam in die Normalität zurück. »Ich würde mich freuen, wenn du mir später auch Fotos von deiner Frau und den Kindern zeigst«, sagte Katharina. »Würd mich interessieren, deine Familie.«

Verdutzt sah Thomas sie an. »Meine Frau und die Kinder?« Er hatte erst geheiratet, als sie schon ein paar Jahre in Österreich lebte. Sie hatten sich lange nicht ausgetauscht, doch zu seinen Eltern – dem jüngeren Bruder ihres Vaters und seiner Frau – hielt Katharina in all den Jahren zumindest zu den Geburtstagen den Kontakt.

»Ja, meinst du denn, ich weiß nichts von dem, was in meiner Familie und auf der Werft vor sich geht? Natürlich interessiert mich alles, was hier vor sich geht. Und alles, was derjenige macht, der meinen Platz in der Werft eingenommen hat.« Sie zwinkerte ihm zu.

»Du hast ihn nicht haben wollen«, entgegnete Thomas mit verengten Augen.

»Alles gut«, wiegelte sie ab. »Versteh das doch nicht falsch. Ist alles okay. Du bist in die Werft eingestiegen, und ich freu mich, dass du sie weiterführen möchtest.«

»Wolltest«, korrigierte ihr Cousin sie ernst. »Ich wollte. Leider sieht es derzeit so aus, als ob das nicht machbar ist, wie du weißt.« Er warf einen Blick auf seine Uhr und versuchte sich in einem Lächeln. »Aber darüber reden wir nachher ausführlich. Ich muss jetzt wirklich los.« Er schnappte seine Aktentasche und geleitete sie aus seinem Büro. Dann zog er die Tür fest ins Schloss.

* * *

Ein wenig beruhigter als gestern schlenderte Katharina zurück zum Büro ihres Vaters. Sie hatte heute nicht den Eindruck, als müsste wirklich sofort etwas entschieden werden. Gemeinsam würden Thomas und sie sicher eine Lösung finden. Ihr Vater hatte garantiert Rücklagen gebildet. In Immobilien investiert. Sie erinnerte sich an Gespräche von früher, in denen er stets davor gewarnt hatte, allzu blauäugig in die Zukunft zu blicken. Man müsse immer mit dem Schlimmsten rechnen und dementsprechend Vorsorge treffen. Ihr Vater wäre nicht ihr Vater, wenn er seinen Standpunkt diesbezüglich geändert hätte. In seinem Arbeitszimmer zu Hause hatte sie allerdings keine entsprechenden Ordner gefunden. Aber das war nicht verwunderlich, er hielt sich doch sowieso überwiegend hier im Büro auf.

»Das ging aber schnell.« Ingrid blickte erstaunt auf, als Katharina das Vorzimmer betrat.

»Thomas hat einen Termin außer Haus«, erklärte Katharina. »Wir wollen uns am Nachmittag zusammensetzen. Bis dahin habe ich also noch etwas Zeit.« Sie trat an Ingrids Schreibtisch, stellte sich hinter die langjährige Vertraute ihres Vaters, die in den letzten zwanzig Jahren auch ihr eine Vertraute geworden war, und legte ihr die Hände auf die Schultern. »Es ist für dich auch nicht einfach, oder?«

Ingrid schüttelte den Kopf. »Weißt du, es kursieren Gerüchte in der Belegschaft«, gestand sie. »Seit dein Vater im Krankenhaus ist, munkelt man bereits, dass Thomas die Werft verkaufen will. Das wollte ich dir gestern nur nicht schon sagen. Es prasselte ja ohnehin alles auf dich ein.« Sie drehte sich um und blickte hoch zu Katharina.

Überrascht und durchaus besorgt sah Katharina sie an. »Man munkelt bereits über den Verkauf? Wer? Von wem hast du das?« Sie hatte gedacht, Thomas habe nur mit ihr über einen solchen Schritt gesprochen, wo er doch meinte, mit ihrem Vater hätte er noch nicht darüber geredet.

»Die Auszubildende kam Mittwoch früh und fragte, ob sie denn ihre Ausbildung hier überhaupt zu Ende machen könne, wenn die Werft verkauft werde.«

»Aber wie kommt sie auf die Idee, dass wir die Werft verkaufen? Zugegeben, die Mitarbeiter wissen von den Problemen durch den Brand auf der *Langen Anna*, aber deswegen muss man doch nicht gleich ans Verkaufen denken.« Im Brustton der Überzeugung sagte Katharina: »Du kannst allen, die dich fragen, sagen, dass wir ganz in Ruhe nach einer Lösung suchen und das Schiff nicht untergeht, nur weil mein Vater im Krankenhaus liegt.« Ganz wohl war ihr dabei allerdings nicht. Dennoch. So einfach würde sie die Werft nicht aufgeben.

»Wie gern ich dir doch glauben würde«, sagte Ingrid mit einer gewissen Skepsis in der Stimme. »Aber du kennst das alte Sprichwort: Wo Rauch ist, ist auch Feuer.«

»Na, in diesem Fall ist das Feuer ja schon da gewesen und man konnte es löschen«, versuchte Katharina, ein wenig Humor ins Spiel zu bringen. »Und nun bin ich hier und werde versuchen, gemeinsam mit Thomas Wege zu finden, damit der Betrieb weiterlaufen kann.« Sie schwieg einen Augenblick, bevor sie die Frage stellte, die sie schon seit ihrer Ankunft beschäftigte. »Eigentlich war doch geplant gewesen, dass Papa die Werft bereits vor zehn Jahren an Thomas übergibt. Warum hat er es nicht getan?«

»Er konnte nicht loslassen. Er hatte ja auch sonst keine Aufgabe und kein Hobby. Die Werft ist nach dem Tod deiner Mutter – und deinem Umzug nach Österreich – sein größter Lebensinhalt.«

»Na, ist auch wurscht, geändert hätte es eh nichts.« Sie betrachtete das gerahmte Foto von Ingrids Tochter Angela, das neben dem PC-Bildschirm stand. Die Aufnahme war viele Jahre alt. Sie zeigte ihre Freundin hier auf der Werft. Im Hintergrund das Hooksmeer. Und Segelschiffe. Angelas blonde kurze Haare flogen im Wind, ihre schneeweißen Zahnreihen strahlten mit ihren Augen um die Wette.

»Ich würde gern zu ihr«, sagte Katharina leise.

Ingrid nickte. »Ich komme in meiner Mittagspause mit, wenn es dir recht ist.«

»Natürlich ist es mir recht! Es macht für mich ohnehin keinen Sinn, mich jetzt in Vaters Unterlagen zu vertiefen, wenn ich nicht weiß, womit man der Werft genau helfen kann. Ich muss warten, bis Thomas meine Fragen beantwortet hat.« Katharina lächelte. »Ich geh inzwischen raus, die Nordseeluft schnuppern. Es ist schön, wieder hier zu sein.« Leise und fast flüsternd fügte sie hinzu: »Ich hätte wirklich schon viel eher nach Hause kommen sollen.«

* * *

Schnurrend kuschelte sich Johanna ins Kopfkissen. Sie hatten kaum ein Auge zugemacht in der Nacht, sich immer wieder gestreichelt und miteinander geschlafen. Bestimmt würde sich im Laufe des Tages ein ausgewachsener Muskelkater in ihren Oberschenkeln melden. »Spatzen«, wie Oma Maria Muskelkater genannt hatte. Ach, es war einfach grandios gewesen.

»So, die Dame, Sie hatten französisches Frühstück im Bett bestellt?« Paul stellte ein beladenes Tablett auf dem Nachttisch ab. Es duftete köstlich nach Kaffee und frisch aufgebackenen Croissants. Er schlüpfte neben sie unter die Decke und lehnte sich an der Rückwand an. »Auf geht's«, sagte er und schnappte sich ein Gebäckteil. Na, zumindest hatten Croissants den Vorteil, dass die Krümel nicht piekten. Johanna tauchte ihren Finger in den Marmeladentopf, malte ein Herz auf seine nackte Brust, fotografierte es und beugte sich dann vor, um es wegzuküssen. »Du schmeckst so gut«, sagte sie und leckte sich mit der Zunge über die Lippen.

»Mal gucken, ob du auch so gut schmeckst.« Jetzt steckte Paul den Finger in die Marmelade. Doch bevor er Johannas Oberkörper berührte, klingelte sein Handy. »Verdammt«, fluchte er. »Ich hab's doch auf ›nicht stören‹ gestellt.« Er warf einen Blick aufs Display. »Meine Frau«, sagte er, stand auf, nahm das Gespräch an und ging aus dem Zimmer.

Johanna schnurrte zufrieden. Sollten die beiden ruhig telefonieren, das war ihr egal. Paul und sie hatten noch zwei Tage, bevor Klaudia zurückkam. Sie griff zu ihrem Handy und schaute die Fotos an, die sie gestern gemacht hatten. Paul hatte ihr seine liebsten Stellen in Graz gezeigt. Das Delikatessegeschäft Frankowitsch, wo sie sich Brötchen mit Graved Lachs und Beinschinken bestellt hatten, Paul dazu ein Bier und sie ein Glas Prosecco. Anschließend waren sie zum Kaufhaus Kastner & Öhler geschlendert, wo sie auf der Dachterrasse einen Cappuccino tranken.

Das letzte Bild gefiel ihr besonders. Paul hatte ein Selfie von ihnen gemacht, als sie auf dem gläsernen Skywalk standen, von dem man einen wunderbaren Blick hinüber zum Uhrturm hatte, bevor sie beschlossen, den Abend auf dem Schlossberg ausklingen zu lassen. Was für ein traumhafter Tag. Spontan kam ihr der Gedanke, ihrer Mutter das Bild zu schicken. Als kleine Vorbereitung auf Paul. Schaden konnte das bestimmt nicht.

Sie drückte gerade auf »Senden«, als Paul hereinkam. Er sah nicht besonders glücklich aus.

»Spatzl«, sagte er und setzte sich zu ihr auf die Bettkante. »Es wird leider nichts aus unseren gemeinsamen Tagen. Klaudia hat angerufen. Der Chorleiter hat während der Probe mit dem Wiener Chor einen Herzinfarkt erlitten. Der gesamte Chor steht unter Schock und befindet sich auf der Heimfahrt. Sie werden in knapp einer Stunde in Graz sein.«

* * *

Matthias war fast fertig mit der Besprechung der Wartung einer zehn Meter langen Segelyacht, als er Katharina in die Halle kommen sah. Sie wartete in angemessener Entfernung, bis der Kunde gegangen war.

»Servus«, sagte sie und steckte die Hände in die Hosentaschen.

»Moin«, gab er zurück.

»Hast du kurz Zeit?«

»Klar. Was gibt's?«

»Lass uns ein Stück gehen.« Schweigend liefen sie aus der Halle und steuerten die Liegeplätze an. »Es kursieren anscheinend Gerüchte. Über den Verkauf der Werft.« Katharina setzte sich auf den Holzsteg und ließ die Beine über dem Wasser baumeln. Hier hatten sie früher oft gemeinsam gesessen. Sichtgeschützt durch die vertäuten Yachten.

Matthias ließ sich neben ihr nieder. »Ich weiß.«

»Wie lange schon?«

»Die ersten kamen auf, kurz nachdem bekannt wurde, dass dein Vater ins Fährgeschäft nach Helgoland einsteigen würde.«

»Inwiefern?«

Katharina scheute sich davor, Matthias ins Gesicht zu blicken, das ihr früher so vertraut gewesen war. Sie erkannte darin so viel von dem Matthias von damals. Stattdessen betrachtete sie die Segelschiffe und Motoryachten, die sich vor der Schleuse sammelten. Alles war wie immer. Als wäre sie gar nicht fort gewesen. Aber wie hätte sich das auch ändern sollen? Die Boote, die im Binnentief ihren Liegeplatz hatten, ob bei der Werft oder beim Wassersportverein Hooksiel, mussten die Schleusenzeiten nutzen, um hinaus aufs Meer oder aber zurück zum Liegeplatz zu gelangen.

»Kunden haben uns darauf angesprochen, dass sie gehört hätten, wir würden künftig nur noch die Helgoland-Linie anbieten. Und fragten, ob wir die Werft verkaufen wollen. Einige waren sehr enttäuscht darüber, von der Veränderung über die Zeitungen erfahren zu haben.«

»Ihr habt ihnen aber schon gesagt, dass das nicht stimmt?«

»Natürlich. Doch die Zeitungsberichte waren zugegebenermaßen irreführend.«

»Wie konnte das passieren?«

»Da musst du Thomas fragen. Oder Ingrid Brinkmann. Sie war stocksauer, als eine falsche Auslegung riesengroß gedruckt wurde. Da hieß es, dass wir uns künftig voll und ganz auf das Helgoland-Geschäft konzentrieren würden. Was ja nicht stimmt. Es gab natürlich eine Korrektur, aber du weißt ja, solche Richtigstellungen werden immer nur ganz klein abgedruckt.«

Die Schleuse öffnete sich, langsam fuhren die Boote in die

Kammer. Oft genug hatte Katharina als junges Mädchen oben am Siel gestanden und zugesehen, wie das Wasser in der Schleusenkammer abgelassen oder aufgespült wurde, sodass der Höhenunterschied zwischen Nordsee und Binnentief ausgeglichen wurde.

Sie schwiegen. Sahen den Schiffen zu, wie sie in der Schleusenkammer festmachten und die Fender rausbrachten, die aussahen wie große Luftballons. Sie dienten als eine Art Polster, als Schutz für die Bootswand.

»Da würd ich jetzt auch gern dabei sein«, entfuhr es Katharina.

»Möchtest wohl am liebsten wieder fliehen, weil's hier Probleme gibt? Es ist eben nicht alles Sonnenschein und Urlaubsfreude.« Abrupt stand Matthias auf. Der warme Moment des Zusammenseins war vorbei. »Aber man kann in seinem Leben nicht immer vor allem davonrennen.«

Irritiert sah Katharina zu ihm hinauf. »So hab ich das doch überhaupt nicht gemeint! Ich will nicht davonrennen. Ich will hierbleiben. Zumindest bis mein Vater wieder das Heft in die Hand nehmen kann. Deswegen bin ich doch überhaupt hergekommen. Wegen meines Vaters und nicht zum Urlaubmachen! Das hab ich dir doch gesagt.«

Matthias starrte mit zusammengekniffenen Augen auf sie runter.

»Glaub mir. Bitte.« Sie schwang die Beine auf den Steg zurück. Matthias reichte ihr seine Hand, sie ergriff sie und stand auf. »Dass es seit dem Brand auf der *Langen Anna* Probleme gibt, habe ich erst gestern von Thomas erfahren. Und Ingrid hat vorhin von den Gerüchten erzählt. Ich bin kein Mensch, der vor Problemen wegrennt.«

»Damals *bist* du fortgelaufen.«

Sie schluckte. »Das war was anderes«, sagte sie leise und senkte den Kopf. »Und du warst kein Problem.«

»Das kann man so oder so sehen«, gab er zurück, um gleich

darauf zurückzurudern. »Ist ja auch egal. Das ist Schnee von gestern.«

Das Handy in ihrer Hosentasche vibrierte. »Entschuldige bitte, es könnte das Krankenhaus sein.« Eilig zog sie das Handy hervor. Aber es war nur eine Nachricht. Johanna hatte ein Foto gesendet. Lächelnd öffnete Katharina den Messenger. Und blickte verdutzt auf ein Selfie. Es zeigte Johanna auf dem gläsernen Skywalk in Graz. Arm in Arm mit einem deutlich älteren Mann und vor Glück übersprudelnd.

Das ist Paul, schrieb Johanna. *Die Liebe meines Lebens. Ich bin so glücklich!*

Was machte Johanna denn in Graz? Geplant war doch, dass sie bei der Weinlese half! Und wer zum Henker war dieser Paul?

»Entschuldige bitte. Das war meine Tochter. Ich muss sie unbedingt zurückrufen.« Sie drückte auf die Kurzwahltaste für ihre Tochter.

»Lass dir Zeit. Ich bin in der Halle.« Matthias entfernte sich, aber sie sah ihm nicht hinterher. Sie hörte das Telefon klingeln. Johanna nahm das Gespräch nicht an. Warum nicht? Sie hatte doch gerade erst das Bild geschickt! Nach dem fünften Klingeln erklang die Melodie des Netzanbieters mit dem Hinweis, der gewünschte Gesprächspartner sei zurzeit nicht erreichbar. Alarmiert wählte Katharina Hannes' Handynummer. Auch hier sprach nur die automatische Stimme der Mailbox. Verflixt! Aufgewühlt schickte sie ihrer Tochter eine Nachricht. »Hallo, Mauserl, ich wusst' gar nicht, dass du nach Graz fahren wolltest. Ruf mich doch mal an. Bussi von deiner Mama.«

* * *

Wutentbrannt stieg Johanna ins Auto. Natürlich war es schrecklich, dass der Chorleiter erkrankt war, und sie konnte durchaus verstehen, dass der Chor die Lust am Singen verloren hatte und nach Hause fuhr. Pauls Reaktion jedoch hätte durchaus liebevoller ausfallen können, als sie ihm sagte, es würde so langsam Zeit, Klaudia darüber zu informieren, dass er sich von ihr trennen wollte.

Da hatte er sie verärgert angesehen und gemeint, das zu besprechen, sei jetzt ja wohl nicht der richtige Zeitpunkt, und überhaupt müssten sie sich beeilen, damit Johanna so schnell wie möglich aus der Wohnung verschwunden war und bitte auch nichts im Bad zurückließ. Er müsse schließlich auch noch die Betten neu beziehen und alles wegräumen, was auf Übernachtungsbesuch hindeutete.

Sie kam sich so schäbig vor! Dass sie sich wie ein Dieb fortschleichen musste, war unglaublich erniedrigend.

Mit Schwung fuhr sie rückwärts aus der Parklücke. Fast hätte sie dabei ein Taxi gerammt, das hinter ihr in zweiter Reihe hielt. Eine Frau stieg aus. Der Taxifahrer reichte ihr einen Koffer. Neugierig betrachtete Johanna sie. War das Klaudia?

* * *

»Ich habe Matthias auf die Gerüchte angesprochen, er weiß davon«, sagte Katharina zu Ingrid, als sie gegen Mittag nebeneinander im Auto saßen und zur Heilig-Kreuz-Kirche in Pakens fuhren.

»Ich glaube, jeder auf der Werft weiß davon. Spricht sich ja schließlich rum.«

»Hat mein Vater denn nicht öffentlich dementiert und klargestellt, dass alles beim Alten bleibt, nur ein neuer Geschäftszweig hinzukommt?« Das konnte Katharina nicht verstehen.

»Doch. Unverzüglich. Allerdings haben die Zeitungen das lediglich als kleine Korrektur gebracht. Als Minihinwies, den man schnell überlesen kann. Und du weißt ja, irgendwas bleibt immer hängen in den Köpfen der Leute. Dein Vater sah es dann entspannt. Er meinte, wenn der Betrieb ganz normal weiterläuft, ist das der beste Beweis dafür, dass sich *nichts* ändern wird. Außerdem haben wir unsere Kunden angeschrieben. Jeden einzelnen.« Ingrid bog in die Straße ein, an deren Ende die Kirche auf einer Warft lag.

Das letzte Mal war Katharina zur Trauerfeier und Beerdigung ihrer Mutter hier gewesen. Vor ihrem inneren Auge sah sie auch nach all den Jahren noch den Sarg, aufgebahrt vor dem Altar in der halbrunden Apsis. Geschmückt mit weißen Rosen. Dieses Bild würde sie wohl nie vergessen. Und diese kaum auszuhaltende Trauer war augenblicklich wieder da.

Bis zu jenem Tag hatte Katharina das alte Gotteshaus, das aus großen Quadersteinen erbaut worden war, als fröhlichen Ort betrachtet. Immerhin hatte sie ihre Konfirmation hier gefeiert, Oster- und Weihnachtsgottesdienste. Und sich vorgestellt, irgendwann mal in dieser Kirche zu heiraten. Ganz in Weiß. Mit langem Schleier. Und natürlich war sie davon ausgegangen, von ihrem Vater zum Altar geführt zu werden.

Doch ihr Traum hatte sich nicht erfüllt. Stattdessen hatten Hannes und sie sich in Österreich das Ja-Wort gegeben. Im Landhotel Steirerland. Unter dem riesigen Steirerhut hatten der Standesbeamte und Hannes auf sie gewartet, als sie im weißen Kleid – ohne Schleier – an der Hand ihres Schwiegervaters über den roten Teppich auf sie zugelaufen kam. Aus ihrer Heimat waren nur drei alte Freundinnen angereist. Susanne, Martina und Imke. Susanne lebte heute mit ihrer Familie in Mönchengladbach, Imke in Osnabrück. Nur Martina war in Hooksiel geblieben.

»Wir müssen hier lang.« Ingrid riss sie aus ihren Gedanken und wies nach links. Schweigend liefen sie nebeneinanderher, bis sie vor einem Grab standen. Leuchtende rote und rosafarbene Astern blühten darauf und eine weiße Bauernhortensie.

»Angela Brinkmann 1979–2017« stand in weißen, geschwungenen Lettern eingemeißelt auf dem schwarzen Granitstein.

Katharina senkte den Kopf. »Sie fehlt mir immer noch«, sagte sie leise.

»Letztlich war es eine Erlösung für sie«, antwortete Ingrid. »Für uns beide. Sie war ja nicht mehr die Angela, die wir kannten ... danach.«

»Ich hätte sie damals davon abhalten müssen, kopfüber ins Wasser zu springen«, flüsterte Katharina und wiederholte zum unzähligen Mal die Worte, die sie seit jenem Tag so oft ausgesprochen hatte. »Wenn ich sie aufgehalten hätte ...«

»Ihr wart jung und übermütig. Es war Sommer, und ihr fühltet euch frei. Ihr seid doch oft von einem der Stege ins Wasser gesprungen.«

»Nur von diesem nicht«, entgegnete Katharina. »Wir hätten das Verbotsschild nicht ignorieren dürfen, das anzeigte, dass man an der Stelle nicht springen durfte. Wir hätten erkennen müssen, dass es einen Grund dafür gab, dass an dieser Stelle nie ein Schiff festmachte. Wir dachten, es liegt daran, dass der Steg schon so marode war. Doch genau das hat uns gereizt.«

»Es war Schicksal, Katharina. Zumindest kann ich es inzwischen als solches annehmen.«

Tatsächlich hatte Angela keine Chance gehabt. Katharina hatte den Unfall nur noch dumpf in Erinnerung. Die Psychologin, die sie direkt danach betreute, hatte gesagt, das sei normal. Das liege am Schock. Als Angela kopfüber ins Wasser gesprungen war, es dieses komische Geräusch gab und Angela nicht fröhlich prustend wieder auftauchte, sondern reglos an der Oberfläche trieb, war Katharina voller Panik und schreiend aufs Bürogebäude zugelaufen. Ihr Vater hatte auf der Stelle den Rettungswagen gerufen, war mit ihr zurück zur Unglücksstelle gerannt, hatte sich ins Wasser gleiten lassen und Angela an Land gezogen. Sechsundzwanzig Jahre war das her.

»Danke, dass ich herkommen durfte.« Katharina legte einen Arm um Ingrids Schultern. »Auch, wenn du mir die Fotos vom

Grab geschickt hast, es bedeutet mir viel, jetzt hier stehen zu können.« Sie wischte sich die Tränen aus den Augen, die ihr nun doch über das Gesicht liefen.

»Es war das Beste für sie«, wiederholte Ingrid. »Und für mich auch. Mir hat jedes Mal das Herz geblutet, wenn ich sie im Heim besucht habe. Wie sie im Bett lag, weder ihre Bewegungen kontrollieren konnte noch geistig da war. Glaub mir, so herzlos es auch klingen mag, aber ich war dankbar, dass sie erlöst wurde.«

Schweigend blieben sie noch weitere Minuten in stillem Andenken stehen, während Erinnerungsfetzen vor Katharinas geistigem Auge aufblitzten. Angela und sie hinter der großen hölzernen Werfthalle, wie sie heimlich ihre erste Zigarette rauchten. Angela und sie, wie sie auf dem Hooksmeer in den Optimisten Rennen fuhren – den kleinen Jollen für Kinder und Jugendliche. Angela und sie bei ihrer Konfirmation. Und schließlich Angela im Krankenwagen, Angela im Krankenhaus, Angela im Pflegeheim. Sie schüttelte sich, weil ihr kalt wurde bei diesen Erinnerungen. »Hast du noch einen Augenblick? Könnte ich noch zum Grab meiner Mutter?«, fragte sie.

»Sicher. Nimm dir so viel Zeit, wie du brauchst. Ich warte an der Kirche.« Ingrid sah sie voller Verständnis an.

Einen Moment musste Katharina sich orientieren, dann jedoch fand sie den Weg zum Familiengrab, in dem ihre Großeltern väterlicherseits und ihre Mutter lagen. Am Kopfende stand immer noch die tief rosafarbene Hochstammrose, die sie damals gemeinsam mit ihrem Vater gepflanzt hatte. Wenngleich nur noch mit wenigen vereinzelten Blüten. Das Grab war gepflegt, und Katharina ahnte, dass ihr Vater hierfür keinen Gärtner beauftragt, sondern die Grabpflege selbst übernommen hatte. Erneut wurde Katharina für einen Moment von ihren Gefühlen überrollt, doch schnell hatte sie sich wieder im Griff. Was war nur los mit ihr? Warum reagierte sie derart emotional? Sie drehte sich um und lief dem Ausgang entgegen, wo Ingrid auf sie wartete.

Plötzlich hörte sie eine weibliche Stimme rufen: »Kathie? Katharina? Bist du es wirklich?«

Katharina drehte sich um. Vom Seitenweg her kam eine Frau auf sie zu. »Roswitha?«, fragte sie verwundert. Fast hätte sie die Frau nicht erkannt, doch die vertraute Stimme half über die veränderte Optik hinweg. Roswitha war etwas in die Breite gegangen, ihr fröhliches Wesen hatte sie offensichtlich behalten.

»Na klar!« Roswitha kam näher und strahlte sie an. »Was machst du denn hier? Ich dachte, dich hat es nach Österreich in die Weinberge verschlagen?«

»Hat es auch. Aber gerade bin ich auf Besuch hier.«

»Dein Vater. Ich hab's gehört.« Roswitha senkte die Stimme. »Wie geht's ihm denn? Man erzählt sich ja nichts Gutes.« Kaum verhohlene Neugier klang aus dem Bedauern in ihrer Stimme mit, aber wer konnte ihr das schon verdenken? Walter Hansen war eine bekannte Persönlichkeit der Region. Seit über fünfzig Jahren.

»Es könnte besser sein, aber wir geben die Hoffnung nicht auf«, gab Katharina freundlich zurück. Sie wusste, dass Roswitha niemals gehässig gewesen war. In ihrer gemeinsamen Schulzeit zumindest nicht.

Roswitha strahlte sie an. »Hast du Lust auf einen spontanen Kaffee? Wir haben uns ja ewig nicht gesehen.«

Katharina blickte zu Ingrid. Dann zu Roswitha. »So gern ich würde, aber ich hab gleich noch einen Termin auf der Werft. Kann ich mich in den nächsten Tagen bei dir melden?«

»Klar«, sagte Roswitha fröhlich und nannte ihr die Telefonnummer.

* * *

Auf der Fahrt nach Hause bebte Johanna vor Wut und Verärgerung und Enttäuschung. Am liebsten hätte sie ihren Frust laut herausgebrüllt. Sie kam sich so schmutzig vor.

Dabei gab es dafür doch gar keinen Grund. Paul liebte sie!

Und auch für ihn bedeutete es natürlich gewaltigen Stress, dass Klaudia überraschend zurückkam. Schließlich wusste sie noch nichts von Johanna.

Trotzdem, zu sehen, wie schnell er sie aus der Wohnung haben wollte, zu hören, dass er noch die Betten neu beziehen musste, das hinterließ ein schales, ein sehr unschönes Gefühl. Sie versuchte, sich zu beruhigen. Natürlich wollte er alles friedlich regeln. Keinen Streit mit Klaudia vom Zaun brechen. Denn dass er es ehrlich mit ihr meinte, das sah sie doch daran, dass er sie in seine Wohnung eingeladen hatte. Das hätte er nicht getan, wenn sie ihm nichts bedeutete.

Sie nahm sich vor, Paul von daheim eine ganz, ganz liebe Nachricht zu schicken. Sie könnte sich auch ein Marmeladenherz auf die Brust malen, es fotografieren und ihm schicken. Dann würde er sehen, dass alles wieder gut war. Stress hatte er mit seiner Frau ja genug. Wobei, wie eine hochneurotische Frau, die einen zwanghaften Kinderwunsch hegte, sah Klaudia überhaupt nicht aus. Nicht dass Johanna sich mit solchen Frauen auskannte, aber sie hätte vermutet, dass bei ihnen ein verbissener Zug um den Mund zu erkennen war. Und etwas Flatterhaftes im Blick. Klaudia jedoch hatte einen durch und durch entspannten Eindruck gemacht.

Eigenartig. Dabei kam doch zu allem, was Paul beschrieben hatte, auch noch der Schreck über den erkrankten Chorleiter hinzu. Egal, sie würde nachher bei Paul Verständnis für sein Verhalten zeigen und das Thema Scheidung in ein, zwei Wochen wieder ansprechen. Lockerlassen würde sie auf keinen Fall.

Sie war schon kurz vor der Abzweigung zum Weingut hinauf, als sie sich spontan entschloss, umzudrehen und doch nicht nach Hause zu fahren. Sie hatte keinen Bock auf ihren Vater und ihren Bruder. Und aufs Helfen im Weinberg. Außerdem rechnete ihr Vater ohnehin noch nicht mit ihr. Da konnte sie genauso gut zu ihrer besten Freundin Josie fahren.

Josie studierte bereits und lebte in Wien in einer WG. Zurzeit war sie jedoch zu Besuch bei ihren Eltern. Josies Eltern betrieben einen Bauernhof, da war immer jede Menge los. Und Platz gab's im Bauernhaus auch genug. Josie hatte ihr eigenes Reich. Wie gut, dass Johanna noch eine Flasche Sekt in der Reisetasche hatte, die könnten sie köpfen. Ein paar Eiswürfel dazu, dann passte es schon. Nach einem kleinen Glas durfte sie ja auch noch fahren. Falls sie doch mehr tranken – *so what!* Sie könnte einfach bei Josie übernachten. Schließlich war sie erwachsen.

Gut gelaunt brauste sie über die Landstraße. Dabei fiel ihr ein, dass ihre Mutter um Rückruf gebeten hatte. Das konnte sie genauso gut jetzt erledigen. Perfektes Zeitmanagement nannte man das.

Sie öffnete auf dem Bordcomputer die Telefon-App und wählte die Nummer ihrer Mutter.

»Hallo Mama, ich bin's. Passt es grad bei dir? Stör ich, oder hast du Zeit? Hört sich an, als ob du im Auto sitzt.« Johanna bog im Kreisverkehr ab. Die Landstraße war gut ausgebaut, da konnte sie in Ruhe telefonieren und musste sich nicht allzu sehr konzentrieren.

»Du scheinst auch im Auto zu sitzen«, antwortete ihre Mutter besorgt. »Du sollst doch nicht telefonieren, wenn du fährst.«

»Ach Mama, ich hab mein Handy an deine Freisprechanlage gekoppelt, das ist jetzt so, als würdest du neben mir sitzen. Also alles im grünen Bereich. Du hattest angerufen?«

»Ja. Warte kurz.« Sie hörte, wie ihre Mutter zu jemandem sagte: »Ich komm gleich nach. Danke fürs Fahren.« Dann wurde eine Autotür zugeschlagen. »So. Nun bin ich ganz für dich da«, sagte ihre Mutter endlich. »Ich war mit einer alten Freundin der Familie auf dem Friedhof.«

»Warst du beim Grab deiner Mutter?«

»Da auch. Und am Grab einer früheren Freundin, an deren Beisetzung ich nicht teilgenommen habe.« Mama machte eine kleine Pause und sammelte sich. »Aber erzähl! Was hast du in Graz gemacht? Und wer ist Paul?«

Johanna lächelte, musste dann aber in die Eisen steigen, denn irgend so ein vergreister Rentner nahm ihr mit seinem Opel die Vorfahrt. »Pass doch auf, du Idiot«, fluchte sie, um gleich fortzufahren: »Ich hab's dir doch geschrieben, Mama. Paul ist die Liebe meines Lebens. Wir haben die letzten Tage zusammen verbracht.«

Sie sah förmlich, wie ihre Mutter die Stirn in Falten legte, bevor sie fragte: »Wie lange kennst du ihn denn schon? Und warum hast du ihn uns bislang noch nicht vorgestellt?«

Johanna schmunzelte. Ihre Mutter war eben ihre Mutter. Schön vorsichtig, damit bloß alles hübsch harmonisch blieb. Dabei ahnte sie, was das Foto bei ihrer Mama ausgelöst hatte. »Seit einigen Monaten. Es ist zwar nicht ganz unkompliziert, aber unsere Beziehung hat sich gefestigt.«

»Was heißt ›nicht ganz unkompliziert‹?«

Johanna bog auf die Straße ab, die zum Bauernhof von Josies Eltern führte. »Na ja. Paul ist verheiratet. Also noch verheiratet. Aber er wird sich von seiner Frau scheiden lassen. Das muss er ihr nur noch beibringen. Sie ist psychisch etwas labil, weißt du. Aber letztlich ist es eine reine Formsache. Sonst hätten wir die vergangenen Tage ja auch nicht in seiner Wohnung verbracht.«

»Wie alt ist er denn?«

»Dreißig. Und bevor du weiterfragst: Er ist Lehrer und unterrichtet am Gymnasium.«

»War er etwa *dein* Lehrer?« Ihre Mutter klang entsetzt.

»Nein, Mama. Entspann dich. Weder war er mein Lehrer, noch unterrichtet er an meiner ehemaligen Schule. Ich habe ihn in dem Café kennengelernt, in dem ich jobbe.« Johanna wich einem Trecker aus, der aus einem Feldweg auf die Landstraße bog. »Du wirst ihn mögen. Da bin ich ganz sicher.«

»Weiß dein Vater, dass du dich in Graz mit diesem Paul getroffen hast?«

»Natürlich nicht!« Das hätte Mama sich doch denken können. »Ich hab Papa gesagt, ich besuche eine Freundin. Du kennst ihn doch. Der hätte mich nie fahren lassen, wenn ich ihm von Paul erzählt hätte.«

»Aber jetzt bist du nicht mehr bei ihm? Bei diesem Paul? Fährst du nach Hause, oder sitzt er neben dir und hört das Gespräch mit?«

»Nein, keine Angst. Ich bin allein im Auto und fahre zu Josie. Pauls Frau hat überraschend ihre Chorfahrt abgebrochen. Gott sei Dank hat sie rechtzeitig genug angerufen, sodass ich die Wohnung verlassen konnte, bevor sie heimgekommen ist. Paul wollte sie nicht so unvermittelt mit dem Ende ihrer Ehe konfrontieren, und für mich wäre ein Zusammentreffen mit ihr in der Wohnung ja auch sehr unschön gewesen.« Sie kam einem weiteren Trecker näher, setzte den Blinker und überholte. »Aber ich hab ihm gesagt, dass er ihr nun endlich erzählen muss, dass er sich scheiden lässt.«

Keine Reaktion.

»Mama? Bis du noch da?«

»Ja.« Die Stimme ihrer Mutter klang leise. »Lass uns in den nächsten Tagen in Ruhe telefonieren, wenn du nicht gerade am Steuer sitzt und dich konzentrieren musst, ja?«

»Klar. Aber hier ist wirklich alles okay. Du brauchst dir keine Sorgen zu machen.«

Erst als sie das Gespräch beendet hatte, merkte Johanna, dass sie sich überhaupt nicht nach ihrem Großvater erkundigt hatte.

* * *

Thomas war bereits zurück, als Katharina ins Vorzimmer ihres Vaters trat. Er hatte Ingrid gebeten, Katharina sofort zu ihm zu schicken, und so schnappte sie sich die Tasche mit den Unterlagen und ging in sein Büro hinüber.

»Du hast ja schnell wieder an alte Kontakte angeknüpft«, sagte ihr Cousin amüsiert, als sie einander gegenüber Platz nahmen.

»Zufall. Ich hab Roswitha auf dem Friedhof getroffen.«

»Warst ja auch lange nicht mehr am Grab deiner Mutter.«

Einen Moment lang ließ Katharina diesen Satz sacken. Was wollte Thomas ihr damit sagen? Sie spürte ein eigentümliches Aufwallen innerer Hitze, als müsste sie vor Verlegenheit rot werden. Aber sie musste sich nicht rechtfertigen. Sie dachte oft an ihre Mutter, all die Jahre über, als die Kinder klein gewesen waren und sie nur zu gern den Rat ihrer Mutter eingeholt hätte. Der Besuch der Grabstätte war nicht nötig, um mit jemandem, der einem so wichtig war, ein stummes Zwiegespräch zu führen. Überhaupt war Katharina tief in ihrem Inneren ganz fest davon überzeugt, dass ihre Mutter, na ja, die Seele ihrer Mutter nie weit entfernt von ihr war. Katharina fühlte es. Vielleicht, weil sie es unbedingt fühlen wollte.

Auf keinen Fall jedoch wollte sie Thomas den Eindruck vermitteln, sie hätte familiär ein schlechtes Gewissen, an das er appellieren könnte. Er sollte sich nur nichts einbilden. Schließlich hatte er sich in all den Jahren von sich aus auch nicht bei ihr gemeldet. Von seiner Hochzeit und der Geburt seiner Kinder hatte Katharina nur aus Telefonaten mit Onkel Günter erfahren. Eigenartig. Auch als Kinder hatten sie wenig miteinander zu tun gehabt. Aber das lag sicher daran, dass er sieben Jahre älter war als sie. »Ich bin eben insgesamt sehr lang fort gewesen«, gab sie knapp zurück und zog die ausgedruckten Unterlagen und die beiden DIN-A4-Zettel mit ihren Fragen aus ihrer Tasche.

Anderthalb Stunden später verließ Katharina Thomas' Büro mit überaus gemischten Gefühlen. Einerseits klang es durchaus schlüssig, was ihr Cousin ihr erläutert hatte. Die betriebswirtschaftlichen Aspekte schienen zumindest vordergründig stimmig zu sein. Und Thomas hatte auch zugesagt, ihr weitere Unterlagen zukommen zu lassen.

Dennoch. Katharina spürte einen Funken von … ja, war es

Misstrauen? Sie wusste nicht, wie sie das Unbehagen bezeichnen sollte, dass sich während des Gespräches in ihr ausbreitete. Sie hatte den Eindruck, dass Thomas in Anbetracht der zugespitzten Situation und dem drohenden Verkauf der Werft mehr als gelassen mit dem Thema umging. Als gäbe es keine andere Option mehr, als lohne es sich aus seiner Sicht nicht, das Unternehmen aus eigener Kraft zu retten. Das allerdings stachelte ihren Widerwillen an und führte dazu, dass ihre Rebellions-Gene Polka zu tanzen begannen.

Mit festentschlossener Miene betrat sie energisch Ingrids Büro.

»Was guckst du denn so grimmig aus der Wäsche?«, fragte die Ältere. »Ist alles in Ordnung?«

»Ja. Nein. Irgendwie nicht. Obwohl. Ich muss über das nachdenken, was Thomas mir gesagt hat.«

»Und dabei musst du die Stirn in so tiefe Falten legen?«

Katharina lächelte. »Das ist wohl unbewusst. Ich denke, ich mache einen Spaziergang am Wasser und fahre dann nach Hause. Schade, dass Herr Schneider nicht bei mir ist, gemeinsam mit ihm macht das Laufen viel mehr Spaß.« Sie nahm die leichte Jacke vom Haken.

»Herr Schneider?«

Katharina lachte. »Mein Hund. Wart', ich kann dir Fotos zeigen.« Schon zückte sie ihr Handy und öffnete das Album, in dem sie die Hundebilder abgespeichert hatte. »Schau.« Sie stellte sich neben Ingrid und scrollte durch die Bilder. »Er ist total lieb, fast schon schlau, und ich geb zu, von all meinen Lieben zu Hause fehlt er mir hier am meisten.«

»Das glaube ich gerne.« Ingrid lächelte.

Katharina steckte das Telefon wieder weg. »Mach doch auch Feierabend. Es ist spät genug.«

»Gleich.«

Katharina wollte schon hinausgehen, als ihr das Foto auf dem Schreibtisch ihres Vaters einfiel. Sie drehte sich erneut um. »Sag mal, in Papas Arbeitszimmer zu Hause steht ein Foto von mir und den Kindern.«

»Ich weiß.«

»Es ist aber keines von denen, die ich ihm geschickt habe.«

»Nein. Ist es nicht.« Ingrid sah sie geradeheraus an.

»Was ist das für ein Foto? Ich meine, woher hat er es?«

Wortlos stand Ingrid auf, ging die wenigen Schritte hinüber ins Chefbüro und kehrte kurz darauf mit einem dicken Fotoalbum zurück. »Hier. Bitte. Dein Vater hat selbst Fotos machen lassen.«

Vorsichtig, als könnte das Album zerbrechen oder sich in Luft auflösen, nahm Katharina es Ingrid ab. Ihr Mund war trocken, als sie es aufschlug.

Und schon die erste Aufnahme traf sie wie ein Schlag.

Hannes und sie. Vor dem Altar.

Entsetzt sah sie Ingrid an und reichte ihr mechanisch das Album zurück. Wie in Zeitlupe nahm sie beide Hände vor den Mund. Tränen füllten ihre Augen, bevor sich haltloses Schluchzen Bahn brach.

* * *

Missmutig stand Hannes Baumgartner in der Wohnküche und bestrich sich zwei Scheiben Bauernbrot mit Verhackertem. Davon hatten sie immer einen Vorrat im Kühlschrank. Kathie bereitete es nach dem Rezept seiner verstorbenen Mutter zu. Es war Hannes' Leibspeise nach einem Tag in den Weinbergen. Ordentlich mit Pfeffer und Salz gewürzt, dazu einige Scheiben Radi, ein weißer Spritzer oder auch ein großes Bier, ließ es seine Lebensgeister aufflackern.

Heute allerdings flackerte nichts auf. Beide Kinder waren bei Freunden, in der Spüle stand noch der Abwasch von gestern, und Kathie würde voraussichtlich auch in den nächsten Tagen nicht heimkommen. Was für ein Scheiß. Er schnappte sich das Holzbrett mit den Broten, dazu eine Flasche Gösser-Bier und trat hinaus auf die Terrasse. Immerhin lag die rot-weiß karierte Decke auf dem Tisch und verströmte ein bisschen Gemütlichkeit. Er setzte sich auf die Bank am Tisch und streckte die Beine aus. Herr Schneider kam angetrottet und ließ sich zu seinen Füßen nieder. Mechanisch kraulte Hannes ihm den Kopf. »Geh, mei Bester, du vermisst sie, die Kathie, gell?«

Herr Schneider sah ihn aus treuen braunen Augen an.

»Hast zu wenig Bewegung. Ich weiß. Aber was soll i machen, i kann mi net zerteilen. Und meine beiden Ableger ... Sie scheren sich einen Dreck drum, wie mir zwoa hier zurechtkumman.«

»Nanu, was sind das denn für depressive Töne?«

Überrascht fuhr Hannes herum, als er Sabines Stimme hörte.

»Bine. Was machst du denn hier?«

»Na, i bin zum Abendessen da. Hast mi gestern eingeladen. Schon vergessen?«

»Entschuldige bitte.« Hannes stand auf und begrüßte Bine mit den üblichen Wangenküssen. »I hob's tatsächlich vergessen. Und nix vorbereitet.« Er deutete auf das Brett auf dem Tisch. »I hob a scho zum Essen angfangen.«

Bine lachte auf. »Is ka Problem.« Sie hob den Korb hoch, den sie in der Hand hielt. »Ich hab an Vogerl-Salat dabei, Paradeiser, ein wenig Käs, Brot. Wenn'st mir an Brettl rausholen magst und a Glaserl Wein, passt alles.«

»Gern.«

Sie zwinkerte ihm zu. »Wo sind denn die Kinder?«

»Bei Freunden.«

»Über Nacht?«

Er stutzte und warf ihr von der Seite einen Blick zu. »Kann scho sein. Wieso?«

»Na, weil die Kathie mich doch gebeten hat, ich sollt ein wenig auf sie achtgeben.«

»Die zwoa brauchen kan Aufpasser, sie haben ja mich.«

»Alles gut.« Bine lachte auf. »Dann machen mir zwoa es uns halt gemütlich. Nicht dass du vor Einsamkeit noch ins Kopfkissen weinst.«

Grinsend schüttelte Hannes den Kopf. »Na, so einsam bin i dann a wieder net.«

Bine trat neben ihn und lächelte verträumt. »Na, des bist net. Da pass i schon auf.«

* * *

Auf dem Gelände der Werft verstummten die Geräusche, die Abendsonne hüllte alles in goldenes Licht. Noch immer fassungslos saß Katharina am Schreibtisch ihres Vaters und blätterte Seite um Seite um. Das Fotoalbum gab ihr den Rest. Ingrid hatte ihr nach dem ersten Schock verständnisvoll die Hand auf den Arm gelegt und sie, starr vor Überraschung und überwältigenden Gefühlen, zum Schreibtisch geführt. Dann hatte sie ihr erneut das Album hingeschoben und aufmunternd genickt. Jetzt saß Ingrid ihr wortlos gegenüber.

Den Aufnahmen von ihrer Hochzeit folgten Aufnahmen der Kinder, die Katharina ihm selbst geschickt hatte. Dann wiederum gab es Fotos, die sie nicht kannte. Bekannte und unbekannte Bilder wechselten sich ab.

Mehrfach musste Katharina sich räuspern, um überhaupt Worte herausbringen zu können. »Wie ... Warum ... Wieso?« Ungläubig verfolgte sie das Bild gewordene Heranwachsen ihrer Kinder und ihr eigenes Altern. Bis auf das Foto von ihrer Hochzeit gab es keine Bilder von Hannes oder Bilder von ihnen als Familie.

»Dein Vater hat immer mal wieder eine Detektei damit beauftragt, Fotos zu machen. Er hat sie mir gegeben, und ich hab sie zusammen mit denen, die du geschickt hast, eingeklebt«, antwortete Ingrid, als wäre es das Natürlichste von der Welt.

»Du hast mir nie auch nur den geringsten Hinweis darauf gegeben«, sagte Katharina leise und vorwurfsvoll.

»Ich durfte nicht«, antwortete Ingrid ebenso leise.

Behutsam schloss Katharina das Buch wie einen kostbaren Schatz und legte beide Hände darauf. »Darf ich es mitnehmen? Ich würd es gern später zu Hause noch einmal durchsehen.«

Ingrid zuckte mit den Schultern. »Natürlich. Es ist deins.«

»Hat mein Vater sich die Bilder wirklich angeschaut? Oder hat er sie dich nur einkleben lassen?« Katharina räusperte sich erneut.

»Er hat es oft in die Hand genommen«, sagte Ingrid. »Du kannst sehen, dass es ein wenig abgenutzt ist. Daran bin nicht ich schuld.«

»Danke.« Wie in Trance stand Katharina auf. Sie streifte sich die Jacke über, nahm das Fotoalbum und ihre Tasche und ging zur Tür. »Ich wünsch dir einen schönen Feierabend«, sagte sie gedankenverloren.

»Kathie.« Unwillkürlich hatte Ingrid ihren Kosenamen ausgesprochen. »Wenn ich etwas für dich tun kann, lass es mich wissen. Bitte.«

»Mach ich.«

»Komm morgen zum Frühstück. Es ist doch Samstag. Dann bist du nicht allein mit deinen Grübeleien. Ist dir halb zehn recht?«

»Gerne«, gab Katharina leise zurück. Das Album gegen die Brust gedrückt, verließ sie das Gebäude.

* * *

»Magst nicht ein wenig Feuer machen? Der Abend ist so schön. Man muss diese Abende nutzen, bevor der Winter kommt und einen ins Haus treibt. Schau, das Licht ist so sanft, wie es sich über die Hänge legt.« Bine stellte die Teller zusammen. Die letzte Stunde war sehr nett gewesen. Sie hatten gemeinsam gegessen, einen Welschriesling dazu getrunken, Hannes hatte von seinem Tag berichtet und davon, dass die Weinlese erfreulich gut voranschritt. Es gab wenig Ausschuss, und er ging davon aus, dass es ein exzellenter Jahrgang werden würde.

»Des is a guade Idee.« Hannes stand auf und lief hinüber zum Unterstand, wo das Holz gelagert wurde, dass sie im Winter für den Kamin und den Kachelofen der Buschenschank benötigten. Ab und zu, wenngleich selten, entfachten Katharina und er im Spätsommer auch mal ein Feuer nur für sich. Meist gab es auch nach Feierabend immer etwas zu tun, und wenn das erledigt war, lohnte es sich oft nicht mehr, ein Feuer zu entzünden. Bine nahm die Teller und trug sie in die Küche. Nach einer Weile kam sie wieder heraus.

»I hab noch den Abwasch in die Spülmaschine einsortiert und sie angestellt«, sagte sie lächelnd. »Du brauchst sie in der Früh nur mehr auszuräumen.« Sie beobachtete ihn, wie er die Holzscheite schichtete und das Feuer entfachte. »Weißt, i bewundere dich wirklich. Du strahlst so a Ruhe aus, du kannst anpacken, bei dir hat man das Gefühl, dass nie was Schlimmes passieren könnt'.«

Er lächelte ihr zu. »Danke fürs Kompliment. Magst uns den Welschriesling rausbringen? Steht im Kühlschrank.«

»Gern.« Bine ging erneut in die Küche und kam kurz darauf mit der Flasche heraus.

Hannes nahm sie ihr ab und goss ihnen beiden ein. »Zum Wohl«, sagte er und hob sein Glas. »Schön, dass die Kathie a Freundin wie dich hat!«

»Das ist doch selbstverständlich«, antwortete Bine mit einem vielsagenden Lächeln. »Kathie hat mich gebeten, sie hier zu vertreten. Und das mache ich sehr gern. Wo immer ich kann.«

* * *

Langsam ging Katharina zum Auto. Ruhe lag über dem Gelände, nur eine Handvoll Möwen flog kreischend in Richtung Strand. Gedanken wirbelten durch ihren Kopf. Und Johannas Frage. Wie hätte ihr Vater reagiert, wenn sie vor seiner Tür gestanden hätte? Das Album ließ alles in einem komplett anderen Licht erscheinen. In dem sie selbst allerdings nicht gut aussah. Sie schloss den Wagen auf, legte das Fotoalbum auf den Rücksitz und verharrte einen Moment unentschlossen vor der Fahrertür. Nein. Sie wollte jetzt nicht direkt nach Hause. Sie konnte das Haus, das aus jeder Pore ihren Vater atmete, in diesem Gefühlswirrwarr noch nicht ertragen. Zusammen mit dem Album und ihrem Kinderzimmer, in dem sogar die Bettwäsche stets frisch gewaschen im Schrank lag, erschien es ihr wie ein stummer Vorwurf.

Sie biss sich auf die Unterlippe. Natürlich musste sie nachdenken, aber das würde sie an einem neutralen Ort tun. Sie verschloss den Wagen wieder und ging hinüber zum benachbarten Restaurant Brücke. Auf der dortigen Außenterrasse konnte man bei herrlichem Blick auf das Hooksmeer die Abendsonne genießen, daran erinnerte sich Katharina noch. Was hatte es damals für ein Erstaunen gegeben, als das Gebäude im Stil der Schiffsaufbauten einer großen Passagierfähre errichtet worden war.

Sie betrat das rustikal eingerichtete Restaurant und sofort stieg ihr der verlockende Geruch von frisch geräuchertem Fisch in die Nase. Augenblicklich lief ihr das Wasser im Mund zusammen. Auf dem Sonnendeck, wie die Außenterrasse bezeichnet wurde, waren zu Katharinas Überraschung alle Tische belegt. Unschlüssig sah sie sich um. Ob sie sich irgendwo dazusetzen sollte? In Österreich wäre es gar keine Frage, aber sie kannte die Verschlossenheit der Norddeutschen nur zu gut.

Während sie noch zögerte, lächelte ein Mann ihr zu, der an einem der Vierertische unter der Überdachung saß.

»Wenn Sie mögen, können Sie gern hier Platz nehmen«, schlug er vor. »Mein Geschäftspartner hat mich versetzt, ich freue mich über Gesellschaft und beiße auch nicht.« Ein sympathisches Grübchen zierte seine linke Wange.

Katharina schmunzelte. »Gern. Danke.« Sie zog den Stuhl ihm schräg gegenüber heraus und setzte sich. So saßen sie zwar an einem Tisch, mussten aber nicht zwangsläufig miteinander reden. Er reichte ihr die Speisekarte, in der er bis eben gelesen hatte.

»Bitte, also falls Sie die Karte brauchen.«

»Danke schön. Ja, ich denke, ich werde eine Kleinigkeit essen, es riecht drinnen so verführerisch nach Räucherfisch.«

»Das liegt daran, dass hier frisch geräuchert wird«, erklärte der andere Gast. »Dafür ist die Brücke bekannt. Den Räucherfischteller kann ich Ihnen empfehlen, den nehme ich selbst auch.«

»Danke für den Tipp.« Katharina warf trotzdem einen Blick in die Karte und entschloss sich dann zu Räucherlachs auf hausgemachten Kartoffelpuffern. Den Vorschlag ihres Schräg-Gegenübers anzunehmen, kam ihr eigenartigerweise ein wenig zu intim vor.

Urplötzlich bereute sie es, hergekommen zu sein, an diesem Tisch Platz genommen zu haben. Was wollte sie überhaupt hier? Sie hatte Ruhe gesucht, allein sein wollen unter Menschen. Und nun saß sie jemandem gegenüber, den sie nicht kannte, mit dem sie auch nicht ins Gespräch kommen wollte, und fühlte sich beobachtet, obwohl er gar nicht zu ihr herüberblickte. Ob sie wieder aufstehen und gehen sollte?

Die Bedienung trat an den Tisch und nahm ihr damit die Entscheidung ab. Ach was, eine Kleinigkeit zu essen, schadete nicht. Der Mann bestellte den Räucherfischteller und ein großes Bier, Katharina entschied sich spontan doch nur für Räucherfisch mit Salaten, ein Bier bestellte sie allerdings ebenfalls. Zu ihrer Erleichterung holte der Mann sein Handy hervor und war vollauf damit beschäftigt.

Katharina entspannte sich. Sie drehte den Stuhl so, dass sie aufs Hooksmeer hinausblicken konnte. Kleine Jollen kreuzten im mäßigen Abendwind. Ein Bussard stand reglos in der Luft, die Menschen an den Nachbartischen unterhielten sich.

Katharinas Gedanken wanderten zum Album. Hätte sie sich mehr bemühen müssen?

»Das Bier, bitte schön.« Die Bedienung nahm das kleine Jever vom Tablett und stellte es so vor Katharina, dass sie den Schriftzug sehen konnte. Dann trat sie auf die gegenüberliegende Seite und servierte dem Mann das andere Bier. Einen Teller mit Besteck und Papierservietten stellte sie in die Mitte. »Essen kommt gleich«, sagte sie.

Der Mann griff zu seinem Glas, hob es an und prostete ihr zu. »Zum Wohl.«

»Zum Wohl«, entgegnete Katharina. Sie setzte das Glas an die Lippen, trank einen Schluck, und sofort war sie wieder sechzehn, saß mit Angela am Strand auf einem Handtuch, die nackten Füße in den Sand gebohrt. Damals hatten sie gerne Jever getrunken. Wein hatte sie erst in Österreich zu schätzen gelernt. Unbewusst lächelnd leckte sie sich mit der Zunge den Schaum von den Lippen.

»Entschuldigen Sie bitte, wenn ich das so freiheraus sage, aber Sie sehen so aus, als hätten Sie lange kein Bier mehr getrunken«, sagte der Mann amüsiert.

»Wie kommen Sie darauf?«, fragte Katharina skeptisch.

»Sie machen so einen verträumten Eindruck, als genössen Sie dieses Bier auf eine ganz besondere Art.«

Katharina schmunzelte. »Das stimmt. Es ist über zwanzig Jahre her, dass ich das letzte Mal ein frisch gezapftes Jever getrunken habe.«

»Nanu.«

Sein fragender Blick ließ Katharina weitererzählen. »Ich war lange nicht hier. Und da, wo ich jetzt wohne, trinkt man eher Wein. Auch mal ein Bier, aber das schmeckt ganz anders. Ihm fehlt das Friesisch-Herbe.«

»Dann vermute ich, dass Sie inzwischen im Süden leben?«

»In Österreich. In der Steiermark.«

»Auch eine schöne Landschaft.«

»Sehr schön sogar.«

»Aber nicht zu vergleichen mit Ostfriesland und der Nordsee.«

»Es hat beides seinen Reiz. Selbst wenn wir hier genau genommen noch in Friesland und nicht ganz in Ostfriesland sind.« Katharina lächelte sanft.

Schmunzelnd sah der Mann sie an. »Nehmen Sie alles so genau?«

»Nicht immer. Aber in diesem Fall konnte ich es mir nicht verkneifen, ein wenig mit dem Wissen über mein Heimatdorf zu prahlen«, entgegnete Katharina amüsiert.

Die Bedienung brachte das Essen.

»Guten Appetit.« Katharina wandte sich ihrem Räucherlachs zu.

»Ihnen auch.« Er griff ebenfalls zum Besteck und schob sich gleich darauf ein Stück geräucherte Makrele in den Mund.

Nachdem er aufgegessen und die Bedienung ihm das zweite Bier gebracht hatte, sagte er: »Ich hoffe, Sie halten mich nicht für indiskret, aber was führt Sie denn nach all der Zeit wieder in den Norden? Noch dazu allein, wie es scheint.«

»Eine Familienangelegenheit.«

Er nickte. »Ich verstehe.«

Nein, du verstehst nichts, dachte Katharina, verzog aber nur den Mund zu einem schwachen Lächeln, trank den letzten Rest Jever und machte der Kellnerin ein Zeichen. »Ich würd gern zahlen.«

* * *

Das Feuer knisterte behaglich, die Luft war mild, die Sonne bereits untergegangen. Aus der tragbaren Bose-Box auf dem Tisch hinter ihnen erscholl leise Lounge-Musik, die Hannes über sein Handy streamte.

Bine saß neben ihm auf einem Stuhl, hatte die Schuhe abgestreift und streckte die Füße der Wärme entgegen.

»So lässt es sich aushalten«, sagte sie behaglich seufzend.

»Das stimmt.«

Bine nahm ihre Hand und legte sie auf seinen rechten Arm. Er hatte das Hemd hochgekrempelt, sodass ihre Hand seine nackte Haut berührte.

»Danke, dass ihr in den letzten Jahren für mich da wart, du und Kathie«, sagte sie.

»Ist doch selbstverständlich. Du bist Kathies beste Freundin.« Er legte seine linke Hand auf ihre.

»Siehst du mich nur als Kathies Freundin?« Sie löste den Blick vom Feuer und drehte den Kopf in seine Richtung. Dabei beugte sie sich leicht zu ihm vor. Ihre Lippen öffneten sich einen Spalt.

In diesem Moment ertönte eine Melodie.

»Ist das dein Handy?«, fragte Hannes, und der winzige Moment, in dem eine eigenartige Stimmung die beiden umfasst hatte, war verflogen.

»Ja.« Bine zog ihre Hand zurück, griff in die Tasche ihrer Steppweste und zog das Handy hervor. »Es ist Kathie.« Sie entsperrte das Telefon. »Grüß dich, Kathie!«, sagte sie fröhlich. »Wie schaut's denn aus bei dir? Wie geht's deinem Vater? ... Ah, unverändert. Wie schad' ... Oh ... Schwierigkeiten in der Werft? Das hört sich nicht gut an. Erzähl ...« Kathie schien viel auf der Seele zu liegen, denn eine Zeit lang hörte Bine nur zu.

Hannes runzelte die Stirn. Warum rief Kathie bei Bine an und nicht bei ihm? Er stand auf, ging ins Haus und öffnete eine zweite Flasche Wein. Dabei fiel sein Blick auf sein eigenes Smartphone.

Rein aus Interesse hielt er es hoch, die Gesichtserkennung entsperrte es, und er sah, dass er Kathies Anruf vorhin verpasst hatte. Diese Tatsache stimmte ihn sogleich milder. Er würde sie anrufen, sobald Bine gegangen war.

* * *

Katharina kochte sich einen Pfefferminztee und nahm ihn und das Fotoalbum mit hinauf in ihr altes Kinderzimmer. Im Schlafanzug kuschelte sie sich unter die Bettdecke, trank schluckweise vom Tee und betrachtete das geschlossene Fotobuch.

Sie fühlte sich sonderbar. Hannes war weder zu Hause noch übers Handy erreichbar gewesen. Seltsamerweise war sie erleichtert gewesen, denn sie hatte nicht gewusst, wie und ob sie ihm überhaupt von dem Fotoalbum hätte berichten sollen. Wie hätte sie ihm erklären können, dass er bis auf das erste Bild kein weiteres Mal auftauchte? Dabei konnte sie überhaupt nichts dafür. Sie hatte ihrem Vater auch jene seltenen Aufnahmen geschickt, die von Hannes, ihr und den Kindern gemacht worden waren. Ihr Mann konnte ihr schwerlich vorwerfen, ihm gegenüber nicht loyal gewesen zu sein.

Und doch warst du es nicht, sagte ein leises Stimmchen in ihr. Du hast ihm nur Familienaufnahmen geschickt, die bei den offiziellen Anlässen entstanden sind, bei den Einschulungen, der Erstkommunion und der Firmung. Keine spontanen Schnappschüsse, die einen ausgelassenen Hannes mit den Kindern zeigten. Aber so viele solcher Fotos gab es doch auch gar nicht. Ach, sie fühlte sich hin- und hergerissen.

Mit dem Bedürfnis, ihrer Freundin das Herz auszuschütten, griff sie zu ihrem Handy.

Eine Zeit lang hörte Bine zu, beendete das Gespräch jedoch mittendrin. »Sei mir net bös«, sagte sie. »I bin noch unterwegs. Meld mi morgen.« Katharina fühlte sich auf eigentümliche Art im

Stich gelassen. Sie nahm noch ein paar Schlucke Tee, dann öffnete sie das Album und blätterte es langsam durch.

* * *

Die Flasche Sekt war längst geleert und die eine oder andere Zigarette geraucht. Johanna und Josie lagen nebeneinander auf dem breiten Bett in Josies altem Zimmer und starrten auf den Himmel aus fluoreszierenden Sternen, der über Josies Bett an der Decke klebte.

»Ich lass mir das nicht länger von Paul bieten«, sagte Johanna. »Er muss seiner Frau sagen, dass es aus ist. So lasse ich mich nicht noch einmal von ihm aus der Wohnung jagen.« Während sie ihrer Freundin von allem berichtet hatte, war die Wut wieder gestiegen. Auch die Wut auf sich selbst, vor allem aber die Wut auf Paul. »Wenn der denkt, ich komme so schnell wieder zu ihm, dann hat er sich aber geschnitten. Ha!«

Josie drehte sich auf die Seite, stützte sich mit dem rechten Arm auf und sah Johanna an. »Und wenn du für ihn nur eine Affäre bist? Nur eine von vielen?«

»Unsinn.« Johanna sog an ihrer Zigarette und blies den Rauch in die Luft. Zwar hatten sie das Fenster sperrangelweit geöffnet, zum Schutz gegen Ungeziefer aber die dünne Gardine davorgezogen. Und eigentlich sollte Josie im Haus nicht rauchen. Doch es gab Ausnahmesituationen, zu denen Josie und Johanna diese ganz eindeutig zählten. »Er hätte nicht riskiert, dass die Nachbarn mich sehen, wenn es ihm nicht ernst wäre mit mir.«

»Aber wenn die Nachbarn schon gewohnt sind, dass manchmal eine Schülerin bei ihm ist? Die wissen ja nicht, dass du über Nacht geblieben bist«, gab Josie zu bedenken.

Johanna sah sie nachdenklich an. Da könnte durchaus etwas dran sein. »Paul hat gesagt, wir wollen unsere Liebe erst einmal für uns behalten und noch niemandem davon erzählen.«

»Siehst du, das passt doch dazu. Der meint es nicht ernst.«

Johannas Augen füllten sich mit Tränen. »Aber ich liebe ihn so. Mein Herz zerspringt, wenn ich daran denke, dass wir nicht zusammen sein können. Ich kann ohne ihn nicht mehr leben.«

»Dann lass ihn zappeln«, riet Josie. »Das hat meine Oma jedenfalls immer gesagt. Wenn man einen Mann an der Angel hat, muss man ihn zappeln lassen.«

»Und wenn er dadurch von der Angel springt?«

»Dann liebt er dich nicht richtig.« Josie ließ sich wieder auf den Rücken fallen.

Dafür richtete sich Johanna nun auf. »Oder ich gehe ganz anders vor«, sagte sie triumphierend. »Ich werde schwanger. Dann muss er sich scheiden lassen.«

»Du spinnst«, meinte Josie. »Du kannst dich doch nicht schwängern lassen. Wir wollen doch nach dem Bachelor nach Australien.«

»Ach, da findet sich dann schon eine Lösung«, sagte Johanna zuversichtlich.

SAMSTAG

Katharina erwachte erstaunlich erholt. Lange hatte sie am Abend zuvor die Fotos angeschaut. Besonders jene, die ohne ihr Wissen von ihr und den Kindern gemacht worden waren. Dabei wusste sie nicht, was sie davon halten und ihrem Vater gegenüber fühlen sollte, schwankte zwischen Zärtlichkeit und Wut. Wie konnte er sie heimlich bespitzeln lassen? Er hätte ihr doch nur sagen müssen, dass sie und die Kinder ihm nicht gleichgültig waren. Sie wäre mit Johanna und Oskar nach Hause gekommen. Er hätte seine Enkel kennenlernen können. Was hatte er sich selbst, aber auch ihr und ihren Kindern genommen durch seine Sturheit!

Letztlich hatte sie sich in den Schlaf geweint und befürchtet, heute wie gerädert aufzuwachen. Doch statt von Alpträumen geplagt zu werden, waren es angenehme Träume gewesen, die ein warmes Gefühl in ihr hinterlassen hatten. Sogar der Mann mit dem Räucherfischteller war darin vorgekommen.

Sie warf einen Blick auf die Uhr. Halb acht. Da konnte sie noch ins Krankenhaus fahren, bevor sie bei Ingrid zum Frühstück eingeladen war. Voller Energie warf sie die Beine aus dem Bett und stand auf. Unter der Dusche ertappte sie sich dabei, dass sie ein Liedchen trällerte. *Wunder gibt es immer wieder* von Katja Epstein. Sie lachte auf. Wie kam sie denn nur auf diesen alten Schlager? Der war ja in einer Zeit entstanden, in der sie noch nicht einmal geboren war. Allerdings war ihre Mutter ein großer Fan der Sängerin gewesen. Daran musste es liegen.

Während sie sich im Bad herrichtete, trank sie einen Becher Ostfriesentee, und auf dem Weg nach Wilhelmshaven zum Klinikum rief sie Hannes an. Er war schon wieder bei der Arbeit, aber diesmal hatte er das Handy dabei.

»Guten Morgen«, sagte sie fröhlich. »Na, hattest du einen schönen Abend? Ich hab versucht, dich zu erreichen, aber du warst wohl unterwegs.«

»Grüß dich, Kathie. Na, i woar net unterwegs, i hab mit der Bine auf der Terrasse gesessen. Hab gesehen, dass i deinen Anruf verpasst hab, als ich reinging, während du mit Bine telefoniert hast.«

Katharina runzelte die Stirn. Bine war bei Hannes gewesen?

»I wollt' di noch zurückrufen, aber es war dann schon spät, als die Bine heim is' da hab ich gedacht, wir telefonieren sicher eh heute früh.«

»Ach so. Komisch, Bine hat gar nicht gesagt, dass sie bei dir ist, sie sagte nur, sie sei unterwegs.«

»Geh, ist auch nicht weiter wichtig. Sie is' mit einem Korb mit Essen zum Nachtmahl kommen, aber i hob scho a Brot mit Verhackertem herg'richt g'hobt. Also haben wir zusammen 'gessen, a Glaserl Wein getrunken und uns unterhalten.«

»Na dann.« Eigenartig fand Katharina es dennoch. »Was machen die Kinder?«

»Johanna is' bei ihrer Freundin und der Oskar bei einem Kumpel. Die kommen nachher zurück.«

Katharina hörte, wie im Hintergrund jemand etwas rief. »Du, entschuldige, ich muss weitermachen«, sagte Hannes gleich darauf. »Wir telefonieren am Abend, gell?«

»Jaja, alles klar.« Sie beendeten das Gespräch, und Katharina legte den Rest der Strecke nachdenklich zurück. Warum hatte Bine nicht gesagt, dass sie bei Hannes war?

* * *

Walter Hansen spürte, dass jemand an sein Bett trat. Er konnte die Präsenz der Personen fühlen, die sich um ihn kümmerten. Manchmal drangen die Stimmen zu ihm durch. Manchmal war es nur die Aura. Teils sanft und angenehm, teils kühl und distanziert.

Und dann gab es die eine Aura, die ganz speziell war und die er immer sofort wiedererkannte.

Sie war weich und herzenswarm und voller Zuneigung. Als wäre Kathie da. Ja, er meinte in manchen Momenten sogar, ihre Stimme zu hören. Doch er konnte nicht antworten. Er konnte nicht einmal die Hand halten, die sich manchmal auf seine Hand legte. Die so warm war. Denn etwas Dunkles zog an ihm, raubte ihm Energie. Jeden Tag ein wenig mehr. Er fühlte sich inzwischen so schwach. Dabei durfte er sich jetzt noch nicht von dieser Welt verabschieden. Er musste die Werft aus der Krise führen. Er musste sich mit seiner Tochter versöhnen. Er durfte nicht gehen, bevor er ihr gesagt hatte, wie sehr er sie liebte.

Da war sie wieder. Diese zärtliche Stimme. Er verstand nicht, was sie sagte, nur einzelne Wortfetzen drangen zu ihm durch.

Aber er spürte, dass eine Hand seinen Arm streichelte, über seine Wange strich.

Bleib, dachte er nur. Bleib. Lass mich nicht allein. Du tust mir so gut.

* * *

Ingrid hatte den Frühstückstisch auf der Terrasse gedeckt. Es war zwar nur ein kleines Häuschen, in dem sie lebte, direkt hinter dem alten Deich, aber es langte ihr vollkommen. In wenigen Schritten konnte sie am Alten Hafen sein, in dem meistens das eine oder andere Plattbodenschiff lag. Auf einer Seite wurde er von historischen Speicherhäusern gesäumt, auf der gegenüberliegenden vom alten Deich.

Der Sage nach war in den alten Backsteingebäuden vor über einhundertfünfzig Jahren Schmuggelware versteckt worden. Ja, früher hatte es hier wohl jede Menge Schmuggler gegeben. Doch das war lange her, und selbst die sogenannten Butterfahrten, bei denen man bis zur Jahrtausendwende auf Ausflugsschiffen außerhalb der Zollgrenze Butter, Schnaps und Zigaretten kaufen konnte, gab es nicht mehr. Und auch dabei wurde oft mehr eingekauft, als gestattet war, und die Ware dementsprechend nach Hause geschmuggelt.

»Was haben denn die Ärzte gesagt?«, fragte Ingrid, als sie die Platte mit Ammerländer Katenschinken, feiner Deichlammsalami und verschiedenen Käsesorten auf den Tisch stellte und zur Teekanne griff. Nicht nur bei besonderen Anlässen deckte sie mit dem Geschirr der ostfriesischen Teerose ein, dieses Service begleitete sie schon seit ihrer Kindheit.

»Es ist keine Besserung in Sicht. Im Gegenteil.« Betrübt gab Katharina einen dicken Kluntje mit der Zuckerzange in die dünne Porzellantasse. »Die Ärztin meinte, er wird immer schwächer.«

»Oh nein!« Ingrid ließ sich auf ihren Stuhl plumpsen, auf dem ein dickes Blumenpolster lag. Auch wenn sie bei der Tischwäsche auf weiße Decken schwor, war sie bei den Polstern der Gartenstühle farbenfroher. Der Sonnenschirm wiederum, den sie aufgespannt hatte und der dem Tisch nun Schatten spendete, war ebenfalls hell. »Hat man dir gesagt, wie seine Chancen stehen?«

»Ja.« Katharina ließ Sahne mit der kleinen Kelle in ihre Tasse rinnen. Sofort entstand das sogenannte Wulkje, und kein waschechter Ostfriese würde nun zum Löffel greifen und umrühren. Das war absolut verpönt. Denn gerade die verschiedenen Geschmacksstufen bildeten die Besonderheit der ostfriesischen Teezeremonie. Am Anfang schmeckte der Tee sahnig-bitter, doch je weiter man sich dem Boden der Tasse näherte, desto süßer wurde das Getränk. »Zwar gibt es eine Chance, dass er durchkommt, doch die liegt bei lediglich fünfundzwanzig Prozent. Andererseits meint die Ärztin, sie habe den Eindruck, er kämpft. Und wer kämpft, hat immer eine Chance.«

»Dann wird er es schaffen. Da bin ich mir ganz sicher.« Ingrid reichte Katharina den Brotkorb. Sie war heute Morgen extra früh aufgestanden, hatte ein Dinkel-Vollkornbrot mit Körnern gebacken und einen Hefezopf. Sie wusste, dass Katharina diesen Hefezopf als junges Mädchen geliebt hatte. Oft genug hatte sie Angela und Kathie dabei zugesehen, wie sie Scheibe um Scheibe verschlangen. Zuerst mit Butterkäse belegt und zum Abschluss mit Ingrids selbstgemachter Erdbeermarmelade. Heute kochte Ingrid nur noch selten Marmelade ein, sie selbst verbrauchte nicht viel, und ihre Rommee-Gruppe traf sich abends. Da gab es dann eher herzhafte Kanapees statt süße.

Wie erwartet, griff Katharina zu einer Scheibe Hefezopf. Ingrid schmunzelte. Manche Dinge veränderten sich eben nie.

»Es wird die Sorge um die Werft sein, die ihm so zusetzt«, sagte Katharina nun. »Auf der Fahrt vom Klinikum hierher habe ich einen Entschluss gefasst. Ich werde versuchen, eine Lösung für das Schiff zu finden. Es muss eine Lösung geben. Ich werde am

Montag mit der Versicherung sprechen. Das Gutachten muss zügiger fertiggestellt werden. Und dann werde ich Kontakt zu einem Schiffsmakler aufnehmen. Wir werden die *Lange Anna* verkaufen. Den Verlust werden wir verkraften. Ich werde auch einen Termin bei der Bank machen. Die Werft war immer ein sehr solider Betrieb. Daran wird sich nichts geändert haben. Wir haben viele und vor allem langjährige Kunden, die ihre Boote den Winter über bei uns einlagern, die sämtliche Wartungsarbeiten von uns durchführen lassen, wir werden diese Krise meistern.«

Ingrid sah sie lange an. Sie war hin- und hergerissen, wie offen sie mit Katharina sprechen sollte. Letztlich entschied sie sich für Offenheit. Alles andere brachte ja nichts. »Es ist nicht nur die *Lange Anna*«, sagte sie leise. »Wir haben etliche Kunden verloren.«

Katharina kniff die Augen zusammen. »Kunden verloren?«, wiederholte sie.

»Langjährige Kunden«, bestätigte Ingrid unbehaglich.

»Warum?«

Ingrid zuckte unglücklich mit den Schultern. »Da waren diese Gerüchte. Dass dein Vater sich aus dem aktiven Geschäft zurückziehen, Thomas sich aber nur noch auf die Fährverbindung nach Helgoland konzentrieren wollte. Thomas hat sich den Kunden gegenüber, die ihn darauf ansprachen, sehr schwammig geäußert. Das führte zu Unsicherheiten. Und so haben wir in den letzten Monaten vermehrt Kündigungen der Liegeplätze für die Wintermonate hereinbekommen. Auch die Aufträge für Wartungs- und Instandsetzungsarbeiten sind zurückgegangen. Dein Vater war fuchsteufelswild deswegen. Er hat sich heftig mit Thomas gestritten. Denn wir arbeiten nach wie vor auf demselben bewährten Standard.«

»Hat Papa mit den Kunden gesprochen?«

»Ja sicher, was denkst du denn? Aber in diesen Gesprächen wurde ihm sein Alter vorgehalten. Man könne nicht mehr darauf bauen, dass er selbst die Werft in den nächsten Jahren leiten würde. Man müsse sich mit seinem Nachfolger arrangieren. Und der ließe es an Verantwortungsgefühl missen.«

Katharina schlug beide Hände vor den Mund. »Um Gottes willen! Was sagt Matthias dazu?«

Ingrid zuckte verlegen mit den Schultern. »Ich krieg das ja nicht so mit, ich bin ja nur für die Schreibarbeiten zuständig. Aber ich weiß, dass dein Vater mit Matthias gesprochen hat. Vielleicht fragst du ihn einfach? Ich meine Matthias«, fügte sie schnell hinzu.

»Das mache ich. Gleich Montag.« Katharina nahm sich noch eine Scheibe Hefezopf und bestrich sie mit Marmelade.

»Wie früher«, sagte Ingrid lächelnd und griff nach Katharinas Hand.

»Ja. Wie früher. Und genauso himmlisch schmeckt es auch heute noch.«

* * *

»Versprich mir, dass du keinen Scheiß machst«, bat Josie, als Johanna sich nach dem Frühstück von ihr verabschiedete. Es war wie immer fröhlich zugegangen. Für Josies Eltern war es bereits das zweite Frühstück gewesen, nach einer schnellen Brotzeit im Stehen am frühen Morgen, bevor sie die Tiere versorgt hatten. Johanna mochte Josies Eltern sehr, die alles mit einer besonderen Leichtigkeit nahmen, ohne dabei Verantwortung zu scheuen.

»Ich doch nicht«, sagte Johanna grinsend.

»Hanna!« Josie guckte sie mit festem Blick an. »Du darfst dich von dem Typen nicht schwängern lassen. Ein Kind ist nix, was du mal kurz als Druckmittel benutzen kannst. Ein Kind hast du für den Rest deines Lebens am Hals. Also ich mein', du wirst dich in den nächsten knapp zwanzig Jahren drum kümmern müssen. Kannst nicht einfach mit irgendwelchen Typen ausgehen, kannst nicht nächtelang wegbleiben. Und zum Studieren brauchst du

Ruhe, und du willst doch noch nach Australien und Kanada. Mit einem Kind trägst du Verantwortung. Und es gibt sicher eine Menge Typen, die keinen Bock auf eine Freundin mit Kind haben. Weil auch sie dann Rücksicht nehmen müssen. Das kannst du doch nicht einfach alles ignorieren. Du kannst deine Zukunft nicht einfach so aus der Hand geben.« Josie sprach eindringlich und ernst, beinahe beschwörend.

»Ach, Josie.« Johanna nahm ihre Freundin in den Arm. »Ganz lieb, dass du dir solche Gedanken machst. Aber das ist absolut unnötig. Paul liebt mich. Und er wird zu mir und unserem Kind stehen. Glaub mir.« Sie trat einen Schritt zurück und kniff ihrer Freundin sanft in die Wange. »Außerdem bin ich doch auch noch gar nicht schwanger. Und mit dir nach Australien nach dem Bachelor möchte ich auch. Also, bleib ganz cool.« Sie ging um den Wagen herum und warf Josie eine Kusshand zu. »Servus. Wir sehen uns spätestens in Wien.«

* * *

Nach dem Frühstück half Katharina Ingrid beim Abräumen, obwohl die sich strikt dagegen wehrte. Aber Katharina gab nicht nach. Das hatte sie früher so gemacht, und das machte sie heute.

»Was hast du am Wochenende noch vor?«, fragte Ingrid, als sie den letzten Teller in die Küche gebracht hatten.

»Ja, was mache ich?«, fragte Katharina sich selbst laut. »Mir raucht der Kopf von all den Sorgen, die mit Papa und der Werft zu tun haben. Am liebsten würde ich sofort aktiv werden, aber ich muss bis Montag untätig bleiben und warten. Wahrscheinlich werde ich wie ein Tiger im Käfig zu Hause herumlaufen.«

»Nimm doch die nächste Fähre nach Wangerooge«, schlug Ingrid vor. »Du bist früher so gern drüben gewesen, die Insel wird dich ablenken, dir neue Kraft schenken, und am Montag kannst du voller Energie in den Ring steigen.«

»Das geht nicht«, wehrte Katharina ab. »Ich bin wegen Papa hier. Ich kann ihn jetzt nicht allein lassen.«

»Du lässt ihn ja nicht allein«, widersprach Ingrid. »Du warst heute früh bei ihm und kannst morgen wieder ins Klinikum. Du kannst heute Abend dort anrufen, um dich nach ihm zu erkundigen, und wenn es dich beruhigt, fahre ich nachher auch hin und überzeuge mich davon, dass alles okay ist. Mach es, Kathie. Es wird dir guttun.«

Zweifelnd sah Katharina Ingrid an. »Meinst du wirklich?«

»Unbedingt. Am Mittag geht ein Schiff, das könntest du erreichen. Und ein Hotelzimmer wirst du sicher auch bekommen, es sind doch nirgends mehr Sommerferien, und die Herbstferien haben noch nicht eingesetzt.«

»Du hast recht«, sagte Katharina bestimmt. »Ja, das werde ich tun. Eigentlich wollte ich zum Schollenbraten im Watt, aber Wangerooge tut mir bestimmt gut.«

»Meld dich, wenn du auf der Insel bist«, sagte Ingrid, als Katharina sich verabschiedete.

»Ja, Mama«, gab sie erheitert zurück, drückte Ingrid einen Kuss auf die Wange und machte sich auf den Weg.

Anderthalb Stunden später saß sie auf dem Oberdeck der *Wangerooge* und hielt ihre Nase in den Wind. Tatsächlich hatte sie im Hotel Hanken noch ein Einzelzimmer bekommen und den Parkplatz in Harle rechtzeitig erreicht. Als Gepäck hatte sie lediglich die große Umhängetasche dabei. Für eine Nacht brauchte sie außer frischer Unterwäsche und der Kulturtasche ja nicht viel.

Zu ihrer Überraschung war das Schiff recht gut gefüllt. Viele Menschen hatten wohl Sehnsucht nach der autofreien Insel, und einige machten sicher einen Tages- oder Wochenendausflug dorthin. Als Kind hatte Katharina im Sommer fast jedes Wochenende auf Wangerooge verbracht. Ihr Vater, ihre Mutter und sie waren mit der Yacht *Meerperle* hergesegelt, sie hatten einen

Liegeplatz im Hafen und waren mit Klapprädern in den Ort gefahren. Heute Abend würde sie im Café Pudding essen, nahm sie sich vor. Bestimmt gab es das noch.

»Na, wenn das mal keine Überraschung ist.« Eine männliche Stimme drang an ihr Ohr. »Darf ich mich heute nun freundlicherweise zu Ihnen setzen?« Verwundert sah sie auf und erkannte den Mann, an dessen Tisch sie am gestrigen Abend Platz genommen hatte. Er war salopp gekleidet, trug eine Jeans, weiße Sneakers, ein weißes Leinen-Oberhemd und einen lässigen dunkelblauen Blouson. Auf seinen haselnussbraunen Haaren thronte ein dunkelblaues Baseball-Cap mit der Aufschrift »Captain«.

»Sicher.« Begeistert war sie zwar nicht, aber sie konnte schlecht unhöflich sein und Nein sagen. So nahm sie die Tasche auf den Schoß, und er setzte sich neben sie auf die orangefarbene Plastikbank. Anders als sie hatte er eine Reisetasche bei sich.

»Sie machen einen Tagesausflug?«, fragte er und deutete auf ihre Tasche. »Oder haben Sie Ihren Koffer aufgegeben?«

»Weder noch«, erwiderte Katharina, sah sich jedoch nicht veranlasst, ihm mehr zu erklären. Er war ziemlich neugierig. Das war ihr bereits gestern Abend aufgefallen. Sie zog das rote Baseball-Cap aus ihrer Tasche und drückte es sich auf den Kopf. Ob sie ihr Handy nehmen sollte, um ihm auf diese Art zu verstehen zu geben, dass sie ihre Ruhe haben wollte?

»Entschuldigen Sie bitte. Ich wollte Ihnen nicht zu nahetreten«, kam es prompt von ihrem Sitznachbarn. »Und wenn es Ihnen lieber ist, gehe ich woanders hin.« Schon griff er zur Reisetasche, und augenblicklich überkam Katharina ein schlechtes Gewissen.

»Nein. Bleiben Sie gern sitzen. Ich bitte um Entschuldigung, wenn ich unhöflich gewirkt haben sollte. Das war nicht meine Absicht.«

Er lächelte, und dabei kam sein Grübchen wieder zum Vorschein. »Also gut. Damit Sie beim nächsten Mal wissen, auf wen Sie schimpfen oder wen Sie zur Hölle wünschen können: Mein

Name ist Alexander Hildebrand.« Er zog sich sein Baseball-Cap vom Kopf und deutete einen Diener an. Katharina lachte auf.

»Katharina Baumgartner.«

»Sehr angenehm, Katharina Baumgartner«, sagte ihr Nachbar. »Oder darf ich Katharina und Sie sagen?«

»Von mir aus.« Es war schließlich egal, ob er sie mit Vornamen ansprach, so oft würden sie sich nicht mehr über den Weg laufen. Sie würde ohnehin nur so lange in Hooksiel bleiben, bis es ihrem Vater wieder besser ging, und dann zurück in die Steiermark fahren. Oder bis dein Vater gestorben ist, flüsterte ein kleines Teufelchen ihr zu. Nein. Sie biss die Zähne aufeinander. Er wird es schaffen.

»Sagen Sie, Katharina, führen Ihre Familienangelegenheiten Sie auf die Insel?«

Skeptisch sah sie ihn an. In Österreich wäre ihr diese Frage überhaupt nicht seltsam vorgekommen, dort war man offen, gesellig, schloss schnell Bekanntschaften. Hier aber waren die Menschen reservierter. Wortkarger. Eigentlich zumindest. Augenblicklich war sie auf der Hut. Was ging es ihn denn an, ob sie der Familie wegen nach Wangerooge fuhr? Ach was. Sie sollte ihre norddeutsche Skepsis, die hier sofort zur Vorsicht mahnte, wieder in die Versenkung schicken. Er war einfach nur ein freundlicher, neugieriger Mann. Nicht mehr und nicht weniger. Sie schmunzelte. »Nein. Tatsächlich ist es nur ein kurzer Ausflug in meine Kindheit. Und in meine Jugend. Ich bin mit meinen Eltern viel auf Wangerooge gewesen. In den Ferien und auch sehr oft am Wochenende. Wir sind damals rübergesegelt.«

»Segeln Sie heute immer noch?«

Das Schiffshorn tönte laut und eindringlich, die *Wangerooge* legte ab.

»Dazu habe ich in der Steiermark eher wenig Gelegenheit, wie Sie sich denken können«, gab Katharina amüsiert zurück.

Alexander schlug sich mit der flachen Hand gegen die Stirn.

»Stimmt.« Er zwinkerte ihr zu. »Allerdings kann man ja auch woanders segeln.«

Nun schmunzelte sie. »Da haben Sie recht, aber: Nein, ich bin schon lang nicht mehr gesegelt.«

»Na, vielleicht ergibt sich ja mal die Gelegenheit. Ich könnte Sie einladen. Mein Schiff liegt in Hooksiel. Ab Montag wieder. Es musste eine Kleinigkeit am Motor repariert werden.« Ohne abzuwarten, wie und ob sie reagierte, fuhr er fort: »Was halten Sie von einem Kaffee? Ich lade Sie ein. An Bord brühen sie ihn frisch auf. Es ist kein Automatenkaffee, er schmeckt wirklich gut. Passen Sie einfach auf mein Gepäck auf, ich hole den Kaffee. Mit Milch und Zucker und Bockwurst?«

Katharina lachte auf. »Bockwurst im Kaffee?«

»Nee. Die gibt's extra. Auf einer Pappe. Mit Senf.«

»Danke für das Angebot. Aber ein Kaffee mit Milch wäre absolut ausreichend.«

»In Ordnung. Ich bin gleich wieder da. Laufen Sie mir nicht weg.« Schon war Alexander verschwunden.

Katharina schmunzelte. Vielleicht war es ein Wink des Schicksals, dass sie gestern im Fischrestaurant Brücke und heute hier an Deck auf Alexander Hildebrand getroffen war. Er lenkte sie für einige Momente von den ganzen Problemen ab, die sie derzeit beschäftigten. Sie streckte die Beine aus, legte den Kopf in den Nacken, schloss die Augen und lauschte dem Kreischen der Möwen, dem Rauschen der Gischt, die hinter der Fähre tanzte, und dem gedämpften Gemurmel der sich an Bord unterhaltenden Menschen. Und mit einem Mal fühlte sie sich frei.

* * *

Mit Schwung fuhr Johanna die schmale Straße zum Weingut hinauf. Links wurde der Weg durch Bäume gesäumt, rechts fiel sanft der Hang ab. Ganz zu Anfang des Fahrunterrichts hatte sie einen

Heidenrespekt vor dem Anfahren am Berg gehabt. Doch der hatte sich relativ schnell gelegt und war der vertrauten Sicherheit gewichen, die eine oft ausgeführte Aktion begleitete.

Der gestrige Abend und das ausgiebige Quatschen mit Josie hatten ihr gutgetan. Selbstverständlich würde sie es nicht leichtsinnig auf eine Schwangerschaft ankommen lassen. Derzeit eh nicht. Außerdem liebte Paul sie ja und würde mit Klaudia Schluss machen. Und wenn nicht, dann konnte sie die Karte der Überraschungsschwangerschaft immer noch ziehen.

Zufrieden mit sich und zuversichtlich all dem gegenüber, was an Wundervollem in den nächsten Monaten auf sie zukommen würde, schnappte sie sich ihre Reisetasche, sperrte das Auto ab und lief auf das Gebäude zu, das sowohl ihr Zuhause als auch das Büro des Weinguts war. Die Buschenschank mit den hauseigenen Weinen und regionalen kalten Spezialitäten befand sich im Anbau und darunter, den Hang abwärts, also quasi im Souterrain, lag der Verkaufsraum, den ihr Vater vor fünf Jahren im vorderen Bereich des Weinlagers eingerichtet hatte. Er zog erfreulich viele Kunden und auch jene Gäste an, die den Wein, den sie zu einer der köstlichen Speisen nebenan getrunken hatten, gleich mitnehmen wollten.

Johanna liebte besonders den Sausaler Rindsrohschinken mit Ofenkürbis und Schafskäse, der um diese Jahreszeit angeboten wurde. Aber auch der Wollschweinteller vom Sausaler Freilandschwein mit Paprikaspeck, Wollschweinsalami, Hauswürstl, Schulterspeck sowie Kräuter-Karreespeck und der Fischteller, der aus hausgebeizter Lachsforelle, Fischsulzerl mit Kernölpesto und pikant mariniertem Forellenfilet bestand, waren Publikumsmagneten. Warme Speisen und heiße Getränke durften in einer Buschenschank zwar nicht angeboten werden, aber ihre Oma hatte eine Freude daran gehabt, auch feine kalte Rezepte zu entwickeln. Ach, die Oma. Wie gern würde Johanna sich jetzt mit ihr austauschen. Die Oma hatte immer eine ganz besondere Sichtweise auf das Leben gehabt und für vieles Verständnis gezeigt, was ihre Eltern kategorisch ablehnten. Was sie ihr hinsichtlich Paul wohl für einen Rat geben würde?

Johanna öffnete die Haustür. Zu ihrer Überraschung hörte sie Geräusche aus der Küche. Neugierig stellte sie die Tasche ab. Wer mochte um diese Uhrzeit hier herumwerkeln? Ihre Mutter war an der Nordsee, der Vater im Weinberg und Oskar ... Dass der etwas kochte, das war eigentlich noch nie vorgekommen. Als sie die Küche betrat, sah sie Bine an der Arbeitsfläche hantieren.

»Was machst du denn hier?«, fragte Johanna verblüfft.

* * *

Nachdem Katharina im Hotel eingecheckt hatte, bummelte sie unterhalb des Café Pudding über den kleinen Platz mit den bronzenen Seehunden, auf denen Kinder herumturnten. Die Skulpturen waren an einigen Stellen durch die vielen Berührungen schon ganz blank gerieben. Katharina staunte über die Veränderungen, die neue Gastronomie, die Eisbude, selbst eine Pizza auf die Hand konnte man rund ums Café Pudding kaufen. Vor der großen Schautafel neben der Treppe zum Strand hinab blieb sie stehen und betrachtete die eingezeichneten Schiffsrouten nach Wilhelmshaven, Bremerhaven und Hamburg. Und tatsächlich machte Katharina am Horizont etliche Containerschiffe aus, die aussahen wie Perlen, die auf einer Schnur aufgefädelt waren. Eine große Bahnhofsuhr prangte auf einer gemauerten Säule, die von einer Art Windspiel mit bronzenem Segelschiff gekrönt wurde. Der Wind ging sanft, und Katharina merkte, wie ihr das Herz weit wurde.

Ja, diesen Anblick, diese Weite hatte sie vermisst, auch wenn sie die Landschaft der Steiermark ebenso liebte. Aber hier wehte einem der stets vorhandene Wind mal mehr, mal weniger den Kopf frei, hier war der Blick schier grenzenlos, veränderte sich das Bild von Tag zu Tag, manchmal auch von Stunde zu Stunde. Sie musste unbedingt mit Oskar und Johanna herkommen, damit sie es selbst sehen konnten. Sie kannten das alles ja gar nicht, und es war etwas ganz anderes als die italienische Adriaküste. Ob sie schwimmen gehen sollte? Vorsichtshalber hatte sie ihren Badeanzug eingesteckt. Sie lief die Treppe hinunter, zog sich die Schuhe aus, krempelte die Hosenbeine hoch und lief barfuß durch den weichen, sonnengewärmten Sand bis zur Wasserkante. Voll kindlicher Freude ließ sie die sanften Wellen über ihre Füße rollen und zuckte bei der ersten Berührung leicht zusammen, denn das Wasser war doch ziemlich frisch. Übermütig spritzte sie es mit den Füßen hoch, während sie am Flutsaum Richtung Hundestrand spazierte. Ach, es war so schön hier!

Eine halbe Stunde später nahm sie auf einem der Stühle vor der Strandbar Digger's Platz und bestellte sich einen Cappuccino, der mit köstlichem Milchschaum und noch köstlicherem Mini-Donut geliefert wurde. Genüsslich löffelte sie den Schaum, und unweigerlich wanderten ihre Gedanken zurück nach Hooksiel. Sie spürte, dass ihr die Aussicht darauf, selbst mit der Versicherung und der Bank zu sprechen, Energie gab. Sie konnte etwas tun. Ob und inwieweit es etwas brachte, das stand zwar in den Sternen, aber zumindest würde sie nicht untätig sein und müsste sich nicht nur auf das verlassen, was Thomas ihr sagte.

Ingrid hatte davon gesprochen, dass es Streit gegeben hatte, weil die Kunden Thomas nicht das Vertrauen entgegenbrachten, das ihr Vater in all den Jahren aufgebaut hatte. Warum nicht? Thomas war doch derjenige, der die Werft übernehmen wollte. Das ergab keinen Sinn. Sie musste unbedingt mit Matthias sprechen. Sicher konnte er ihr mehr erzählen als Ingrid. Sie überlegte gerade, ob sie sich eine Weißweinschorle oder einen zweiten Cappuccino bestellen sollte, als ihr Handy klingelte. Ingrid. Mit klopfendem Herzen nahm sie das Gespräch an.

»Hallo, Ingrid«, sagte sie bang. »Ist etwas passiert?«

»Nein«, hörte sie Ingrids beruhigende Stimme, und sofort verlangsamte sich ihr Herzschlag. »Ich wollte dir nur sagen, dass ich grad bei deinem Vater war. Sein Zustand ist stabil und hat sich seit heute Morgen nicht verschlechtert. Die Schwester wertet das als gutes Zeichen.«

»Danke schön, dass du nach ihm gesehen hast.«

»Sehr gerne, meine Liebe. Und nun genieß den Inseltag. Den hast du dir verdient!«

»Mach ich.« Erleichtert beendete Katharina das Telefonat, sofort aber klingelte es erneut. Zu ihrer Freude sah sie, dass es Oskar war, der anrief.

»Grüß dich, Spatzl«, sagte sie. »Da freu ich mich aber, dass du dich meldest. Wie geht's dir denn?«

Statt einer Antwort hörte sie nur lautes Schniefen.

»Oskar? Was ist los?« Alarmiert setzte sich Katharina aufrecht hin.

»Mama, ich bin bei der Polizei.«

»Oskar! Was ist denn passiert?«

Bevor ihr Sohn antworten konnte, hörte sie eine strenge männliche Stimme im Hintergrund. »Gib mal her.« Anscheinend wurde das Telefon weitergereicht, denn gleich darauf sprach der Mann mit ihr.

»Grüß Gott, Frau Baumgartner. Inspektor Pichler hier, Polizei Graz. Wir haben Ihren Sohn bei uns. Er wurde vom Kaufhausdetektiv beim Stehlen erwischt.«

Katharinas Mund wurde ganz trocken. »Beim Stehlen? Was hat er denn …? Wie … einfach so?«

»Er und sein Kumpel Jakob Maier haben in der Multimediaabteilung teure Ohrstöpsel mitgehen lassen. Sie wissen schon, dass das kein Kavaliersdelikt ist?«

»Ja.« Sie hatte Schwierigkeiten zu sprechen.

Ein kleines Mädchen mit herrlichen dunkelblonden Locken

balancierte auf der niedrigen Mauer zwischen Promenade und Dünen nahe an ihrem Tisch vorbei. Die Mutter hielt sie an der Hand, sodass sie nicht ausrutschen und fallen konnte.

»Sie können Ihren Sohn jetzt abholen, aber natürlich bleibt die Angelegenheit für ihn nicht folgenlos. Es wird vermutlich auf Sozialstunden hinauslaufen. Mindestens. Ob es auch zu einer Geldstrafe kommt, entscheidet der Richter.«

Katharina wurde ganz anders. »Ich kann ihn nicht abholen. Ich bin bei meinem sterbenskranken Vater in Deutschland.«

»Und nun?«

»Ich ... ich informiere meinen Mann. Der holt unseren Sohn ab. Darf ich noch einmal mit Oskar sprechen?«

»Natürlich.«

»Hallo, Mama.« Die Stimme ihres sonst so aufsässigen Sohnes klang kleinlaut. »Es tut mir leid. Ich wollte das nicht. Aber dann meinte Jakob ...«

»Stopp«, unterbrach Katharina ihn. »Darüber sprechen wir nicht am Telefon. Warum hast du denn deinen Vater nicht angerufen? Du weißt doch, dass ich an der Nordsee bin.«

»Ich hab Schiss. Der macht mich doch fertig.«

Na klasse, das musste sich in Gegenwart eines Polizeiinspektors ja nach einem tollen zerrütteten Familienleben anhören. Sofort versuchte sie, Oskar zu beruhigen.

»Nein, der macht dich nicht fertig. Aber natürlich wird er mit dir schimpfen, das ist auch absolut gerechtfertigt. Denn wenn du solche Sachen machst, musst du die Konsequenzen aushalten. Du bist alt und intelligent genug. Ich rufe ihn jetzt an. Wo genau bist du?«

»Auf der Polizeiinspektion in der Schmiedgasse.«

»In Ordnung. Papa wird dich abholen. Wir sprechen später noch einmal.«

Katharina beendete das Telefonat. Was für ein Schlamassel. Was war denn nur mit Oskar los? Der hatte doch bislang noch nie geklaut. Oder war er bisher einfach nicht erwischt worden? Was ging nur in ihrem Jungen vor? Ausgerechnet jetzt war sie nicht daheim. Ausgerechnet jetzt konnte sie nicht zwischen Vater und Sohn vermitteln.

In den letzten zwei Jahren häuften sich die Auseinandersetzungen, nichts, was Oskar machte, war Hannes recht. Ständig hatte er etwas an ihm zu kritisieren. So oft warb sie um Verständnis für ihren Sohn. Es gehörte doch zum Erwachsenwerden dazu, dass Kinder sich an ihren Eltern ausprobierten. Aber Hannes wehrte alle Bemühungen ab. In seinem Haus galten seine Regeln. Wer sich nicht daran hielt, musste mit den Konsequenzen klarkommen.

Sie biss sich auf die Lippe, dabei hätte sie heulen können. Warum musste das jetzt passieren, wo sie so weit von daheim entfernt war? Sie kam sich unendlich hilflos vor. Doch es nützte nichts. Und nun musste sie Hannes über alles informieren.

* * *

»Grüß di, Hanna«, antwortete Bine auf ihre Frage. »Wie war's bei deiner Freundin? Dein Vater hat erst morgen mit dir gerechnet. Er hat g'meint, du genießt das Wochenende mit Party und Disko.« Während sie sprach, schnippelte Bine Paprika und Lauch in feine Streifen.

»Was machst du denn hier?«, fragte Johanna perplex.

»Kochen, wie du unschwer erkennen kannst.«

»Wir brauchen niemanden, der für uns kocht«, gab Johanna scharf zurück, obwohl sie nicht recht wusste, weshalb sie so harsch auf Bines Anwesenheit reagierte. »Das können wir selbst, und zur Not richtet uns der Koch aus der Buschenschank etwas her.«

»Hui, was ist dir denn über die Leber gelaufen?«, fragte Bine und drehte sich zu Johanna um.

»Nix, was dich irgendwie angeht.« Nein, es passte Johanna ganz und gar nicht, dass Bine sich in der elterlichen Küche aufhielt, als wäre sie hier zu Hause.

»Hör mal, meine Liebe.« Bine legte das Messer fort, wusch sich die Finger und trocknete sie an dem Geschirrtuch ab, das sie statt einer Schürze um die Hüfte trug. »Eure Mutter hat mich gebeten, für euch da zu sein und ein wenig nach euch zu schauen. Das und nichts anderes mache ich. Schließlich kenne ich Oskar und dich, seit ihr geboren wurdet. Ach was, eigentlich kannte ich euch schon, als ihr noch im Bauch eurer Mutter wart.«

Johanna verdrehte die Augen. »Erstens ist das Lichtjahre her. Wir brauchen schon lang keinen Babysitter mehr. Und zweitens, warum stehst du am Herd, wenn weder Oskar noch ich hier sind und Papa uns auch gar nicht erwartet? Hat Mama dich etwa auch gebeten, dich um Papa zu kümmern?« Ohne Bines Antwort abzuwarten drehte sie sich um, lief in die Diele, schnappte sich ihre Reisetasche und stapfte wütend die Stiegen hinauf in ihr Zimmer. Was meinte Bine eigentlich, wer sie war? Glaubte die allen Ernstes, Mamas Rolle einnehmen zu können, nur weil die gerade an der Nordsee war? Na, da hatte Bine die Rechnung aber ohne sie gemacht. Und das würde sie ihr auch zeigen. Sie brauchten hier niemanden auf dem Hof. Zumindest so lange nicht, wie sie noch hier war und nicht mit Paul zusammenlebte. Aber bis dahin war ihre Mutter ja wieder zurück.

* * *

»Ich hätt' gern noch einen Cappuccino«, sagte Katharina, als der Kellner an ihrem Tisch vorbeikam. »Und einen Cognac.«

»Sehr gerne«, gab der zurück, nahm die leere Tasse und eilte davon.

Katharina wartete, bis beide Getränke vor ihr standen, trank einen kleinen Schluck Cognac und drückte schweren Herzens die

Kurzwahl für Hannes. Warum musste das gerade jetzt passieren, wo sie nicht zu Hause war? Sie hoffte, ihren Mann im Vorfeld besänftigen zu können, damit der nicht zu hart mit Oskar ins Gericht ging. Als Hannes sich meldete, erzählte sie ihm in wenigen Sätzen, was vorgefallen war, und bat ihn, Oskar in Graz abzuholen. Sofort begann ihr Mann zu toben.

»Na, des hat ja so kumman müssen. I hob's ja immer scho g'sagt, der Oskar wird uns nix als Scherereien machn. Der hat a so gar nix von mir. Schau ihn dir doch an, der is vom Wesen her durch und durch a Piefke.«

Katharina presste bei seinen Worten die Kiefer aufeinander und ließ ihn erst den Dampf ablassen, dann jedoch unterbrach sie ihn. »Hannes. Bitte. Mäßige dich. Ich bin unterwegs, es muss ja niemand mitkriegen, wie du dich aufführst. Dein Gebrüll kann man sicher im Umkreis von zehn Metern hören.« Noch während Katharina sprach, fragte sie sich, warum sie ihrem Mann nicht sagte, dass sie auf Wangerooge war. Überhaupt hätte sie besser aus der geschützten Sicherheit ihres Hotelzimmers heraus telefonieren sollen, aber dafür war es nun zu spät. »Es bringt auch überhaupt nichts, wenn du mich anbrüllst. Ich kann nichts dafür.«

»Du kannst nichts dafür?«, blaffte Hannes sie an. »Von wegen! Du hast ihn verhätschelt und immer in Schutz g'nommen, deinen klanen Prinzen. Nur weil er so ähnlich ausschaut wie dein Vater auf den Kinderbildern. Des war für di die Rechtfertigung für all's. Ka Wunder, dass er jetzt meint, er hätt' alle Freiheiten der Welt, kaum, dass'd fort bist. Und i muss hier alles allein erledigen, derweil du dich am anderen Ende der Welt vergnügst.«

»Ich vergnüge mich nicht. Das weißt du genau«, erwiderte Katharina eisig und schämte sich gleichzeitig, weil sie die vergangenen Stunden tatsächlich sehr genossen hatte.

»A Mutter hat für ihre Kinder da zu sein«, wetterte Hannes weiter, doch Katharina hatte plötzlich die Nase voll.

»Fahr nach Graz und hol ihn ab«, sagte sie knapp. »Er ist in der

Polizeiinspektion in der Schmiedgasse. Und tu dir selber einen Gefallen, halte dich zurück. Natürlich musst du ein ernstes Wort mit ihm reden, aber geht euch nicht wieder gegenseitig an die Gurgel. Ihr solltet miteinander klarkommen. Das ist für alle das Beste. Servus. Ich melde mich am Abend noch einmal.« Damit beendete sie das Gespräch, legte das Handy mit einem leichten Knall auf den Tisch, atmete tief durch, trank einen Schluck Cappuccino und direkt danach einen Schluck Cognac. Warm glitt ihr das Getränk die Kehle herunter.

»Nanu«, hörte sie dabei eine ihr inzwischen gut bekannte Stimme. »Ihr Gesichtsausdruck, der Cognac ... Ist etwas geschehen? Kann ich Ihnen irgendwie helfen?«

Alexander Hildebrand stand vor ihr. Für einen Moment schloss sie die Augen. »Ach, wissen Sie, es gibt so Phasen im Leben, da scheint sich alles gegen einen verschworen zu haben.« Sie lächelte schwach.

»Wenn Sie Ablenkung brauchen oder jemanden zum Reden ...« Er ließ den Rest des Satzes in der Luft hängen.

»Ach ja, warum nicht«, sagte Katharina energisch. »Setzen Sie sich gern zu mir und lenken mich ab.«

* * *

Wütend schmiss sich Johanna in ihrem Zimmer aufs Bett. Von dort hatte sie einen herrlichen Blick über das Tal. Die Weinreben glänzten golden in der Sonne. Doch der Anblick konnte sie jetzt überhaupt nicht beruhigen. Bine hantierte in der Küche herum, als wäre das ihr Refugium. Warum hatte Mama sie überhaupt gebeten, nach ihnen zu schauen? Sie war doch kein kleines Kind mehr. Selbst Oskar war mit seinen fünfzehn Jahren alt genug, um ein paar Tage allein zurechtzukommen, dabei mussten sie das gar nicht, denn Papa war ja auch noch da. Und wieso war Bine heute da? Schließlich hatte sie selbst eigentlich geplant, bis morgen

Mittag in Graz zu bleiben, und Oskar wollte doch auch bei seinem Kumpel sein. Auf Papa brauchte Bine nicht aufzupassen, der konnte das bestens allein. Und Langeweile hatte ihr Vater garantiert auch nicht.

Sie hielt inne. Ob Bine sich an ihren Vater ranmachen wollte? Johanna war in der letzten Zeit so mancher Blick sauer aufgestoßen, den Bine dem Papa zuwarf. Auch dass sie ihn gerne wie beiläufig am Arm berührte, war Johanna nicht entgangen. Vielleicht war es ihr deshalb aufgefallen, weil sie selbst auf die gleiche Art mit Paul geflirtet hatte.

Paul. Aus dem Auto heraus hatte sie versucht, ihn anzurufen, aber er hatte das Telefon ausgestellt. Der gewünschte Gesprächspartner sei nicht erreichbar, hieß es immer nur. Zunächst war sie traurig darüber gewesen, dann machte sich Ärger in ihr breit, zum Schluss aber war sie sich sicher, sie müsse nur etwas Vertrauen zu ihm haben. Wahrscheinlich war er gerade dabei, seiner Frau zu sagen, dass er sie verlassen würde. Dann war es ja nur logisch, dass er bei diesem Gespräch nicht gestört werden wollte.

Ach, Paul. Sie seufzte sehnsüchtig, drehte sich auf den Bauch und nahm das kleine Kuschelbärchen in die Hand, das er ihr vor zwei Monaten geschenkt hatte. Damit sie nicht so einsam war, wenn sie nicht zusammen sein konnten. Sie drückte das Bärchen an ihre Lippen und legte es sich in die Halskuhle. Wenn sie ihre Liebe doch erst ganz offiziell verkünden könnten.

Sie drehte sich wieder auf den Rücken und ließ den Blick durch ihr Zimmer schweifen. Es müsste dringend renoviert werden, es wirkte noch wie ein Mädchenzimmer, dabei war sie inzwischen längst eine Frau. Die Blümchenvorhänge würde sie durch weiße, luftige Halbschals ersetzen, das Bett müsste mindestens einen Meter fünfzig breit sein, damit sie mit Paul bequem hier übernachten könnte, wenn sie von Wien aus übers Wochenende zu Besuch kamen. Auch der Kleiderschrank aus Kiefernholz würde einem weißen Schrank weichen.

Ja, bei nächster Gelegenheit würde sie mit Paul zu IKEA fahren, dort gemeinsam mit ihm Bett und Schrank aussuchen und auch schon ein paar Deko-Artikel besorgen. Das würde der Wahnsinn werden! Sie und Paul beim Möbelkauf. Ach ja, die Vorfreude durchflutete sie und spülte den Ärger über Bine hinfort.

Ihr Handy klingelte. Eilig griff sie danach. »Paul! Wie schön, dass du anrufst. Ich hab gerade an dich gedacht, weil ich dich schon so vermisse! Bestimmt konntest du meine Anrufe nicht annehmen, weil du mit deiner Frau gesprochen hast, dafür habe ich natürlich Verständnis. Du hast doch mit ihr gesprochen, oder?«

»Ja.« Es klang, als liefe Paul durch die Gegend. Johanna hörte vorbeirauschende Autos.

»Wo bist du denn? Musstest du raus aus der Wohnung, war es so schlimm?«, fragte sie einfühlsam.

»Du kannst es dir nicht vorstellen«, sagte Paul geknickt.

»Du Armer! Wie hat sie es denn aufgenommen?«

»Wie, was soll sie aufgenommen haben?«

»Na, dass du sie verlässt!«

»Verlässt? Wie kommst du denn darauf? Darüber habe ich gar nicht mit ihr geredet.«

Ein Auto hupte, Paul blaffte »Idiot« und lief offenbar weiter.

»Wieso hast du nicht mit ihr darüber geredet?«, fragte Johanna irritiert. Sie war fest davon ausgegangen, dass Paul nun für klare Verhältnisse sorgte.

»Wie denn?«, fragte er zornig. »Klaudia kam rein, als du noch keine fünf Minuten weg warst. Das war so was von knapp. Sie kam ins Schlafzimmer, als ich gerade dabei war, die Betten abzuziehen. Natürlich wurde sie stutzig. Warum ich denn die Bettwäsche wechseln wolle, das habe sie doch letzten Mittwoch erst getan. Was meinst du, wie schwierig es war, da jeden Verdacht auszuräumen.«

Johanna war sprachlos. »Aber das war doch *die* Gelegenheit. Du hättest ihr doch sagen können, dass es mich gibt. Dass ich in diesem Bett geschlafen habe. Dass du mich liebst und sie verlässt. Ich verstehe nicht, warum du es nicht getan hast!« Sie merkte, dass Tränen in ihr aufstiegen.

»Nun fang du nicht auch noch an. Natürlich verstehst du das nicht. Du bist ja auch erst achtzehn. Und du hast keine Ahnung von einer Ehe. Das geht alles nicht so einfach, wie du es dir in deinen Mädchenträumen ausmalst. Überhaupt können wir uns bestimmt eine Woche lang nicht sehen. Mindestens. Hier müssen sich die Wogen erst einmal wieder glätten.«

»Eine Woche? Wir sollen uns eine ganze Woche nicht sehen? Das halte ich nicht aus.« Johanna begann zu schluchzen. »Bitte, Paul. Nicht eine ganze Woche lang. Bitte nicht.«

»Es muss sein«, sagte er, bevor er ein schwaches »Ich hab dich lieb, aber wir müssen da jetzt zusammen durch« hinterherschob.

* * *

Nach dem Cappuccino mit Cognac bestellten sie zwei Aperol Spritz. Alexander hatte sich ihr gegenübergesetzt und sah sie nun freundschaftlich an. »Also, wo drückt der Schuh?«, fragte er aufmunternd.

»Ach, ich glaube nicht, dass Sie das wirklich interessiert, es gibt Ärger mit meinem Sohnemann.«

»Wenn Sie darüber reden mögen, höre ich Ihnen gern zu. Manchmal ist es einfacher, mit jemand Fremdem zu reden als mit dem näheren Umfeld.«

»Danke fürs Angebot, aber es geht auch so.«

Der Kellner brachte die Getränke.

»Und Sie«, stellte Katharina nun die Gegenfrage. »Was machen Sie auf der Insel? Auch einen spontanen Kurztrip?«

»Schön wär's. Leider muss ich arbeiten. Aber ich habe den Vorteil, hier das Angenehme mit dem Nützlichen verbinden zu können. Und da ich ein Nachtmensch bin, kann ich das Angenehme mit Ihnen erleben.« Er grinste jungenhaft.

Katharina lachte auf. »Na, hören Sie! Sie sind ein Nachtmensch und wollen das Angenehme mit mir erleben? Wie darf ich das denn verstehen?«

Nun lachte auch er. »Entschuldigen Sie bitte. Da habe ich mich sehr missverständlich ausgedrückt. Ich meinte natürlich, ich kann auch spätabends arbeiten und den Nachmittag auf angenehme Weise mit Ihnen verbringen.«

»Ach, in Ihnen steckt also ein Charmeur! Ich dachte, diese Art von Männern trifft man nur in Österreich.«

»Wieso? Meinen Sie, norddeutsche Männer wissen die Anwesenheit einer netten und attraktiven Frau nicht zu schätzen?«

Katharina schmunzelte. »Na ja, sagen wir mal, die Norddeutschen sind nicht unbedingt bekannt dafür, dass sie Komplimente machen. Aber egal, vielen Dank für Ihre netten Worte. Zum Wohl.«

Sie prosteten sich zu. Es ging auf achtzehn Uhr zu, immer mehr Familien mit vollgepackten Strandtaschen und zufriedenerschöpften Kindern, die ihre Käscher herumwirbelten, liefen an ihnen vorbei.

»Oje, jetzt habe ich glatt vergessen, einen Tisch im Pudding für heute Abend zu reservieren«, stellte Katharina bei einem Blick auf die Uhr fest. »Eigentlich war mein Plan, nachher dort die Containerschiffe am Horizont zu bestaunen und eine Kleinigkeit zu essen.« Sie griff zu ihrem Glas. »Na, irgendwo werde ich schon ein Plätzchen finden. Und vielleicht hat man im Pudding für eine Einzelperson ja noch ein kleines Eckchen.«

Alexander beugte sich verschwörerisch vor. »Was halten Sie davon, heute Abend alle Konventionen über Bord zu schmeißen?«

Fragend sah Katharina ihn an. »Wie meinen Sie das?«

Er zwinkerte ihr zu, wobei sein Grübchen wieder sichtbar

wurde. »Ich besorge uns eine schöne Flasche gekühlten Wein, zwei Gläser und eine Pizza auf die Hand, wir nehmen alles mit an den Strand, besetzen einen Strandkorb und schauen von dort aus auf die Containerschiffe am Horizont und den sagenhaften Sonnenuntergang, den es heute mit Sicherheit wieder geben wird.«

Katharina ließ seine Worte sacken, legte den Kopf leicht schräg und sah ihn an. »Das ist tatsächlich etwas, was ich so noch nie gemacht habe. Mit einem Fremden am Strand Wein trinken und Pizza essen.«

»Na, dann wird es höchste Zeit. Und es gibt bekanntlich für alles ein erstes Mal.«

* * *

Bestimmt eine geschlagene Stunde lang heulte Johanna in ihr Kopfkissen, bis keine Tränen mehr kamen und sie nur noch schluchzen konnte. Nicht nur, dass Paul mit Klaudia noch nicht über die Scheidung gesprochen hatte, nein, er wollte daheim die Wogen glätten und sie eine ganze Woche lang nicht sehen! Einhundertachtundsechzig Stunden lang nicht. Die Minuten mochte sie sich gar nicht erst ausrechnen, die Zahl würde sie schier schwindelig werden lassen.

Was hatte Klaudia denn nur gegen Paul in der Hand, dass er es ihr nicht sagen konnte?

Johanna schmiss sich auf den Rücken und starrte an die Zimmerdecke. Oder hatte Josie recht, und Paul liebte sie gar nicht so, wie er es behauptete? War sie vielleicht wirklich nur eine kleine Affäre für ihn?

Unten wurden Türen geschlagen, sie hörte ihren Vater motzen und Oskars Stimme, die trotzig dagegenhielt. War ihr Bruder also auch wieder zu Hause. Sie wollte sich gerade das Kopfkissen über die Ohren ziehen, als sie Oskar rufen hörte: »Du verstehst mich doch sowieso nicht! Du hast dir noch nie Mühe gegeben, mich zu verstehen. Ich war dir doch immer egal. Also lass mich jetzt gefälligst in Ruhe!« Schon hörte sie ihn die Holztreppe hinaufrennen.

»Na warte, Bürschchen«, wetterte Papa von unten. »Wir zwei sind noch lange nicht fertig miteinander. So kommst du mir nicht davon!«

»Leck mich doch!«, rief ihr Bruder und knallte die Tür seines Zimmers zu, das neben ihrem lag.

»Was erlaubst du dir?!« Die Stimme ihres Vaters überschlug sich fast, und nun hörte Johanna Bine beschwichtigend sagen: »Hannes, komm, lass ihn. Er beruhigt sich schon wieder.«

»Er beruhigt sich? Er beruhigt sich? ICH muss mich beruhigen! Ich. Nicht er!«

Verdutzt setzte Johanna sich auf. Was waren das denn für Töne? Für einen Moment verdrängte sie die Gedanken an Paul und ihre eigene unglückliche Situation, wischte sich mit dem Handrücken übers Gesicht und stand auf. Leise öffnete sie die Zimmertür und schlich hinüber. Ohne anzuklopfen, trat sie ein. Genau wie sie selbst gerade eben noch, lag nun Oskar bäuchlings auf dem Bett und heulte.

»Raus«, brüllte er, ohne zu wissen, wer hereingekommen war.

»Ich bin's.« Leise schloss Johanna die Tür. »Was ist denn los?« Sie hockte sich auf den Fußboden vor Oskars Bett und umschlang ihre Knie mit den Armen.

»Ach, eigentlich nichts. Nur der Alte macht einen riesen Aufriss draus.« Oskar zog die Nase hoch und drehte den Kopf in ihre Richtung.

»Und woraus?«

Oskar hob kurz die Schultern und ließ sie wieder fallen. »Hab geklaut und bin erwischt worden.«

»Oh.«

»Ja. War nicht so gut. Ist mir schon klar. War eigentlich auch nur eine Mutprobe. Weil Jakob diese In-Ear-Ohrstöpsel haben wollte, weißt schon, die *noise-cancelling*-Dinger. Der hat aber nicht die Kohle, um sich die zu kaufen.«

Entsetzt blickte Johanna ihren Bruder an. »Das ist nicht dein Ernst, oder? Du wolltest diese Dinger für Jakob klauen?«

»Na ja, wenn man schon die Gefahr eingeht, erwischt zu werden, dann doch für etwas, das sich lohnt. Ne Packung Kaugummi wäre ja irgendwie lachhaft.«

»Sag mal, dir haben sie ja wohl die Gehirnwindungen verdreht. Kaugummi hätte man als Mutprobe deklarieren können, die Ohrstöpsel aber nicht. Du bist so was von blöd!«

»Ja, nun hack du auch noch auf mir rum! Klar, ihr seid alle viel schlauer als ich!« Wieder zog Oskar die Nase hoch und blickte sie skeptisch an. »Wie siehst du denn überhaupt aus? Hast du auch geheult, oder was?«

»Ist egal.« Johanna warf den Kopf in den Nacken und rappelte sich auf. »Ich geh mal zu Papa runter und schau, dass er sich einkriegt. Dein Kumpel wird sicher zugeben, dass er dich dazu angestiftet hat, richtig?«

Oskar legte das Gesicht auf die Hände. »Keine Ahnung«, sagte er, wobei Johanna Mühe hatte, ihn zu verstehen.

Langsam verließ sie das Zimmer. Bevor sie nach unten ging, wollte sie sich ein wenig frisch machen. Nicht dass Bine und Papa ihr verheultes Gesicht bemerkten. Auf dem Weg über den Flur warf sie einen Blick über die Brüstung hinunter in die Diele. Sie stutzte beim Anblick von Bine, die Papa gerade über den Arm streichelte.

* * *

Welcher Teufel ritt sie nur, sich mit einem wildfremden Mann am Strand zum Pizzaessen zu verabreden, dachte Katharina, als sie ihr Hotelzimmer aufschloss, um sich die leichte rote Daunenjacke zu holen, die sie später vielleicht brauchen würde. Die Luft kühlte gerade an der See gegen Abend viel eher ab als in der Steiermark. Dort waren die Abende auch um diese Jahreszeit noch lau, doch sie erinnerte sich nur zu gut daran, wie sehr der Wind hier die Temperaturen drücken konnte.

Im Bad warf sie einen Blick in den Spiegel, sie hatte tatsächlich etwas Farbe bekommen. Oder war es eine Art Schamesröte, die ihre Wangen färbte? Immerhin war sie verheiratet und traf sich nun mit einem Mann, den sie nicht oder zumindest erst ganz kurz kannte und von dem sie kaum etwas wusste, zu einem außergewöhnlichen Abendessen in einem Strandkorb. Sie kam sich vor, als täte sie etwas Verbotenes, und doch fühlte sie sich so leicht und frei wie schon lange nicht mehr.

Ein Song von Pe Werner kam ihr in den Sinn. *Dieses Kribbeln im Bauch, das man nie mehr vergisst, wie wenn man zu viel Brausestäbchen isst …* Dabei kribbelte es ja gar nicht wirklich. Nur ein wenig vielleicht. Außerdem galt der Liedtext nicht einem Fremden, einem Neuen, sondern dem langjährigen Partner, mit dem das Kribbeln abhandengekommen war. Überhaupt wollte sie ja auch gar kein Kribbeln, das von einem anderen Mann als ihrem eigenen ausgelöst wurde.

Sie legte den Lippenstift zurück auf die Ablage unter dem Spiegel. So weit kam es noch, dass sie sich für diesen Alexander schminkte. Nicht dass der den Eindruck erhielt, sie würde irgendetwas in diese verrückte Abendessen-Idee hineininterpretieren. Da griff sie doch lieber zum Telefon und rief bei Hannes an.

Sie hatte das Handy bereits in der Hand, als sie sich anders entschied. Ein Gespräch mit ihm würde sich bestimmt nur wieder um Oskar drehen. Und um den Streit, den die beiden Männer unweigerlich miteinander ausgefochten haben mussten. Katharina aber wollte sich dem ganzen Drama heute nicht mehr aussetzen. Sie wollte den Abend in angenehmer Atmosphäre in verrückter Begleitung mit diesem so lang vermissten Gefühl von Leichtigkeit genießen. Und schon wieder kam ihr ein Song in den Sinn.

Einmal verrückt sein und aus allen Zwängen flieh'n ... Mit dem Gedanken an den verstorbenen Udo Jürgens schnappte sie sich ihre Jacke. Natürlich würde sie nicht wirklich verrückt sein. Und keinesfalls aus allen Zwängen fliehen. Sie steckte ja in keinen. Beschwingt lief sie die Treppe hinab und verließ das Hotel.

* * *

Beim Abendessen herrschte miese Stimmung, obwohl Oskar oben in seinem Zimmer geblieben war. Als Johanna nach unten kam, waren ihr Vater und Bine bereits wieder in der Küche, Papa hatte sich ein Gösser eingeschenkt und saß am Tisch, Bine stand an der Arbeitsfläche und hielt ein Glas Wein in der Hand. Für einen Augenblick hatte Johanna das Gefühl, sie würde stören, aber sie verscheuchte diesen Gedanken, öffnete den Kühlschrank und nahm die angebrochene Flasche Cola heraus.

»Magst du das Gulasch mit Knödeln oder lieber mit Nudeln?«, fragte Bine, während Johanna sich Cola in ein Glas goss.

»Weder noch«, entgegnete Johanna knapp. »Wir essen so was am Abend nicht. Höchstens Brot mit Aufschnitt, die klassische Brettljause halt. Stimmt's, Papa?«

Ihr Vater griff zum Bier. »Nun pluster di mal net so auf«, sagte er. »Is doch liab, dass die Bine sich um uns kümmert, wo dei Mutter scho net da is. I nehm gern Knödel dazu«, sagte er an Bine gewandt. »Hab ja die letzten Tog scho nix Gescheits zum Essen 'kriegt.«

»Gern.« Bine drehte sich wieder zum Herd. »Ist alles vorbereitet. Dauert net lang. Musst di ja stärken, bei der ganzen Arbeit im Weinberg.«

Johanna konnte nichts dafür, aber irgendwie fand sie die Situation verquer. Das passte einfach nicht. Bine war Mamas Freundin und Gast hier. Aber doch nicht Haushälterin oder gar Ersatz für Mama. Ob Mama das tatsächlich in dieser Form gewollt hatte?

Das konnte Johanna sich nicht vorstellen. Energisch beschloss sie, selbst die Rolle der Hausfrau zu übernehmen. Lächelnd trat sie an den Herd. »Kannst dich gern setzen«, sagte sie zu Bine. »Ich übernehm hier. Danke, dass du für uns gekocht hast, aber das ist künftig nicht nötig. Bis ich nach Wien zum Studium gehe, ist die Mama sicher wieder zurück, und für den Papa, den Oskar und mich kann ich auch kochen. Damit musst du dich nicht belasten.« Sie lächelte Bine an, wusste jedoch, dass das Lächeln nicht echt wirken konnte.

Bine indes ließ sich davon nicht abschrecken. »Ach geh, Hanna, ich weiß doch, dass du derzeit mit wichtigeren Dingen beschäftigt bist. I mach des gern für euch. Hab ja Zeit.« Sie strich Johanna über die Wange, wobei diese zurückzuckte. Wusste Bine von Paul? »Es sei denn, Hannes, du möchtest auch nicht, dass i mi um euch kümmer.« Mit einem seltsamen, durchdringenden Blick schaute Bine Papa an.

»Na, geh, i bin dir schon sehr dankbar. Haben jetzt zumindest a Frau im Haus, die sich um alles kümmert.«

»Gut.« Bine lächelte Johanna an. »Dann wäre das also geklärt. Magst jetzt Knödel und Gulasch mitessen? Es wär beides fertig.«

»Danke nein. I hob kaan Appetit.« Automatisch verfiel Johanna in den Dialekt, wie immer, wenn sie aufgebracht war, nahm ihr Glas und die Flasche Cola und verließ die Küche. Beim Rausgehen erhaschte sie den Blick, mit dem Bine ihren Vater musterte. Vielleicht bildete sie es sich auch nur ein, vielleicht aber war sie für die Schwingungen, die von Bine ausgingen, wegen ihrer Liebe zu Paul einfach gerade sensibler. Sie könnte schwören, dass Bine etwas im Schilde führte.

* * *

Alexander Hildebrand wartete bereits am Fuß der Treppe, die zum Café Pudding hinaufführte. Er trug einen Rucksack, der ziemlich beladen aussah. Katharina schmunzelte. Insgesamt herrschte hier immer noch reges Treiben, vor dem Restaurant Compass warteten einige Personen darauf, einen Platz zu ergattern, auch vor der Eisdiele und der Außer-Haus-Pizzeria hatten sich Schlangen gebildet. Einige Touristen flanierten mit einem Cocktail-to-go-Becher herum, andere hatten sich bereits einen Platz an der Promenadenmauer gesucht, um von diesem besonderen Logenplatz aus den Sonnenuntergang zu betrachten.

Auch Alexander Hildebrand und Katharina stellten sich in die Schlange. »Welche Pizza darf ich für Sie denn bestellen?«, fragte er und deutete auf die Schiefertafel, auf der die verschiedenen Pizzen angeboten wurden.

»Prosciutto e Funghi bitte«, antwortete Katharina, deren Kindheitserinnerungen an Wangerooge eng verknüpft waren mit einer Schinken-und-Champignon-Pizza. Am allerersten Inselabend, wenn sie im Yachthafen festgemacht hatten, waren ihre Eltern und sie mit den Klapprädern ins Dorf gefahren und hatten Pizza gegessen. Zu Hause waren sie eigentlich nie in die Pizzeria gegangen, ihr Vater bevorzugte gutbürgerliche Küche, vor allem aber frischen Nordseefisch. Und so gehörte eine Pizza auf Wangerooge lange Jahre zu den absoluten Höhepunkten des Jahres.

»Ah, da haben wir den gleichen Geschmack«, gab Alexander Hildebrand belustigt zurück. »Aber ich werde einfach eine Parmaschinken-Rucola-Pizza nehmen, dann können wir uns gegenseitig ein Probe-Stück abgeben.«

Verblüfft sah sie ihn an. Sosehr die Schinken-Pilz-Pizza in ihre Kindheit gehörte, so sehr gehörte Alexander Hildebrands Wahl in ihr gegenwärtiges Leben. Wenn Hannes und sie in Graz Pizza essen gingen, bestellte sie immer eine mit Parmaschinken und Rucola. Sie fühlte sich eigenartig. Sie spürte eine starke Sympathie zu diesem Mann, den sie keine achtundvierzig Stunden kannte. Das verunsicherte sie.

Beladen mit den beiden Pizzakartons und dem Rucksack liefen sie kurz darauf hinunter an den Strand, stapften durch den weißen, feinen Sand in die erste Strandkorbreihe und suchten sich einen freien Korb. Es war ein wenig eng, und so berührten sich ihre Oberschenkel, als sie nebeneinander Platz nahmen und die Füße auf die ausgezogenen Fußstützen legten. Katharina hielt beide Pizzakartons auf ihrem Schoß, während Alexander Hildebrand seinen Rucksack öffnete.

Mit den Worten »Et voilà!« zauberte er eine mit einer Kühlmanschette umhüllte Flasche Weißwein sowie zwei Weingläser hervor, die er auf das schmale Holzbrett stellte, das als Seitentischchen am Strandkorb befestigt war. Übertrieben diensteifrig nahm er die Kühlmanschette ab und hielt die Flasche schräg, als hätte er in seinem Leben nichts anderes getan, als Gästen einen Wein anzubieten. »Ich habe mich heute für einen Grünen Veltliner entschieden, damit Sie zumindest ein wenig Österreich an Ihrer Seite haben.«

»Wo haben Sie den denn aufgetrieben«, fragte Katharina überrascht.

»Im Kühlschrank meiner kleinen Wohnung«, erklärte er, während er die Kühlmanschette wieder um die Flasche legte und sie öffnete. »Es arbeitet sich leichter in einer Wohnung als auf einem Segelboot, das außerdem derzeit in Reparatur ist, wie Sie ja wissen.«

Katharina schmunzelte, während er die beiden Gläser befüllte und ihr eines davon reichte. Dann erhob er sein Glas. »Zum Wohl, Katharina.« Dabei sah er ihr tief in die Augen. »Darf ich mich noch weiter vorwagen und Du sagen?«

Einen Moment lang bekam Katharina einen trockenen Mund. Das alles machte keineswegs den Eindruck, als wäre es ein unverbindlicher, verrückter Strand-Pizza-Abend zwischen zwei lockeren, verrückten jungen Leuten.

Und das waren sie genau genommen ja auch tatsächlich

nicht mehr. Beide nicht. Okay gut. Zugegeben. Sie waren nicht mehr ganz jung, heute aber vielleicht doch ein wenig verrückt. Ein verdächtiges Kribbeln machte sich in ihrem Bauch breit. Sie beschloss, es zu ignorieren. »Na klar«, gab sie forsch zurück. »Wenn wir hier schon in Studentenzeiten zurückfallen, gehört das Du natürlich dazu.« Sie hob lächelnd das Glas. »Prost, Alexander!«

Er stieß mit ihr an. Dann beugte er sich zu ihr und küsste sie. Seine Lippen waren weich und warm, und das Kribbeln in ihrem Bauch verstärkte sich. Als ihre Lippen sich langsam wieder voneinander lösten, strich er ihr mit seiner freien Hand noch einmal sanft über ihre. »Ich hoffe, die Pizza schmeckt noch«, sagte er. »Auch wenn sie nun sicher kalt geworden ist.«

Der Sonnenuntergang war tatsächlich fantastisch. Gemeinsam mit vielen anderen Menschen beobachteten sie ihn von ihrem Platz aus im geschützten Strandkorb. Wie die Pizza geschmeckt hatte, hätte Katharina gar nicht beantworten können, zu viele Gedanken tobten durch ihren Kopf. Alexander musste es ähnlich gehen, denn auch er war schweigsam, und letztlich aß jeder nur eine Hälfte seiner Pizza.

Als die Sonne wie ein blutroter Ball kitschig im Meer versank, nahm Alexander wortlos ihre Hand. Unter anderen Umständen hätte Katharina sie weggeschoben, ihr Handy gezückt und Fotos gemacht, um sie per WhatsApp an ihre Familie zu schicken, doch der heutige Abend war nicht wie jeder andere. Sie fühlte sich, als wäre sie aus ihrer normalen Welt gefallen in eine, die sie wieder atmen ließ, so wie früher, als sie noch frei von Sorgen und ihr Verhältnis zu ihrem Vater ungetrübt war. Das musste an der frischen Seeluft liegen. Und an der Weite. Der Horizont schien grenzenlos und alles irgendwie möglich. Auf jeden Fall spürte sie eine wachsende innere Stärke und Harmonie. Das war wunderbar und tat einfach nur gut.

Die meisten Menschen brachen nach dem Sonnenuntergang auf, sie jedoch blieben sitzen. Alexander schenkte ihnen Wein nach und sah sie an. »Da ist doch noch etwas anderes, das dich belastet«, sagte er sanft. »Wenn du magst, ich bin der geborene Zuhörer.«

Einen Moment lang überlegte sie. Doch dann wurde das Bedürfnis, über ihren Vater zu sprechen, und der Wunsch danach, sich mit ihm vor seinem Tod zu versöhnen, so übermächtig, dass sie ihm davon erzählte. Alexander ließ sie reden, und mit jedem Satz fiel ein kleines bisschen mehr Ballast von ihr ab. Am Ende flossen ihre Tränen. Weich und stetig. Alexander legte den Arm um sie, und gemeinsam schwiegen sie.

Es war schon stockdunkel und inzwischen auch reichlich kühl, als er sie zu ihrem Hotel begleitete und sich mit einem sanften Kuss auf die Wange von ihr verabschiedete.

Erst als Katharina im Bett lag, fiel ihr auf, dass sie nur seinen Namen kannte. Er hatte ihr weder gesagt, in welchem Haus sich seine Wohnung hier auf der Insel befand, noch hatte er ihr seine Telefonnummer gegeben. Und auch nach ihrer hatte er nicht gefragt.

Katharina versuchte, an ihren Vater zu denken. An ihre Kinder, an ihren Mann. Müsste sie nicht ein schlechtes Gewissen haben? Sie hätte Alexander doch sofort zurechtweisen und den Strandkorb verlassen müssen, als er sie geküsst hatte. Sie horchte in sich hinein, aber nur ihr Verstand stimmte ihr zu. Ihr Bauch hingegen genoss das kribbelnde Flattern, das die Gedanken an die vergangenen Stunden auslösten.

SONNTAG

Katharinas erster Gedanke am Sonntagmorgen galt ihrem Vater. Sofort nahm sie ihr Telefon und rief im Krankenhaus an. Die Aussage der Krankenschwester, sein Zustand sei unverändert, konnte sie nicht wirklich beruhigen, aber die Info verhieß ja immerhin auch nichts Schlechtes. Zumindest nichts, weswegen sie sich mehr Sorgen als ohnehin schon machen musste. Sie warf einen Blick aus dem Fenster. Der Himmel war strahlend blau, unten auf der Peterstraße liefen die ersten Frühaufsteher zum Bäcker. Überwiegend Männer, sicherlich richteten die dazugehörigen Frauen die Frühstückstische her oder cremten ihre Kinder mit Sonnenschutz ein, auch wenn die Sonne nun nicht mehr so stark brannte wie im Hochsommer. Doch gerade bei wolkenlosem Himmel konnten die Sonnenstrahlen schnell einen Sonnenbrand hervorrufen.

Im Bad stellte sie sich unter die heiße Dusche und ließ den Wasserstrahl auf ihren verspannten Nacken prasseln. Bestimmt zehn Minuten stand sie dort, den Kopf gesenkt und frei von jeglichen Gedanken. Die kamen erst wieder, als sie sich abtrocknete und überlegte, wie sie den Tag gestalten wollte.

Die erste Fähre ging um zehn Uhr dreißig, die zweite und letzte um neunzehn Uhr dreißig. Ursprünglich hatte sie geplant, die Zeit vollends auszukosten, inzwischen allerdings verspürte sie den unbedingten Wunsch, bei ihrem Vater zu sein. Außerdem vermutete sie, Alexander auf diese Weise aus dem Weg gehen zu können. Das war sicherer, sie hatte nämlich von ihm geträumt, und dieser Traum war beunruhigend gewesen. Nicht dass er ihr etwas angetan hätte, im Gegenteil. Es war ein intensiver, auf angenehme Weise warmer Traum gewesen, wenn sie ihn in Farben beschreiben sollte, würde sie einen warmen Goldton wählen.

Aber warmes Gold passte derzeit nicht in ihr Leben. Wenn

sie erst wieder in Hooksiel war, würde sie das Restaurant Brücke meiden und sich überwiegend auf der Werft und zu Hause aufhalten. Dennoch klopfte ihr Herz, als sie hinunterging in den großzügigen Frühstücksraum des Hotels. Was, wenn er dort auf sie wartete? Was, wenn er kam, während sie frühstückte? Sie riss sich zusammen. Nein, sie würde sich nicht wie ein Teenager verhalten. Sie würde mit der Situation schon klarkommen. Schließlich war ja nichts passiert.

Sie hatten Pizza gegessen, Wein getrunken und den Sonnenuntergang angeschaut.

Und er hatte sie geküsst.

Gut, das schon, aber es war nur ein Kuss gewesen.

Einer, der ein ziemliches Kribbeln in ihrem Bauch ausgelöst hatte.

Ja und? Dann war es eben so. Herrschaftszeiten, das musste man doch nun auch nicht überdramatisieren, redete sie sich ein. Es lag schließlich nicht allein an ihr, dass sie sich nach körperlicher Nähe sehnte. Wann hatten Hannes und sie das letzte Mal miteinander geschlafen? Sie konnte sich nicht daran erinnern. Dennoch meldete sich ihr schlechtes Gewissen.

Erhobenen Hauptes betrat sie den Frühstücksraum. Ein schneller Rundblick zeigte: kein Alexander zu sehen. Erleichtert und ein wenig enttäuscht zugleich nahm sie an einem Zweiertisch Platz, extra mit dem Rücken zum Eingang, um nicht die ganz Zeit zur Tür zu schielen, und bestellte Ostfriesentee bei der freundlichen Bedienung. Am Buffet bediente sie sich mit Obstsalat, einem Brötchen, Käse und einem gekochten Ei und frühstückte in aller Ruhe.

Anschließend lief sie die wenigen Meter an den Strand und drehte eine kleine Runde, bevor sie zusammenpackte, das Zimmer bezahlte und sich auf den Weg zum Bahnhof machte. Auch unterwegs schlug ihr Herz schneller als normal und wurde selbst in der blauen Bimmelbahn zum Hafen nicht langsamer. Als sie die Fähre betrat, ohne Alexander begegnet zu sein, atmete sie auf.

Da war sie mit ihren verwirrten Gefühlen noch einmal davongekommen.

* * *

Johanna hatte lange geschlafen. Wie immer am Wochenende. Bis in die frühen Morgenstunden hinein hatte sie auf Netflix die kanadische Comedyserie *Workin' Moms* geschaut, bis sie endlich müde wurde und schlafen konnte. Vergeblich hatte sie immer wieder auf ihr Handy geschaut. Paul hatte sich nicht gemeldet. Das verletzte sie zutiefst und warf sie zwischen Wut und Trauer hin und her.

Langsam aber meldete sich ihr Magen durch vernehmbares Knurren. Die Flasche Cola hatte natürlich nicht satt gemacht. Den ganzen Abend über hatte Johanna überlegt, ob sie in die Küche gehen und sich ein Brot schmieren sollte, aber dann hätte sie mit ihrem verheulten Gesicht garantiert Erklärungen abgeben müssen. Und das wollte sie nicht. Bis vor Kurzem hätte sie gedacht, sie würde sich lieber Bine als ihrer Mutter anvertrauen, weil Bine in ihr eher die Frau und ihre Mutter eher das Mädchen sah, aber das kam nun gar nicht mehr in Frage. Mit halbem Ohr hatte sie den Abend über darauf gewartet, zu hören, dass Bine sich verabschiedete, doch durch die schon betagten Zimmertüren hatte sie mitbekommen, wie Papa und Bine noch ewig lange redeten und lachten. Wann war Bine eigentlich nach Hause gegangen?

Johanna reckte sich, griff zum Handy und sah enttäuscht, dass Paul immer noch nicht geschrieben hatte. Langsam stieg Wut in ihr auf. Wie konnte er nur glauben, dass er sie derart behandeln konnte? Sie überlegte. Sollte sie ihm nun eine liebevolle Nachricht schicken oder ebenfalls auf Tauchstation gehen? Verdammt, das war so schwierig zu entscheiden. Wenn sie sich nicht meldete, könnte er glauben, sie würde ihn nicht wirklich lieben und es wäre ihr egal, was er gerade durchmachen und an der Seite seiner Frau ertragen musste. Wenn sie sich aber meldete, könnte er denken, er hätte sie sowieso sicher und müsste sich nicht mehr um sie bemühen.

Aber jeder Mann musste um die Frau kämpfen, die er erobern wollte. Das hatte schon ihre Oma gepredigt, als Johanna sich in der Grundschule in einen Mitschüler verliebt hatte. Patrick war so lieb gewesen. Und doch war er eines Tages Hand in Hand mit Sandra über den Schulhof gelaufen und hatte sie zum Eisessen eingeladen. Johanna hatte Rotz und Wasser geheult und nicht mehr zur Schule gehen wollen, aber Oma hatte sie angesehen, ihr Kinn angehoben und gesagt: »Hanna, eines musst du dir für dein Leben merken! Kein Mensch ist es wert, dass du dir seinetwegen die Augen aus dem Kopf weinst. Sag dir immer: Es gibt nicht nur ne Hand voll, es gibt ein ganzes Land voll. Ein Mädel von meinem Chic hat bei Männern ganz viel Glück.« Daraufhin hatte Johanna sich zusammengerissen, auch wenn es wehgetan hatte, zu sehen, wie Patrick Sandra in der großen Pause mit seinem Strohhalm von seinem Kakao hatte trinken lassen.

Aber Paul war eben nicht Patrick und sie keine sieben Jahre mehr alt. Dennoch, sie wollte es ihm nicht zu leicht machen. Er sollte sich ebenfalls nach ihr und einer Nachricht von ihr sehnen. Sie würde jetzt erst einmal in die Küche gehen, einen Kaffee trinken und ein Stück Striezel mit Erdbeermarmelade essen. Vielleicht auch ein zweites, da sie doch gestern schon aufs Abendbrot verzichtet hatte. Sie schwang die Beine aus dem Bett und streifte sich die dicke Strickjacke über ihr Schlafshirt. Die nackigen Beine störten sie nicht, die Sommerwärme hing ja noch im Haus, und so lief sie barfuß die Stiegen hinab.

Als sie die Tür zur Küche öffnete, blieb sie verdutzt stehen. Am üppig eingedeckten Tisch saßen Papa und Bine in trauter Zweisamkeit, und Bine sah nicht aus, als ob sie sich in der Früh frisch hergerichtet hätte.

Johanna zog die Strickjacke enger um ihren Körper und verfluchte sich dafür, keine Hose angezogen zu haben, sondern nur die Unterhose unter dem T-Shirt zu tragen.

»Guten Morgen.« Bine lächelte sie zaghaft an. »Auch schon wach? Ist gestern spät geworden, da hab ich spontan hier übernachtet.« Sie warf einen schnellen Blick zu Papa, der jedoch nicht reagierte. Sofort redete Bine weiter. »Die Eier sind inzwischen sicher kalt, aber wir haben Croissants aufgebacken, und der Kaffee in der Thermoskanne ist noch heiß. Ich kann dir aber gern einen neuen aufbrühen, wenn du magst.«

Irritiert wanderte Johannas Blick von Bine zu ihrem Vater. Der griff zu einer Scheibe Brot. »Guten Morgen.«

Was hatte das denn zu bedeuten? Johanna setzte sich. Bevor sie selbst zur Thermoskanne greifen konnte, goss Bine ihr Kaffee ein. »Milch und Zucker nimmst dir halt selbst, gell?« Eine leichte Unsicherheit lag in ihrer Stimme, und ihre Wangen hatten sich gerötet.

Johanna nickte. Sie fühlte sich eigenartig, denn das hier war auch eigenartig. Bine gehörte nicht an den Frühstückstisch, wenn Mama nicht da war. Bine durfte die Kaffeekanne nicht nehmen, um ihr einzuschenken. Da lief eindeutig was falsch. Sie nahm sich ein Stück vom Striezel und bestrich es mit Butter und Marmelade. Aber es schmeckte nicht so gut wie sonst. Es hatte einen unangenehmen Beigeschmack.

»Magst kein Croissant?«, fragte Bine, deren Wangen langsam an Farbe verloren.

»Nein.« Johanna goss sich einen zweiten Becher Kaffee ein, gab Milch hinzu, bestrich zwei Scheiben Striezel mit Butter, legte eine dicke Scheibe Käse dazwischen und stand auf. »Ich glaub, ich frühstücke lieber oben in meinem Zimmer.«

Jetzt kam Leben in ihren Vater. »Hanna. Bleib doch. Wie war's denn bei deiner Freundin in Graz?«

Das hätte er jetzt nicht sagen sollen. Sofort stiegen Tränen in Johannas Augen. Schnell nahm sie Teller und Becher und verließ die Küche.

Auf der Treppe hörte sie ihren Vater verwundert fragen: »Was hat die Hanna denn?«

Bines sanfte Antwort, »I denk, sie war net nur bei ihrer Freindin«, gab ihr dann vollends den Rest.

* * *

Im Krankenhaus verflog der Inselzauber gänzlich, und der Anblick ihres bleichen, grau und fast wächsern aussehenden Vaters brachte Katharina den Ernst der Lage vollends ins Bewusstsein zurück. Über eine Stunde verbrachte sie an seinem Bett, erzählte von den Kindern, von Anekdoten aus deren Kindergarten- und Schulzeit und wieder von ihrer Sehnsucht nach ihm.

»Ich habe dich so vermisst, Papa«, sagte sie und streichelte ohne Unterlass seine Hand. »Und du kannst dir sicher vorstellen, wie verwirrt ich darüber bin, dass du unseren Wein im Keller vorrätig hast, Fotos von den Kindern und mir in deinem Zimmer stehen, dass du einen Detektiv damit beauftragt hast, uns in Abständen zu beobachten und dir Bericht zu erstatten.« Zärtlich betrachtete sie sein Gesicht, suchte nach einem Hinweis darauf, dass er hörte, was sie sagte, dass er ihre Gegenwart registrierte. Doch da regte sich nichts. Irgendwann kam die Schwester herein. »Gehen Sie nach Hause«, schlug sie vor. »Ich rufe Sie an, sobald sich etwas tut. Aber er freut sich sicher, dass Sie hier gewesen sind, dass Sie ihn besuchen, so viel wissen wir. Die meisten Komapatienten kriegen mit, dass sie besucht werden.«

* * *

»Josie, ich glaub, die Bine hat hier übernachtet«, sagte Johanna am Telefon zu ihrer Freundin, nachdem sie das Brot gegessen und den Kaffee getrunken hatte.

»Na und, hat sie das vorher noch nie gemacht?«

»Doch. Klar. Seit ihr Mann sie verlassen hat, ist sie ja oft hier. Wenn Mama und sie wieder einen ihrer Mädelsabende haben und irgendwelche Serien gucken, bleibt sie schon mal über Nacht. Wir haben ja das Gästezimmer. Aber Mama ist nicht da. Und deshalb find ich's nicht gut, wenn sie hier übernachtet. Außerdem guckt sie Papa so komisch an. Und sitzt viel zu nah bei ihm.«

»Hast du denn mal nachgeguckt?«

»Wo nachgeguckt?«

»Na, im Gästezimmer. Wenn das Bett dort benutzt ist, heißt es, dass alles okay ist. Dann musst du dir keine Gedanken machen. Wahrscheinlich siehst du eh Gespenster. Sie gehört doch schon so lange quasi zu eurer Familie.«

»Gute Idee. Ich denk, das mach ich schnell, bevor sie fertig gefrühstückt haben. Aber du hättest sie sehen sollen, wie sie in der Küche saß und einen auf Hausherrin gemacht hat.«

»Nun geheimniss da man nicht so viel rein. Vielleicht haben sie gestern noch lang zusammengesessen, und die Bine wollt nimmer heim. Wie du schon sagst: Es wär net das erste Mal«, gab Josie zu bedenken. »Ihr führt doch ein sehr gastfreundliches Haus.«

»Gut. Ich schau nach«, sagte Johanna. »Und wenn da nix angefasst wurde, was mach ich dann?«

»Dann rufst du mich wieder an«, sagte Josie bestimmt, und Johanna meinte, eine gewisse Abenteuerlust in der Stimme ihrer Freundin zu hören.

Sie beendete das Telefonat und fuhr sich durch die Haare. Sollte sie, oder sollte sie nicht? Ach was. Natürlich durfte sie einen Blick ins Gästezimmer werfen. Unter den gegebenen Umständen auf jeden Fall. Nur lag der Raum im Erdgeschoss. Was, wenn Papa oder Bine sie dabei sahen? Sie musste sich eine Ausrede überlegen. Am besten sie nahm den Frühstücksteller mit hinunter. Dann könnte sie vorgeben, den in die Küche zurückbringen zu wollen, sollte einer der beiden ihr über den Weg laufen. Mit klopfendem Herzen schlich sie die Stiegen hinab und vermied dabei die siebte Stufe, die etwas lauter knarrte. Aus der Küche drangen noch immer die Stimmen von Papa und Bine zu ihr in den Flur. Perfekt. Den Teller in der Hand drückte Johanna vorsichtig die Klinke zum Gästezimmer herunter und schloss für einen Moment die Augen. Was würde sie sehen? Wollte sie es überhaupt sehen?

Als sie die Augen wieder öffnete, wurde ihr ganz kalt. Die Bettdecke war zwar zurückgeschlagen und nicht mehr so gerichtet, wie Mama es immer für Gäste vorbereitete, aber das Bettlaken war glatt und wirkte unbenutzt. Es sah nicht so aus, als ob Bine in diesem Bett geschlafen hatte. Johanna kniff die Augen zusammen. Die Wut, die sie wegen Pauls Verhalten gespürt hatte, stieg erneut in ihr auf und vermischte sich mit der Wut auf ihren Vater.

Das durfte doch nicht wahr sein! Papa konnte doch nicht mit Mamas bester Freundin die Nacht verbracht haben! Das war ja Untreue hoch zehn! Von beiden! Dass sie Mamas Notsituation so schamlos ausnutzten! Sowohl Papa als auch Bine wussten doch, dass Mama extrem an ihrem Vater hing und deswegen zu ihm fahren musste. Das wussten ja sogar Oskar und sie!

Überhaupt. Oskar. Schlief der etwa immer noch? Es war mittlerweile kurz vor eins. Also bereits nach Mittag. Johanna runzelte die Stirn. In die Küche gehen und nachfragen mochte sie nicht, also stellte sie den leeren Frühstücksteller auf die unterste Treppenstufe, eilte wieder hinauf und betrat nach einem Klopfen das Zimmer ihres Bruders.

Doch das Zimmer war leer.

Das Bett frisch gemacht.

Das war noch nie vorgekommen.

Alarmiert rannte Johanna die Treppe hinunter und stürmte in die Küche.

Papa und Bine, die zwar über Eck, aber eng beieinandersaßen, blickten wie ertappt hoch.

»Wo ist Oskar?«, presste Johanna hervor.

Papa nahm die Hand von der Kaffeetasse, die ein wenig zu nah an der Hand von Bine war. »Wie, wo ist Oskar?«

»Er schläft bestimmt noch«, vermutete Bine. »Immerhin war es ein ereignisreicher und kein leichter Tag für ihn gestern. Lassen wir ihn ausschlafen. Dann regelt sich vieles von allein.«

»Er ist weg«, rief Johanna. »Sein Bett ist gemacht, sein Rucksack ist fort. Er ist weg.«

Bestürzt blickte Bine nun Hannes an. »Er ist fortgelaufen? Hast du das mitgekriegt?«

Ihr Vater verdrehte die Augen. »Nun benehmt euch mal nicht wie ein Haufen aufgeschreckter Hühner. Dann ist er eben fortgelaufen. Kann man ja verstehen. Er ist beim Stehlen erwischt worden und weiß net, wie er das gradbiegen soll. Lassen wir ihm den heutigen Tag. Er wird draußen herumirren, sich Gedanken machen, wo er unterkommen kann und wie er erklären soll, dass er von daheim fort ist. Herrschaftszeiten, er ist fünfzehn und voll in der Pubertät. Die Hormone brennen mit ihm durch. Glaubts mir, ihr könnts ganz ruhig sein, das gibt sich. Spätestens morgen kommt er zurück und tut, als wär nichts gewesen.«

Johanna sah ihren Vater ungläubig an, Bine jedoch legte ihre Hand auf seine und war ganz verzückt. »Dass du dich so in den Jungen hineindenken kannst ...«

Der zufriedene Blick, mit dem Papa Bine nun ansah, war für Johanna zu viel. »Ihr interessiert euch doch einen Scheiß für uns«, rief sie, drehte sich auf dem Absatz um und rannte nach oben. Dort schmiss sie die Zimmertür zu und sperrte ab. Anstatt jedoch bei Josie anzurufen, wählte sie die Nummer ihrer Mutter.

* * *

Das Haus war seltsam leer, als Katharina es betrat. Natürlich wusste sie, dass niemand dort sein würde. Dennoch. Es hing der unheimliche Schleier von Endlichkeit in diesen Räumen. Und der Schatten der Vergangenheit. Als wäre die Zeit hier drinnen stehengeblieben und nicht mehr mit der Welt und dem Geschehen draußen synchronisiert. Das fiel ihr jetzt erst richtig auf. Nirgends war eine Spur zuversichtlicher, positiver Lebendigkeit zu finden. Es fing bei den Kunstblumen an, die ihre Mutter vor ihrem Tod gekauft hatte und die einen vergangenen Zustand zu konservieren suchten, zog sich über die stets frisch gewaschene Bettwäsche in ihrem Kinderzimmer, bis zu den Möbeln und den Tischdecken, die auch alle noch von ihrer Mutter stammten. Das Haus glich einem Museum, dachte Katharina. Bis auf die Fotos, die sie und ihre Kinder zeigten. Hatte ihr Vater aus Liebe zu seiner Frau alles in diesem Zustand gelassen? Oder war er des Lebens überdrüssig gewesen, und ihm war alles egal?

Nein. Dazu passte sein Engagement für die Werft genauso wenig wie das Interesse, das er an ihr und den Kindern heimlich gepflegt hatte.

Wer war eigentlich Walter Hansen? Hatte sie ihn je wirklich kennengelernt? Oder kannte sie nur den Vater, nicht aber den Mann, den Menschen, weil sie sich nie auf gleicher Augenhöhe begegnet waren? Weil sie in Österreich geblieben war und er ihr durch sein Verhalten keine Chance gegeben hatte, ihm gleichberechtigt gegenüberzustehen?

Sie nahm zwei Stuhlauflagen für die Gartenstühle und trat auf die Terrasse. Die Sonne schien, ein Zaunkönig hüpfte von der Hochstammrose hinüber zur Weinrebe, die an der Holzwand rankte und schwer von Trauben war. Automatisch knipste sie mit Daumen und Zeigefinger eine Traube ab, steckte sie in den Mund und ließ sie langsam am Gaumen platzen. Uups, war die sauer. Sie schüttelte sich, um gleich darauf zu schmunzeln. Natürlich, wie hatte sie auch erwarten können, hier die Süße zu schmecken, die die steirische Sonne und der besondere Boden ihren Reben angedeihen lassen konnten. Sie legte die Kissen auf die Stühle und beschloss, sich eine Tasse Tee aufzubrühen, als ihr Handy klingelte. Einen unlogischen Moment lang flammte der Gedanke in ihr auf, es könnte Alexander sein. Als sie sah, dass Johanna anrief, beruhigte sich ihr Herzschlag. Woher hätte Alexander auch ihre Telefonnummer haben sollen?

»Hallo, Spatzl, schön, dass du anrufst. Wie geht's denn bei euch?«

* * *

Als Johanna die Stimme ihrer Mutter hörte, brachen sämtliche Dämme in ihr. Ohne dass sie sich unter Kontrolle kriegen konnte, begann sie zu schluchzen.

»Hanna, um Gottes Willen, was ist denn geschehen?«, fragte ihre Mutter besorgt, und Johanna hörte die Angst in ihrer Stimme.

»Oskar ist abgehauen, Bine hat hier geschlafen, aber das Gästebett sieht unbenutzt aus, sie benimmt sich, als wär sie hier die Herrin im Haus, und Paul will mich eine ganze Woche lang nicht sehen, weil er Stress mit seiner Frau hat«, presste Johanna weinend hervor.

Vom anderen Ende der Leitung kam keine Reaktion. »Mama? Bist du noch dran?«

Ihre Mutter räusperte sich. »Ja. Entschuldige bitte. Ich muss das nur mal eben erst sortieren. Oskar ist abgehauen? Weggelaufen? Wann denn? Und hat er keinen Zettel hinterlassen? Oder zumindest dir Bescheid gesagt, wo er hin ist?«

»Nein. Er kam gestern mit Papa nach Hause, sie haben sich fürchterlich gestritten, er wollt' in seinem Zimmer bleiben, aber als ich vorhin nach ihm gesehen hab, war er fort. Sein Bett hat er gemacht, und auch sein Rucksack ist weg. Er ist beim Klauen erwischt worden, Mama. Er wollte Kopfhörer für seinen Kumpel klauen, dieser Idiot. Angeblich soll es eine Mutprobe gewesen sein, aber so teure In-Ear-Kopfhörer sind keine Mutprobe. Das ist Diebstahl. Das hätte er doch wissen müssen.«

Wieder überlegte ihre Mutter einen Moment. Dann sagte sie: »Spatzl, nun versuch, dich zu beruhigen. Ich werd mit dem Papa telefonieren und zusammen müsst ihr Oskars Freunde anrufen. Bei einem von ihnen wird er sein. Hast du schon versucht, ihn zu erreichen?«

»Nein«, schniefte Johanna. »Ich hab gedacht, er geht eh nicht ans Handy. Sonst wär er ja nicht weggelaufen, sondern hätt' mit mir gesprochen.«

»Okay. Vielleicht geht er ran, wenn er sieht, dass ich es bin. Mach dir bitte keine allzu großen Sorgen. Das renkt sich schon alles wieder ein. Ich hab gestern mit dem Polizeiinspektor gesprochen, als sie Oskar zur Inspektion in die Schmiedgasse mitgenommen hatten. Er wird zwar eine Strafe bekommen, vermutlich Sozialstunden und vielleicht auch eine Geldstrafe, aber das ist nichts, weswegen man sich etwas antun oder dauerhaft von daheim weglaufen muss. Wirst sehen, alles wird gut, nur muss er halt die Konsequenzen aus seinem Handeln tragen. Er ist nicht der erste Junge, der bei dieser Art Mutprobe erwischt wird. Und er wird auch nicht der letzte sein. Das kommt schon wieder in Ordnung. Aber was ist mit dir? Was ist denn mit diesem Paul?«

Schluchzend berichtete Johanna von dem missglückten Liebeswochenende und Pauls Reaktion auf die überraschende Rückkehr seiner Frau. »Ich bin dann zu Josie gefahren. Sie glaubt, dass Paul mich gar nicht wirklich liebt. Sie vermutet, ich bin nur eine kleine Affäre für ihn. Aber das stimmt nicht, das weiß ich. Was soll ich denn nur machen, Mama? Er hat sich seit gestern nicht gemeldet. Soll ich ihm eine WhatsApp schicken?«

»Ach, Spatzl. Das tut mir so leid. Ich weiß, wie du dich fühlst, aber glaub mir, es ist besser, dich nicht bei ihm zu melden. Wenn er dich wirklich liebt, dann meldet er sich bei dir. Lauf ihm nicht hinterher. Das hast du nicht nötig. Denk an Oma Marias Spruch: Es gibt …«

»… nicht nur ne Hand voll, es gibt ein ganzes Land voll. Ich weiß«, ergänzte Johanna und fühlte sich für einen Moment etwas besser. Dann fiel ihr Bine wieder ein. »Und was soll ich mit Papa und Bine machen? Mama, ich glaub, die hat die Nacht mit Papa verbracht! Wie können die beiden das nur wagen, wo Oskar und ich im Haus sind und sie deine beste Freundin ist?! Das ist ekelhaft. Mama, tu was! Die macht unsere Familie kaputt!«

* * *

Nach dem Telefonat mit Johanna saß Katharina wie versteinert auf dem Stuhl. Sie wusste überhaupt nicht, mit welcher der Katastrophen sie sich zuerst beschäftigen sollte: Oskars Verschwinden oder Johannas Verdacht? Was war denn nur zu Hause los? Warum lief gerade jetzt alles aus dem Ruder, wo sie so weit entfernt war. Vielleicht hätte sie nicht an die Nordsee zu ihrem Vater kommen dürfen, sondern zu Hause auf dem Weingut bleiben sollen.

Andererseits, vielleicht war das alles nur ein Zeichen, um ihr zu zeigen, wie ihr Leben in Österreich wirklich aussah? Um ihr zu verdeutlichen, dass alles auseinanderbrach, sobald sie die Bahnen nicht mehr lenken konnte? Weil sie es nicht geschafft hatte, die Basis für ein funktionierendes Familiengefüge zu schaffen? Wiederholten sich hier die Beziehungsmuster, die dazu geführt hatten, dass sie und ihr Vater so viele Jahre, Jahrzehnte den Kontakt zueinander verloren hatten? Obwohl sie beide so sehr aneinander hingen, wie sich jetzt rausstellte? Schaffte sie es nicht, die einzelnen Mitglieder ihrer Familie über die Distanz zusammenzuhalten? Unsinn, meldete sich eine rebellische Stimme in ihr: Es ist nur Zufall, dass das jetzt passiert, wo du nicht zu Hause bist. Also Oskars Verhalten zumindest.

Und ob Johannas Vermutung stimmte, dass etwas zwischen Hannes und Bine vorgefallen war, darüber wollte sie jetzt nicht nachdenken. Zuerst musste sie sich um die wichtigen Dinge kümmern. Außerdem gab es keinen Beweis dafür. Ein glattgezogenes Bettlaken musste gar nichts bedeuten.

Die oberste Priorität lag jetzt darauf, Oskar zu finden.

Und sich um die Situation der Werft zu kümmern, damit alles zumindest auf einem guten Weg war, wenn ihr Vater wieder aufwachte, und sie ihn mit guten Nachrichten erfreuen konnte. Denn er liebte sie, nach wie vor, wie sie mittlerweile hatte erkennen dürfen. Er hatte sie nicht aus seinen Gedanken und seiner Welt verbannt. Im Gegenteil, heimlich hatte er Anteil an ihrem Leben genommen. Und ja, auch hier war sie zu Hause! Hier waren ihre Wurzeln. Hier hatte sie ihre Kindheit verlebt, ihre Jugend, ihre erste Liebe, und hier hatte sie ihre Mutter beerdigen müssen. Hier lag der Grundstock für das, was sie für das gesamte Leben geprägt hatte. Und hier lag eine Verantwortung, die sie bis jetzt nicht hatte sehen, nicht hatte annehmen wollen.

Am liebsten hätte Katharina auf der Stelle mit ihrer besten Freundin telefoniert, sich allen Kummer vom Herzen geredet und einen Rat erbeten.

Aber ihre beste Freundin war auf dem Weingut. Und das vielleicht gar nicht wegen der Kinder, wie sie gedacht hatte. Geriet doch ihr komplettes Leben aus den Fugen?

Beruhige dich, Kathie, beschwor sie sich. Johanna hat sich bestimmt geirrt. Sie ist wegen dieses Pauls total durcheinander und mit allem überfordert. Die erste große Liebe und sie läuft schief. Dazu noch Oskar. Klar, dass sie dann Dinge sieht, die gar nicht so sind. Vielleicht hätte sie ihrer Tochter auch auf dem Weg zum Flughafen sagen sollen, dass sie selbst Bine gebeten hatte, sich um die Kinder und Hannes zu kümmern. Dann hätte es dieses Missverständnis nicht gegeben. Denn nichts anderes würde es sein. Nur ein Missverständnis. Aber sie hatte ehrlicherweise auch nicht damit gerechnet, dass Bine ihre Bitte derart intensiv umsetzen würde. Wahrscheinlich sah Johanna einfach nur Gespenster. Das lag an ihrer eigenen Situation. Johanna übertrug ihre eigene Gefühlssituation auf die derzeitige zu Hause. So würde es sein.

Entschlossen griff Katharina zum Telefon. Ein Anruf bei Hannes würde alles wieder ins Lot bringen.

Tatsächlich nahm ihr Mann nach viermaligem Klingeln das Gespräch an. »Grüß dich, Schatzl«, begann Katharina. »Sag einmal, was ist denn bei euch los? Johanna hat gerade vollkommen aufgeregt angerufen und gesagt, Oskar ist verschwunden?«

Sie hörte ihrem Mann zu, der davon berichtete, wie er Oskar von der Polizei abgeholt und nach Hause gefahren hatte, wobei er ihm selbstverständlich keinen Vorwurf erspart hatte, schließlich ging es auch um den Ruf des Weingutes, und überhaupt sei Oskar wieder einmal bockig ohne Ende gewesen. Darum hätte er bisher auch nicht versucht, seinen Sohn zu erreichen, der würde sich schon wieder beruhigen und reumütig heimkehren.

»Hätte Bine denn nicht mit Oskar reden können?«, fragte Katharina aus einem Impuls heraus in hoffentlich unverfänglichem Ton.

»Wie kommst du denn auf Bine?«, fragte Hannes misstrauisch.

Seine Frage irritierte Katharina. Johanna hatte doch gesagt, dass Bine bei Hannes in der Küche war.

»Na, sie kennt Oskar von klein auf und ist so was wie eine Tante für ihn. Ich hatte sie gebeten, sich ein wenig um euch zu kümmern, wo ich nicht da bin«, antwortete sie, ohne preiszugeben, was ihre Tochter ihr anvertraut hatte.

»Ach so, das meinst du.«

Irrte sie sich, oder klang Hannes erleichtert? Hatte er tatsächlich etwas zu verbergen? Spontan entschied sie sich, ihn auf die Probe zu stellen. »Ich rufe Bine gleich mal an. Sie kann ja zu euch kommen und dir helfen, Oskar bei seinen Freunden aufzuspüren.«

Einen Moment lang zögerte Hannes, bevor er sagte: »I kann dir die Bine auch geb'n. Sie sitzt neben mir. Wir ham grad darüber g'sprochen, wie wir in Sachen Oskar am besten vorgehen.«

Bine saß also tatsächlich immer noch mit Hannes zusammen. Und gemeinsam hatten sie über Oskar gesprochen. Wäre es nicht eigentlich angebracht und normal gewesen, dass Hannes zunächst sie angerufen und mit ihr als seiner Frau und Oskars Mutter darüber geredet hätte? Katharina hielt die Luft an. Warum hatte er nicht von Anfang an erzählt, dass Bine bei ihm war? Warum hatte sie erst den Testballon loslassen müssen, bevor er diese an sich harmlose Tatsache zugab? Weil es doch nicht so harmlos war? Hatte Johanna recht? Was lief da zwischen Hannes und Bine?

»Ach, wie praktisch. Ist sie zum Frühstück gekommen?«

Hannes überging ihre Frage. »I bin auch heilfroh, dass sie hier is', denn die Johanna is' auch irgendwie ziemlich durch den Wind … Aber du kennst deine Kinder ja. Das Theatralische müssen's von dir haben. Von meiner Familie ham's des jedenfalls net. Egal, i werd mich jetzt dran mach'n, Oskars Kumpel anzurufen. I meld mi, wenn i woaß, wo er steckt. Servus.« Damit beendete er das Telefonat.

Katharina legte den Kopf in den Nacken und schloss die Augen. Ihr Mund wurde so trocken, als hätte sie seit Tagen nichts getrunken.

Hannes hatte etwas zu verbergen. Da war sie sich sicher. Er hatte nicht zugegeben, dass Bine seit gestern auf dem Weingut war. Instinktiv presste sie die Kiefer aufeinander und starrte angestrengt in die Luft. Bewegungslos saß sie da, unfähig, aufzustehen, zu heulen, zu kreischen, schreien, toben oder sonst etwas.

Hannes hatte ihre Frage nach Bine nicht beantwortet. Das ließ nur einen Schluss zu: Es war eben kein üblich-freundschaftlicher Abend mit ihr gewesen. Weswegen hätte er sich sonst so komisch verhalten? Wegen Oskar konnte es nicht sein. Oskar gegenüber trumpfte er als derjenige auf, der zu bestimmen hatte. Außerdem schob er dessen Fehlverhalten ihr in die Schuhe. Was für ein Chaos. Nicht nur rund um ihren Sohn und ihren Ehemann, auch bei ihrer Tochter. Da verliebte Johanna sich in einen verheirateten

Mann, der zwölf Jahre älter war als sie. Es gab doch so viele nette junge Männer, die so wie sie selbst auf dem Sprung ins Erwachsenenleben standen. Das wäre die richtige Basis für eine Beziehung. Gemeinsam ins Leben zu springen. Voller Euphorie und Tatendrang! Aber doch nicht sich schon zu Beginn der Gemeinsamkeit mit Altlasten und Ehekriegen auseinandersetzen zu müssen.

Katharina stand auf. Sie brauchte frische Luft. Musste den Kopf freibekommen. Eine Radtour entlang des Hooksmeeres würde ihr guttun. Zum Glück war sie beinahe so groß wie ihr Vater, und da er seit jeher sehr sportlich und ein begeisterter Radfahrer war, würde sein Rad bestimmt fahrbereit in der Garage stehen.

Sie steckte sich Hausschlüssel, Portemonnaie und Handy in die Taschen der dünnen Herrensportjacke, die an der Garderobe hing, und schloss die Garage auf. Ihre Verblüffung war allerdings riesig, als sie dort nicht nur das gepflegte und glänzende Herrenrad ihres Vaters entdeckte. Daneben stand das alte Hollandrad ihrer Mutter. Ebenfalls geputzt und aufgepumpt. Bei diesem Anblick legte sich ein schweres Gewicht auf Katharinas Brust, als läge ihr eine Kette aus Blei um den Hals. Wie wenig sie ihren Vater doch kannte. War er in Wirklichkeit ein Mensch, der sich ebenso wie sie nach der Familie sehnte? Oder war er ein einsamer, verbitterter Mann, der aus Trotz an all den alten Dingen festhielt?

Hoffentlich würde sie die Gelegenheit bekommen, das herauszufinden. Sie schnappte sich das Rad ihres Vaters – der Sattel des anderen Rades war viel zu niedrig – und stieg in die Pedale.

MONTAG

»Guten Morgen, Kathie«, grüßte Ingrid Brinkmann freudig, als Katharina ins Büro kam. »Entschuldige bitte«, korrigierte sie sich sogleich. »Ich meine natürlich Katharina.« Dann erst bemerkte

Ingrid Katharinas Gesichtsausdruck und betrachtete sie nachdenklich. »Ist alles in Ordnung bei dir?«

»Guten Morgen, Ingrid.« Katharina lächelte verhalten. »Nein, es ist nichts in Ordnung, aber es wird schon wieder.«

Besorgt sah Ingrid sie an. »Was ist geschehen? Geht es deinem Vater schlechter? Am Samstag war doch alles noch unverändert.«

»Nein, das ist weiterhin so. Keine positive, aber zum Glück auch keine negative Entwicklung. Es ist nur ... Oskar ist von daheim davongelaufen. Wir haben alle versucht, ihn telefonisch zu erreichen, aber er geht nicht ans Telefon und antwortet auch auf keine unserer Nachrichten. Den ganzen Spätnachmittag und Abend habe ich es versucht. Langsam mache ich mir wirklich Sorgen. Und ich bin hier so machtlos.« Als sie Ingrids verständnislosen Blick sah, erklärte sie: »Oskar ist beim Klauen erwischt worden. Hannes hat ihn bei der Polizei abgeholt, es kam zum Streit zwischen den beiden, und daraufhin ist er abgehauen.«

»Er wird bei einem Freund sein«, vermutete Ingrid.

»Ja, das glaube ich auch. Und Hannes hat derweil bereits die Polizei benachrichtigt, die jedoch erst nach einer gewissen Zeit tätig werden kann. So lange schweben wir im Ungewissen. Ich sag dir, das ist nicht schön. Ich habe tatsächlich Angst um Oskar! Wenn er sich doch nur melden würde, damit ich weiß, dass es ihm gut geht. Dass er einfach ein paar Tage braucht. Aber so ... Er muss doch wissen, dass wir uns alle Sorgen um ihn machen.«

Ingrid stand auf, kam um den Schreibtisch herum und nahm sie in den Arm. »Oje. Du bekommst es im Moment ja ziemlich dicke ab, und das auch noch von allen Seiten. Aber glaub mir: Alles wird gut. Zumindest mit Oskar. Magst du einen Kaffee? Ich habe gerade einen fertig. Bring ich dir gerne.«

»Das ist lieb. Danke.« Sie drehte sich schon um, als Ingrid fragte: »Ach ja, wie war's denn auf Wangerooge? Hast du die kleine Auszeit genossen und dir die Insel wiedererobert?«

Abrupt blieb Katharina stehen. Wangerooge schien schon

Lichtjahre her zu sein, doch aus welchem Grund auch immer schoss ihr die Röte ins Gesicht, als ihr der Kuss mit Alexander einfiel. »Ja, es war schön, wieder einmal dort zu sein. Der Sonnenuntergang am Samstag war atemberaubend.« Das war ja nun nicht gelogen. Nur eben nicht bis ins Detail geschildert, aber das ging Ingrid auch nichts an. »Ich habe am Sonntag allerdings schon die Fähre um halb elf genommen. Ich wollte zu meinem Vater. War auch ganz gut, dass ich früh gefahren bin. So konnte ich die Telefonate mit Hannes und Johanna von zu Hause aus führen und nicht auf der Insel, umgeben von wildfremden Menschen.«

Katharina öffnete die Tür zum Büro ihres Vaters, als ihr noch etwas einfiel. »Bist du so lieb und stellst mir wegen des Gutachtens für die *Lange Anna* einen Anruf zur Versicherung durch? Du weißt sicher, wer dort unser Ansprechpartner ist. Wir müssen es einfach schaffen, dieses vermaledeite Gutachten so schnell wie möglich zu bekommen. Danach werde ich mit der Bank sprechen. Du kannst mir sicher auch den dort zuständigen Berater nennen, oder?«

»Natürlich. Aber erst einmal bringe ich dir wie versprochen einen Kaffee«, sagte Ingrid und kam gleich darauf mit einer dampfenden Tasse zurück, auf deren Untertasse ein mit Marmelade gefüllter Doppelkeks lag. »Hab ich gestern extra für dich gebacken«, sagte sie. »Ist mit der Pflaumendattelmarmelade, die Angela und du so gern gegessen habt.«

* * *

Eine Viertelstunde später erhielt Katharinas Tatendrang hinsichtlich der Werft-Rettung einen argen Dämpfer.

»Tja, Frau Baumgartner, ich glaube nicht, dass ich Ihnen überhaupt Auskünfte geben darf«, war das Erste, was sie am Telefon zu hören bekam, nachdem Ingrid den Anruf zur Versicherung durchgestellt hatte. »Wir haben bislang mit Herrn Walter Hansen und Herrn Thomas Hansen zu tun gehabt, von einer Frau Katharina Baumgartner ist in keinem Dokument die Rede. Von daher werden Sie sicherlich Verständnis dafür haben, wenn ich Ihnen gegenüber nichts sagen darf. Wenden Sie sich an die beiden genannten Herren, die sind über alle Einzelheiten im Bilde.«

»Hören Sie«, bat Katharina verzweifelt. »Ich bin die Tochter von Walter Hansen. Er liegt im Klinikum Wilhelmshaven im Koma und kann selbst nicht handeln. Deswegen rufe ich ja an.«

»Sein Vertreter ist aber Herr Thomas Hansen«, beharrte der Versicherungsangestellte.

»Dennoch muss ich wissen, warum sich das Gutachten über den Brand auf der *Langen Anna* so lange hinzieht«, entgegnete Katharina scharf. »Hören Sie, es geht um die Existenz der Werft. Wir wollen und müssen auch weitermachen, aber dafür müssen wir wissen, inwieweit wir Schadensersatzleistungen Ihrerseits in unseren Kalkulationen einplanen können.«

Der Versicherungsangestellte ließ ihre innige Bitte emotionslos an sich abprallen. »Tut mir leid, bei mir beißen Sie auf Granit. Bitten Sie Herrn Thomas Hansen darum, sich mit uns in Verbindung zu setzen, er wiederum kann Sie dann ja in Kenntnis setzen. Allerdings ist er, wie gesagt, über den neusten Stand ohnehin informiert. Es gibt nichts, was wir ihm an Neuigkeiten mitteilen könnten. Gutachten brauchen eben ihre Zeit. Guten Tag.« Damit war das Telefonat beendet.

Katharina lehnte sich enttäuscht zurück und schloss die Augen. Das durfte doch alles nicht wahr sein. Sie musste an Informationen herankommen! Sie wollte eingreifen. Sie wollte helfen! Sie trank den letzten Schluck Kaffee, nahm die Tasse und trug sie hinüber in Ingrids Büro. »Ist mein Cousin im Haus?«, fragte sie noch von dem Gespräch aufgewühlt eine Spur zu scharf.

Ingrid schüttelte den Kopf. »Soweit ich weiß, nicht. Er kommt montags immer erst gegen Mittag.«

»Echt? Warum?« Fragend blickte Katharina Ingrid an.

»Das musst du ihn schon selbst fragen. Mir ist er keine Rechenschaft schuldig, und es scheint wohl mit deinem Vater abgesprochen zu sein. Mir fällt allerdings kein Grund dafür ein. Er lebt mit seiner Familie in Jever, da muss er nicht übers Wochenende sonst wo hinfahren, um Frau und Kinder zu sehen. Das würde den späten Dienstantritt zumindest einigermaßen rechtfertigen, aber auch nur, weil er zur Geschäftsleitung gehört. Ein Normalangestellter könnte sich so ein Verhalten nicht leisten.«

Katharina hörte zweifelsfrei die Wertung in Ingrids Stimme. »Du magst ihn nicht, stimmt's?«

»Nein. Seit er hier immer mehr ins aktive Geschäft eingreift, verändert sich die Atmosphäre in der Werft. Und das nicht gerade zum Besseren. Thomas fehlt die empathische Ader deines Vaters. Ich hab das Gefühl, die Angestellten sind ihm egal. Er sieht sie nur als Mittel zum Zweck, also zur Steigerung des Umsatzes. Dein Vater ist ein Familienunternehmer. Ihm bedeuten die Angestellten und deren Familien etwas. Thomas nicht.« Ingrid sagte es ganz nüchtern, dennoch hörte Katharina eine gewisse Traurigkeit heraus. Darauf konnte sie jetzt allerdings nicht eingehen.

»Kannst du mich mit der Bank verbinden?«, bat sie. »Ich möchte mir gern einen eigenen Eindruck vom Stand der Werft aus Sicht der Bank verschaffen. Da reichen mir die Zahlen auf den Auszügen nicht aus.« Unsicher sah sie Ingrid an. »Oder werden auch die mir die Auskunft verweigern? Aber ich bin doch eine geborene Hansen. Und mein Vater liegt im Koma. Ich kann zur Bank fahren und mich dort ausweisen.«

»Das brauchst du nicht«, erklärte Ingrid. »Du hast eine Vollmacht für die Firmenkonten. Die hat dein Vater dir schon vor fünf Monaten erteilt. Für den Fall, dass mal was mit ihm sein sollte.«

Überrascht sah Katharina Ingrid an. »Er hat mir vor fünf Monaten eine Vollmacht erteilt? Warum gerade zu diesem Zeitpunkt?«

»Das weiß ich nicht«, antworte Ingrid. Für einen Moment

schwieg sie, dann sagte sie mit Nachdruck: »Du hast das Telefonat in einer Minute bei dir auf dem Apparat.«

Nachdenklich ging Katharina zurück in das Büro ihres Vaters. *Bei dir auf dem Apparat ...* Das hörte sich an, als gehörte sie in dieses Büro, als gehörte sie auf den Chefsessel. Sie saß kaum, als der Apparat auch schon klingelte. »Katharina Baumgartner«, meldete sie sich.

* * *

Johanna fühlte sich mies. Von Oskar gab es auch heute früh noch kein Lebenszeichen, und sogar ihr Papa machte sich inzwischen Sorgen und hatte die Polizei vom Verschwinden seines Sohnes unterrichtet. Sie selbst hatte ihm über Facebook, WhatsApp, Instagram und Snapchat Nachrichten geschickt mit der Bitte, sich zumindest bei ihr zu melden, damit sie sich keine Sorgen mehr machen müsste. Aber Oskar hatte auf keinen der Versuche reagiert. Hoffentlich war ihm nicht wirklich etwas passiert. In ihrer Not hatte sie Paul eine Nachricht geschickt und um einen Anruf gebeten. Sie hatte die Dringlichkeit klar mit wenigen Worten zum Ausdruck gebracht: *Oskar ist abgehauen. Papa geht in unserem Haus fremd. ICH BRAUCHE DICH! RUF AN!* Aber Paul hatte weder angerufen noch geschrieben.

Daraufhin hatte Johanna so lange auf ihrem Bett ins Kopfkissen geheult, bis irgendwann keine Tränen mehr kamen. Sie war allein. Auf der ganzen Welt allein. Es kümmerte niemanden, wie es ihr ging, ihre Mutter war weit weg, ihr Bruder hatte die Flucht ergriffen, und unten saß Bine wie eine Spinne in der Küche, die darauf wartete, dass Papa ihr ins Netz ging.

Irgendwann gegen Abend hatte sie gehört, wie sich Bine und Papa voneinander verabschiedeten. Es war zum Kotzen gewesen, ihn sagen zu hören: »Glaub mir, des is' alles net leicht für mi. Auch, dass der Oskar jetzt abgehauen is'. I hab fest damit gerechnet, dass er im Laufe des Tages z'rückkommt. Guat, er hat an Fehler g'macht und is' erwischt wor'n. Aber, sakra noch amol, davon geht die Welt net unter. Das mit dem Stehlen is' doch net so schlimm, dass er von daheim fortlauf'n muss. Und die Hanna, die benimmt sich a so komisch. Guat, das'd da bist und dich um uns kümmerst. Da dank i dir dafür.«

Johanna hatte förmlich sehen können, wie Bine ihrem Papa über die Wange oder zumindest den Arm strich, als sie antwortete: »Ach Hannes, mach dir keine zu großen Gedanken. I bin ja für di da. Kannst mi jederzeit anrufen, wenn dir danach is'. I nehm's Telefon mit ans Bett.«

»Danke«, hatte ihr Vater mit einem seltsamen Ton in der Stimme gesagt, und dann war Bine gegangen.

Johanna hatte gewartet, bis ihr Vater im Wohnzimmer saß und der Fernseher lief. Dann war sie hinuntergeschlichen, hatte sich Brot, etwas Geselchtes und ein Stück Radi genommen und sich wieder hinaufgeschlichen. Mit Papa hatte sie nicht reden wollen.

Wut regte sich in ihr. Wenn Bine meinte, sich in die Familie drängen zu können, hatte sie die Rechnung ohne Johanna gemacht. Bei diesem Gedanken erwachte ihr Kampfgeist. Elanvoll warf sie die Beine aus dem Bett: Es gab zumindest einen Feind, den sie ins Visier nehmen konnte. Und das würde sie tun.

* * *

»Stefan Papenbrink hier, moin, Katharina. Schön, dass du mal wieder in der alten Heimat bist. Ich muss sagen, ich war ja total verblüfft, als Frau Brinkmann gerade sagte, dass du mich wegen der Werft sprechen willst. Ist ja wirklich zur Unzeit passiert, das mit deinem Vater. Wie geht es ihm denn inzwischen?« Die freundliche Stimme des Bankkaufmanns klang ganz anders als die vorhin von dem Angestellten der Versicherung. Schnell überlegte Katharina, woher sie den Namen Stefan Papenbrink kannte, dann fiel es ihr wieder ein. Er war in ihrem Abschlussjahrgang am Mariengymnasium gewesen, sie hatten zusammen das Abitur gemacht.

»Stefan, das ist ja ein Zufall! Du bist bei der Bank gelandet?« Sie konnte sich zwar nur schwach an ihn erinnern, denn sie beide waren in unterschiedlichen Cliquen unterwegs gewesen, aber sie erinnerte sich zumindest, dass Stefan ein sympathischer Kerl gewesen war. Und groß und total hager. Damals hatte sie ihn ein wenig um die Chips und Weingummibärchen beneidet, die er in den Pausen regelrecht verschlungen hatte und dennoch schlank geblieben war. Wie er heute wohl aussah? Sie atmete erleichtert ein. Dass sie gemeinsam die Schule besucht hatten, würde ihr hoffentlich einiges einfacher machen.

»Jo, direkt nach dem Abi habe ich hier die Ausbildung begonnen und bin immer noch gerne hier. Der Job macht mir Spaß und fordert mich, gerade wenn es darum geht, Firmen aus einer akuten Schieflage herauszuhelfen. Was mich zum Grund deines Anrufs bringt. Ich hab natürlich kontrolliert, inwieweit ich mit dir über die Werft reden darf, aber du hast ja eine Vollmacht, wie ich gesehen habe. Zum Glück, sonst dürfte ich gar nichts verraten, wie du sicher weißt.«

»Ja, logisch.« Katharina schickte ein stummes Dankes-Stoßgebet zum Himmel beziehungsweise zu ihrem Vater, dass er so weitsichtig gewesen war, ihr diese Vollmacht zu gewähren. Warum das gerade vor fünf Monaten geschehen war, würde sie noch herausfinden.

Aber jetzt musste sie sich erst mal auf das Gespräch konzentrieren. »Stefan, du kannst dir vorstellen, warum ich anrufe. Ich habe zwar von Thomas viele Seiten Akten und die Kontoauszüge bekommen, und ich weiß auch, dass die Werft nur durch die *Lange Anna* in diese massiven Schwierigkeiten geraten ist, aber da muss man doch was machen können. Das abschließende Gutachten steht zwar noch aus. Aber das Schiff hat doch einen gewissen Wert, immerhin hat sich der Brand nicht unkontrolliert ausgebreitet, sondern nur der Maschinenraum ist betroffen. Das kann doch nicht so wild sein. Die von der Versicherung wollen nicht mit mir reden, ich tappe also vollkommen im Dunklen, was den Schaden und die mögliche Veräußerung der *Langen Anna* betrifft. Stefan! Ich kann und werde nicht zulassen, dass das Lebenswerk meines Vaters einfach so vor die Hunde geht. Kannst du mir helfen, die Faktenlage zu verstehen, und am besten auch Hilfestellung geben, was getan werden muss, um unser Familienunternehmen zu retten?«

»Es ist nicht ganz so einfach, wie du es dir vorstellst, Katharina«, sagte Stefan zu ihrem Erstaunen. »Denn es liegt nicht *nur* an dem Brand auf der *Langen Anna*. Aber natürlich nehme ich mir gerne Zeit für dich und werde versuchen, dir aus der Sicht unserer Bank zu erklären, wie es zur derzeitigen Situation kommen konnte. Wir würden uns sehr freuen, wenn wir dabei helfen können, das Firmenschiff wieder in sanftere Fahrwasser zu bugsieren. Hättest du heute Nachmittag Zeit?«

* * *

Als Katharina mit einem optimistischen Funkeln in den Augen aus dem Büro ihres Vaters kam, atmete Ingrid innerlich auf. Es würde also doch alles gut werden.

»Stell dir vor, mein alter Schulkamerad Stefan Papenbrink ist bei der Bank inzwischen zuständig für die Werft. Wir haben zusammen das Abi gemacht!«, berichtete Katharina erleichtert. »Ich werde am Nachmittag nach Jever fahren und dort mit ihm reden. Das ist einfacher als am Telefon. Und er hat ja auch alle Unterlagen dort.« Katharina klatschte begeistert in die Hände. »Ingrid, ich habe das Gefühl, es bewegt sich endlich etwas! Ich glaube, ich kann dazu beitragen, dass wir eine Lösung für die Hansen Werft finden!«

Das Telefon auf Ingrids Schreibtisch klingelte. Stirnrunzelnd erkannte sie die Nummer des Anrufers auf dem Display. Ohne Katharina gegenüber zu erkennen zu geben, dass sie wusste, von wem der Anruf kam, nahm sie das Gespräch an. »Hansen Werft, Ingrid Brinkmann am Apparat.«

»Hildebrand. Ich hätte gern Frau Baumgartner gesprochen.«

Für einen winzigen Moment war Ingrid wie vor den Kopf geschlagen. Alexander Hildebrand wollte Katharina sprechen? Nicht *Thomas?* Woher kannte Kathie ihn? Ihr Herz raste, dann jedoch sagte sie sich, dass es sie nichts anging. Dabei hätte sie schwören können, dass Kathie keinerlei Kontakte zu Hildebrand hatte, mehr noch, sogar nicht einmal wusste, wer er war. Sie riss sich zusammen und sah Kathie an. »Ein Herr Hildebrand ist in der Leitung. Soll ich ihn rüberstellen?« Ihre Verwunderung wuchs immens, als sie sah, dass Kathie rot anlief.

»Ähm, ja.« Katharina räusperte sich. »Ich nehme das Gespräch drüben am Schreibtisch an.« Schon drehte sie sich um und ging in das Büro ihres Vaters, wobei sie die Bürotür fest verschloss.

»Einen Moment bitte, ich verbinde«, sagte Ingrid routiniert und stellte das Gespräch durch, wobei sich das ungute Gefühl in ihrem Bauch verstärkte. Ob sie das Gespräch heimlich mithören sollte? Nein, das ginge gegen ihre Ehre. Aber was konnte Alexander Hildebrand von Katharina wollen? Und warum war sie rot geworden?

Es beschäftigte sie bereits seit geraumer Zeit, dass Hildebrand immer öfter anrief, um mit Thomas Hansen zu sprechen. Was wollte Hildebrand, der die HavenWerft von seinem Vater Peter übernommen hatte, von Thomas?

Sie hatte sich gefragt, ob Walter Hansen davon wusste, doch der hatte kein Wort darüber verloren. Welche Art von Kontakt bestand zwischen Thomas und Alexander? Sie konnte ihn ja schlecht fragen, ob es sich um private Angelegenheiten handelte oder um die Werft. Schließlich war allgemein bekannt, dass es den Schaden bei der *Langen Anna* und den daraus resultierenden Betriebsausfall gegeben hatte. Streckte Alexander Hildebrand seine Fühler nach der Hansen Werft aus? Aber das konnte Thomas doch nicht zulassen.

Ingrid merkte, dass sie dabei war, sich wieder aufzuregen. Das tat ihrem Blutdruck nicht gut. Also versuchte sie, sich zu beruhigen. Vielleicht sah sie ja auch Gespenster, und es war wirklich nur ein freundschaftlicher Kontakt. Sie wusste, dass Thomas und Alexander Hildebrand sich in den letzten Monaten das eine oder andere Mal in der Mittagspause drüben auf der Terrasse des Restaurant Brücke getroffen hatten. Das hatte ihr gar nicht gefallen. Denn jedes Mal, wenn sie Alexander Hildebrand sah oder ihn an der Strippe hatte, kamen die Erinnerungen an die Vergangenheit hoch. An Angela und auch Angelas Vater, der damals ihr Chef gewesen war. Peter Hildebrand. Angela und Alexander waren Halbgeschwister.

* * *

»Hallo, Alexander.« Katharina bemühte sich, ihre Verblüffung zu verbergen, was ihr allerdings nicht ganz gelang. »Woher weißt du, dass du mich hier erreichen kannst?« Ihre Gedanken spielten Pingpong. Prasselten von einer Schädelseite an die nächste, waren nicht zu stoppen. Sie saß auf dem bequemen ledernen Schreibtischstuhl ihres Vaters, der, wenn man nach der Optik ging, sicher schon längst hätte ausgetauscht werden können. Aber ihr Vater schien sehr an alten Gewohnheiten und Dingen zu hängen.

Alexander lachte. »Ich bin eben ein Meister im Kombinieren. Wir haben uns das erste Mal in der Brücke gesehen. Du hast erzählt, dass du aus Österreich kommst. Und auf Wangerooge hast du gesagt, dass dein Vater im Krankenhaus liegt. Da muss man in einem Ort wie Hooksiel nicht groß rumfragen. Man zählt eins und eins zusammen und kommt zu dem Schluss, dass du Walter Hansens Tochter bist. Darum dachte ich, versuche ich es einfach mal in der Werft.«

Nun war sie platt. Und wusste nicht recht, wie sie es finden sollte, dass er sie anrief. »Gut. Du hast mich aufgespürt. Gratuliere. Aber ich hab mich ja auch nicht versteckt.«

»Hey, warum so abweisend? Und wieso bist du mit der frühen Fähre gefahren? Du hattest doch vor, den ganzen Tag auf der Insel zu bleiben. Ich habe zwar tagsüber gearbeitet und mich bei einem kurzen Spaziergang am Mittag noch nicht gewundert, dich nicht getroffen zu haben. Aber auf der Abendfähre habe ich dich auch nicht finden können. Und glaub mir, ich habe auf jedem Deck nachgesehen.« Das klang ehrlich und gleichzeitig ein wenig verschmitzt und schelmisch.

Katharina drehte den Schreibtischstuhl so, dass sie aus dem Fenster blicken konnte. Das Hooksmeer glitzerte in der Sonne, ein Schiff wartete vor der Schleuse. »Ich habe mich spontan umentschieden. Ich wollte ins Krankenhaus, es kam mir plötzlich falsch vor, den Tag auf Wangerooge so zu genießen wie ...« Sie biss sich auf die Zunge. Verdammt, das letzte Wort hätte sie nicht sagen sollen.

Alexander jedoch hatte es genau so verstanden, wie sie es gemeint hatte. »Wie den Abend zuvor?«, vervollständigte er ihren Satz.

»Du bist ganz schön von dir eingenommen«, gab sie zurück. »Wie den Tag zuvor, meinte ich.«

»Gut, lassen wir das so stehen.« Sie wusste, dass er daran dachte, was sie ihm vom Tag vorher und über Oskar erzählt hatte. Und das war nun wahrlich kein Grund zur Freude gewesen. Egal. Sie war ihm weder Rechenschaft noch eine Erklärung schuldig.

»Also lassen wir das. Ich würde gern mit dir essen gehen, wenn du magst. Ich finde, das bist du mir nach der ausgefallenen gemeinsamen Bockwurst und einem alkoholfreien Jever auf der Fähre schuldig. Ich bin gar nicht zum Essen gekommen, weil ich dich überall gesucht habe.«

Katharina musste grinsen. »Herrschaftszeiten, du bist ein ganz schöner Charmeur.«

Alexander schien das als Kompliment aufzufassen. »Herzlichen Dank. Aber bei einer Frau wie dir ist das ja auch leicht.«

»Hör auf!«, entgegnete sie lachend. »Sonst muss ich noch einen Topf unters Telefon stellen, um den Schmalz aufzufangen.«

»Okay. Statt also einer Bockwurst mit Senf und einer Scheibe ungetoastetem Brot auf den harten Bänken der *Wangerooge*, wohlgemerkt aufgrund der Fahrtrichtung ohne Sonnenuntergang, biete ich dir einen kulinarischen Genuss in einem richtigen Restaurant an. Mit Service am Tisch und allem, was dazugehört. Wie sieht es aus, hättest du heute Abend Lust?«

In diesem Moment stieg ihr ein vertrauter Duft in die Nase. Verblüfft drehte sie sich mit dem Stuhl um, denn dieser Duft gehörte zu ihrem Vater. Doch da war niemand. Die Bürotür war noch immer verschlossen, sie hatte sich geirrt.

»Wie darf ich dein Schweigen werten?«, fragte Alexander, und sie meinte, er würde kühler klingen als noch gerade eben.

»Entschuldige, ich war kurz abgelenkt. Darf ich dich fragen, warum du mit mir essen gehen möchtest? Immerhin weißt du, dass ich verheiratet bin. Und nicht der Typ, der sich auf Affären einlässt.«

»Nicht einmal, wenn du weit weg von zu Hause bist und damit quasi unbeobachtet?«, fragte er herausfordernd.

»Das hat mit räumlicher Entfernung nichts zu tun«, erklärte sie. »Das liegt an den eigenen Wertvorstellungen.«

»Also mir hat unser Kuss am Samstag sehr gefallen, deine Lippen sind wunderbar sanft und weich. Und ich hatte den Eindruck, dass er auch dir gefiel.«

Katharina runzelte die Stirn. »Was soll das denn jetzt werden?«, fragte sie abwehrend. »Du hast mich überrumpelt. Ich hatte Wein getrunken, und die Atmosphäre auf der Insel im Sonnenuntergang hat mich zusätzlich berauscht. Das war's. Ich denke, wir sollten doch lieber nicht gemeinsam essen gehen, wenn ich es mir genau überlege.«

»Entschuldige. Ich hätte es nicht ansprechen sollen. Und ich verspreche dir, es kommt nicht wieder vor. Beides nicht. Weder spreche ich dich darauf an, noch küsse ich dich. Jedenfalls nicht, wenn du mich nicht ausdrücklich darum bittest. Großes Indianerehrenwort! Ich möchte einfach deine Gesellschaft genießen dürfen.«

Sie überlegte kurz. »Na gut, warum eigentlich nicht. Ich hab nichts vor, wir können uns treffen. Wo denn?«

»Lass uns wieder in die Brücke gehen. Ich reserviere uns einen Tisch auf der Terrasse. Oder möchtest du lieber woanders hin?«

»Nein, die Brücke ist okay.« Sie würde mit dem Fahrrad hinfahren, dann hätte sie etwas Bewegung und könnte endlich mal wieder den Weg entlang des Hooksmeeres nehmen. »Um neunzehn Uhr?«

»Perfekt. Bis später. Ich freu mich drauf.«

Als Katharina auflegte, beschlich sie das Gefühl, einen Fehler zu begehen. Aber was war schon dran, mit Alexander essen zu gehen? Sie hatte selbst in der Hand, wie sie sich benahm.

Und sie würde es auf keinen Fall zu einem neuen Kuss kommen lassen.

* * *

Thomas war unterwegs, als Katharina nach ihm fragte. »Er hat einen Termin in Wilhelmshaven«, erklärte eine junge Frau, die sie bislang noch nicht kannte. Sie saß unten im Schreibbüro im Erdgeschoss und blickte in Thomas' Kalender. »Am Nachmittag müsste er zurück sein. Er bat mich ohnehin, einen Termin mit Ihnen zu vereinbaren. Passt es Ihnen um fünfzehn Uhr?«

Katharina musterte die junge Frau, deren herablassender Tonfall ihr nicht gefiel. »Wenn Sie mir Ihren Namen verraten, Frau …

werde ich mich gerne mit Ihnen unterhalten. Im eigenen Betrieb ziehe ich es vor, zu wissen, mit wem ich spreche.«

»Im eigenen Betrieb?«, fragte die junge Dame mit hochgezogenen Augenbrauen. Katharina musste sich sehr zusammenreißen, um ihr nicht harsch über den Mund zu fahren.

»Also?«, überging sie die unverschämte Äußerung.

»Carina Müller. Auszubildende im letzten Lehrjahr.«

Und wohl generell im letzten Jahr in diesem Betrieb, wenn es nach Katharina ginge. »Nein, um fünfzehn Uhr passt es mir nicht. Das können Sie meinem Cousin gern ausrichten. Aber morgen Vormittag kann ich Zeit freischaufeln. Tragen Sie neun Uhr bei ihm ein.«

»Ich weiß nicht, ob er dann schon ...«

Katharina schnitt ihr das Wort ab. »Tragen Sie den Termin ein. Wenn es ihm wichtig ist, mit mir zu sprechen, wird er um neun hier sein. Schönen Tag noch.«

Mit einer mittelprächtigen Wut im Bauch lief sie zum Büro ihres Vaters zurück. Nun gut, wenn Thomas auf vielbeschäftigt machte, konnte sie das auch. Überhaupt, wie konnte die Auszubildende sich erdreisten, in solch einem Tonfall mit ihr zu reden! Katharina kochte inzwischen regelrecht. Spontan entschloss sie sich, schon jetzt nach Jever zu fahren, dort die Mittagspause zum Abregen und Bummeln zu nutzen und dann direkt zum Treffen mit Stefan Papenbrink zu gehen. Schließlich war es über zwanzig Jahre her, seit sie das letzte Mal in der Stadt des Fräulein Maria von Jever gewesen war, und sie war neugierig, was sich dort alles verändert hatte. Sie nahm sich vor, auch bei ihrer alten Schule, dem Mariengymnasium, vorbeizufahren. Sah es immer noch so aus wie früher? Oder gab es An- oder Umbauten, die das Gymnasium vollkommen anders wirken ließen?

Energisch öffnete sie die Tür zum Vorzimmer ihres Vaters, in dem Ingrid geschäftig am Schreibtisch saß.

»Ich werde schon jetzt nach Jever fahren«, sagte sie, während sie an ihrer ältesten Vertrauten vorbeilief. Ingrid zu erzählen, dass sie sich durch das Verhalten einer Auszubildenden gekränkt fühlte, überstieg ihre derzeitige Belastungsgrenze. Zumal die anmaßende Äußerung ja genau genommen stimmte. Sie war kein Teil der Hansen Werft.

»Ist alles in Ordnung?«, fragte Ingrid besorgt.

»Nein. Aber das kann ich jetzt nicht ändern«, entgegnete Katharina barscher als beabsichtigt. Sie sah Ingrid zusammenzucken. »Entschuldige«, sagte sie schnell, »es ist momentan an allen Ecken sehr anstrengend.« Sie lief ins Büro ihres Vaters, griff zum Handy und sah enttäuscht, dass weder Oskar noch Hannes sich gemeldet hatten.

Verdammt, wo steckte der Bengel denn nur? Am liebsten wäre sie sofort ... Nein, sie konnte nichts tun, um Oskar aufzuspüren, selbst wenn sie postwendend in die Steiermark zurückkehrte. Vielleicht wollte ihr Sohn einfach nur in Ruhe nachdenken und hatte deshalb alle familiären Verbindungen gekappt. Dennoch. Gefühlt wurde ihr Leben gerade zu einem Trümmerhaufen, und ihr fehlte jede Möglichkeit, alles wieder in geordnete Bahnen zu lenken. Mit einem schalen Geschmack auf der Zunge schnappte sie sich die dünne Jacke und ihre Handtasche und war bereits auf dem Weg hinaus, als Ingrid ein Telefongespräch annahm.

»Frau Baumgartner? Ja, natürlich, sie steht direkt neben mir. Einen Moment, ich gebe Sie weiter.« Ingrid hielt die Hand vor die Telefonmuschel. »Eine Roswitha Sander für dich.«

Katharina lächelte. »Ach, Roswitha. Wir haben sie auf dem Friedhof getroffen, du erinnerst dich sicher?«

Ingrid nickte. »Natürlich. Deine alte Klassenkameradin.« Sie reichte Katharina den Hörer.

»Rosi, nett, dass du dich meldest!«

»Na, wir wollten uns doch mal auf einen Kaffee treffen. Wie

sieht's denn bei dir morgen Mittag aus? Ich würd mich freuen, wenn es klappt. Was hältst du vom Packhaus? Die haben direkt am Hafen eine Außenterrasse. Da können wir gemütlich über alte Zeiten klönen. Was meinst du?«

»Das hört sich wunderbar an, Rosi«, erwiderte Katharina. »Zwölf Uhr?«

»Gerne.«

»Also bis morgen. Ich freu mich!« Katharina beendete das Telefonat, gab Ingrid den Hörer zurück und schulterte ihre Handtasche. »Dann bin ich mal weg. Drück mir die Daumen, dass ich gemeinsam mit Stefan Papenbrink einen Lösungsansatz für die Probleme der Werft finde«, rief sie zum Abschied.

* * *

Nachdem sie in der Pizzeria am Alten Markt zu Mittag gegessen hatte, schlenderte Katharina durch Jevers Innenstadt. Einige der alteingesessenen Geschäfte gab es noch, aber in vielen Ladenlokalen hatten Wechsel stattgefunden. Auch um den Kirchplatz herum hatte sich bei den Geschäften viel verändert. Vor dem im siebzehnten Jahrhundert erbauten Rathaus blieb sie stehen. In ihrer Jugend hatte sie davon geträumt, in diesem historischen Gebäude standesamtlich zu heiraten. Oft hatten Angela und sie nach der Schule noch ein Eis auf dem Kirchplatz gegessen und die Brautpaare bestaunt, die fröhlich in Begleitung ihrer Angehörigen aus dem Gebäude kamen. Natürlich hatten sie jedes Outfit der Bräute entsprechend kommentiert.

Und doch hatte das Leben eigene Pläne mit ihr gehabt. Gerne hätte sie bei dem kleinen Café noch einen Cappuccino getrunken, doch ein Blick auf die Uhr sagte ihr, es wurde Zeit. Zur Bank war es nicht weit. Als sie sich gerade auf den Weg machte, klingelte ihr Handy.

Oskar! Endlich! »Hallo, Mama, ich hab gesehen, dass du ein

paarmal versucht hast, anzurufen«, begann ihr Sohnemann relaxed. »Was gibt's denn? Mit deinem Vater ist doch hoffentlich noch alles okay? Ich hab gedacht, wenn was passiert wäre, hättest du mir auf die Mailbox gesprochen, aber nun wollte ich doch lieber kurz zurückrufen.«

»Sag mal, wo steckst du denn?« Katharina konnte nicht vermeiden, dass sowohl Erleichterung als auch ein wenig Wut in ihrer Stimme mitschwangen. »Wir haben uns alle Sorgen gemacht. Der Papa, die Johanna und ich natürlich auch. Du kannst doch nicht einfach so sang- und klanglos verschwinden.«

»Ich bin beim Daniel«, gab Oskar zurück. »Musste mal Abstand haben. Papa hat mich im Auto angeschrien, dann war Bine da, aber die hat sich auf Papas Seite gestellt, und Johanna war auch mies drauf ... Außerdem bin ich kein kleines Kind mehr.«

»Wir haben uns Sorgen gemacht«, wiederholte Katharina. »Hast du Papa schon angerufen? Er hat die Polizei eingeschaltet, weil er Angst hat, dass dir was passiert sein könnte.«

»Nein«, gab Oskar kleinlaut zu. »Das gibt doch nur wieder Ärger. Kannst du ihn nicht kurz anrufen? Bitte, Mama.«

Einen Augenblick überlegte Katharina. Hier hätte sie jetzt die Gelegenheit, von ihrem Sohn die Eigenverantwortung zu verlangen, auf die er sonst immer kategorisch bestand. Andererseits war er eben erst fünfzehn. Und sie würde ihm in dieser Situation zeigen, dass sie immer für ihn da war, egal, wie groß die Distanz war, die sie trennte. Genau. Das gab den Ausschlag. Sie war für ihre Kinder da. Immer. Ausbaden musste Oskar sein Verhalten ohnehin allein. »In Ordnung. Ich ruf den Papa an. Wann fährst du denn wieder heim?«

»Morgen?«

»Ist gut. Ich sag's ihm. Hab dich lieb, mein Schatz.«

»Ich dich auch, Mama. Servus. Und grüß den Opa von mir.«

Ein paar Sekunden lang starrte Katharina noch auf das Display, obwohl der Anruf schon längst beendet war. *Grüß den Opa.*

Würde alles gut werden? Sie stand inzwischen vor dem Eingangsbereich der Bank und war bereits fünf Minuten über die Zeit. Sollte sie jetzt noch Hannes anrufen? Aber das Gespräch wäre nicht schnell zu erledigen, und sicher war er ohnehin im Weinberg beschäftigt. Sie entschied sich, das Telefonat auf später zu verschieben. Was sollte bis dahin schon geschehen?

* * *

Johanna riss die Trauben mehr von den Reben, als dass sie die einzelnen Rispen vorsichtig abschnitt, so sauer war sie. Am liebsten hätte sie sich vor lauter Wut die drahtlosen Ohrstöpsel herausgezogen und sie weit weggeschmissen. Über eine Stunde hatte sie bei der Arbeit im Weinberg mit Josie telefoniert, aber ihre Freundin beharrte standhaft auf ihrem Punkt: Pauls Abtauchen und komplettes Ignorieren ihrer Nachricht trotz dieser doppelten Notsituation, in der Oskar verschwunden war und alles darauf hindeutete, dass ihr Vater mit Bine im Bett gewesen war, sei der klare Beweis dafür, dass er sie nur als Betthäschen benutzte und dass von ehrlicher Liebe keine Spur war.

Zu Johannas größtem Ärger dachte sie inzwischen fast auch schon so wie Josie. Dabei hatte sie in den letzten Wochen so fest an Pauls Liebe geglaubt. Vielleicht aber setzte seine Frau ihn unter Druck. Mit was auch immer. Vielleicht hatte er keine Möglichkeit, aus der Hölle zu entkommen, in der diese Klaudia ihn einsperrte. Sicher sehnte er sich genauso nach ihr wie sie sich nach ihm.

Mit aufeinandergepresstem Kiefer legte sie die nächsten Reben in den Kunststoffsammelbehälter und fasste einen Entschluss. Sie würde nach Graz fahren. Sie würde an der Wohnungstür klingeln. Sie würde mit Klaudia sprechen. Von Frau zu Frau. Wenn Paul den Mumm dazu schon nicht besaß, sie hatte ihn. Und waren nicht ohnehin die Frauen das eigentlich starke Geschlecht? Frauen bekamen die Kinder. Irgendwo hatte sie gelesen, dass Männer die Strapazen einer Geburt rein körperlich gar nicht überleben würden. Zugegeben, da konnte Johanna noch nicht mitreden, aber hatte es nicht auch eine lange Zeit des Matriarchats gegeben, bevor die Männer die Frauen in die zweite Reihe zurückdrängten?

Ja, wahrscheinlich war das der richtige Weg. Sie musste Paul helfen, sich von Klaudia zu befreien. Zufrieden suchte Johanna auf dem Musikkanal, den sie abonniert hatte, die neueste Billie-Eilish-Platte und ließ sie starten.

* * *

Eine halbe Stunde saß Katharina bereits mit Stefan Papenbrink zusammen. Das Bild, das er ihr von der finanziellen Situation der Werft zeichnete, sah grottenschlecht aus.

»Es trifft sich gut, dass du gerade jetzt da bist und wir persönlich miteinander reden können«, hatte er zur Begrüßung gesagt. »An deinen Cousin kommen wir nicht wirklich heran. Wir haben ihn zwar darüber informiert, dass wir kurz davorstehen, die Konten der Werft zu sperren, aber er reagiert nicht, sondern versucht, uns mit Ausflüchten hinzuhalten. Ausflüchte allein aber reichen nicht. Die finanzielle Situation ist, um es auf den Punkt zu bringen, katastrophal. Dein Cousin ist in keiner Weise bereit, Zugeständnisse zu machen. Wir haben mit deinem Vater darüber gesprochen, und – ehrlich – ich war erschrocken, dass er vom Ausmaß der Misere offensichtlich nichts gewusst hat. Natürlich war uns bekannt, dass er die Geschicke der Werft in den letzten drei Jahren sukzessive in die Hände deines Cousins übergeben hat, aber dass er über den aktuellen Stand so wenig informiert war, hat uns bestürzt. Ihn offenbar auch, denn kurz darauf ist er ja so schwer erkrankt. Bargeldabhebungen haben wir inzwischen übrigens gesperrt, denn das, was in bar in den letzten zwei Wochen abgehoben wurde, können wir so einfach nicht mehr vertreten. Kurz: Ich fürchte, ihr steht unmittelbar vor der Insolvenz.«

Katharina wurde blass. »Insolvenz? Barabhebungen? Warum wurde Bargeld abgehoben? Von wem?«

»Von deinem Cousin. Direkt über die Kasse, weil es an den Bargeldautomaten ja das Limit von fünfhundert Euro gibt. Hier sind die Belege.« Er griff in die Mappe, die zu seiner Linken lag und zog ein paar Kopien heraus. Schweigend betrachtete Katharina sie und hob dann den Blick.

»Das sind fast dreißigtausend Euro im letzten Monat«, sagte sie tonlos. »Wofür braucht er so viel Geld?«

Stefan Papenbrink hielt ihrem ernsten Blick stand. »Das musst du ihn fragen. Nur er kann dir das beantworten.«

* * *

Auch auf dem Heimweg war Katharina noch immer fassungslos. Thomas hatte dreißigtausend Euro abgehoben. Wofür, verdammt? Auf dem Handy erwischte sie ihn nicht, und Carina Müller, die Auszubildende, die seine Gespräche über den Festnetzanschluss in der Werft annahm, sagte nur, sie wisse auch nicht, wann er wieder erreichbar sei. Aber sie habe ihm ausgerichtet, dass er am nächsten Morgen um neun Uhr den Termin mit ihr hatte. Am liebsten hätte Katharina »zu gütig« gesagt und sich bedankt. Aber sie bezweifelte, dass Carina Müller die Ironie verstehen würde.

Als Nächstes rief sie Hannes an – der Wagen ihres Vaters verfügte zum Glück über eine Freisprecheinrichtung. Doch auch er war nicht erreichbar. Innerlich aufgewühlt trat sie aufs Gaspedal. Sie musste jetzt unbedingt mit einem Menschen reden, dem sie vertrauen konnte.

* * *

Bestürzt hörte Ingrid sich die Neuigkeiten aus dem Gespräch mit Stefan Papenbrink an. Katharina hatte sich gleich nach ihrem

Hereinkommen auf einen der Besucherstühle fallen lassen, und alles sprudelte aus ihr heraus. »Die Bank sieht unter den gegebenen Umständen keine Möglichkeit für einen Plan B, der Zug ist längst abgefahren. Sie werden die Konten sperren, die Werft muss Insolvenz anmelden, Thomas hat im vergangenen Monat dreißigtausend Euro in bar abgehoben, und es kamen kaum Einnahmen herein. Es können aber doch nicht alle Aufträge weggebrochen sein!«, rief Katharina aufgebracht. »Ich habe doch gesehen, dass in den Hallen gearbeitet wird. Dementsprechend müssen doch Rechnungen gestellt worden sein.«

Ingrid stockte bei diesen Worten ebenfalls der Atem. »Für die Buchhaltung und den ganzen Finanzkram ist dein Cousin zuständig«, sagte sie leise. »Also die Rechnungsstellung erfolgt unten im Büro, aber um die Finanzen kümmert sich Thomas. Er wird dir alles erklären können.«

»Ich habe ihn nicht erreicht.« Katharina wirkte erschöpft. »Aber ich habe morgen um neun einen Termin mit ihm. Was kann er nur mit dem Bargeld gewollt haben?«

»Ich weiß es nicht. Er wird es dir hoffentlich morgen sagen.« Ingrid war ebenso ratlos wie Katharina. Unten vor dem geöffneten Fenster lachten zwei Personen. Das hörte sich so unwirklich an. Aber so war es nun mal, während bei den einen das Leben mit leichtem Schritt voranging, kämpften die anderen.

»Wir können keine Gehälter zahlen, wenn uns die Bank die Konten sperrt.« Katharina seufzte. »Stefan sagt, es gibt keinen Spielraum mehr. Keine Gehälter, keine Krankenkassenbeiträge, nichts. Wir sind zahlungsunfähig. Und die Versicherung lässt uns am langen Arm verhungern. Was soll ich Papa nur sagen, wenn ich ihn im Krankenhaus besuche? Dass es sich nicht lohnt, aus dem Koma zu erwachen, weil alles, was er im Leben erreicht hat, in Scherben liegt? Was soll ich der Belegschaft sagen?«

Es rührte Ingrid zutiefst, wie sehr Kathie sich mit der Werft verbunden fühlte. Sie empfand ja genauso. Die Werft, nein, Walter

Hansen hatte ihr damals die Chance gegeben, ihr Leben weiterzuführen. Eigenständig zu sein und für Angela zu sorgen, obwohl ihre Tochter gerade erst geboren war. Das hatte sie ihm hoch angerechnet und hätte ihren rechten Arm für Walter Hansen gegeben. Als Peter Hildebrand sie fallen ließ, nachdem er erfahren hatte, dass sie von ihm schwanger war, hatte Walter Hansen ihr trotz der Schwangerschaft einen Job im Schreibbüro angeboten, mehr noch, sie später zu seiner persönlichen Sekretärin gemacht. Auch sein hilfsbereites und überaus großzügiges Verhalten nach Angelas Unfall würde sie ihm nie vergessen.

Sie räusperte sich. »Ja, es sieht wirklich alles schwarz aus«, gab sie zu. »Und ich kann dir so einfach auch keine dauerhafte Lösung vorschlagen, die die Kunden zurückholt. Da kann dir Matthias vielleicht weiterhelfen. Aber ich kann dir einen Finanzpuffer anbieten, der dir ein wenig Zeit verschafft, wenn du denn ernsthaft am Fortbestand der Werft interessiert bist.«

Katharina sah sie fragend an. »Einen Finanzpuffer?«

Ingrid nickte. »Wahrscheinlich hast du deinen Vater nur als den starrköpfigen Mann in Erinnerung, der dir nicht verziehen hat, dass du in Österreich geblieben bist. Der dich nicht wissen ließ, dass er dennoch stets an deinem Leben Anteil genommen hat. Wie du war auch er zu stur, um den ersten Schritt zu machen. Er hat sogar Sparbücher für Johanna und Oskar angelegt. Hast du die bei ihm im Tresor gefunden? Er hat zumindest gesagt, dass er sie zu Hause im Tresor aufbewahrt. Er hat einen monatlichen Dauerauftrag eingerichtet. Aber das ist ja in diesem Fall nebensächlich«, fuhr sie fort, obwohl sie den Unglauben in Katharinas Augen sah. »Nach Angelas Unfall kam er auf mich zu. Es tat ihm unsäglich leid, und er sagte, er wisse, dass nichts und niemand das je rückgängig machen und eine gesunde Angela zurückbringen könnte, aber er wolle dafür sorgen, dass ich mir um Angelas Zukunft keine Gedanken machen müsse.« Ingrid musste schlucken, so nah ging ihr die Erinnerung an das längst vergangene

Gespräch. »Dein Vater hat mir damals zweihunderttausend Mark überwiesen, die ich anlegen sollte, damit für Angela auch dann gesorgt werden könnte, wenn ich mal nicht mehr da bin. Dabei hätte er es ja nicht gemusst, es traf ihn überhaupt keine Schuld an dem Unfall.«

»Ihn nicht. Aber mich«, stellte Katharina traurig fest.

»Nein, auch dich nicht. Es war Schicksal, das habe ich inzwischen so akzeptiert. Jedenfalls habe ich die zweihunderttausend Mark angelegt. Konservativ natürlich, ich wollte keine Verluste riskieren. Es war eine gute Entscheidung. Es hat sich vermehrt, und damals gab es ja noch gute Zinsen, nicht so wie in den letzten Jahren, seit die Finanzpolitik der EU alles kaputt macht. Aber das ist ein anderes Thema. Als Angela starb, hab ich deinem Vater das Geld zurückgeben wollen. Aber der wollte es nicht zurückhaben.« Ingrid stand auf, ging die wenigen Schritte hinüber zu Katharina, bückte sich vor ihr hin und umfasste ihre Hände. »Kathie, du kannst dieses Geld gerne nehmen, wenn es dir hilft, die Werft zu retten.«

* * *

Mit vorgebeugtem Kopf ließ Katharina das warme Wasser der Dusche auf ihren Nacken und die Schultern prasseln. Das alles musste sie erst einmal sacken lassen. Wofür um alles in der Welt hatte Thomas das ganze Geld gebraucht? Sie schäumte sich mit dem nach Orangen riechenden Duschgel ein, und langsam kehrten ihre Lebensgeister zurück. Thomas würde eine Erklärung dafür haben. Schließlich musste auch ihm daran gelegen sein, dass die Werft weiterbestand, die Angestellten ihre Arbeitsplätze behielten. Und selbst, wenn sie die von ihm bereits angesprochene Möglichkeit des Verkaufes in Betracht zog, er würde doch alles dafür tun, damit die Werft so gut wie möglich dastand, um einen möglichst hohen Verkaufspreis zu erzielen.

Ja, es konnte nur so sein, dass es einen nachvollziehbaren Grund für die Barabhebungen gab. Sicher hatte er Vorkehrungen getroffen für den Fall, dass die Bank die Konten sperrte, damit er im Falle eines Falles die Gehälter in bar auszahlen konnte.

Beruhigt hüllte sie sich in ein großes Badetuch, brühte sich einen Sanddorntee auf und nahm ihn mit auf die Terrasse, wo sie sich auf einen der Stühle setzte und die Füße hochlegte. Die Nachmittagssonne würde ihren Körper und ihre Haare sicher schnell trocknen. In kleinen Schlucken trank sie den Tee, genoss dabei die fruchtig-herbe Säure des Sanddorns und überlegte, ob sie auf dem Weingut vielleicht einen Fruchtwein herstellen sollten. Zunächst in kleinerer Menge, nur als Test. Sie schmunzelte, als sie an das Gesicht dachte, das Hannes bei dieser Idee machen würde. Aber wenn er Gin braute, musste er ihr den Sanddornwein lassen.

Hannes. Ach ja, sie wollte ihn noch wegen Oskar anrufen. Sie stand auf, holte ihr Handy und wählte seine Nummer, doch wieder nahm er das Gespräch nicht an. Sie runzelte die Stirn. Eigentlich müsste er es doch dabeihaben, falls Oskar sich bei ihm meldete. Gut, dann versuchte sie es eben auf dem Festnetz, der Feierabend auf dem Gut müsste bereits eingeläutet sein, vielleicht hatte er das Handy einfach mal wieder in der Diele liegen lassen und saß auf der Terrasse. Auf der Favoritenliste drückte sie auf Zuhause. Nach dem vierten Klingeln wurde das Gespräch angenommen.

»Berger bei Baumgartner«, hörte sie die Stimme ihrer Freundin Sabine.

»Bine, was machst du denn bei uns?«, fragte Katharina verblüfft.

»Na, du hast doch gesagt, ich soll ein Auge auf die Kinder haben«, gab ihre Freundin leicht schnippisch zurück. »Also bin i hier.«

»Das ist ja lieb, aber du musst doch nicht jeden Tag bei ihnen sein. Oskar ist fünfzehn und Johanna achtzehn. Entschuldige, wenn du es missverstanden hast, ich dachte nur, dass du ab und zu mal hingehst. Ist Oskar denn schon wieder da?« Er hatte ihr doch gesagt, er würde erst morgen heimfahren.

»Wie meinst du das, *schon wieder?*«

In diesem Moment wurde Katharina bewusst, dass sie zwar mit ihrer besten Freundin sprach, jedoch an ihrem eigenen Festnetzanschluss. Warum nahm Bine Telefongespräche an, von denen sie wusste, dass sie nicht für sie bestimmt sein konnten? »Gib mir mal Hannes, bitte«, sagte sie, anstatt auf die Frage ihrer Freundin zu antworten. Denn Oskar ging in erster Linie ihren Mann und sie etwas an und nicht Bine.

»Der steht grad unter der Dusche«, meinte Bine leicht verlegen. »Er kam so verschwitzt rein und ist gleich durch ins Bad. Kannst mir ruhig sagen, wenn's was Neues vom Oskar gibt, ich richt's ihm scho aus. Bin eh gerade dabei, das Nachtmahl vorzubereiten.«

Bei diesen Worten blieb Katharina beinahe die Spucke weg. Was hatte das denn zu bedeuten? Ihre Gedanken spielten Flipper in ihrem Kopf, prallten von einer Schädelseite gegen die andere, sie war unfähig jetzt geradeaus zu denken. In der Hoffnung, sich nichts anmerken zu lassen, antwortete sie: »Oskar hat mich heute Mittag angerufen. Er ist in Graz bei seinem Freund Daniel und kommt morgen heim. Wir sollen uns keine Sorgen machen.«

»Ah, das is' ja freundlich von dem Herrn. Haut einfach ab, ohne Bescheid zu geben, und meldet sich dann gnädig bei seiner Frau Mutter, um zu sagen, dass er noch was länger fortbleibt. Da wird sein Vater sich aber freuen.«

Nun platzte Katharina die Hutschnur. »Sag mal, was bildest du dir eigentlich ein, so mit mir über meinen Sohn zu reden? Ich denke, das geht nur Hannes, mich und Oskar etwas an«, erwiderte sie scharf. »Halt dich da gefälligst raus.«

»A geh. Erst bittest du mich, dass ich nach den Kindern schau, und wenn ich's mach, is' es dir a net recht? Des hab ich gern.« Bine klang beleidigt.

»Na, ich seh da durchaus einen Unterschied, ob du mal nach den Kindern schaust oder dauernd bei uns auf dem Gut bist und dir anmaßt, in so einem Tonfall mit mir über Oskar zu sprechen. Das steht dir nicht zu! Gib mir mal die Johanna, solange Hannes unter der Dusche steht.«

»Die is' nach Graz gefahren«, sagte Bine. »Sie wird wahrscheinlich auch erst spät z'rück sein.«

»Nach Graz?« Katharina legte die Stirn in Falten. »Hat sie gesagt, was sie da will?«

»Na. Ka Ahnung. Soll ich ihr was ausricht'n?«

»Nein. Ich ruf sie übers Handy an.« Katharina spürte eine nicht gerade kleine Wut im Bauch aufsteigen. »Wenn die Kinder gar nicht da sind, musst du ja auch gar nicht nach ihnen sehen. Kannst also beruhigt wieder heimgehen, Hannes kann sich das Nachtmahl durchaus allein richten. Sag ihm, er soll mich anrufen.« Katharina wollte sich am Telefon nicht auf einen längeren Streit einlassen. Deshalb beendete sie das Gespräch mit einem schlichten »Baba« und legte auf.

* * *

Mit ihrem Make-up hatte Johanna sich heute ganz besonders viel Mühe gegeben. Genau wie mit ihrem Outfit. Erwachsen wollte sie wirken. Als die Frau auftreten, die sie war. Sie wusste, dass Paul montags am frühen Abend Tennis spielte. Das war die perfekte Gelegenheit für einen Besuch bei seiner Frau.

Ein wenig klopfte ihr Herz schon, als sie vor dem Haus parkte, ausstieg und auf die Tür zulief. Sollte sie, oder sollte sie nicht? Vorsichtshalber hatte sie Josie gar nicht erst von ihrem Vorhaben erzählt. Garantiert würden Josie tausend Gründe einfallen, warum Johanna nicht mit Klaudia sprechen sollte. Aber diese Gründe kannte sie längst. Und andererseits: Wenn Paul sie wirklich angelogen haben sollte und sie gar nicht wirklich liebte, dann war er selbst schuld, wenn seine Frau von ihrer Beziehung erfuhr. Johanna starrte auf die Klingelleiste. Doch was war, wenn sie dadurch alles kaputtmachte mit Paul? Nun doch etwas unsicher biss sie sich auf die Unterlippe.

»Grüß Gott.« Die freundliche Stimme einer Frau riss sie aus ihren Überlegungen. Sie drehte sich um. Vor ihr stand die vermeintliche Klaudia. Dick bepackt mit zwei prall gefüllten Einkaufstaschen. Sie stellte eine Tasche ab und suchte in ihrer Handtasche nach dem Haustürschlüssel. Als sie ihn gefunden hatte, blickte sie Johanna an. »Kann ich Ihnen irgendwie helfen?« Dann stutzte sie. »Ach, sind Sie eine Schülerin meines Mannes? Da muss ich Sie enttäuschen, er ist nicht daheim. Überhaupt mag er es gar nicht, wenn er von seinen Schülerinnen zu Hause aufgesucht wird. Dafür bietet er in den Pausen ja Gesprächszeit an.« Sie schloss die Tür auf, lehnte sich mit der Hüfte dagegen und griff zur abgestellten Tasche. »Wenn Sie mir Ihren Namen verraten, werde ich ihm ausrichten, dass Sie ihn sprechen wollten.«

Johanna überlegte blitzschnell. Vielleicht war das ein Wink des Schicksals. »Das ist sehr nett von Ihnen«, erwiderte sie lächelnd, und jetzt klopfte ihr Herz wie wild. »Allerdings bin ich keine Schülerin mehr. Die Matura hab ich längst. Aber wenn Sie ihm ausrichten, dass Johanna da war, weiß er schon Bescheid. Einen schönen Abend noch.«

Mit dem Gefühl, einen kleinen Etappensieg erzielt zu haben, drehte Johanna sich um und ging auf ihr Auto zu.

* * *

Energisch trat Katharina in die Pedale. Sie radelte am Segelclub vorbei und benutzte anschließend den Weg, der am Ufer des Hooksmeeres entlangführte. Dabei schwankte sie zwischen Enttäuschung und Wut, denn Hannes hatte nicht zurückgerufen.

Eine knappe Stunde lang hatte er garantiert nicht unter der Dusche gestanden. Überhaupt, warum duschte er, wenn Bine im Haus war? Das hätte er auch erledigen können, bevor er ins Bett ging. Zugegeben, er duschte jeden Tag nach Feierabend, aber dann waren sie als Familie unter sich. Und Bine gehörte nun mal nicht zur Familie, auch wenn sie in den letzten beiden Jahren oft bei ihnen gewesen war.

Was wollte Bine eigentlich auf dem Weingut, wenn weder Johanna noch Oskar dort waren? Richtig unterhalten schien sie sich mit Johanna nicht zu haben, wenn sie nicht einmal wusste, was Johanna in Graz wollte. Und dass sie nur für sich und Hannes Abendbrot zubereitete, nein, das passte Katharina gar nicht. Überhaupt, was sollte das heißen: Johanna komme erst später zurück und ob Bine ihr etwas ausrichten solle? Wollte sie denn gar nicht mehr zu sich nach Hause? Hatte Bine sich schon häuslich bei ihnen eingerichtet?

Ein älteres Ehepaar auf Pedelecs kam ihr entgegen, beide trugen einen Helm, aber die Frau wirkte etwas unsicher, so wackelig, wie sie fuhr. Katharina wich so weit nach rechts aus wie möglich, dennoch schimpfte die Frau, die sich mittig auf dem schmalen Weg befand. Am liebsten hätte Katharina im gleichen Ton gekontert, doch sie sagte sich, dass es ja eh nichts bringen würde.

Den Rest der Strecke legte sie zurück, ohne jemandem zu begegnen. Am Wasserskilift hielt sie überrascht inne. Den kannte sie noch gar nicht. Was für eine tolle Sache. Einige Minuten lang sah sie den Wasserskiläufern zu, die an Seilen über das Wasser gezogen wurden, dabei Rampen zum Springen nutzen konnten oder einfach nur Spaß hatten. Das musste sie unbedingt auch einmal ausprobieren. Spontan schoss sie ein Foto und schickte es an Oskar. Der würde seine helle Freude an dieser Art von Freizeitaktivität haben. Dann warf sie einen Blick auf die Uhr. Oje, sie musste sich sputen, es war schon fast sieben.

Wenig später schloss sie das Rad vor dem Restaurant Brücke ab und lief außen herum auf die Terrasse. Alexander wartete bereits auf sie. Lächelnd erhob er sich, als er sie sah, trat auf sie zu, umarmte sie kurz und gab ihr einen Begrüßungskuss auf die Wange.

»Katharina. Wie schön, dass du Zeit hast. Ich habe mich auf heute Abend gefreut.«

Schmunzelnd nahm sie ihm gegenüber Platz. Sein warmherziges Verhalten tat ihr gut.

»Darf ich uns eine Flasche Wein bestellen?«, fragte er. »Oder magst du heute nicht?«

»Du darfst«, erwiderte sie beschwingt. »Erstens gehört ein schönes Glas Wein zu einem guten Essen, und zweitens bin ich mit dem Rad, da kann ich auch ein weiteres Glas trinken.«

»Wunderbar.« Er warf einen Blick in die Weinkarte. »Soll ich, oder möchtest du als Weinfachfrau aussuchen, was wir trinken?«

»Übernimm gern du, ich lasse mich auch mit Vergnügen überraschen.«

Alexander entschied sich für einen Grauburgunder. Nach der Fischsuppe aßen sie jeder eine Scholle Finkenwerder Art mit herrlichem Speck und Krabben, und auch die Bratkartoffeln schmeckten köstlich. Lange hatte Katharina nicht so frische Nordseeschollen gegessen, in Österreich bevorzugte sie Saibling. Die Luft war warm und mild und vermittelte ein fröhlich-leichtes Urlaubsgefühl. Sie unterhielten sich über Gott und die Welt, und auf die Frage, ob er am Sonntag auf Wangerooge denn alles erledigen konnte, was er sich vorgenommen hatte, antwortete er: »Tatsächlich bin ich sogar noch etwas weiter vorangekommen als erhofft. Die besondere Atmosphäre der Insel macht anscheinend einiges leichter.«

»Ja, man sollte sich viel öfter eine Inselauszeit nehmen, und wenn du dort auch in einer Art Homeoffice arbeiten kannst, umso schöner. Wohnst du eigentlich in Hooksiel oder bist du beruflich hier? Also falls ich dich das fragen darf.«

»Natürlich darfst du.« Er goss ihnen Wein nach und füllte auch die Wassergläser erneut. »Nein, ich wohne und arbeite in Wilhelmshaven. Aber das ist ja nicht weit, mit dem Auto dauert es nur eine Viertelstunde. Ab und zu treffe ich mich mit Bekannten und Geschäftspartnern hier. Ich mag das Ambiente des Restaurants. Und der Räucherfisch ist wirklich immer einen Ausflug wert.«

Katharina lachte auf. »Na, ich hoffe, du kriegst die Werbung in Form von Speisegutscheinen bezahlt.«

»Tatsächlich mache ich es aus tiefster Überzeugung, ich brauche keine solche Bezahlung. Und heute ist natürlich deine Begleitung die Belohnung. Gibt es was Neues von deinem Sohn?« Er griff zu seinem Weinglas und trank einen Schluck, wobei er ihr direkt in die Augen blickte, als wollte er erforschen, was in ihrem Inneren vor sich ging.

Katharina nahm nun auch ihr Glas hoch und hielt es gegen die Abendsonne, die sich darin spiegelte. Insgesamt nicht ganz so intensiv wie zu Hause vor der Kulisse der Weinberge, aber dennoch: Die untergehende Sonne im Weinglas an der Nordsee hatte auch ihren Reiz. Sie trank einen Schluck und genoss den Augenblick. Es kam ihr angemessen vor, mit Alexander über Oskar zu reden, wo sich sein Vater doch schon nicht bemüßigt sah, sie zurückzurufen. »Er hat sich heute Mittag gemeldet«, sagte sie. »Er ist bei einem Freund und will morgen nach Hause fahren.«

»Kennst du den Freund? Ist es der, mit dem er beim Stehlen erwischt wurde?«

Überrascht sah Katharina Alexander an. Schwang da echtes Interesse an ihrer Situation mit? »Nein, das ist ein anderer. Die beiden sind seit Jahren miteinander befreundet, ich kenne auch die Eltern und Großeltern.«

»Ach so, dann bist du einverstanden, dass er dort ist?«

Der Kellner näherte sich und räumte die Teller ab. »Es war sehr lecker, vielen Dank«, lobte Katharina die Küche, und auch Alexander nickte wohlwollend. »Ja«, Katharina wandte sich wieder

Alexander zu. »Daniel und seine Familie sind sehr nett. Sie leben in einer Art Mehrgenerationenhaus. Unten die Großeltern und oben Daniel, seine Schwester Anna und die Eltern, im Garten Kaninchen, das klappt hervorragend. Oskar fühlt sich dort immer wohl und ist fast schon ein Familienmitglied.« Wie Bine bei uns, dachte Katharina plötzlich. Nur dass Bine sich jetzt so benimmt, als könnte sie einfach Katharinas Platz einnehmen.

Alexander streckte seine Hand nach ihr aus. Sie zuckte zurück. Er lächelte und fuhr ihr sanft mit Daumen und Zeigefinger über die Stirn. »Lass mich deine Stirnfalten wegstreichen«, sagte er. »Was gibt es denn, das dich veranlasst, so ein nachdenkliches Gesicht zu machen?« Er nahm seine Hand zurück, und Katharina ertappte sich dabei, dass sie sie am liebsten festgehalten hätte. Und obwohl sie normalerweise ihr Herz nicht auf der Zunge trug, öffnete sie sich Alexander und erzählte ihm von Bine und davon, dass sie anscheinend Dauerquartier in ihrem Haus bezogen hatte.

DIENSTAG

Wie gerädert wachte Katharina am nächsten Morgen auf. Sie hatte schlecht geschlafen und noch mieser geträumt: von Hannes, Bine, Oskar und Johanna, die mit einem Mann ankam, den sie heimlich geheiratet hatte, von ihrem Vater und ... von Alexander. Das war kurz vor dem Aufwachen gewesen und hinterließ ein warmes Gefühl. Das war falsch, das wusste sie. Aber sie konnte nichts dagegen tun. Was für ein Chaos. Dabei war gestern nichts gewesen, was verwerflich zu nennen wäre. Gut, sie hatten ihre Handynummern ausgetauscht, zum Abschied hatte er ihre Hand ein wenig zu lang gehalten, und der Wangenkuss war ein wenig zu nah an ihrem Mund gelandet, aber das war alles rein freundschaftlich gewesen.

Katharina warf die Beine aus dem Bett, stand auf, ging in die Küche und brühte sich einen Tee auf. Dann holte sie die Tageszeitung aus dem Briefkasten, legte sie auf die Truhe in der Diele, und unter der Dusche stellte sie das Wasser auf kalt, damit es das warme Alexander-Gefühl abwusch. Doch es blieb. Irgendwie musste sie es loswerden. Sie beschloss, bei Hannes anzurufen, wenn er sich schon nicht in der Lage sah, sie zurückzurufen. So viel konnte er doch nicht um die Ohren haben, dass ihm nicht einmal Zeit blieb, mit seiner Frau zu telefonieren. Es war alles eine Sache der Gewichtung. Und es schien, als nähme er ihr weiterhin übel, dass sie zu ihrem Vater gefahren war.

Beim Entsperren des Bildschirms sah sie eine Nachricht, die vor wenigen Minuten gekommen sein musste. Alexander. *Wo ich nun schon deine Telefonnummer habe, möchte ich die Möglichkeit nutzen und dir einen schönen Start in den Tag wünschen. Ich habe den Abend mit dir sehr genossen und hoffe, wir können ihn bald wiederholen. Ich glaube, ich habe mich ein wenig in dich verliebt.*

Ein belebendes Kribbeln breitete sich in ihrem Bauch aus. Das warme Gefühl vom Aufwachen kam zurück. Ohne groß zu überlegen, tippte sie eine Antwort ein: *Ich habe den Abend auch sehr genossen.* Sie schickte die Nachricht ab und hätte sich gleich darauf ohrfeigen können. Sie hätte nicht antworten sollen. Und das »sehr« hätte sie schon gar nicht schreiben dürfen, auch wenn es der Wahrheit entsprach. Nein. Sie musste aufpassen, dass sie nicht in irgendetwas hineinrutschte, das ihre Gefühle durcheinanderwirbelte. Sie fühlte einen Augenblick in sich hinein. Und doch, ungeachtet ihrer guten Vorsätze spürte sie ihn, den Wind, der alles aufwühlte und der zwar immer noch kein Wirbelsturm war, aber deutlich stärker wehte als vorgestern und gestern. Dagegen musste sie etwas tun.

Entschlossen ging sie mit dem Tee und dem Telefon hinaus auf die Terrasse, stellte den Becher auf dem Tisch ab und wählte die

Kurzwahl für Hannes. Während die Verbindung aufgebaut wurde, trat sie mit ihren nackten Füßen auf den noch taunassen Rasen, der in der Morgensonne dampfte. Am liebsten hätte sie jetzt die Übungen des Duft-Qigongs gemacht, mit denen sie lange Zeit zu Hause in der Steiermark den Tag begrüßt hatte, bevor sie die Kinder geweckt und für Kindergarten und Schule fertig gemacht hatte. Warum hatte sie irgendwann damit aufgehört? Automatisch begann sie, mit den Füßen zu wippen, von der Ferse bis zu den Zehen hin und her zu rollen. Ihr blieb jedoch keine Zeit, weiter darüber nachzudenken, denn in diesem Augenblick nahm Hannes das Gespräch an.

»Grüß Gott«, begrüßte er sie knapp. »Is' ja nett, dass'd di a amol meld'st. I mach mir hier unentwegt Sorgen um Oskar, bei der Polizei kann man mir a net weiterhelfen, aber Madame genießt ihren Urlaub an der Nordsee.«

»Wie bitte?«, unterbrach Katharina ihn und stellte das Wippen abrupt ein. »Was heißt, ich melde mich nicht? Ich hab gestern nach Feierabend angerufen, um dir zu sagen, dass Oskar mich angerufen hat. Du hättest es auf dem Handy sehen und zurückrufen können. Außerdem habe ich es auf dem Festnetz versucht und mit Bine gesprochen, die das Gespräch angenommen hat, weil du unter der Dusche gestanden hast. Sie wollt' es dir ausrichten. Das hat sie dann offensichtlich nicht getan.«

»Du hast mit Bine gesprochen?«

»Das habe ich gerade gesagt.«

»Moment.« Hannes schien sich umzudrehen, und sie hörte ihn rufen: »Bine?«

Im Hintergrund antwortete ihre Freundin: »Ja?«

»Die Kathie sagt, sie hat gestern angerufen, um zu sagen, dass der Oskar sich gemeldet hat?«

»Oh, entschuldige bitte, Hannes, ich hab vergessen, es dir auszurichten. Es liefen ja grad die Nachrichten, als du aus dem Bad kamst, und dann warst hungrig und wolltest essen, darüber hab ich es vollkommen verschwitzt.« Beim Reden schien sie näher zu kommen, nun klang ihre Stimme ganz nah. Und ganz weich.

»Kathie? Hast g'hört, was die Bine g'sagt hat? Sie hat vergessen, mir die Nachricht weiterzugeben. Wann gedenkt unser Sohn denn wieder an die heimische Burg zu kommen?«

Ohne diese Frage zu beantworten, bohrte Katharina nach: »Bine hat bei uns geschlafen? Warum?«

»Damit sie da is', falls der Oskar heimkommt und Streit mit mir sucht«, antwortete Hannes.

»Warum sollte Oskar Streit mit dir suchen?«, wollte Katharina wissen.

»Ka Ahnung. Bine meinte, es sei besser, wenn sie als menschlicher Puffer zwischen uns zwei Streithammeln bereitsteht. Außerdem bin i net gern allein, wie du weißt, da schätze ich ihre G'sellschaft, wo du der Meinung bist, dich in Deutschland aufhalten zu müssen. Wie geht's deinem Vater überhaupt?«

»Er liegt nach wie vor im Koma. Und die Situation der Werft ist bedenklich. Ich muss gleich ein Gespräch mit meinem Cousin führen, ich war gestern bei der Bank ...«

»Des geht di alles nix an«, unterbrach Hannes sie. »Du hast mit all dem nix zu schaffen. Misch di da bloß net ein. Sieh zu, dass'd so schnell als möglich heimkommst.«

Irrte sie sich, oder stand ein unausgesprochenes *sonst* im Raum? Sie ignorierte es. »Wie gesagt, Oskar kommt heute zurück. Und ich gehe fest davon aus, dass ihr zwei vernünftig miteinander umgehen könnt. Außerdem ist Johanna auch noch da. Du kannst Bine also getrost in ihr eigenes Leben nach Hause entlassen.« Sie wollte ihm damit eine Brücke bauen, doch entweder erkannte Hannes die Brücke nicht, oder er wollte sie nicht erkennen, denn er gab schroff zurück: »Ob und wann i die Bine hamschick, des kannst' ganz allein mir überlassen.«

* * *

Johanna lag auf dem Bett und starrte ihr Handy an. Fünf verpasste Anrufe von Paul. Der erste war gestern Abend um halb elf gekommen, da hatte sie eine weitere Folge *Workin' Moms* auf Netflix geguckt. Sie hatte sich nicht getraut, das Gespräch anzunehmen. Er würde sicherlich mit ihr schimpfen. Als fünf Minuten später der nächste Anruf kam, dachte sie sich, es sei ohnehin besser, ihn schmoren zu lassen. Sollte er sich doch mal Gedanken um sie machen. Zwei weitere folgten bis Mitternacht und heute früh um sieben noch einer. Dass sie auch da noch nicht rangegangen war, hatte sie stolz gemacht. Allerdings hatte er ihr keine Nachricht geschickt. Das wiederum machte sie stutzig, aber auch hier blieb sie stark, obwohl sie den ganzen Abend immer wieder Nachrichten getippt, dann aber nicht abgeschickt hatte.

Selbstverständlich hatte sie das Handy auf Flugmodus gestellt und erst dann getippt, sonst hätte er es bemerken können. Das war das Blöde an WhatsApp, dass man sehen konnte, ob der andere gerade dabei war, eine Nachricht zu schreiben. Egal, sie würde ihn heute Mittag anrufen. Seine Frau arbeitete dienstags und donnerstags den ganzen Tag, da konnte sie ungestört mit Paul reden.

Die alte Standuhr in der Diele schlug zwei Mal. Oh. Mist, schon halb acht. Schnell sprang Johanna aus dem Bett und schlüpfte in Hose und T-Shirt. Ihr Vater würde es gar nicht gern sehen, wenn sie zu spät mit dem Arbeiten anfing.

Im Bad unterzog sie sich einer Katzenwäsche und lief barfuß die Treppe hinab, wobei die Stimmen von Bine und Papa zu ihr hochdrangen. Es gefiel Johanna gar nicht, dass Mamas Freundin schon die zweite Nacht hier geschlafen hatte. Sie und Oskar waren doch keine kleinen Kinder mehr und konnten hervorragend allein mit Papa zurechtkommen. Zum Glück hatte Oskar sich bei Mama gemeldet und würde heute zurückkommen. Sie war sehr erleichtert gewesen, gestern Abend diese Nachricht von Mama zu bekommen. Mit frischen Socken in der Hosentasche betrat sie die Küche und sah, wie Bine Papa mit einer Hand Kaffee eingoss und ihm dabei mit der anderen Hand sacht durch die Haare fuhr. Als Bine Johanna bemerkte, zog sie die Hand schnell von seinem Hinterkopf fort.

* * *

Es war halb neun, als Katharina das Rad vor dem Verwaltungsgebäude der Werft abschloss. Sie würde erst am Nachmittag ins Krankenhaus fahren, deshalb konnte sie heute das Rad benutzen und von hier aus zum Alten Hafen radeln, wo sie sich mit Roswitha verabredet hatte. Noch immer gab es keine Veränderung bei ihrem Vater, sie hatte heute früh schon von daheim mit dem Klinikum telefoniert.

Im Schreibbüro bat sie Carina Müller, Kaffee zu kochen und in Thomas' Büro zu stellen, damit das bereits erledigt war, wenn er kam. Die Auszubildende guckte erst sie, dann ihre Kollegin Andrea Edzards an, die nickte und antwortete: »In Ordnung.« Dabei lag ein breites Grinsen auf Andrea Edzards Gesicht, und Katharina wusste nicht, wem es galt: der Auszubildenden, weil sie offensichtlich zögerte, Katharinas Aufforderung Folge zu leisten, oder ihr selbst, weil sie sich anmaßte, Aufgaben zu erteilen? Egal, sie war die Tochter ihres Vaters, und damit vertrat sie ihn in dieser außergewöhnlichen Lage. Sie richtete sich auf und machte den Rücken gerade, denn sie merkte, dass ihre Schultern nach vorn gesunken waren. Dann trat sie entschlossen näher an den Schreibtisch heran. »Frau Edzards, Sie sind für die Finanzbuchhaltung zuständig, hat Frau Brinkmann mir gesagt?«

»Das stimmt. Kann ich etwas für Sie tun?« Überrascht sah die Frau sie an. Katharina schätzte sie auf Mitte vierzig. Ihre dicken, naturgelockten Haare trug sie offen, die Bluse war für Katharinas Empfinden einen Knopf zu weit geöffnet. Aber das ging sie nichts an.

»Lassen Sie uns nach nebenan gehen, ich würde gern mit Ihnen sprechen, bevor mein Cousin da ist.« Dieser Satz erntete zwar einen leicht fragenden Blick, dennoch stand Andrea Edzards kommentarlos auf und folgte ihr in Thomas' Büro, wo sie sich an den runden Tisch setzten.

»Sie können sich sicher denken, was ich wissen möchte«, sagte Katharina. »Wie heißt es doch so schön: Lasst Zahlen sprechen.«

Andrea Edzards nickte und begann zögerlich, zu erzählen. Katharina hatte den Eindruck, dass sie Angst vor Thomas hatte und dass es ihr schwerfiel, die Fakten auf den Tisch zu legen. Umso dankbarer war sie darüber, dass Frau Edzards sich auf das Gespräch einließ und sie auf den aktuellen Stand brachte.

Als ihr Cousin kam, hatte Katharina ein wesentlich klareres Gesamtbild als am Tag zuvor.

»Nanu«, grüßte Thomas, der flotten Schrittes das Büro betrat. »Ich bin noch gar nicht ganz wach, und schon wartet hier ein Komitee auf mich? Was hat das denn zu bedeuten?« Er warf seine Aktentasche lässig auf den Schreibtisch.

»Guten Morgen«, grüßte Katharina zurück und wandte sich an Andrea Edzards. »Danke erst einmal. Sie haben mir sehr weitergeholfen. Sagen Sie Frau Müller doch, sie kann den Kaffee jetzt gern hereinbringen.«

Mit einem spöttisch-herablassenden Lächeln setzte Thomas sich ihr gegenüber. Als Frau Edzards das Zimmer verlassen hatte, fragte er: »Du gibst jetzt also meinen Angestellten Anweisungen und befragst sie? Darf ich wissen, aus welchem Grund?« Er lehnte sich zurück und verschränkte die Arme vor der Brust.

»Ich hatte gestern ein längeres Gespräch mit Stefan Papenbrink«, begann Katharina, unterbrach die Erklärung jedoch, weil Carina Müller mit dem Kaffee hereinkam. »Danke«, sagte sie und wartete, bis sich die Tür wieder hinter der Auszubildenden geschlossen hatte. »Er hat mir erzählt, dass mein Vater bis vor Kurzem gar nicht wusste, wie schlecht es um die Werft steht.«

»Ach nee, willst du mir jetzt etwa die Schuld in die Schuhe schieben dafür, dass er so krank geworden ist? Das schmink dir mal gleich ab. Damit hab ich nichts zu tun. Ich hab ihn schonen wollen und ihm deshalb nicht gesagt, wie ernst die Lage ist.«

»Was hast du denn unternommen, um die Sache in den Griff zu bekommen?« Katharina goss Kaffee in die beiden Tassen, gab für sich selbst Milch hinzu und rührte um.

»Soll das jetzt ein Verhör werden? Das kannste vergessen. Ich bin dir keinerlei Rechenschaft schuldig.« Wütend griff Thomas nach dem Milchkännchen und goss mit solchem Schwung Milch in seine Tasse, dass sie überschwappte.

»Ich möchte nur verstehen, was vor sich geht«, sagte Katharina gelassen. »Und ich würde gern wissen, warum du dreißigtausend Euro in bar vom Firmenkonto abgehoben hast.«

»Auch das geht dich nichts an«, sagte ihr Cousin kalt. »Aber zu deiner Info, es gab ein paar Sachen in bar zu bezahlen.«

Katharina runzelte die Stirn. »Dann gibt es dazu sicher Rechnungen oder Quittungen oder Belege?«

»Nein. Die gibt es nicht.« Thomas beugte sich vor, stützte die Ellbogen auf den Tisch und verschränkte die Hände ineinander. »Nimm es einfach hin, werte Katharina, die Werft ist am Ende. Wir sollten versuchen, mit einem blauen Auge aus der Sache herauszukommen und zu verkaufen. Ich habe bereits einen Käufer. Die HavenWerft in Wilhelmshaven. Die wollen expandieren und sind ganz scharf auf unseren Standort, weil wir hier strategisch günstig zu den Ostfriesischen Inseln liegen und eine Menge Kapazitäten zur Lagerung der Schiffe im Winter haben. Ich habe in den letzten beiden Wochen im Prinzip alles besprochen. Und ich möchte dabei deine Unterstützung. Gerne können wir uns gemeinsam mit Alexander Hildebrand und den Steuerberatern zusammensetzen, wenn du magst.«

Verblüfft sah Katharina Thomas an. »Alexander Hildebrand?«

Ihr Cousin nickte. »Ja, er ist der Inhaber der HavenWerft.«

* * *

Als die Bürotür mit Schwung aufflog und gegen die Wand knallte, sah Ingrid Brinkmann aufgeschreckt hoch. Katharina stürmte geradezu in den Vorderraum. »Kathie! Was ist passiert?«

Mit in die Hüften gestemmten Händen baute Kathie sich vor ihrem Schreibtisch auf. Aus ihren Augen schossen Blitze. »Hast du gewusst, dass Alexander Hildebrand der Eigentümer der Haven-Werft ist?«

Verständnislos blickte Ingrid sie an. »Ja. Natürlich. Warum fragst du?« Was war denn nur los mit Kathie. Sie war ganz rot im Gesicht. »Ist alles okay?«

Kathie atmete mehrmals heftig ein und aus. »Und warum hast du mir das nicht gesagt?«

Verständnislos sah Ingrid sie an. »Ich dachte, das wüsstest du. Immerhin hat er hier angerufen, nach dir gefragt, und du wolltest das Gespräch im Büro deines Vaters annehmen. Wie sollte ich da ahnen, dass du nicht weißt, wer er ist?« Ingrid konnte sich keinen Reim auf Kathies Verhalten machen.

»Herrschaftszeiten noch mal, ich hab's nicht gewusst.« Kathie schlug mit der flachen Hand auf den Schreibtisch und stützte sich dann schwer atmend mit beiden Händen ab. Ingrid sah, wie sie ihre Kiefer aufeinanderpresste.

Oje, dann war das doch kein geschäftliches Telefonat gewesen. Sie hätte es ahnen müssen. Nein, sie hätte es ahnen und Kathie im Anschluss darauf ansprechen müssen. Denn die Röte in Kathies Gesicht war – vor allem im Nachgang betrachtet – ein deutliches Indiz dafür gewesen, dass Kathie Alexander Hildebrand nicht als Mitbewerber der Werft kennengelernt hatte. Stumm sah Ingrid Katharina an. Sie wusste nicht, was sie sagen sollte. Nach einigen Minuten hatte Kathie sich wieder im Griff.

»Entschuldige bitte«, sagte sie und lächelte dabei zaghaft. »Ich hätt' mir denken können, dass du nicht wusstest, dass ich keine Ahnung hatte, wer er ist. Ansonsten hättest du mir sicherlich erzählt, dass er die Hansen Werft kaufen will.«

Nun war es an Ingrid, geplättet zu sein. »Alexander Hildebrand will unsere Werft kaufen?« Ihr wurde ganz anders bei diesem Gedanken.

Katharina richtete sich auf. »Das hat Thomas mir soeben berichtet. Er scheint in den vergangenen zwei Wochen alles mit ihm besprochen und vorbereitet zu haben. Es fehlen wohl nur noch die Unterschriften unter dem Vertrag, den er hat ausarbeiten lassen.«

Ingrid erbleichte. Entsetzt sah sie Katharina an. »Davon habe ich wirklich nichts gewusst. Und dein Vater auch nicht. Ehrlich nicht. Das musst du mir glauben.«

Katharina richtete sich auf. »Ich glaube dir. Natürlich glaube ich dir.« Erschöpft schloss sie für einen Moment die Augen, bevor sie Ingrid wieder ansah. »Ich muss ans Wasser. Entschuldige mich bitte.«

* * *

Den Kopf voller widersprüchlicher Gedanken verließ Katharina das Gebäude und steuerte die Liegeplätze der Yachten an. Aus der alten Halle hörte sie die typischen Geräusche. Automatisch drehte sie bei und ging in das alte, aus Holz errichtete Gebäude, das sie noch aus ihrer Kindheit und Jugend kannte und das im Vergleich zu der riesigen neuen, grau und rot lackierten Lagerhalle eher klein und wie ein Relikt aus der Gründungszeit der Werft wirkte.

»Können Sie mir sagen, wo ich Matthias finde?«, fragte sie einen der Männer, der am Unterboden einer Segelyacht beschäftigt war. Sie nannte den Vornamen, da sie davon ausging, dass sich alle hier duzten. Das war auch bei ihnen in den Bergen so. Man arbeitete Hand in Hand zusammen, also duzte man sich auch.

Der Mann richtete sich auf. »Matthias? Moment.« Er drehte sich um, formte seine Hände zu einer Flüstertüte und rief: »Matthias!

Die Tochter vom Chef will dich sprechen!« An Katharina gewandt sagte er: »Er kommt gleich«, und kümmerte sich weiter um den Unterbodenschutz. Tatsächlich kam Matthias wenig später auf sie zu, wobei er sich die Hände an einem Putzlappen abwischte.

Mit einem Mal fühlte Katharina sich verlegen. »Hallo, Matthias«, sagte sie. »Entschuldige bitte, dass ich dich bei der Arbeit unterbreche. Aber hast du ein wenig Zeit für mich? Kann ich mit dir reden?«

Er zuckte mit den Schultern und warf den schmutzigen Lappen fort. »Klar. Wenn's wichtig ist.«

»Ist wichtig. Ich brauch deinen Rat.«

Gemeinsam schlenderten sie zum entferntesten Liegeplatz, setzten sich auf den Holzsteg und ließen die Beine über dem Wasser baumeln. Einen Moment lang fühlte sich Katharina in vergangene Zeiten zurückversetzt. Hier hatten sie auch früher schon zusammengesessen.

»Also, was hast du auf dem Herzen?« Matthias sah sie an. Dabei funkelten die goldenen Sprenkel in seinen grünbraunen Augen.

Katharina ließ ihre Unterschenkel hin und her schaukeln. Das nahm der Situation den Ernst, suggerierte ein wenig jugendliche Leichtigkeit, auch wenn sie eigentlich nicht vorhanden war. »Weißt du, als ich herkam, dachte ich, es geht ausschließlich um meinen Vater. Darum, dass ich noch einmal mit ihm reden kann, für den Fall, dass die Ärzte recht behalten und er die nächsten Tage nicht überlebt. Mein unbedingter Wunsch war und ist es, dass wir uns aussöhnen vor seinem Tod.« Für einen Augenblick kämpfte sie mit den Tränen und blickte aufs Wasser. Dabei spürte sie Matthias' Hand auf ihrer. Sie zwang sich dazu, weiterzusprechen. »Inzwischen aber geht es um mehr. Es geht auch um die Werft. Weißt du, dass wir kurz vor der Insolvenz stehen?« Sie hob den Kopf und blickte Matthias an.

»Ich hab es munkeln hören, aber ich wollte den Gerüchten keinen Glauben schenken«, gestand er. »Dein Vater hat doch immer alles im Griff gehabt. Aber natürlich – in den letzten Jahren hat er Thomas das Feld immer mehr überlassen.« Die Art, wie Matthias den Namen Thomas aussprach, ließ Katharina unzweifelhaft erahnen, was er von ihrem Cousin hielt.

»Ich bin vollkommen durch den Wind«, gestand Katharina nun. »Thomas drängt mich dazu, meine Einwilligung zum Verkauf der Werft zu geben, Ingrid hingegen bietet an, mit einer immensen Finanzspritze zumindest eine kurze Zeit des Weitermachens zu ermöglichen, bis hoffentlich das Gutachten der Versicherung vorliegt und die Schadenssumme ausgezahlt wird, und ich weiß nicht, was ich machen soll. Wie würde mein Vater entscheiden? Würde er den Verkauf wählen, weil er ohnehin selbst nicht weiter im Unternehmen tätig sein kann? Oder würde er alles daransetzen, dass die Werft überlebt? Aber wie kann sie das, wenn Thomas, der sie eigentlich weiterführen sollte, selbst die Segel streicht? Darf ich Ingrids Angebot überhaupt annehmen?«

Matthias schwieg einen Moment. Dann fragte er: »Wie stellst du dir die gerettete Werft denn vor? Wer soll sie führen, wenn Thomas es nicht will, sondern dich drängt, zu verkaufen? Damit hat er sich doch ganz eindeutig gegen die Werft entschieden. Willst du sie selbst leiten? Von der Steiermark aus? Das ist nicht machbar. Du hast von unserem Betrieb und Ablauf keine Ahnung, hast keine Verbindungen, kennst branchenintern niemanden. Außerdem muss jemand vor Ort sein. Ein Unternehmen wie das unsere braucht einen Kopf, nenn es meinetwegen auch Leithammel, einen Ansprechpartner für die Kunden und die Angestellten. Von daher wäre es tatsächlich sinnvoller, an die HavenWerft zu verkaufen, denn mit einem von dir eingesetzten Geschäftsführer würdest du dir zwar einerseits den Rücken freihalten, wärst andererseits aber gebunden und sicherlich auch in der Haftung. Durch den Verkauf wärst du frei von sämtlichen Verpflichtungen hier oben. Und du musst nicht auf Ingrids Geld zurückgreifen. Kannst zurück auf dein Weingut und alles hier hinter dir lassen, wenn dein Vater gestorben ist. Oder aber hier Urlaub machen, wenn dein Vater überlebt und ihr euch ausgesöhnt habt.«

Katharina ließ die Worte sacken. Alles hier hinter sich lassen und frei sein? »Nein«, sagte sie im Brustton der Überzeugung. »Ich möchte nicht frei sein, mehr noch: Ich möchte die Verbindung an die Nordsee festigen. Hier sind meine Wurzeln. Es muss doch eine Möglichkeit geben, beides am Leben zu halten.«

»Und wie stellst du dir das vor? Also konkret, meine ich?«

»Zunächst einmal müssen wir gucken, dass wir die Kunden zurückgewinnen.«

Matthias blickte ihr gerade in die Augen. »Ja, das stimmt. Aber das wird nicht so einfach sein. Mit einigen der Schiffseigner habe ich bereits gesprochen. Sie alle haben das Argument angeführt, dass sie einen günstigeren Liegeplatz gefunden hätten. An dem zudem auch noch die Wartungs- und Servicearbeiten günstiger angeboten wurden.«

Katharina musterte Matthias. »Vermutest du einen bewusst aggressiven Preiskampf, um uns fertigzumachen? Steckt hinter alldem die HavenWerft? Wie hat mein Vater darauf reagiert?«

»Er vermutete tatsächlich die HavenWerft dahinter. Die wollen sich ja schon lange ein dickes Stück von unserem Kuchen abschneiden. Als der Alte, also Peter Hildebrand, noch die Geschäfte geführt hat, gab es so was wie einen Waffenstillstand. Aber sein Sohn Alexander ist ein ganz anderes Kaliber. Der ist mit allen Wassern gewaschen.«

Bei der Erwähnung von Alexanders Namen zog sich etwas in Katharinas Innerem zusammen. Sie biss sich auf die Unterlippe. »Was hat mein Vater dagegen unternommen?«

»Er wollte mit den Kunden sprechen. Mit jedem einzelnen. Du kennst ihn. Er kann sehr überzeugend sein. Und vielleicht wäre es ihm auch geglückt, die Kündigungen der Liegeplätze rückgängig zu machen. Auch weil eben der Weg von Wilhelmshaven rüber zu den Ostfriesischen Inseln wesentlich mehr Zeit in Anspruch nimmt als von hier aus. Aber dann kam die erste Fahrt nach Helgoland. Dein Vater war natürlich mit an Bord. Und die gesamte Presse der Ostfriesischen Halbinsel. Alle waren selig, dass endlich wieder von dieser Seite der Weser ein Linienverkehr angeboten wurde, wo die Verbindung von Wilhelmshaven aus schon vor Jahren aufgegeben wurde. Das hochseetaugliche Schiff war damals gegen eine Fähre eingetauscht worden, die ab Windstärke sechs gar nicht mehr auf die offene See fahren darf. Es schien so, als würde es ein Triumphzug werden, denn die erste Überfahrt war komplett ausgebucht, und auch für die nächsten Wochen lagen ausreichend Buchungen von Reiseunternehmen vor. Doch dann kam der Brand im Maschinenraum, wie du weißt.«

Katharina nickte. »Damit war der Traum ausgeträumt. Und die Werft ruiniert.«

»So krass würde ich es nicht formulieren. Ein Brand kann leider einmal vorkommen, doch in diesem Fall scheinen die Umstände nicht so schnell geklärt werden zu können. Das Wort Brandstiftung steht immer noch im Raum. Und du wirst es inzwischen besser wissen als ich: Für die *Lange Anna* ist ein nicht unerheblicher Kredit aufgenommen worden. Und der kann nun nicht mehr durch Einnahmen aus dem Fährverkehr bedient werden. Sagen wir mal so, in den letzten Monaten standen die Sterne nicht gut für uns, und alles zusammen scheint uns nun das Genick zu brechen.«

Katharina sah ihn nachdenklich an. »Du hängst auch sehr an unserem Betrieb, oder?«

Matthias blickte ihr offen in die Augen. »Ja, das tue ich. Die Werft ist mein zweites Zuhause!«

* * *

In der Mittagspause hielt Johanna es nicht mehr länger aus. Sie entfernte sich ein Stück von den anderen Arbeitern, zog ihr Handy heraus und entsperrte es. Enttäuscht sah sie, dass Paul kein weiteres Mal versucht hatte, sie zu erreichen. Auch gab es noch immer keine WhatsApp von ihm. Obwohl ihr mulmig war, wusste sie, dass sie nicht länger kneifen konnte. Mit allem Mut, der ihr zur Verfügung stand, wählte sie seine Handynummer.

Als hätte er das Telefon in der Hand gehalten, nahm er nach dem ersten Läuten das Gespräch an. »Johanna. Endlich!«

Dieses Wort ließ sämtliche Dämme in Johanna brechen. Er hatte sie vermisst! »Paul! Entschuldige! Entschuldige bitte, dass ich deine Anrufe nicht angenommen habe! Sei mir net bös, ich weiß, ich hätt es tun sollen, aber ich wollt' nicht, dass du dich gestern Abend noch aufregst, ich lieb' dich doch so!« Der Wortschwall schoss förmlich aus ihr heraus.

Paul unterbrach sie zornig. »Sag mal, was fällt dir eigentlich ein, vor unserer Haustür herumzulungern! Du weißt doch, dass ich montags Tennis spiele! Was hattest du überhaupt vor? Klaudia hat gesagt, dass du gerade klingeln wolltest, als sie kam. Du hast mich beinahe in Teufels Küche gebracht! Ich habe mich natürlich rausgeredet und ihr gesagt, dass du eine Schülerin bei mir warst und sicherlich nur kurz vorbeischauen und mir berichten wolltest, ob es mit dem Studienplatz geklappt hat. Aber sie hat mich trotzdem zweifelnd angesehen. Wahrscheinlich hat sie daran gedacht, dass ich gerade die Bettwäsche gewechselt hab, als sie am Wochenende überraschend nach Hause kam. Verdammt, Johanna, ich hab dir doch gesagt, wir können uns eine Zeit lang nicht mehr sehen!«

Jedes seiner Worte machte Johanna sprachloser. Sein *endlich* entsprang nicht aus der Sehnsucht, sondern aus der Wut. Eine eigenartige Glocke legte sich über sie, während Paul weiter schimpfte. Plötzlich wurde sie angestupst. »Hanna, wir müssen weitermachen.« Vincent, mit dem sie zusammen die Rebenreihen ablief, machte ihr ein Zeichen. »Ich muss weiterarbeiten, Paul«, sagte sie nur. »Servus.« Damit beendete sie das Gespräch, stand auf und ging wie in Trance zu Vincent.

* * *

Auf dem Weg am Hooksmeer entlang ins Dorf und zum Alten Hafen dachte Katharina über das Gespräch mit Matthias nach. Und über seine Frage, was sie sich wirklich vorstellte für die Zukunft der Werft. Am liebsten hätte sie ihrer ehemaligen Schulfreundin abgesagt, die sie direkt im Anschluss treffen wollte. Zu intensiv arbeiteten Matthias' Worte in ihr. Dann jedoch glaubte sie, dass ihr ein wenig Distanz zu dem, was sie am Vormittag sowohl von Thomas als auch von Matthias erfahren hatte, sicher guttäte. Ganz zu schweigen von dem, was sie über Alexander erfahren hatte. Er hatte genau gewusst, dass sie zur Hansen Werft gehörte. War sein Flirten mit ihr also ein bewusstes, ein berechnendes Spiel gewesen? Danach sah es wohl aus. Sie biss sich auf die Unterlippe, denn dieser Gedanke tat weh.

Und das verunsicherte sie ungemein.

Denn sie führte doch eine glückliche Ehe mit Hannes. Zumindest überwiegend. Sie arbeiteten Hand in Hand für den Betrieb. Sie waren erfolgreich. Das Weingut hatte sich in den knapp zwanzig Jahren, in denen sie beide mitgearbeitet und neue Ideen eingebracht hatten, deutlich weiterentwickelt. Die Buschenschank war ein weit über die Ländergrenzen hinaus bekannter Genussort geworden. Und sie beide, Hannes und sie ... Nein. Darüber würde sie jetzt nicht nachdenken. Dafür hatte sie den restlichen Tag genügend Zeit. Energisch trat sie in die Pedale und stellte nur zehn Minuten später das Rad am Alten Hafen ab. Sie sah Roswitha bereits winken und lächelte. Ja, ein wenig unbekümmerte Jugenderinnerungen waren jetzt genau das Richtige.

Eine knappe Stunde später hatte Katharina von Roswitha in groben Zügen alles erfahren, was in den letzten zwanzig Jahren in der damaligen Clique passiert war. Sie saßen auf der Außenterrasse des Restaurant Packhaus direkt am Alten Hafen unter einem Sonnenschirm, und Roswitha überschlug sich geradezu in dem Bemühen, Katharina all das zu berichten, was ihrer Ansicht nach berichtenswert war. Sie schien eine lebende Tageszeitung zu sein, so genau war sie über viele der alten Klassenkameraden informiert. Wer verheiratet oder geschieden war oder wer mit wem ein Verhältnis hatte, von dem alle wussten, bis auf den Ehepartner natürlich. Es war ein fröhliches Gespräch, und Katharina kam es vor, als wäre sie gar nicht so lang fortgewesen. Tauchte doch bei jeder Anekdote eine Erinnerung an Gesichter, Stimmen und Situationen auf.

»Aber nun bist du an der Reihe«, sagte Roswitha schließlich ein wenig außer Atem. »Wie geht's dir denn so bei den Ösis? Wir waren hier ja total perplex, als es damals hieß, du bleibst in Österreich. Eigentlich haben ja alle damit gerechnet, dass du nach dem Studium den Matthias heiratest und ihr zusammen irgendwann von deinem Vater die Werft übernehmt.«

Für einen Moment wusste Katharina nicht, wie sie reagieren sollte, dann jedoch lächelte sie und erzählte von Hannes und den Kindern, ohne auf Matthias einzugehen, von ihrem Leben als Winzerin und gab zu, dass ihr, sosehr sie die Steiermark auch liebte, die Nordsee, der Wind und ja, auch die Freunde hier gefehlt hatten.

Roswitha tätschelte ihre Hand. »Na, nun biste ja wieder da. Und sollst mal sehen, wenn dein alter Herr das packt, werdet ihr euch auch bestimmt wieder vertragen. In solch kritischen Grenzsituationen wird man demütiger. Wenn man weiß, dass das Leben auch schnell zu Ende sein kann.«

Wenn dein alter Herr das packt … Puh. Katharina stand auf. »Ich geh mal rein, bezahlen«, sagte sie. »Sei mir nicht bös, aber ich möchte gleich noch ins Klinikum fahren, heute Morgen bin ich nicht dazu gekommen, es gab einige Termine in der Werft.«

»Ach, kümmerst du dich jetzt auch um die Werft? Ich dachte, das hat inzwischen dein Cousin übernommen. Oder stimmt das etwa nicht?«

Sofort ruderte Katharina zurück. »Doch, doch, natürlich. Aber es gibt halt einiges zu besprechen im Moment.«

»Kann ich verstehen. Dein Vater ist ja handlungsunfähig, und um die Werft scheint es nicht besonders gut bestellt zu sein, wie man so munkeln hört.«

Katharina blieb stehen und betrachtete Roswitha aufmerksam. »Ach, was munkelt man denn so?«

»Na ja, wenn die Kunden ihre Liegeplätze und die Wartungsverträge kündigen ... Hooksiel ist ein Dorf. Das weißt du doch. Hier geht alles wie im Lauffeuer herum. Da fällt mir ein: Hast du Matthias eigentlich schon gesehen?«

Täuschte Katharina sich, oder wollte Roswitha jetzt ein wenig altes Beziehungschaos hören? Doch da gab es kein Chaos. Wie auch nach all den Jahren. Im Gegenteil. In Matthias' Gegenwart fühlte sie sich gut. Geborgen und sicher. Eigentlich genau wie damals. Er war ein Fels in der Brandung. Kurz flogen ihre Gedanken weiter zu Alexander. Hatten ihr bei Matthias damals die Schmetterlinge gefehlt? Nein. Beides war da gewesen, doch das neue Leben in Wien und die Begegnung mit Hannes, sein österreichischer Schmäh, hatten ihre Gefühle durcheinandergewirbelt. Wie wäre ihr Leben verlaufen, wenn sie nicht nach Wien gegangen wäre?

Ach was, das war lange vorbei und verjährt. Darüber musste sie heute nicht mehr nachdenken, es war eben gekommen, wie es gekommen war. Basta. Sie konzentrierte sich wieder auf Roswitha.

»Ja. Stell dir vor, wie überrascht ich war, als ich ihn auf dem Werftgelände getroffen hab. Es war ein schönes Wiedersehen, wir haben uns sehr nett unterhalten. Er hat von seinen Söhnen erzählt und von seiner Frau. Ich hoffe, ich werde sie demnächst mal kennenlernen.«

Roswitha legte die Stirn in Falten. »Kennenlernen? Du meinst die Söhne, oder? Matthias' Frau ist ja vor ein paar Jahren bei einem Autounfall ums Leben gekommen.«

* * *

Walter Hansen warf unruhig den Kopf hin und her. Er träumte, und es war kein angenehmer Traum. Thomas stand vor ihm. Mit verheultem Gesicht. Er hätte alles aufs Spiel gesetzt, stammelte er, aber er würde dafür sorgen, dass alles wieder gut wurde. Dann veränderte sich sein Gesicht, wurde zu einer Fratze. War das ein Traum? Oder eine Erinnerung? Er konnte nicht mehr unterscheiden zwischen Realität und Traum, zwischen Traum und Erinnerung. Walter fühlte sich furchtbar. Unfähig zu handeln. Nicht zu wissen, was Wirklichkeit war und was nicht.

»Hallo, Papa.« Kathies Stimme. Das war Wunschdenken, das wusste er. Aber er gab sich dem hin. Er wünschte sich so sehr, dass sie tatsächlich bei ihm war, dass er sogar ihre Hand auf seiner spürte und ihre Lippen an seiner Wange.

»Wie geht es dir heute? Die Septembersonne hat noch ordentlich Kraft. Ich bin am Morgen mit dem Rad zur Werft gefahren und von dort zum Alten Hafen. Da habe ich mich mit Roswitha getroffen. Erinnerst du dich überhaupt an sie? Oder hast du sie nie kennengelernt, weil du immer nur mit der Werft beschäftigt warst?«

Ganz klar, hier sprach sein schlechtes Gewissen aus den Worten, die er seiner Tochter im Traum in den Mund legte. Er hatte zu viel von ihr gefordert, die Erziehung und die Gestaltung der Freizeit zu sehr seiner Frau überlassen und selbst viel zu wenig Zeit mit Kathie verbracht.

»Wir sind zusammen in der Grundschule gewesen. Sie hat mir Geschichten über die Klassenkameraden von damals erzählt. An einige kann ich mich tatsächlich noch erinnern, aber längst nicht an alle.« Die Worte verstummten. Bleib doch noch, wollte er dem Traum hinterherrufen, doch er wusste aus jahrzehntelanger Erfahrung, dass man Träumen nicht befehlen konnte, zu bleiben. Oder wiederzukehren. Oder Schönes weiterzuführen. Umso verwunderter war er, als Kathies Stimme erneut erklang. Sein Herz schlug heftiger. War es vielleicht gar kein Traum? War sie tatsächlich hier? Er musste mit ihr reden! Verzweifelt versuchte er, die Augen zu öffnen, doch es gelang ihm nicht. Er konnte nicht einmal anderweitig zeigen, dass er sie hörte.

»Papa?« Besorgnis lag in Kathies Stimme.

Seine Anspannung ließ nach. Er versuchte, seine Hand zu bewegen, ihr zu zeigen, dass er sie hörte. Mit aller Macht konzentrierte er sich auf die Hand, auf der er vorhin Kathies Berührung gefühlt hatte.

»Papa! Du kannst mich hören?« Katharina klang aufgeregt. »Schwester, schnell, kommen Sie! Mein Vater hat eine Reaktion gezeigt. Sein kleiner Finger hat sich bewegt! Und sein Herz schlägt schneller. Das kann man auf dem Monitor sehen. Er spürt oder hört, dass ich hier bin.«

Gleich darauf hörte er eine andere Stimme. Eine, die mehrfach am Tag mit ihm sprach. Immer freundlich, aber immer distanziert. Schwester, hatte Kathie gesagt. Aber sie hat doch gar keine …

* * *

Mit einem Glas gut gekühlten Weißwein saß Katharina in der Abendsonne auf der Terrasse ihres Elternhauses und dachte nach. Ein Eichhörnchen hüpfte über den Rasen und sprang die Eiche hinauf, ein Rotkehlchen ruhte sich auf einer Blume aus Edelrost aus. Sie dachte an ihren Vater. Sie hatte sich nicht geirrt. Er hatte ganz eindeutig den kleinen Finger der rechten Hand bewegt. Sein Herz hatte auch schneller geschlagen, das hatte sie auf dem Monitor sehen können. Er spürte, wenn sie bei ihm war! Doch die Schwester hatte das abgetan. Es seien Reflexe, keine bewussten Handlungen, sie dürfe sich nicht zu viele Hoffnungen machen.

Hoffnungen. Bestand das Leben nicht genau darin, dass man hoffte, es würde vorwärts gehen? Schon als Kind begannen die Hoffnungen, was man alles können wollte, wenn man groß war. Und gab es nicht in jeder auch noch so unschönen Lage die Hoffnung, dass alles wieder gut wurde, zumindest aber besser? Könnten Menschen ohne Hoffnung leben?

Sie selbst war in der Hoffnung zurück nach Hause, in ihre Heimatstadt gekommen, sich mit ihrem Vater zu versöhnen. Sie war in der Hoffnung nach Wangerooge gefahren, dort ein wenig Kraft zu tanken, alte, mit positiven Gefühlen besetzte Kindheitserinnerungen aktivieren zu können. Sie hatte Alexanders Vorschlag auf ein unkompliziertes Pizzaessen am Strand in der Hoffnung auf einen netten Abend angenommen, der sie ablenkte von dem, was gerade alles in ihrem Leben schiefging.

Und doch war es keine bloße Ablenkung gewesen, sondern eine Art Neubeginn, für sie, für ihre Gefühle, ja, vielleicht für ihr Leben. Sie hätte nie gedacht, dass es diese Schmetterlinge im Bauch für sie noch einmal geben würde. Warum denn auch, sie führte eine gute Ehe. Seit zwanzig Jahren lief Katharina in soliden Trampelpfaden, setzte einen Fuß vor den anderen, Schritt für Schritt, ohne Gefahr, seitwärts abzurutschen. War sie ins Rutschen gekommen, weil sie zurück an die Nordsee gereist war, zurück in ihre alte Heimat? Nein, das konnte ja gar nicht sein. Sie liebte Hannes aufrichtig und ehrlich.

Aber wie war es bei ihm? Wie empfand er ihr gegenüber? Sein völliges Unverständnis für sie und ihre Situation, für ihren Wunsch nach Versöhnung stimmten sie nachdenklich. Und wie sollte sie sein Anspruchsdenken deuten, sie müsste sich vielmehr um ihn, das Weingut und die Kinder kümmern? War das Liebe, oder war sie langsam davongeronnen, so wie Wasser aus einem

Krug rann, der einen Riss hatte? Wo war der Riss in ihrer Ehe? Sie begehrten einander nicht mehr. Irgendwann war das Körperliche auf der Strecke geblieben. Unbemerkt. Zumindest von ihr unbemerkt, wie sie jetzt feststellte. Aber wenn es ihm fehlte, warum sprach er nicht offen mit ihr darüber?

Ehrlichkeit. Je mehr sie darüber nachdachte, umso mehr beschlich sie das Gefühl, dass auch Ehrlichkeit sehr subjektiv sein konnte. Zumindest schienen die Männer in ihrer Umgebung ihr gegenüber keineswegs ehrlich zu sein.

Hannes nicht, der verschweigen wollte, dass Bine nun schon mehrfach auf dem Weingut übernachtet hatte. Warum? Hatte er etwas zu verbergen? Oder war das seine Strafe für sie, weil sie zu ihrem Vater gefahren war?

Thomas nicht, der hinter dem Rücken ihres Vaters bereits Verkaufsverhandlungen mit der konkurrierenden HavenWerft geführt hatte.

Matthias nicht, der von Frau und Kindern erzählt hatte, aber unter den Tisch fallen ließ, dass seine Frau seit einigen Jahren tot war.

Und Alexander. Der wusste, wer sie war, als sie sich auf Wangerooge zufällig wiedertrafen. War es überhaupt ein Zufall gewesen? Augenblicklich richtete sie sich kerzengerade auf. Konnte es sein, dass Alexander die Begegnungen mit ihr absichtlich herbeigeführt hatte? Einige seiner Äußerungen kamen ihr in den Sinn. Er sei nach Wangerooge gekommen, um dort zu arbeiten. Und er sei weiter vorangekommen, als er es gehofft hatte. Hatte er damit sie gemeint?

Sie presste die Kiefer aufeinander und fasste einen Entschluss. Sie würde mit Alexander reden. Mit Matthias auch, aber zunächst mit Alexander. Den Fehler, sämtlichen kontroversen Gesprächen aus dem Weg zu gehen, hatte sie vor über zwanzig Jahren gemacht. Sie würde ihn nicht noch einmal machen.

* * *

»Wollen wir noch einen Traubensaft zusammen trinken, bevor du zu euch raufgehst?«, fragte Vincent, nachdem sie die letzten Körbe mit den Reben abgeladen hatten. »Ich hör dir gern zu, wenn du loswerden möchtest, was dich seit heute Mittag beschäftigt. Du warst ja ziemlich neben der Spur.«

»Aber ich hab doch gut gearbeitet?«, fragte Johanna unsicher und zog sich das rote Bandana vom Kopf, das sie vor der Sonne geschützt und ihre schwer zu bändigenden Haare in Schach gehalten hatte.

»Sicher, sonst hätt' ich dir auch was erzählt. Aber ich hab gemerkt, dass dich etwas belastet.«

Sie betraten den geräumigen Holzschuppen, in dem die anderen schon dabei waren, die Erntekörbe zu stapeln. Manche hielten sich den schmerzenden Rücken, wieder andere saßen mit weit ausgestreckten Beinen auf den Holzbänken. Krüge mit Traubensaft und Gläser standen auf dem Tisch, ebenso wie Brote mit Grammelschmalz. Das war Tradition auf dem Weingut, damit sich jeder nach getaner Arbeit stärken konnte.

Johanna goss sich ein großes Glas ein, griff zu einem der Brote und biss hungrig ab. Auch ihr tat der Rücken weh, doch das mochte sie vor Vincent nicht zugeben. Überhaupt, was ging es ihn an, ob sie irgendwelchen Ärger hatte. Nein, so nett sein Angebot auch war, sie würde einen Teufel tun und gerade ihm von Paul erzählen. Das ging ja gar nicht. Also gab sie sich betont lässig. »Ganz lieb, dass du mir das anbietest, aber ich komm schon zurecht. Weißt, es ist halt mein Opa, der krank ist und ganz weit entfernt im Krankenhaus liegt. Meine Mutter ist hingefahren, und sie ist sehr traurig, weil sie nicht mit ihm sprechen kann. Er liegt im Koma, musst du wissen.« Treuherzig blickte sie Vincent an. Der goss sich ebenfalls ein Glas Traubensaft ein, das erste Brot hatte er bereits verzimmert.

»Ach so. Verstehe.« Er schnappte sich ein zweites Brot, das große Holzbrett leerte sich zusehends. »Aber falls dir doch nach reden ist, du weißt ja, wo du mich findest.« Er grinste breit und sah dabei aus wie ein kleiner Junge. Nein. So gern sie ihn auch hatte, aber gegen Paul sah Vincent trotz seiner sonnengebräunten Haut einfach blass aus.

»Klar weiß ich das. Servus, hab einen schönen Abend. Bis morgen.« Sie hob winkend die Hand und lief den Hang hinauf zum Haus. Jetzt schnell unter die Dusche und dann bei Josie anrufen. Vielleicht hatte sie Zeit, zu kommen, und Johanna könnte mit ihr über alles reden. Als sie das Haus betrat, sah sie Bine anscheinend frisch geduscht und noch mit nassen Haaren aus dem Schlafzimmer ihrer Eltern kommen. Verblüfft blieb sie stehen. »Was machst du denn da?«

»Ich hab nur nachgeschaut, ob für deinen Vater alles bereitliegt«, gab Bine als Antwort, fuhr sich durchs Haar, hatte aber zumindest den Anstand, rot zu werden.

»Was soll denn im Schlafzimmer für ihn bereitliegen?«, fragte Johanna misstrauisch.

»Na, Handtücher zum Beispiel«, gab Bine schnippisch zurück. »Damit er sich nach dem Duschen abtrocknen kann.«

Das ging nun eindeutig zu weit. Johanna trat drei Schritte vor und baute sich vor Bine auf, die Hände in die Hüften gestemmt. »Hör mal gut zu, Bine«, sagte sie, wobei sie nur mühsam all die Wut, die Enttäuschung und den Zorn unterdrücken konnte, der sich den ganzen Tag über in ihr angestaut hatte. »Wenn du glaubst, du kannst Mamas Abwesenheit ausnutzen und dich an Papa ranmachen, dann hast du die Rechnung ohne mich gemacht! Ich lasse nicht zu, dass du die Ehe meiner Eltern zerstörst. Was bist du überhaupt für eine Freundin, dass du dich hier so breitmachst?!«

Ein weiterer Farbschub vertiefte das Rot in Bines Gesicht, doch sie konterte: »Kleines Fräulein, was dein Vater tut, geht dich nix an. Er is' alt genug. Und nur, weil ich nachg'schaut hab, ob genügend Handtücher da san, musst du net gleich so an Aufstand machen. Also. Benimm dich mir gegenüber g'fälligst anständig. Ich garantier dir, sonst kriegst' Ärger.«

»Mit wem denn, hä? Du hast mir nämlich gar nichts zu sagen.«

In diesem Moment flog die Badezimmertür auf, und Papa stand da, nur ein Badetuch um die Hüften und knallrot im Gesicht. »Mit mir. Und nun geh auf dein Zimmer.«

Erhobenen Hauptes drehte Johanna sich um. So weit kam es noch, dass sie vor Bine zu Kreuze kroch. Da könnte ihr Vater lange warten. Sie wollte gerade die Stiegen hinaufgehen, als sich die Haustür öffnete und Oskar hereinkam. Schnell erfasste er, dass die Luft ein wenig dick war, ließ unbehaglich den Blick von einem zum anderen wandern und tippte sich mit der linken Hand grüßend an die Stirn. »Servus. Bin wieder da. Hab keinen Hunger, sondern geh gleich auf mein Zimmer.« Schon kam er auf die Treppe zugelaufen, Papa jedoch stellte sich ihm in den Weg. Ein wenig komisch sah das schon aus, wie er mit nassen Haaren und nur mit dem Badetuch bekleidet vor Oskar stand, dachte Johanna.

»I glaub, da is' jetzt erst amol a Erklärung und a Entschuldigung für dein Verhalten fällig«, forderte Papa aufgebracht. »Wie kommst' dazu, einfach abzuhauen?«

Johanna bemerkte, wie Oskars Miene sich verschloss. Hoffentlich machte er nicht gleich auf dem Absatz kehrt und haute erneut ab!

»Hannes, lass ihn doch erst amol wieder zu Hause ankommen«, mischte sich nun Bine ein, was Johanna zugegebenermaßen okay fand.

Oskar drängte sich an Papa vorbei, und Johanna ergriff die Gelegenheit. »Ich komm mit hoch«, sagte sie schnell, ging auch an ihrem Vater vorbei und lief mit Oskar hinauf.

* * *

Entschlossen suchte Katharina in der Kontaktliste die Telefonnummer von Alexander. Sie würde noch heute Abend eine Antwort darauf fordern, weshalb er ihr verheimlicht hatte, wer er war. Nach dem dritten Klingeln sprang seine Mailbox an. Unzufrieden drückte Katharina den roten Auflege-Button auf dem Handydisplay. Ihre Laune sank, weil sie heute wohl keine Antwort mehr auf ihre drängende Frage erhalten würde. Natürlich konnte er beschäftigt sein oder einfach sein Telefon außer Reichweite haben, um am Abend zu entspannen. Alles legitim, und trotzdem war sie sauer. Sie verstand selbst nicht, dass sie dem Geist der Zeit anscheinend so verfallen war, dass sie erwartet hatte, jeder wäre immer und überall zu jeder Zeit erreichbar.

Mit Matthias würde sie morgen reden. Es war besser, dieses Thema von Angesicht zu Angesicht anzusprechen. Außerdem hatte sie seine Telefonnummer nicht, und es würde garantiert einen falschen Eindruck erwecken, wenn sie die Nummer aus dem Telefonbuch heraussuchte und ihn abends daheim anrief. Nein, morgen auf der Werft wäre es unverfänglicher. Und außerdem, so wichtig war es nun auch wirklich nicht. Sie legte die Füße hoch und suchte auf ihrem Handy nach einem interessanten Podcast, als ein Anruf hereinkam. Alexander. Automatisch glitt ein breites Lächeln über ihr Gesicht. Hatte er also doch die Möglichkeit eingerechnet, dass sie anrufen würde, und sein Handy in Reichweite gelassen.

»Katharina, wie schön, dass du dich gemeldet hast«, begann er ein wenig abgehetzt. »Ich hatte allerdings nicht direkt mit einem Anruf gerechnet, sondern eher mit einer Nachricht.«

»Entschuldige bitte, ich wollte dich nicht stören«, antwortete Katharina automatisch, bevor sie sich auf den Grund ihres Anrufes besann. Sofort wurde ihr Tonfall sachlicher. »Ich möchte eigentlich nur von dir wissen, warum du mir nicht gesagt hast, wer du bist.«

Einen erschreckend langen Augenblick war Alexander still.

»Ja, das war ein Fehler«, gab er schließlich zu. »Sobald ich herausgefunden hatte, wer du bist, hätte ich es dir sagen sollen.« Wieder schwieg er einen Moment. »Aber ich wollte ... Ach was, ich gestehe es ein. Am Freitagabend, als du auf der Terrasse der Brücke nach einem freien Platz gesucht hast, da wirktest du so verloren. Und als du an meinem Tisch Platz genommen hast und wir ins Gespräch kamen, da hast du etwas in mir ausgelöst. Ich wollte dich beschützen, so blöd das jetzt auch klingt. Du hast so verletzt ausgesehen, so traurig. Und dann bist du gegangen, und ich wusste nichts von dir, außer dass du mein Herz berührt hast.«

Das klang aber sehr stark nach einem Kitschroman. Der jedoch durch die schneidende Stimme einer Frau unterbrochen wurde. »Alexander? Was machst du hier draußen? Das Buffet ist bereit, du musst es eröffnen. Wir ... Oh, du telefonierst? Beeil dich. Sonst wird das Essen kalt, und immerhin haben wir wichtige Gäste.«

Die Frau entfernte sich. Katharina hörte Absätze auf Steinplatten klackern und spürte einen Stich in der Herzgegend. »Und das angeblich zufällige Wiedersehen am Samstag auf der Fähre nach Wangerooge? War das wirklich Zufall?« Sie gab sich alle Mühe, kühl zu klingen und nicht zu verstehen zu geben, dass sie die Worte der Frau sehr wohl gehört hatte.

»Ja, das war es tatsächlich. Ich wusste zu dem Zeitpunkt doch nicht einmal, wer du bist! Das musst du mir glauben. Ich habe dich auf dem Oberdeck sitzen gesehen und wusste, das ist ein Wink des Schicksals. Und als du dann beim Digger's gesessen hast ... Ich konnte dich an dem Abend einfach nicht mehr gehen lassen.«

»Wann hattest du denn vor, deine wahre Identität preiszugeben?«, fragte Katharina trocken, doch bevor er antworten konnte, erscholl im Hintergrund erneut die Frauenstimme. »Alexander, wir warten! Du musst das Buffet eröffnen.«

»Entschuldige mich, Katharina«, sagte Alexander nun. »Ich muss leider aufhören. Wann gehst du ins Bett? Kann ich dich später noch anrufen?«

»Nein. Aber morgen hätte ich gern eine Erklärung von dir.« Ohne seine Antwort abzuwarten, beendete sie das Telefonat. Sie legte das Handy neben sich auf den alten Teakholztisch und warf den Kopf in den Nacken. Wie gern hätte sie jetzt ihre beste Freundin angerufen und ihr das Herz ausgeschüttet.

Doch Johannas aufgebrachte Nachricht von heute Abend deutete darauf hin, dass Bine die längste Zeit ihre beste Freundin gewesen war.

Zum zweiten Mal fühlte Katharina eine Einsamkeit, die sie in ihrem bisherigen Leben noch nicht kennengelernt hatte.

MITTWOCH

Um halb sechs in der Früh war für Katharina die Nacht endgültig vorbei. Seit vier Uhr schon quälte sie sich mit dem Versuch, wieder einzuschlafen, doch ihre Gedanken drehten sich im Kreis und ließen sich nicht bändigen oder verscheuchen. Also gab sie auf, ging in die Küche und brühte sich einen Tee auf. Während er zog, füllte sie die Gießkanne auf der Terrasse mit Wasser und goss die Blumen und die Tomaten im Gewächshaus. Nicht dass die Pflanzen vertrockneten, während sie hier und damit für sie zuständig war. Auch heute Morgen war der Rasen taufeucht, und spontan entschloss sie sich, nun doch die Übungen des Duft-Qigong zu machen. Barfuß stellte sie sich aufs Gras. Es tat gut, die Feuchtigkeit zu spüren, ein wenig kitzelte es unter ihren Fußsohlen. Nachdem sie zu Beginn ein paarmal die Arme vor der Brust geschlossen und geöffnet hatte, begann sie mit der ersten Übung: Der goldene Drache wedelt mit dem Schwanz. Sie spürte, wie die Ruhe, die sie in den letzten zwei Stunden vergeblich im Bett gesucht hatte, sich nun langsam einstellte.

Zwanzig Minuten später ließ sie leicht vornübergebeugt die

Arme über Kreuz auspendeln, bevor sie die Hände gegeneinanderlegte und langsam im Kreis lief, wobei sie tief und achtsam atmete. Mit einem guten Gefühl ging sie in die Küche. Der Tee war inzwischen kalt geworden. Ach, was soll's, dachte sie, schnitt eine Bio-Zitrone in Scheiben und gab sie in den Tee. So konnte sie ihn später als Eistee trinken. Erneut setzte sie Wasser auf, um sich diesmal statt Tee einen Becher Filterkaffee zu machen, vielleicht regte der ihren Kreislauf an. Während sie zusah, wie das Wasser durch das Kaffeepulver rann, fiel ihr ein, dass Ingrid von Sparbüchern gesprochen hatte, die ihr Vater im Tresor aufbewahren würde. Vielleicht sollte sie ohnehin einmal nachschauen, ob er dort wichtige Unterlagen deponiert hatte, die gerade in der jetzigen Situation hilfreich und nötig waren.

Mit dem Kaffeebecher in der Hand betrat sie das Arbeitszimmer und öffnete als Erstes das Fenster. Die Luft roch abgestanden, die Nachmittagssonne hatte ungehindert hereinscheinen können. Früher hatte ihre Mutter an sonnigen Tagen wie diesen, im Sommer sowieso, zur Mittagszeit die Jalousien zur Hälfte heruntergelassen. Katharina stellte den Becher auf dem Schreibtisch ab und trat an den Wandschrank, in dem sich der Tresor versteckte. Fasziniert hatte sie damals zugeschaut, wie ein Stück Rückwand des Schrankes entfernt worden und der Safe in der Hauswand verankert worden war. »Das ist, damit er bei einem Einbruch nicht so einfach gestohlen werden kann«, hatte ihr Vater erklärt. An ihrem achtzehnten Geburtstag hatte er ihr den Code zum Öffnen verraten. Sie hatte ihn bis heute nicht vergessen. Es waren die Daten ihrer Geburtstage. Erst der ihres Vaters, dann der ihrer Mutter und schließlich ihr eigener.

Langsam drehte sie nacheinander Zahl für Zahl. Ob ihr Vater den Code beibehalten hatte? Tatsächlich ließ sich die Tür nach der letzten Fünf problemlos öffnen. Neugierig spähte sie in den kleinen dunklen Raum. Links auf dem grünen Filz lagen Dokumente und zwei Umschläge. Rechts ... Ihr stockte der Atem. Da lag die kleine Schmuckschatulle, in der ihre Mutter ihren wertvollen Schmuck aufbewahrt hatte. Behutsam griff sie danach, trug sie zum Schreibtisch und öffnete sie.

Zuallererst sprang ihr der Ehering ins Auge. Vorsichtig, als täte sie etwas Verbotenes, nahm sie ihn und betrachtete die Innenseite. Die Gravur war kaum noch zu erkennen. Tag und Nacht hatte ihre Mutter den Ring getragen. Nur bei der Gartenarbeit hatte sie ihn abgenommen, aus Angst, sie könnte ihn verlieren. Katharina erinnerte sich an den Moment, als der Bestatter ihrem Vater den Umschlag gegeben hatte, in dem sich der Ring und die goldene Kette mit den drei kleinen goldenen Herzen befanden. Erst jetzt hatte ihr Vater, der bis dahin so tapfer gewesen war und sie getröstet hatte, die Kontrolle über sich verloren und zu schluchzen angefangen. Nie würde Katharina diese Minuten vergessen.

Sie legte den Ring zurück und nahm dafür die Kette heraus. Ob ihr Vater etwas dagegen hätte, wenn sie sie anlegte? Glaube, Liebe, Hoffnung, dafür standen die Herzen, hatte ihre Mutter gesagt, als Katharina eines Tages gefragt hatte, ob sie für ihren Vater, ihre Mutter und sie standen. Vorsichtig legte sie die Kette um, schloss den Verschluss am Hals und legte die Hand auf die drei kleinen Herzen. Konnte sie noch etwas vom Geist ihrer Mutter darin spüren?

Den anderen Schmuck betrachtete sie neugierig, aber leidenschaftslos. Diese Schmuckstücke hatte ihre Mutter nur zu besonderen Gelegenheiten getragen, ansonsten führten sie ein tristes und unbeachtetes Dasein im Tresor. Ihr Vater hatte manchmal mit ihrer Mutter geschimpft. »Ich habe dir den Schmuck geschenkt, damit du ihn trägst«, hatte er gesagt, doch ihre Mutter hatte stets lächelnd geantwortet, ihr würden der Ehering und die Herz-Kette reichen. Das andere sei zwar wunderschön und wertvoll, aber für den Alltag viel zu schade.

»Dann brauche ich dir ja keinen Schmuck mehr zu kaufen«,

war die beleidigte Reaktion ihres Vaters gewesen, und Katharinas Mutter hatte genickt. »Das stimmt. Schenk mir lieber mehr Zeit mit dir! Du bist viel zu viel in der Werft. Auf die bin ich direkt eifersüchtig!«

Ihr Vater hatte es versprochen, letztlich aber doch nicht getan. Nach dem Tod ihrer Mutter hatte er sich Vorwürfe gemacht. Sie hätten so viele schöne Dinge gemeinsam erleben können, wenn er nicht alles auf später verschoben hätte. Aber er hatte ja nicht gewusst, dass es kein gemeinsames Später geben würde.

Katharina trank einen Schluck Kaffee und blickte auf das Foto ihrer Mutter neben dem PC-Bildschirm. Auch darauf trug sie das Schmuckstück um den Hals. Und mit einem Mal kam es Katharina vor, als würde ihre Mutter zufrieden nicken, als würde sie sehen, dass ihre Tochter nun die Kette trug. Sie schloss die Schatulle und legte sie in den Tresor zurück. Dann nahm sie sich den Stapel mit den Dokumenten vor. Die beiden Umschläge packte sie erst mal beiseite. Zuunterst lag eine Kopie des Testaments, das ihre Eltern noch gemeinschaftlich verfasst hatten. Es gab einen weiteren Umschlag in einer Klarsichthülle. In der markanten Schrift ihres Vaters stand dort geschrieben: »Zusatz zum Testament. Nach meinem Tod zu öffnen«.

Katharina hoffte, dass dieser Fall noch lange nicht eintreten würde und schickte vorsichtshalber ein kurzes Gebet zum Himmel. *Lieber Gott, bitte lass meinen Vater wieder gesund werden. Mach, dass ich noch mit ihm reden kann.* Dann wandte sie sich den restlichen Dokumenten zu.

Es waren Fahrzeugbriefe und Sparbücher. Wie Ingrid es gesagt hatte, gab es nicht nur für sie eines. Auch für Johanna und Oskar war ab dem Monat ihrer Geburt ein Dauerauftrag eingerichtet worden. Katharina staunte, als sie die Summen sah, die sich angesammelt hatten. Interessiert warf sie nun einen Blick in die braunen DIN-A5-Umschläge und betrachtete stirnrunzelnd die Aufnahmen, die ausnahmslos ihren Cousin Thomas zeigten.

Aber in was für einer Umgebung? Plötzlich ahnte sie, weshalb ihr Vater sich so aufgeregt hatte.

* * *

Das lange abendliche Telefonat mit Josie hatte Johanna gutgetan. Erst hatte sie mit Oskar zusammen in seinem Zimmer gehockt, und er hatte zerknirscht zugegeben, dass das alles nicht so klasse war, was er gemacht hatte. Aber Papa wäre so fies zu ihm gewesen, da hatte er eben keinen anderen Ausweg gewusst, als zunächst erst mal zu verschwinden. Natürlich hatte Johanna Verständnis dafür, sie selbst würde ja am liebsten auch abhauen, so wie Bine sich hier aufführte. Trotzdem war sie froh, dass er wieder hier war. Dann konnten sie lieber gleich vor Ort etwas unternehmen. Gemeinsam mit Oskar hatte sie sich eine kleine Strategie ausgedacht. Sie würden Bine keine Gelegenheit geben, sich hier als Ersatzmutter aufzuspielen. Sie würden ihr schon zeigen, dass sie sie nicht brauchten. Und hoffentlich würde Papa dann einsehen, dass Bine auf dem Gut nichts zu suchen hatte. Zufrieden war Johanna irgendwann in ihr Zimmer gegangen und hatte bei Josie angerufen.

Sie hatten beide ordentlich über Paul geschimpft, und am Ende war Johanna tatsächlich so sauer auf ihn gewesen, dass sie ihm nicht einmal mehr eine Gute-Nacht-Nachricht geschickt hatte. Zugegeben, sie hatte nachgesehen und entdeckt, dass er seit dem Mittag nicht mehr online gewesen war, und auch das hatte sie erzürnt, denn eigentlich müsste er doch zumindest insgeheim auf eine Nachricht von ihr warten.

Aus Trotz hatte sie Vincent eine WhatsApp geschickt und sich für heute mit ihm vor der Arbeit zum Frühstück im Weinberg verabredet. Entsprechend war sie in aller Herrgottsfrühe aufgestanden und in die Küche geschlichen, wo sie – lange bevor Papa wach sein würde – ein paar Sandwiches und eine Thermoskanne Kaffee herrichtete. Sie hatte alles mit in ihr Zimmer genommen und im Rucksack verstaut. Kurz hatte sie überlegt, auch noch eine rot-weiß karierte Tischdecke mitzunehmen, aber das würde zu sehr nach einem Rendezvous aussehen. Und ein Rendezvous war das Frühstück ja beileibe nicht. Dann hatte sie sich für eine Stunde zurück ins Bett gelegt und war tatsächlich wieder eingeschlafen.

Als nun der Wecker klingelte, musste sie einen Moment lang überlegen, wo sie denn war und wie spät es wohl gerade sein mochte. Dann fiel es ihr wieder ein. Es war früh am Morgen und Vincent wartete auf sie. Schnell schlüpfte sie in die Arbeitshose und die gestrickten Socken. Heute entschied sie sich für ein grünes Bandana. Sie hatte gesehen, dass diese Tücher schon in den fünfziger, sechziger Jahren in Mode waren, in der sogenannten Rockabilly-Ära. Aus einer Laune heraus nahm sie die vorderen Haarsträhnen, toupierte sie und kämmte sie nach hinten, bevor sie das Bandana um den Kopf wickelte, sodass es aussah, als hätte sie genau so eine Haartolle, wie sie früher angesagt war. Passend dazu streifte sie sich ein grün-schwarz kariertes langärmliges Flanellhemd über das Unterhemd, verknotete es über dem Bauch und zwinkerte sich im Badezimmerspiegel zu. Ja, sie sah schon fesch aus. Dagegen konnte diese Klaudia überhaupt nicht anstinken.

Spontan entsperrte sie ihr Handy, machte einen Kussmund und fotografierte sich dabei. Einen Augenblick war sie versucht, das Bild Paul zu schicken, doch dann steckte sie das Handy wieder in die Gesäßtasche ihrer Jeans. Sie könnte ihm das Foto immer noch schicken, wenn sie später Lust dazu hatte. Also schnappte sie sich den Rucksack, warf ihn lässig über eine Schulter und eilte auf Socken die Treppe hinunter. Ihr Vater musste sie sicher gehört haben, er war auf jeden Fall schon aufgestanden, denn sie hörte Geräusche aus der Küche. Also kam sie ihm zuvor, als sie den Fuß der Treppe erreichte, und rief: »Guten Morgen!« Sie machte jedoch keine Anstalten, in die Küche zu gehen. Bine vertraut mit ihrem Vater am Frühstückstisch sitzen zu sehen, darauf hatte sie absolut keinen Bock.

»Guten Morgen, Hanna«, hörte sie ihn antworten.

»Wir sehen uns nachher, ich bin dann mal weg.« Schon war sie aus der Tür, schlüpfte in die Stiefel, schob schnell die Schnürsenkel unter die Lasche und lief davon. Sie war schon ein gutes Stück gekommen, als sie ihren Vater von der Haustür aus rufen hörte: »Johanna! Wo willst du hin? So ganz ohne Frühstück und mit Rucksack?«

»Na, zur Arbeit. Ich treffe mich vorher noch mit jemandem, bin aber pünktlich zu Beginn da.« Schon eilte sie weiter über den Rasen. Tau hing in der Morgenluft, machte sie weich und würzig, ein Hauch Herbst schwang schon mit. Sie freute sich jetzt schon auf die bevorstehenden Maronifeste, bei denen Esskastanien über Feuerkörben geröstet und noch heiß gegessen wurden. Und auf den Schilcher Sturm und den Steirischen Junker, den spritzig erfrischenden jungen Wein, der einen fruchtigen Vorgeschmack auf den Weinjahrgang bot und dessen Markenzeichen ein Steirischer Hut mit Gamsbart war.

An der Scheune, in der sie sich sonst immer mit Paul getroffen hatte, wartete Vincent bereits auf sie. Auch er hatte einen Rucksack mit Broten und Kaffee dabei. Johanna lachte, als sie das sah. »Na, da werden wir ja auf keinen Fall verhungern«, meinte sie. Gemeinsam kletterten sie die Holzleiter auf den Zwischenboden hinauf und machten es sich gemütlich.

»Das war eine schöne Idee von dir«, meinte Vincent, nachdem er sein erstes Brot gegessen hatte. »Das könnten wir öfter machen.« Dabei hatte er ein so seltsames Lächeln auf dem Gesicht. Vielleicht hatte er ihren Frühstücksvorschlag und vor allem den Ort vollkommen falsch aufgefasst. Dabei brauchte sie derzeit einfach nur einen Kumpel. Einen richtigen. Auf den sie sich voll und ganz verlassen konnte. Sie lächelte ihn an.

»Ja, ich find es auch schön hier«, begann sie. »Aber wir werden kaum mehr weitere Gelegenheiten haben, die Lese ist ja bald vorbei, und dann geh ich nach Wien. Aber vielleicht können wir es im nächsten Jahr wiederholen, ich komme zur Weinlese sicher wieder heim.«

Vincent senkte den Kopf. »Sicher.« Er klang ein wenig enttäuscht, als er in die Brotdose griff und die zweite Schnitte herausnahm.

* * *

Ingrid Brinkmann staunte nicht schlecht, als Katharina die Fotos auf ihrem Schreibtisch ausbreitete. »Wo hast du die denn her?«, fragte sie verblüfft und betrachtete eines nach dem anderen. Sie alle hatten nur ein Motiv: Thomas Hansen. Mal saß er an einem einarmigen Banditen, dann an einem Roulettetisch. Auf einigen machte er einen ziemlich gestressten Eindruck.

»Aus dem Tresor meines Vaters. Ich befürchte, hierfür brauchte Thomas das Geld, das er in bar abgehoben hat. Die Bilder sind ja noch nicht alt, auf den Rückseiten stehen die jeweiligen Aufnahmedaten.« Katharina ließ sich auf der Schreibtischkante nieder und fuhr sich mit der Hand durchs Haar. »Wusstest du davon?«

»Dass er spielt? Nein«, gestand Ingrid. »Davon hatte ich keine Ahnung. Ich wusste zwar, dass sich dein Vater Sorgen wegen Thomas macht, aber weswegen, das hat er mir nicht erzählt. Also er hat mir auch nicht wirklich gesagt, dass er sich Sorgen um deinen Cousin macht, aber das habe ich ihm jedes Mal angemerkt, wenn Thomas zu einem Gespräch in seinem Büro gewesen ist.«

»Ich müsste mit demjenigen sprechen, der diese Aufnahmen gemacht hat«, sagte Katharina. »Weißt du, wer das war?«

Ingrid schüttelte den Kopf. »Auf jeden Fall eine andere Detektei als die, die dein Vater mit den Fotos von den Kindern und dir beauftragt hat. Das war eine österreichische.«

Katharina nickte. »Das macht ja auch Sinn. Aber es muss doch Rechnungen zu den Aufträgen geben.«

»Ich hab keine gesehen, also über meinen Tisch sind sie nicht gegangen«, erklärte Ingrid. »Wahrscheinlich hat er sich die Rechnungen nach Hause schicken lassen. Vielleicht guckst du dort nach? Und auf den Kontoauszügen wirst du sicher auch fündig, solche Angelegenheiten werden bestimmt nicht bar bezahlt.«

»Natürlich. Darauf hätte ich auch heute früh schon kommen können«, gab Kathie zu. »Aber ich war so perplex, dass ich daran nicht gedacht habe. Mein Vater wäre kaum so dumm gewesen, sich derart heikle Unterlagen an die Werft schicken zu lassen. Da hätte er ja damit rechnen müssen, dass jemand aus Versehen an ihn privat gerichtete Post öffnete. Ich schaue das später nach.« Sie schob die Fotos zu einem kleinen Stapel zusammen, steckte sie zurück in den Umschlag und verstaute diesen in ihrer großen Handtasche. »Kann ich dir die Tasche dalassen, und passt du darauf auf, dass keiner den Umschlag herausnehmen kann, bitte? Ich würde zunächst gern mit Matthias sprechen. Er hat mir zwar erzählt, dass er verheiratet ist und Zwillinge hat, aber er hat mit keiner Silbe erwähnt, dass seine Frau seit ein paar Jahren tot ist.«

»Ach ja, das war schlimm damals«, erinnerte Ingrid sich. »Sie wollte eigentlich nur nach Oldenburg, aber auf der Autobahn wurden Steine von einer Brücke geworfen. Einer durchschlug die Windschutzscheibe. Kerstin kam ins Schleudern. Der Wagen prallte gegen die Leitplanke und überschlug sich. Sie starb noch auf dem Weg ins Krankenhaus. Man hat die Steinewerfer später zwar gefasst, aber das war kaum ein Trost für Matthias. Wahrscheinlich wollte er die alte Wunde nicht wieder aufreißen, indem er mit dir darüber spricht. Ich glaube, die beiden haben eine wirklich gute Ehe geführt.«

»Um Himmels willen«, entfuhr es Katharina erschrocken angesichts des tragischen Unfalls. »Ja, vielleicht sollte ich ihn dann gar nicht nach ihr fragen. Wahrscheinlich reagiere ich im Moment ein bisschen sehr sensibel auf Unehrlichkeit. Ich war einfach verletzt, weil er mir nicht gesagt hat, dass sie nicht mehr lebt. Ich kam mir ganz schön blöd vor, als ich gestern zu Roswitha sagte, dass ich hoffe, ich werde Matthias' Frau und Kinder bald kennenlernen, und sie mich darüber aufklärte, dass seine Frau tot ist.«

Bedauernd sah Ingrid Kathie an. »Vielleicht wollte er nicht mit dir auf so eine persönliche Ebene gehen, sondern oberflächlich bleiben. Immerhin wart ihr mal zusammen.«

»Aber das ist über zwanzig Jahre her«, protestierte Katharina. »Und auch wenn sich damals meine Gefühle ihm gegenüber verändert haben, so schätze ich ihn als Mensch. Nach wie vor.«

»Ach, Kathie.« Ingrid seufzte leise. »Dein Weggang damals hat Narben auf seiner Seele hinterlassen. Die Zeit hat die Wunden zwar geheilt, aber die Narben bleiben.«

* * *

Katharina wollte gerade entgegnen, dass Matthias nicht der einzige Mensch auf der Welt sei, der mit einer Trennung fertigwerden musste, als ihr Handy klingelte. Ein schneller Blick verriet ihr, dass Alexander der Anrufer war.

»Entschuldige bitte, das ist Alexander Hildebrand«, sagte sie. »Ich telefoniere von nebenan.« Sie nahm das Gespräch an und verschloss die Bürotür ihres Vaters von innen.

»Guten Morgen«, begrüßte sie ihn kühl.

»Guten Morgen, Katharina.« Auch er klang ernst. »Wo bist du gerade?«

»Auf der Werft. Warum fragst du?« Sie fuhr mit der Zunge über ihre oberen Schneidezähne, eine dumme Angewohnheit, die sie in für sie anstrengenden Gesprächen an den Tag legte. Sie stellte sich ans Fenster und sah aufs Hooksmeer in der Hoffnung, dieser Anblick würde zu ihrer inneren Ruhe beitragen.

»Weil ich persönlich mit dir reden möchte. Darum. Ich denke, ich habe, nein, wir beide haben es verdient, dass wir von

Angesicht zu Angesicht miteinander reden und nicht am Telefon. Komm doch bitte runter. Ich warte vor dem Eingang.«

Katharina legte die Stirn in Falten. »Wieso wartest du vor dem Eingang? Hier?«

»Ja. Ich habe mir gedacht, dass du am Morgen herfährst. Und darum bin ich gekommen. Lass uns ein Stück am Strand entlanglaufen. Bitte. Es ist mir wichtig.«

»In Ordnung. Ich gebe dir eine halbe Stunde.« Mit klopfendem Herzen beendete sie das Telefonat, öffnete die Bürotür und trat an Ingrids Schreibtisch. »Gibst du mir meine Tasche, bitte? Alexander möchte mit mir reden. Wir werden einen kurzen Spaziergang am Wasser machen. In spätestens einer halben Stunde bin ich zurück.«

Ingrid sah sie eindringlich an, als sie ihr die Tasche reichte. »Lass dich von ihm nicht einwickeln, Katharina. Ich beschwöre dich! Die Hildebrand-Männer haben noch keiner Frau gutgetan. Sie nutzen uns nur aus. Alexander ist wie sein Vater. Glaub mir, ich weiß, wovon ich rede.«

Verblüfft blickte Katharina Ingrid an. »Wie meinst du das?«

»Das erzähle ich dir, wenn du wieder zurück bist. Ich bitte dich nur, pass auf dich auf. Auf dich und dein Herz. Er ist es nicht wert.«

Nachdenklich ging Katharina die Treppen hinunter. Was meinte Ingrid damit, dass die Hildebrand-Männer noch keiner Frau gutgetan hätten? Überhaupt wollte sie doch auch gar nichts von Alexander. Sie fühlte sich einfach nur hintergangen, weil er ihr verschwiegen hatte, wer er war.

Er wartete im Foyer auf sie, ins Gespräch mit Carina Müller vertieft, die ihn offensichtlich anhimmelte. Katharina beschloss, die aufmüpfige Auszubildende zu ignorieren. »Ich bin dann so weit. Können wir?«

Sofort wandte er sich ihr zu. »Natürlich.« Er blickte erneut zu Carina Müller. »Bis zum nächsten Mal.« Er zwinkerte der Auszubildenden zu, was Katharina unangemessen und sogar ein wenig übergriffig vorkam. Doch der jungen Frau schien Alexanders Verhalten zu gefallen. »Bis zum nächsten Mal«, sagte sie mit einem lasziven Augenaufschlag, für den Katharina sich am liebsten bei Alexander entschuldigt hätte.

* * *

Matthias Behrendt schob gemeinsam mit einem Lehrling eine Zehn-Meter-Yacht auf einem Bootsanhänger aus der Halle, als er Katharina und Alexander Hildebrand aus dem Verwaltungsgebäude kommen sah. Hildebrand lachte gewinnend, Matthias konnte Katharinas Gesichtsausdruck allerdings nicht richtig deuten. Er machte dem Lehrling ein Zeichen, stehenzubleiben, und kniff die Augen zusammen. Was wollte Hildebrand von Kathie? Und warum ließ sie sich mit ihm ein?

Zu Fuß gingen die beiden übers Werftgelände, hinauf zur Straße und überquerten sie. Eigenartig. Hildebrands Auto stand auf dem Besucherparkplatz. Nach einem geschäftlichen Treffen sah das Ganze nicht aus, dann wäre ja auch Thomas Hansen dabei. Was also zum Henker wollte Hildebrand von Kathie? Er brauchte sie doch gar nicht, um sich die Werft unter den Nagel zu reißen. Oder etwa doch? Hatte der alte Hansen seinem Neffen doch nicht hundertprozentig vertraut und Fallstricke eingebaut, damit Thomas die Werft nicht einfach so verscherbeln konnte? Ein Lächeln stahl sich auf Matthias' Gesicht. Ja, der alte Hansen war auch im fortgeschrittenen Alter nicht zu unterschätzen. Hoffentlich nur ließ Kathie sich von Alexander nicht einlullen. Dem eilte ein ziemlich mieser Ruf in puncto Frauen voraus. Den Kathie aber unter Garantie nicht kannte.

»Weiter geht's«, rief Matthias dem Auszubildenden zu, und gemeinsam brachten sie den Bootsanhänger wieder ins Rollen. Als sie an dessen endgültiger Position angekommen waren und der

Anhänger gesichert war, schickte Matthias den Lehrling zurück in die Halle. Dort gab es noch genug Arbeit. Er selbst würde zu Ingrid Brinkmann ins Büro gehen und sie auf Alexander Hildebrand und Kathie ansprechen. Wenn jemand Einfluss auf Kathie hatte, dann war es Ingrid.

* * *

Die Dame am Kassenhäuschen ließ sie ohne Eintritt durch, als sie sah, dass Alexander und sie nur spazieren gehen wollten. Der Strandabschnitt war nur noch mäßig besucht. »Also, warum hast du mir nicht gesagt, wer du bist und dass du unsere Werft übernehmen möchtest?«, fragte Katharina, als sie den Deichsicherungsweg verließen und durch den Sand direkt am Wasser entlang in Richtung des FKK- und Hundestrandes liefen. Die wenigen Strandgäste saßen bequem in Strandkörben, ein paar Hunde tollten verbotenerweise auch hier herum, was allerdings niemanden zu stören schien.

»Ich habe es dir gestern am Telefon bereits zu erklären versucht.« Alexander blieb vor ihr stehen und umfasste ihre Hände. »Noch bevor ich wusste, wer du bist, wusste ich, dass ich mich in dich verliebt habe. Ich habe befürchtet, ich mache diese zarten Gefühle, die ich auch bei dir bemerkt habe, kaputt, wenn ich dir sage, wer ich bin.«

Katharina senkte kurz den Blick, dann sah sie entschlossen wieder auf. Mit einem Ruck entzog sie ihm ihre Hände. »Gehe ich recht in der Annahme, dass die Frau, die dich gestern Abend gerufen und aufgefordert hat, eure Gäste zu begrüßen, deine Frau ist?« Sie ging langsam weiter.

»Ja. Also das ist jetzt nicht so, wie du vielleicht denkst. Beate und ich leben seit Jahren nur noch nebeneinanderher. Wir führen keine richtige Ehe mehr.« Er holte auf und griff erneut nach ihrer Hand. »Bleib doch mal stehen. Bitte.« Mit ernstem Ausdruck sah er sie an. »Das war mir bis jetzt auch egal. Ich hatte meine Arbeit und dachte, die HavenWerft sei meine einzige wahre Liebe. Das zumindest hat Beate mir immer vorgeworfen. Aber als ich dich getroffen habe, wusste ich, dass das nicht stimmt.«

Forschend betrachtete Katharina sein Gesicht. Sprach er die Wahrheit? Oder spielte er ein Spiel mit ihr? Ach, es war alles so verwirrend! Wenn sie mit ihm zusammen war, fühlte sich alles warm und gut an, dabei durfte es das nicht, denn sie war mit Hannes verheiratet. Gut, ihre Ehe zum aktuellen Zeitpunkt glücklich zu nennen, wäre übertrieben, aber bis vor Kurzem war sie mit ihrem Leben zufrieden gewesen. Und das war viel wert. Sie kannte andere Paare, die sich ständig stritten. Wenn Hannes und sie sich stritten, dann überwiegend wegen Oskar. Eigentlich bildeten sie eine gut funktionierende, wenngleich zunehmend platonische Gemeinschaft. Aber nach über zwanzig Jahren flatterten wohl in keiner Beziehung Schmetterlinge mehr, da zählten andere Werte. Vertrauen war das Wichtigste. Vertrauen zählte. Das allerdings hintergingen sie gerade wohl beide, wie sie in diesem Moment beschämt erkannte. Doch sie hatte bis zu der Begegnung mit Alexander nicht gewusst, wie sehr auch ihr die Zärtlichkeit miteinander fehlte.

»Um Gefühle geht es jetzt nicht«, sagte sie in dem Versuch, Alexander und auch sich selbst davon zu überzeugen, dass es unerheblich war, wer er war und ob er verheiratet war. Sie würde bald in die Steiermark und in ihr normales Leben zurückkehren und mit den Kindern höchstens für ein paar Urlaubswochen wieder an die Nordsee kommen. »Es geht darum, dass du mir nicht gesagt hast, dass du die Hansen Werft kaufen willst. Hast du gedacht, wenn du dich gut mit mir stellst und mir erst mal verheimlichst, wer du bist, stimme ich später leichter zu? Wolltest du dich mir deswegen sozusagen von unverfänglicher Seite nähern?«

Für einen Moment lag ein wütender Ausdruck auf seinem Gesicht, der jedoch so schnell verflog, wie er gekommen war.

»Katharina, ich habe dir gerade gesagt, wie es war. Wenn du mir nicht glaubst, dann muss ich das hinnehmen. Aber ich sage die Wahrheit, du hast Gefühle in mir geweckt, die ich so nicht kannte.«

Katharina zögerte. Warum nur konnte sie ihm nicht glauben? Vielleicht war sie einfach aufgrund der Geschehnisse in den letzten Tagen zu misstrauisch. Vielleicht meinte er es wirklich so, wie er es sagte. Und was hatte sie schon zu verlieren? Sie wollte ja gar nichts von Alexander. Nichts Ernstes zumindest. Nur ein bisschen Aufmerksamkeit. Ein paar unbeschwerte Minuten in dem Gefühl, begehrt zu werden. Ganz unverfänglich.

Er hob ihre Hand an seine Lippen und drückte einen Kuss darauf, bevor er sie wieder losließ. »Und nun lass uns da vorn am Kiosk einen Coffee to go holen und noch ein Stück laufen. Glaub mir, der Kaffee ist gar nicht so schlecht, und ich würde gern noch ein halbes Stündchen mit dir verbringen, wenn ich schon nicht den ganzen Tag deine Gesellschaft genießen darf.«

»Wieder ganz der Charmeur«, sagte Katharina erheitert. »Aber eines noch. Egal was du mit meinem Cousin besprochen hast, die Werft steht nicht zum Verkauf.«

»Natürlich nicht.« Alexander zwinkerte und nahm sie in den Arm. »Nie würde ich etwas tun, das dich verletzen und gegen deine Interessen verstoßen würde. Wir werden eine andere Lösung finden.« Er drückte ihr einen zarten Kuss auf den Mund, der einerseits süß, andererseits vergiftet schmeckte. Doch das Gift lag allein auf ihren Lippen, war Katharina bewusst, und es hieß schlechtes Gewissen. Hatte sie sich nicht noch kurz vorher geschworen, dass sich der Kuss nicht wiederholt? Sie musste dieses Flirten unverzüglich beenden, bevor sie tatsächlich in eine Affäre hineinschlitterte.

* * *

»Ingrid, du musst mit Kathie reden.« Matthias sah Ingrid Brinkmann eindringlich an. »Ich weiß nicht, was zwischen den beiden läuft und was sie an Alexander Hildebrand findet, aber er wird ihr wehtun. Das weiß ich so sicher, wie es das Amen in der Kirche gibt. Er ist ein hinterhältiger falscher Fuffziger. Wieso kennen die beiden sich überhaupt?«

»Sie haben sich erst am letzten Freitag nebenan bei der Brücke kennengelernt und dann war er Samstag zufällig auf derselben Fähre rüber nach Wangerooge wie sie.«

Matthias schnaubte. »Zufällig! Dass ich nicht lache! Alexander Hildebrand überlässt nichts dem Zufall. Und überhaupt, warum trifft sie sich mit ihm, wenn es nicht um die Werft geht? Ist ihre Ehe am Ende, oder was hat sie vor?« Er stutzte über seine eigenen Worte und sah Ingrid fragend an. »Kann das sein? Ist die Beziehung zu dem Winzer am Ende?«

»Ich habe keine Ahnung. Über ihre Ehe haben wir nicht gesprochen. Aber das glaube ich nicht. Sie ist ja schließlich nicht einfach so und überraschend hergekommen, die Klinik hat sie angerufen und über den Zustand ihres Vaters informiert. Also wird sie nicht aus der Steiermark weggelaufen sein.«

»Nicht so wie damals bei mir, meinst du?«, fragte Matthias trocken.

»Auch das kann ich nicht beurteilen. Aber du hast Recht, mir gefällt es auch nicht, dass sie sich mit dem Hildebrand trifft. Und ich werde mit ihr reden, wenn sie zurückkommt. Das habe ich schon angekündigt.«

»Was hast du schon angekündigt?« Wie von Zauberhand trat Kathie ins Büro.

»Dass ich mich mit dir über Alexander Hildebrand unterhalten will«, gab Ingrid zu.

»Ach nee. Was soll das denn werden?« Augenblicklich teilte eine Zornesfalte Kathies Stirn. »Schmiedet ihr beide jetzt irgendein Komplott gegen mich oder gegen Alexander Hildebrand?«

Keine Frage, Kathie war sauer. Und das vielleicht gar nicht mal zu Unrecht. Immerhin war sie schon lange kein Teenager mehr, und es stand weder ihm noch Ingrid Brinkmann zu, sich in ihre Angelegenheiten einzumischen.

»Unsinn«, widersprach Ingrid Brinkmann energisch, und Matthias entschloss sich, zu gehen. »Ich muss wieder an die Arbeit«, sagte er. »Man sieht sich.« Damit drehte er sich um und verließ das Büro.

* * *

Katharina ließ ihre Handtasche auf einen freien Stuhl fallen. Ihre Augen funkelten, als sie Ingrid nun fragte: »Was willst du mir über Alexander Hildebrand erzählen, und warum meinst du, dass ich es wissen sollte?«

Ingrid sah ihr offen in die Augen, als sie antwortete: »Natürlich geht mich dein Privatleben nichts an, Kathie. Und dein Verhalten zeigt mir, dass es sich bei den Gesprächen mit Alexander Hildebrand nicht um die Werft handelt. Sonst hättest du mit mir darüber gesprochen. Ich kann dich nur daran erinnern, dass die Hildebrands die Hansen Werft übernehmen möchten. Und so, wie ich zumindest den Senior kenne, zu einem Dumpingpreis. Der Brand auf der *Langen Anna* und das damit einhergehende zermürbende Warten auf das abschließende Gutachten wollen sie ausnutzen, um unsere Werft so günstig wie möglich zu übernehmen. Vielleicht will Alexander dich einlullen. Für seinen Charme ist er hinlänglich bekannt, und du kannst seine Ehefrau fragen, wie glücklich sie darüber ist, dass ihm immer mal wieder eine Affäre nachgesagt wird.«

Katharina kniff bei ihren Worten die Augenbrauen zusammen. »Ach was, das ist Hörensagen. Die Menschen reden halt gern und kehren nicht vor ihrer eigenen Haustür.« Sie nahm die Tasche beiseite und setzte sich Ingrid gegenüber.

»Das mag sein. Und man soll auch nicht vom Vater auf den Sohn schließen, aber vielleicht solltest du wissen ... Ich meine, vielleicht sollte ich dir doch erzählen ...« Ingrid holte schwer Luft.

Nach einem Moment der Stille fuhr sie sich mit der Zunge über die Oberlippe, bevor sie begann: »Meine Ausbildung habe ich damals bei der HavenWerft absolviert. Alexanders Vater Peter sah ebenso gut aus wie sein Sohn heute und war mindestens genauso charismatisch. Ich war jung und verliebte mich unsterblich in ihn. Wir begannen heimlich eine Affäre, kurz nachdem sein Sohn Alexander geboren war. Heute habe ich einen schalen Geschmack auf der Zunge, wenn ich daran denke, wie und wo wir uns getroffen haben. Meistens nämlich in seinem Büro. Wir konnten weder zu ihm, denn er war ja verheiratet, noch zu mir, da ich noch bei meinen Eltern wohnte. In Peters Büro stand eine Ausziehcouch, damit er mittags ein Schläfchen halten konnte. Das machten zu der Zeit viele Firmenchefs. Also ich meine, viele Chefs hatten eine Couch für Mittagsschläfchen in ihrem Büro. Ich vermute mittlerweile allerdings, dass der Mittagsschlaf zweitrangig für die Anschaffung eines solchen Möbels war. Denn wenn die anderen bereits gegangen waren, liebten wir uns dort.« Ingrid lachte bitter auf. »Liebten. So zumindest habe ich das gesehen. Für Peter war es wohl einfach nur Sex, das habe ich erst im Nachhinein erkannt. Das ging über einige Jahre so. Nach der Ausbildung wurde ich Teil seines Vorzimmerteams und war unter anderem für die Betreuung der auswärtigen Gäste zuständig. Ich habe Hotels für sie gebucht und Tische für Geschäftsessen in Restaurants reserviert. Bei einer dieser Gelegenheiten habe ich deinen Vater kennengelernt. Er war schon damals ein Mensch, den man sofort respektieren konnte.« Die Erinnerung daran ließ Ingrid lächeln.

Nach einer Weile fuhr sie fort: »Sein hanseatisches Auftreten, dabei ohne jede Arroganz, ich fasste sofort Vertrauen zu ihm. Zwar fehlte ihm der Hildebrandsche Charme, doch er strahlte eine

Zuverlässigkeit und Ehrlichkeit aus, die mich beeindruckte. Aber er hat erst später Einfluss auf mein Leben genommen. Mit einundzwanzig Jahren wurde ich schwanger. Ich dachte, nun würde Peter seine Frau endlich verlassen und mich heiraten, denn er hatte ja immer gesagt, dass er mich liebt, doch Peter wurde wütend, als er von der Schwangerschaft erfuhr. Ich hätte aufpassen sollen, er hätte mir und der Antibaby-Pille, die ich nahm, vertraut. Er warf mir vor, ihn hintergangen zu haben und erpressen zu wollen. Keinem meiner Schwüre, dass es ein Unfall gewesen sei, glaubte er. Im Gegenteil. Er stellte mich vor die Wahl: Entweder ließe ich das Kind abtreiben, dann würde er mich zumindest noch ein halbes Jahr beschäftigen. Oder er würde mich in hohem Bogen und mit einem miserablen Zeugnis rausschmeißen.

In meiner Not wusste ich mir keinen anderen Rat, als zu deinem Vater zu gehen. Meiner Mutter konnte ich mit einer Schwangerschaft nicht ohne Problemlösung kommen, sie zählte noch zu der sehr streng erzogenen Generation, ist zwei Jahre vor Ausbruch des Zweiten Weltkriegs geboren. Damit meine Eltern überhaupt eine gemeinsame Wohnung beziehen durften, mussten sie heiraten. Alles andere war eine so genannte wilde Ehe und damit unschicklich. Sie sind am dritten Januar vor den Traualtar getreten, ich wurde knapp zehn Monate später geboren. Dass ich, ihre einzige Tochter, nun ledig schwanger geworden war, würde für sie selbst Ende der siebziger Jahre ein großes Problem darstellen, das wusste ich.«

Erschöpft von den Erinnerungen griff Ingrid zu dem Glas Wasser, das neben ihrem PC-Bildschirm stand, und trank einen durstigen Schluck.

Katharina schwieg. Sie hatte nicht gewusst, was für ein Leben Ingrid führte beziehungsweise geführt hatte, sie hatte nur gewusst, dass Angela ihren Vater nicht kannte und mit ihrer Mutter so lange bei den Großeltern gelebt hatte, bis Angela zehn Jahre alt war.

»Nun ja. Ich will es kurz machen. Dein Vater bot mir an, nach der Geburt des Kindes bei ihm anzufangen. Ich hatte ihn um ein vertrauliches Gespräch gebeten und ihm gesagt, dass eine Abtreibung für mich nicht infrage käme. Als ich die Schwangerschaft schließlich meiner Mutter gestand und gleich ergänzen konnte, dass ich nach der Entbindung einen Job haben würde, gab sie sich schließlich einen Ruck und bot mir an, auch mit dem Säugling weiterhin bei ihnen zu wohnen. Sie würde sich tagsüber um das Baby kümmern, wenn ich arbeitete. Sie wollte nicht zulassen, dass ihr Enkelkind von fremden Menschen aufgezogen wurde.«

Bei dieser Erinnerung lächelte Ingrid sanft. »Es war, wie du ja weißt, ein Mädchen, und ich nannte sie Angela. Sie war mein kleiner Engel. Peter hat nicht reagiert, als ich ihn anrief und ihm sagte, dass er eine Tochter hat. Er hat gesagt, er würde sich niemals zu einer unehelichen Tochter bekennen und gedroht, mir die Hölle heiß zu machen, sollte ich verbreiten, dass meine Tochter sein Kind war. Ich weiß nicht, ob ich damals einen Vaterschaftstest hätte durchbringen können, ich wollte es nach seiner Drohung auch nicht. Schließlich wollte ich meinen Eltern nicht noch mehr Ungelegenheiten bereiten. Ich nahm mir vor, Angela irgendwann zu erzählen, wer ihr Vater war, und es ihr zu überlassen, sich mit ihm auseinanderzusetzen oder auch nicht. Aber so weit ist es dann ja bekanntlich nicht gekommen.

Nach ihrem Unfall war es dein Vater, Kathie, der mich unterstützt und mir beigestanden hat. Auch in dieser Situation hat Peter nichts von sich hören lassen. An seiner Ehe hat er jedenfalls festgehalten, obwohl nicht nur er offen die eine oder andere Liaison hatte. Seine Frau hatte irgendwann auch keine Lust mehr, nach außen hin die Fassade des perfekten Familienlebens abzugeben, und hatte wechselnde Affären mit ihren Golflehrern.« Ingrid schluckte und blickte Katharina fest in die Augen. »Kathie. Bitte pass auf dich auf. Ich befürchte, Alexander ist wie sein Vater. Ein Frauenfänger, rücksichtslos und ohne echtes Gefühl.«

Nachdenklich blickte Katharina Ingrid an. Ihre Geschichte berührte sie. Warum hatte sie nie hinterfragt, wie Angela groß geworden war? Warum sie so lange bei den Großeltern gewohnt hatten? Aber es war nun mal so gewesen, und warum hätte sie sich über das Leben von Angelas Mutter Gedanken machen sollen? Das lag doch zurück, während ihr eigenes damals erst begann und sich in den schönsten Farben vor ihr ausbreitete.

Mitfühlend griff Katharina nach Ingrids Händen, die sie auf dem Schreibtisch abgelegt hatte. »Ich danke dir für deine Offenheit, dafür, dass du mir deine Geschichte erzählt hast und dich um mich sorgst«, sagte sie behutsam. »Aber ich denke, du kannst ganz beruhigt sein. Ich bin verheiratet und werde in die Steiermark zu meinem Mann und meinen Kindern zurückkehren, sobald hier alles wieder in geordneten Bahnen verläuft. Mit Alexander Hildebrand habe ich mich getroffen, weil er ein eloquenter, humorvoller Mensch ist und ich Zeit hatte. Ich mochte nicht nur zu Hause rumsitzen und grübeln. Also mach dir keinen Kopf, es ist nichts passiert, und es wird nichts passieren.« Sie stand auf und nahm ihre Tasche. »Und nun werde ich nach Hause fahren und versuchen, die Adresse des Detektivs herauszufinden, der Thomas beschattet hat. Wenn ich erst mit dem gesprochen habe, werde ich Thomas einen Besuch abstatten.« Sie lächelte ein wenig schief. »Du brauchst mich hier doch jetzt nicht, oder?«

»Nein«, gab Ingrid zurück.

Und noch während Katharina die Treppe hinunterlief und das Verwaltungsgebäude verließ, fragte sie sich, warum sie Ingrid nicht die Wahrheit gesagt hatte. War sie dabei, trotz allem, was sie bereits wusste und was sie selbst ins Grübeln brachte, ein wenig mehr für Alexander zu empfinden, als richtig war?

* * *

Auf dem Weg nach Hause beschloss Katharina, noch kurz ein paar Dinge einzukaufen. Der große Parkplatz war gut belegt. Auch um diese Jahreszeit zog es viele Touristen in die Ferienwohnungen an der Küste. Sie kaufte beim Bäcker frisches Schwarzbrot und im Edeka-Markt Quark, Eier aus der Region von freilaufenden Hühnern, Landschinken und frische Kräuter, denn obwohl ihr Vater die Tomaten im Gewächshaus gehegt und gepflegt – sicherlich auch durch neue Pflanzen derselben Tomatensorte ersetzt – hatte, machte die Kräuterschnecke ihrer Mutter einen erbärmlichen Eindruck.

In der elterlichen Küche schlug sie zwei Eier in die Pfanne, die beim Brutzeln einen köstlichen Duft verbreiteten, während sie das Schwarzbrot mit Schinken belegte, aus dem Gewächshaus drei Tomaten holte, diese viertelte und neben das Brot legte. Es ging doch nichts über ein gutes Spiegeleibrot, wenn man keine Zeit zum Kochen hatte. Oder sich keine nehmen wollte. Zum Essen trank sie einen Apfelsaft und blätterte dabei in dem Ordner mit den bezahlten Rechnungen, obwohl sie wusste, dass man nicht gleichzeitig essen und arbeiten, sondern sich immer auf eines konzentrieren sollte. Dennoch, sie hatte Hunger, und sie wollte unbedingt mit demjenigen sprechen, der die Aufnahmen von Thomas gemacht hatte. Er würde ihr sicherlich einiges über ihren Cousin berichten können.

Zwei Drittel des Brotes hatte sie bereits verspeist, als sie auf die Rechnung der Detektei stieß. Dabei glaubte sie, ihren Augen nicht zu trauen. Dajana Merkens hieß die Frau, die ihr Vater engagiert hatte. Er hatte eine Frau mit Spitzelarbeiten beauftragt? Das hätte sie ihm niemals zugetraut. Rasch schlang sie die letzten Bissen des Brotes hinunter, schob den Teller beiseite und griff zum Telefon. Tatsächlich hatte sie Glück und Frau Merkens nahm nach nur zweimal Klingeln das Gespräch an.

»Grüß Gott, Frau Merkens«, begann Katharina das Gespräch. Sie hätte sich gleich ohrfeigen können, hier nicht das für den

Landstrich typische »Moin« verwendet zu haben. »Sie haben für meinen Vater, also für Walter Hansen, meinen Cousin Thomas Hansen beschattet und Aufnahmen gemacht. Ich würde mich gerne mit Ihnen über diesen Auftrag unterhalten.«

Die Frau am anderen Ende der Strippe klang verhalten, als sie antwortete: »Wie kommen Sie darauf, dass ich derartige Aufnahmen gemacht haben soll?«

»Ich habe die Fotos im Tresor meines Vaters gefunden und ebenso Ihre Rechnung mit der Nummer 1389, die er am 18. September per Überweisung bezahlt hat. Ich kann Ihnen auch meinen Ausweis zeigen, auf dem mein Geburtsname steht, und wenn Sie darauf bestehen, sogar das Stammbuch, aus dem ersichtlich wird, dass ich die Tochter meines Vaters bin.«

»Warum fragen Sie Ihren Vater nicht nach dem, was Sie wissen möchten?«, fragte die Detektivin schlicht.

Für einen Augenblick übermannten Katharina die Gefühle. »Weil das zurzeit nicht möglich ist«, sagte sie leise. »Mein Vater liegt im Klinikum Wilhelmshaven im Koma. Die Ärzte können mir nicht sagen, ob er wieder wach wird, und selbst wenn, in welchem geistigen Zustand er sich dann befindet. Es geht aktuell um die Zukunft unserer Werft, Frau Merkens! Mein Cousin drängt mich, einem Verkauf zuzustimmen, doch ich weiß, dass mein Vater dem nicht zugestimmt hätte. Ich vermute, dass er sich große Sorgen um unser Familienunternehmen und vor allem um die Zukunft unserer Mitarbeiter gemacht hat und dass diese Sorgen Einfluss auf seinen Gesundheitszustand haben.« Sie schwieg einen Augenblick in der Hoffnung, die Frau am anderen Ende der Leitung würde zu reden beginnen. Doch sie hoffte vergebens.

»Es tut mir leid, aber ich kann Ihnen am Telefon keine derartigen Auskünfte geben. Wie Sie sich sicher denken können, unterliegt meine Arbeit einer totalen Verschwiegenheit. Diskretion ist Voraussetzung und Visitenkarte in meinem Beruf. Ich kann Ihnen leider nicht weiterhelfen.«

Katharina spürte, dass die Frau kurz davorstand, das Gespräch zu beenden. »Bitte«, sagte sie eindringlich. »Bitte, stimmen Sie einem persönlichen Treffen zu. Ich bringe die Fotos mit, die bezahlte Rechnung, auf der mein Vater handschriftlich das Datum der Überweisung notiert hat, und wenn Sie wollen, rufen Sie im Klinikum an und fragen nach meinem Vater. Es geht um die Zukunft vieler Mitarbeiter, denn mein Cousin scheint die Werft verscherbeln zu wollen. Ich brauche die Informationen, die Sie haben, um ihn damit zu konfrontieren. Um die Werft und die Arbeitsplätze zu retten.«

Einen Moment lang schwieg Frau Merkens. Dann fragte sie skeptisch: »Wieso brauchen Sie die Informationen? Den Fotos habe ich einen ausführlichen Bericht beigefügt. Darin steht alles, was Sie nun von mir haben wollen.«

»Da war ein Bericht dabei?«, fragte Katharina aufgeregt.

»Natürlich. Ich schicke doch nicht einfach kommentarlos Fotos.«

»Umso wichtiger ist es für mich, dass wir miteinander reden«, bat Katharina. »Denn ich habe keinen Bericht gefunden.«

»Also gut. Bringen Sie die Unterlagen mit, die belegen, dass Sie tatsächlich diejenige sind, die Sie vorgeben zu sein, dann können wir uns unterhalten. Aber ohne irgendwelche Tricks.«

»Was denn für Tricks?«, fragte Katharina.

»Versteckte Mikrofone, die unser Gespräch aufzeichnen, zum Beispiel.«

»Und wie soll ich beweisen, dass ich keine versteckten Mikrofone bei mir trage?«

»Wir treffen uns bei der Strandsauna und unterhalten uns während eines Saunaganges. Sicherer geht es kaum, es sei denn, Sie wären so abgebrüht, dass Sie irgendwo an oder in Ihrem nackten Körper ein Mikro verbergen.«

* * *

In der Mittagspause kam endlich die lang ersehnte Nachricht. Johanna und Vincent saßen mit den anderen bei Apfelschorle und einer ordentlichen Brotzeit, als ihr Handy vibrierte. Nervös zog sie es aus ihrer knallroten Bauchtasche. Sie besaß mehrere solcher Taschen in verschiedenen Farben, damit sie jeweils passend zum Outfit eine wählen konnte. Die waren schon bei ihren Eltern damals total modern gewesen. Ihr Vater jedoch hatte laut gelacht, als er Johanna mit dem Beutel sah.

»Geh, Kathie«, hatte er zur Mama gesagt, »schau, was die Hanna trägt! Man sagt ja, man soll nichts fortwerfen, es kommt alles wieder. Aber hättest du dir träumen lassen, dass diese hässlichen Dinger jemals eine modische Wiedergeburt feiern würden?«

Sofort hatte Johanna sich angegriffen gefühlt. Hässliche Dinger? Ihre war im Leoparden-Look! Das war alles andere als hässlich. Und praktisch obendrein. Das Handy passte hinein, der kleine Geldbeutel und der Haustürschlüssel auch. Sogar für einen schmalen Lippenstift war Platz, man hatte die Hände frei, und auf den Schultern drückte kein Taschenhenkel.

Vincent sah sie fragend an, als sie das Handy herausnahm und die Nachricht las, wobei sie sich extra so drehte, dass er keinen Blick auf das Display werfen konnte. *Ich vermiss dich,* hatte Paul geschrieben. *Aber wir müssen weiter vorsichtig sein. Ich ruf dich an, sobald es mir möglich ist.* Ein breites Lächeln erhellte ihr Gesicht. Ja! Er vermisste sie! Sie hatte es doch gewusst. Alles würde gut werden. Entspannt und erleichtert legte sie den Kopf in den Nacken.

»Alles okay bei dir?«, fragte Vincent besorgt.

Sie strahlte ihn an. »Alles wunderbar!«, gab sie zurück und ignorierte seinen skeptischen Blick. Was konnte Vincent schon von Gefühlen wie diesen verstehen? Er war so viel jünger als Paul. Er hatte noch keine Ahnung von echter Liebe und, wie es ihr schien, von richtigem, erfüllendem, beglückendem und absolut kirre machendem Sex. Sie trank einen letzten Schluck Apfelschorle, biss herzhaft ins Brot mit dem Beinschinken und stand auf. »Geh, samma wieder fleißig. Packen ma's an.«

* * *

Ein wenig komisch kam Katharina sich schon vor, als sie den Wagen auf dem Parkplatz abstellte. Sie nahm die große Tasche mit den beiden Strandhandtüchern, dem Bademantel, den Badelatschen ihres Vaters und dem Umschlag mit den Fotos sowie der Rechnung von Frau Merkens vom Rücksitz und ging über den Deich in Richtung des Kiosk 3. Die Strandsauna war ein umgebauter Zirkuswagen und stand auf den grünen Wiesen zwischen Deich und Strand mit Blick auf die Nordsee. Direkt daneben befand sich der Ruhewagen. Katharina bezahlte den Eintritt und sah sich suchend um.

»Wenn Sie nach Frau Merkens Ausschau halten, die ist schon in den Waschräumen«, sagte die Frau, die ihr das gelbe Armband gegeben hatte. »Da geht's rein.« Sie lehnte sich aus dem Kioskfenster und wies mit der Hand in Richtung des Eingangs.

»Danke schön.« Katharina packte ihre Tasche fester und betrat das Gebäude.

Tatsächlich stand eine Frau im weißen Bademantel im Sanitärbereich vor dem Waschbecken und wusch sich die Hände.

»Frau Merkens?«, fragte Katharina und kam sich vor, als spielte sie in einem James-Bond-Film mit.

»Frau Baumgartner?«, kam die Gegenfrage.

Katharina nickte und musste sich zusammenreißen, um nicht loszulachen, so absurd kam ihr die Situation vor. Am liebsten hätte sie jetzt einen Martini bestellt – geschüttelt, nicht gerührt. Aber das würde der Situation den Ernst nehmen und sie sicherlich als unseriös dastehen lassen.

»Haben Sie die Fotos, die Rechnung und Ihren Ausweis?«

Es klang so unwirklich, dass sich Katharina tatsächlich ein wenig darüber wunderte, dass Frau Merkens in normaler Lautstärke sprach. Sie hätte eher mit einem Flüstern gerechnet. »Ja.« Sie griff in die Tasche, zog die Unterlagen heraus und reichte sie der Detektivin. Während die alles durchsah, betrachtete Katharina die Frau. Halblanger, mausbrauner Pagenkopf mit Pony. Die Statur eher etwas matronenhaft als schlank, aber das mochte auch am Bademantel liegen. Sie war schätzungsweise Mitte vierzig und sah unscheinbar aus. Vielleicht lag das aber auch daran, dass sie nicht geschminkt war. Keine Frau, nach der man sich umsehen würde. Ob das der Trick ihres Berufes war? Unauffällig und unscheinbar zu sein, damit man nicht auffiel, sondern übersehen wurde. Eigenartig, dass Frauen diesen Beruf wählen konnten, wo doch die meisten Frauen gern beachtet werden wollten. Zumindest kam es Katharina so vor.

Dajana Merkens reichte ihr die Unterlagen zurück. »In Ordnung. Im Krankenhaus habe ich mich natürlich auch schon vergewissert, dass Sie die Wahrheit sagen. Also lassen Sie uns hinübergehen. Wir sind die einzigen Gäste, hat man mir gesagt.«

Schweigend liefen sie über die Wiese und stiegen die Holztreppe hinauf in den Saunawagen. Im Vorraum hängten sie ihre Bademäntel auf und betraten die kleine Sauna, die liebevoll ausgebaut worden war. Durch das Fenster konnte man über die Wiesen und den Sandstrand aufs Meer blicken. Fantastisch!

Katharina breitete das Badetuch aus und setzte sich darauf, Frau Merkens nahm ihr gegenüber Platz. Beide Frauen behielten ein Handtuch um den Körper geschlungen, alles andere wäre Katharina auch zu intim vorgekommen. »Also«, begann sie. »Warum hat mein Vater Sie engagiert, und was stand in Ihrem Bericht?« Die Temperatur der Sauna machte sich schon bemerkbar, und Schweißperlen begannen sich auf ihren Armen und der Stirn zu bilden.

»Er wollte wissen, wofür Ihr Cousin Geld benötigte, denn er

hatte festgestellt, dass er des Öfteren nicht gerade geringe Summen in bar vom Firmenkonto abhob.«

»Und Sie haben herausgefunden, dass er in Spielhallen und Casinos unterwegs ist.« Katharina stellte es mehr fest, als dass sie fragte, denn die Aufnahmen ließen ja keinen anderen Schluss zu.

»Genau. Er hat in den drei Wochen, in denen ich ihn beobachtet habe, fast fünfzigtausend Euro verspielt.« Auch bei Dajana Merkens bildeten sich inzwischen Schweißtropfen auf der Haut. »Darf ich einen Aufguss machen?«, fragte sie und griff zur Kelle, die in einem Holzbottich hing. Ohne Katharinas Antwort abzuwarten, ließ sie das Wasser zischend über die heißen Steine auf dem Saunaofen laufen, und augenblicklich erfüllte ein angenehmer Birkenduft den kleinen Raum.

Katharina jedoch beachtete es kaum, denn ihr war bei der Zahl die Spucke weggeblieben. »Fünfzigtausend?«, fragte sie heiser. »Wieso fünfzig?«

Dajana Merkens streckte sich lang auf ihrem Saunatuch aus. »Wo er das Geld herhat, kann ich Ihnen nur zur Hälfte sagen. Ich habe mich ebenfalls gewundert, als ich bemerkte, wie viel er tatsächlich umsetzte, denn von der Bank hatte er lediglich dreißigtausend abgehoben. Ich schätze, er hat einen guten Freund, der ihm mit Bargeld ausgeholfen hat.«

»Aber wie will er das zurückzahlen?« Sofort lief es Katharina trotz der Hitze eiskalt den Rücken hinunter. Denn soweit sie die ganze Angelegenheit überblickte, gab es nur einen, der ein Interesse daran hatte, ihren Cousin finanziell unter Druck zu setzen.

* * *

Beschwingt schlenderte Johanna nach Feierabend zum Haus hinauf. Das Leben war schön, und Paul liebte sie! Alles war gut, und es würde noch wunderbarer werden! Ach, sie könnte die ganze Welt umarmen, so glücklich war sie. Und die Sache mit Klaudia würden sie auch noch regeln. Da vertraute sie ganz auf ihr sprichwörtliches Glück als Sonntagskind. Fast wäre sie vor lauter Übermut der Versuchung erlegen gewesen, Vincent zu einem Abendspaziergang mit Resteessen einzuladen, denn beide hatten vom Frühstück noch einiges übrig behalten. Aber sie hatte diesen Gedanken dann doch nicht ausgesprochen, weil sie befürchtete, Vincent könnte mehr darin sehen als ein kameradschaftliches Abendessen.

Am liebsten wäre sie zwischendurch gehüpft, aber das gehörte sich für eine junge Frau nicht, das war Kinderkram. Als sie beim Haus ankam, stand die Hintertür offen. Sie streifte die Bergschuhe ab, stellte sie auf die Schuhbank unter dem Vordach und wollte gerade hineingehen, als sie ihren Vater und Bine reden hörte. Automatisch blieb sie stehen.

»I denk, es is' besser, wennst wieder bei dir dahoam schläfst«, sagte ihr Vater. »Es tut mir leid, das letzte Nacht hätt' net passieren dürfen.«

Also doch! Johannas Ohren rauschten, sie ballte die Fäuste, und am liebsten hätte sie hineinstürmen mögen, doch etwas ließ sie zögern. Würde sie noch mehr erfahren?

»Geh, nun tu doch net so, als ob du's net auch g'wollt hättest«, sagte Bine gurrend. »Es wundert mi direkt, dass'd heut Morgen überhaupt aufstehen konntest, so wenig Schlaf wie mir gehabt haben. Aber wahrscheinlich hat di des, was mir zwoa miteinand erleben dürfen, gewaltig mit Adrenalin versorgt. Du bist ja a richtig geiler Hengst! I verstehe gar net, dass Kathie das net zu schätzen weiß.«

Johanna riss die Augen auf, und ihr Gesicht wurde heiß vor Wut. Das musste jetzt ein schlechter Traum sein.

»Hör auf«, erwiderte ihr Vater barsch. »Des hat damit gar nix zu tun. Des hätt', net passieren dürf'n. I glaub, die Johanna is misstrauisch wor'n. Und i wüll net, dass sie der Kathie was sagt.«

»Wieso willst des net?« Bines Stimme klang erbost. »I sag dir eins, wenn'st meinst, du kannst mit mir ins Bett, wenn die Kathie net da is' und hernach wieder auf treuen Ehemann mach'n, dann hast dich aber gewaltig geschnitten! Du glaubst doch nicht im Ernst, dass i die Klappe halt' und deine heimliche Geliebte bin? Na, mei Liaber, da spiel i net mit. Du kennst mi seit zwanzig Jahren. Und du wusstest, dass i die beste Freundin deiner Frau bin, als du mit mir geschlafen hast.«

»Moment! Wer hat denn hier wen verführt? Erst hast mir ständig Wein nachg'schenkt, dann den Trester, hast mi betatscht und mir dei Dekolletee quasi auf'm Silbertablett unter die Nasen g'halten. Also tu net so, als sei i der Casanova! Und was für a Freindin bist du überhaupt, wennst dich an den Ehemann ranmachst?«

»Du ... du bist das Hinterletzte!«, rief Bine. »I hob denkt, i bedeut' dir was! Eure Ehe existiert doch eh seit Jahr'n nur mehr auf'm Papier. Es läuft doch gar nichts mehr zwischen euch! Des woiß i, des hat mir die Kathie erzählt!«

Johanna stand wie erstarrt neben der Tür. Das war der pure Horror. Da konnte sie jetzt unmöglich hineingehen. Sie schnappte sich ihre Schuhe und rannte auf Socken davon. Noch im Rennen zückte sie ihr Handy.

* * *

Wie betäubt startete Katharina den Wagen und blieb einige Minuten bei laufendem Motor sitzen. Das durfte nicht wahr sein. Konnte es tatsächlich Alexander gewesen sein, der Thomas zwanzigtausend Euro zum Verspielen gegeben hatte? Sie musste unbedingt mit ihrem Cousin reden. Er musste ihr die Wahrheit sagen. Und vor allem musste sie nachschauen, ob sie den Bericht von Dajana Merkens im Arbeitszimmer ihres Vaters übersehen hatte. Irgendwo musste der doch stecken. Frau Merkens würde ihr erst morgen eine Kopie zumailen, heute wollte sie noch weiter die Strandsauna genießen. Katharina jedoch war jede Ruhe abhandengekommen. Auf der Fahrt vom Parkplatz zur Werft rief sie im Klinikum an. Dort erzählte man ihr, dass ihr Vater ruhig war und sein Zustand stabil. Sie beschloss, morgen wieder zu ihm zu fahren, derzeit war sie viel zu aufgewühlt und würde ihm eher negative Schwingungen bescheren, als beruhigend auf ihn zu wirken.

Sie stellte den Wagen auf dem Parkplatz neben dem Verwaltungsgebäude ab. Ihr Handy kündigte piepend eine Nachricht an. Im Aussteigen warf sie einen Blick darauf. *Mama! Papa und Bine haben ein Verhältnis! Sie haben sich gerade furchtbar gestritten und ich hab's zufällig gehört! Es ist so furchtbar! Wie können die beiden nur?!*

Stocksteif blieb sie stehen und starrte das Display an.

»Kathie?« Matthias' Stimme drang wie aus weiter Ferne an ihr Ohr, doch schnell war er bei ihr. »Kathie. Du bist ja ganz blass, was ist denn geschehen?«

Mit einem Mal brachen sämtliche Dämme in Katharina. Sie begann zu schluchzen, wie sie seit Ewigkeiten nicht geweint hatte.

Erschrocken zog Matthias sie in seine Arme und strich ihr sanft über den Rücken. *»Schh«* machte er und wieder *»Schh…«*. Doch Katharina konnte sich nicht beruhigen. Sie klammerte sich an ihn, als könnte nur er sie aus dieser schweren emotionalen Seenot retten, in der sie und ihr Leben sich gerade befanden. Ungehemmt ließ sie ihren Tränen freien Lauf. Matthias schwieg und hielt sie einfach nur. Als das wilde Schluchzen verebbte, blieb sie noch einige Minuten an ihn geschmiegt stehen, bevor sie den Blick hob. »Danke«, sagte sie. »Danke, dass du gerade für mich da bist.«

»Dein Vater?«, fragte Matthias mitfühlend.

Katharina schüttelte den Kopf. »Nein. Die Werft, Thomas, Alexander, aber auch Hannes. Also mein Mann«, fügte sie erklärend hinzu. Matthias versteifte sich.

»Ich weiß«, sagte er nur.

»Hast du noch ein paar Minuten Zeit?«, fragte Katharina.

»Sicher«, gab er leise zurück.

»Gehen wir zu unserem Steg?«, fragte sie ebenso leise.

Er nickte. Schweigend liefen sie nebeneinanderher.

Wie schon zuvor ließen sie sich auf dem noch sonnenwarmen Holzsteg nieder, die Füße baumelten über dem Wasser.

»Warum hast du mir nicht erzählt, dass deine Frau vor ein paar Jahren bei einem Autounfall ums Leben kam?«, fragte Katharina.

»Hätte es etwas geändert?« kam die Gegenfrage.

»Ich weiß nicht, ich hätt' es nur gerne gewusst. Es wäre ehrlich gewesen.«

Er warf ihr einen schrägen Seitenblick zu. »Und das sagt die Frau, die mir damals den Laufpass gegeben hat, weil sie sich in einen österreichischen Winzer verliebt hat, während ich hier an die große Liebe glaubte? War das ehrlich? In Wien abzuwarten, ob dieser Winzer tatsächlich was taugt, und mich hier unwissentlich in der Warteschleife zu lassen?«

»Das hab ich so nicht gewollt. Und ich wusste nicht, dass es dir so wehgetan hat. Immerhin hast du danach ja recht schnell Kerstin geheiratet. Ich dachte, es sei bei dir nicht so tief gegangen. Es tut mir leid.«

Für einen Moment schwiegen beide.

»Lassen wir das«, sagte Matthias dann, und es klang versöhnlich. »Das ist Lichtjahre her. Ich habe eine gute Ehe geführt und zwei wunderbare Söhne. Hat wohl so sein sollen. Aber was ist passiert, das dich so aus der Bahn geworfen hat, wenn es nichts mit deinem Vater zu tun hat?«

»Thomas hat Geld von den Firmenkonten abgehoben und in einer Spielbank verprasst. Mehr noch: Er hat nicht nur das Firmengeld verspielt, sondern zwanzigtausend Euro mehr, von denen ich nicht weiß, wo er sie herhat. Die Bank sperrt uns die Konten, und an Bargeld kommen wir überhaupt nicht mehr ran. Wir sind am Ende, Matthias, und der Einzige, der uns noch helfen kann, scheint Alexander mit seinem Übernahmeangebot zu sein. Auch wenn ich nicht weiß, inwiefern er in die ganze Sache verstrickt ist.« Sie stockte.

Vielleicht wäre es aufrichtig, ihm auch von der aufgeregten Nachricht ihrer Tochter zu erzählen, aber sie entschloss sich dagegen. Ihre Ehe war derzeit nicht das vorrangigste Problem. Darum würde sie sich kümmern, wenn sie wieder daheim war. Viel wichtiger war heute und hier der Verdacht, der in ihr keimte. »Glaubst du, also ich meine, traust du Alexander zu, dass er derjenige war, der Thomas zwanzigtausend Euro geliehen hat? Hältst du es für möglich, dass Alexander Thomas das Geld gegeben hat, in dem Wissen, dass er es verspielen würde und Alexander dann ein weiteres Pfund gegen Thomas und die Werft in der Hand hätte?«

Matthias schien zu überlegen. Katharina studierte währenddessen sein Gesicht. Reifer war er geworden. Natürlich. Die Fältchen hatten sich tiefer gegraben, die Sonne hatte seine Haut gegerbt, man sah ihm an, dass er sich viel im Freien bewegte. Seine langen und wohlgeformten Hände waren ihr schon damals bei der ersten Begegnung aufgefallen. Nie wäre sie darauf gekommen, dass er handwerklich tätig war. Die Zeit hatte es gut gemeint mit Matthias. Wie seine Söhne wohl aussahen? Kamen sie nach ihm oder mehr nach ihrer Mutter?

»Nimm es mir bitte nicht übel, wenn ich dir tatsächlich meine Meinung sage«, meinte Matthias nun langsam. »Auch wenn ich weiß, dass du dich gut mit Alexander zu verstehen scheinst. Auf deine Frage kann ich nur mit einem Ja antworten. Ja, ich traue es ihm zu. Denn ich habe schon einiges über Alexander und seinen Vater gehört, was beide in keinem schönen Licht erscheinen lässt. Sie sind Egozentriker, die für ihre Interessen selbst ihre Mütter oder Frauen verkaufen würden. Du magst es vielleicht nicht gerne hören, aber Alexander Hildebrand hat neben seiner Ehefrau immer andere Affären. Das war bei seinem Vater übrigens genauso. Und ja, ich traue ihm durchaus zu, Thomas das Geld geliehen zu haben, um ihn damit unter Druck setzen zu können. Aber natürlich mag ich voreingenommen sein. Am besten du fragst beide selbst. Thomas und Alexander. Dann wirst du dir eine eigene Meinung bilden können.«

Katharina sah ihn an. »Warum ist es so schwer, Menschen zu verstehen? Warum hat man das Gefühl, in einem Moor von Unwahrheiten zu waten, in dem man aufpassen muss, nicht in den Lügen zu versinken?«

Matthias zuckte mit den Schultern. »Vielleicht liegt es daran, dass jeder immer nur seinen eigenen Standpunkt betrachtet und subjektiv gefühlt im Recht ist. Ich kann es dir nicht sagen. Ich weiß nur, dass man verdammt aufpassen sollte, wem man sein Vertrauen schenkt.«

Aus einem Impuls heraus legte Katharina ihre Hand auf seine, die neben ihrer auf dem Holzsteg lag. »Matthias, was auch immer damals war, ich habe dir vollkommen vertraut. Und das tue ich auch heute noch. Das meine ich aus tiefstem Herzen.«

Ein kurzes Schnauben entfuhr Matthias, dem ein schwaches Lächeln folgte. »Vielen Dank für die Blumen«, sagte er, schwang die Füße auf den Steg und stand auf. Er hielt ihr die Hand hin, um ihr das Aufstehen ebenfalls zu erleichtern. Dicht standen sie nun voreinander. »Aber leider musste ich lernen, dass mein Vertrauen in dich damals falsch war.«

* * *

Am Abend verbarrikadierte Johanna sich in ihrem Zimmer. Sie ließ lediglich Oskar herein, der ihr eine Flasche Cola brachte und ein Brot mit Nutella, auch wenn man so was am Abend natürlich eigentlich nicht essen sollte. Oskar wollte wissen, was los war, aber sie musste das erst einmal selber verarbeiten. Papa gegenüber hatte sie sich herausgeredet. Sie hätte ihre Tage und furchtbare Krämpfe. Damit hatte er sich zufriedengegeben, was

Johanna erneut schmerzte. War es ihm egal, wie es ihr ging? Merkte er nicht, dass hier alles drunter und drüber lief? Natürlich nicht. Er sorgte ja selbst dafür.

Was sie aber besonders traf, war die Erkenntnis, dass Bine und sie quasi im gleichen Boot saßen. Sie beide hatten ein Verhältnis mit einem verheirateten Mann. Obwohl das natürlich bei ihr etwas ganz anderes war, denn Paul liebte sie ja aufrichtig. Das hatte er mehrfach gesagt. Papa war mit Bine nur ins Bett gegangen, weil er zu viel getrunken hatte. Bei dem Gedanken schüttelte sie sich. Wie konnte er nur. Morgen früh würde sie Unterleibsschmerzen vortäuschen und wenn ihr Vater mit den anderen im Weinberg war, die Betten abziehen und die Bettwäsche wegschmeißen. Nein, erst in die Kochwäsche geben und anschließend als Lumpen kleinreißen, damit sie nie wieder als Bettwäsche benutzt werden konnte.

Am liebsten hätte sie ihre Mutter aufgefordert, unverzüglich herzukommen, aber besser sie besprach das erst einmal mit Josie. Sie wollte gerade zum Handy greifen, als es klingelte. Oh Shit, das war Mama. Sie biss sich auf die Unterlippe, bevor sie das Gespräch annahm. »Hi, Mum!«

»Hallo, Spatzl! Wie geht's dir?«

Das war eine komische Frage. Mama hatte ihre WhatsApp doch gelesen, das hatte sie an den blauen Haken erkannt. »Nicht so gut, wie du dir denken kannst.«

»Das glaub ich wohl.« Ihre Mutter schwieg kurz. »Ist Bine noch da?«

»Nein, sie ist fort. Und morgen zieh ich die Betten ab, wasch sie und zerreiße die Bettwäsche.«

»Ach Spatzl, das musst du nicht. Ich werde dem Papa sagen, dass er die Betten neu beziehen soll.«

»Nein, bitte nicht. Ich möchte nicht, dass er weiß, dass ich es dir gesagt habe.« Johanna zog die Nase hoch. »Wie geht es dir denn?«

»Auch nicht so gut«, gab Mama zu. »Aber ich werde mit deinem Vater reden, wenn ich zurück bin. Im Moment ist die Lage hier nicht gerade einfach, Opa ist noch immer nicht ansprechbar, und die Werft steht kurz vor der Insolvenz. Ich versuche zu schauen, ob ich etwas retten kann, aber es sieht schlecht aus.«

»Oje. Und dann schicke ich dir noch diese Nachricht. Tut mir leid. Hätte ich nicht machen sollen.«

»Schon gut, Hanna, es ist besser, wenn ich Bescheid weiß. Sonst hätte ich Bine angerufen und mit ihr über alles geredet. Stell dir vor, wie dumm ich mir dann im Nachhinein vorgekommen wär'. Nein, das war schon richtig von dir. Es läuft leider nicht alles so im Leben, wie man es gern hätte. Aber Kopf hoch, es kommen auch wieder bessere Tage. Wie ist es denn bei dir?«

»Paul und ich dürfen uns ein paar Tage nicht sehen. Seine Frau ist misstrauisch geworden, und er mag ihr noch nicht sagen, dass er sie nicht mehr liebt.«

»Aha.« Ihre Mutter schwieg.

»Ich weiß, was du sagen willst, Mama. Aber so ist es nicht. Paul liebt mich wirklich! Du wirst ihn mögen, wenn du ihn erst kennenlernst.«

»Wir werden sehen. Aber wenn er dich so mag wie du ihn und du nicht nur ein süßes Spielzeug für ihn bist, dann werde ich ihn sicher mögen.« Das klang zwar eher zweifelnd, aber Johanna erkannte den guten Willen und nahm sich fest vor, alles dafür zu tun, dass ihre Mutter Paul mögen würde.

»Wie geht's Oskar denn?« Ihre Mutter wechselte erneut das Thema.

Zumindest in dieser Hinsicht konnte Johanna sie beruhigen, und dann erzählte ihre Mutter noch ein wenig über die Nordsee und die Werft und dass sie Johanna und Oskar unbedingt ihre Heimat zeigen wollte. »Weißt du, ich hab erst jetzt gemerkt, wie wichtig es ist, seine Wurzeln zu kennen. Und wie gut es tut, auch mal wieder dort zu sein, wo man aufgewachsen ist.«

»Na klar, Mama, wir kommen gerne mit dir dorthin! Und hoffentlich können wir unseren Opa dann auch persönlich kennenlernen.«

»Das hoffe ich auch, Spatzl. Grüß mir den Oskar schön. Und mach dir nicht zu viel Gedanken wegen Papa. Ich kläre das, wenn ich zurück bin. Schlaf gut.«

»Du auch. Ich hab dich lieb.«

DONNERSTAG

Entgegen aller Erwartungen hatte Katharina tief und fest geschlafen und erwachte am Morgen durch das Klingeln ihres Handyweckers. Zwar hatte sie wilde Träume gehabt, in denen Hannes ein Saunahandtuch war, an dem Bine und sie zogen, und in dem Alexander vor dem Saunawagen stand und Euroscheine in die Luft warf. Aber diese Träume waren nicht so aufwühlend gewesen, dass sie davon aufschreckte. Bevor sie gestern nach Hause gefahren war, hatte sie unten im Schreibzimmer am PC von Andrea Edzards noch einen Blick auf Thomas' elektronischen Kalender geworfen, denn seine Bürotur war verschlossen, wie sie festgestellt hatte. Hatte er etwas zu verbergen? Um ihm nichts zu unterstellen, war sie zum Büro ihres Vaters gegangen – Ingrid war ja bereits fort –, um zu testen, ob auch dieses nachts verschlossen war. Dort aber ließ sich die Tür wie gewohnt öffnen.

Bei Thomas war für heute Vormittag kein Termin eingetragen, also ging sie davon aus, ihn um halb zehn sprechen zu können. Sicherheitshalber hatte sie das Telefonat als Termin bei ihm eingetragen. Wahrscheinlich war der Kalender mit seinem Handy verknüpft – so jedenfalls war es bei ihr –, wenn nicht sogar mit seiner Uhr. Doch bis halb zehn hatte sie noch Zeit. Sie sprang unter die Dusche, schlüpfte in ihre Klamotten, trank den Tee im Stehen und beeilte sich, zum Klinikum zu fahren. Sie wollte ihrem Vater erzählen, dass Johanna und Oskar demnächst nach Hooksiel kommen würden und sich darauf freuten, ihn kennenzulernen. Sie hoffte sehr, dass diese Worte zu ihm durchdrangen und ihm weiteren Lebenswillen einhauchten.

Im Krankenhaus wuchs ihre Zuversicht. Ihr Vater hatte eine wesentlich gesündere Gesichtsfarbe als noch in den letzten Tagen. Das Grau war verschwunden, es schien, als ob langsam das Leben in ihn zurückkehrte. Auch die Ärztin wirkte zufrieden. »Es sieht ganz so aus, als ob Ihre Anwesenheit das beste Medikament für Ihren Vater ist«, sagte sie lächelnd. »Langsam, aber sicher verbessern sich seine Werte. Heute Morgen haben wir das erste Mal darüber gesprochen, ihn sukzessive aus dem künstlichen Koma zu holen.«

»Oh, wie wunderbar! Dann war es richtig, dass ich hergekommen bin.« Ein Ring aus Schuldgefühlen platzte, der seit ihrer Ankunft um ihr Herz gelegen hatte.

»Auf jeden Fall«, stimmte die Ärztin zu. »Sie tun ihm gut, das ist unbestritten.«

Mit einem glücklichen Lächeln trat Katharina an sein Bett. »Papa! Die Ärztin sagt, es geht dir langsam, aber sicher besser. Bald schon werden sie dich aus dem künstlichen Koma holen. Dann bist du endlich wieder ganz bei mir. Das ist so wunderschön! Ich soll dich auch ganz lieb von Johanna und Oskar grüßen! Sie freuen sich schon darauf, hierherzukommen und dich endlich kennenzulernen.« Sie drückte seine Hand, und diesmal war sie hundertprozentig sicher, dass er ihre tatsächlich auch ein wenig drückte.

Voller Tatendrang fuhr sie zur Werft. Der Wagen ihres Cousins stand bereits auf dem Parkplatz. Sie erinnerte sich an die Übungen zur Kräftigung der Rückenmuskulatur und machte den Rücken gerade. Eine aufrechte Haltung bestärkte einen auch innerlich, und man hatte gleich eine ganz andere Ausstrahlung. Das jedenfalls hatte die Gymnastiklehrerin den Kursteilnehmern im letzten Jahr eingebläut. *Auf in den Kampf, Kathie!* Festen Schrittes betrat sie das Gebäude, während sie sich weiter anspornte. Sie stellte ihre Handtasche bei Ingrid ab, nahm die Fotos heraus, legte jeweils vier davon auf den Kopierer, der seitlich von Ingrids Schreibtisch stand, und drückte die Start-Taste.

Fragend beobachtete Ingrid sie dabei. »Du kopierst die Aufnahmen?«

»Nun ja«, erklärte Katharina. »Wer weiß, wie Thomas reagiert, wenn er die Bilder sieht. Ich hab zwar den Kontakt zu Frau Merkens, und sie wird mir die Bild-Dateien sicher zur Verfügung stellen, wenn etwas mit den Fotos geschieht, aber sicher ist sicher. So habe ich zumindest den Beweis, dass es diese Fotos gegeben hat, wenn Thomas auf die Idee kommen sollte, sie in meinem Beisein zu vernichten, bevor ich etwas dagegen unternehmen kann.« Katharina nahm die Fotokopien. »Hast du mal eine Hülle, in die ich sie stecken kann?«

»Klar.« Mit einem Handgriff reichte Ingrid ihr das Gewünschte.

Katharina steckte die Kopien hinein und alles in ihre Handtasche. Die Originalaufnahmen raffte sie zu einem kleinen Stapel zusammen. »Nun bin ich gespannt«, sagte sie.

»Viel Erfolg«, wünschte die Sekretärin ihres Vaters und hob die Hände, beide Daumen gedrückt.

Katharina bedankte sich und fragte sich dabei, was das in diesem Fall überhaupt hieß. Sie beschloss, dass der Erfolg darin bestand, dass Thomas ihr hoffentlich endlich die ganze Wahrheit sagte.

Als sie das Büro ihres Cousins betrat, stand er voller Abwehr und mit verschränkten Armen hinter seinem Schreibtisch. Seine Augen blitzten vor unterdrückter Wut. »Wie kommst du dazu, einfach einen Termin in meinen Kalender einzutragen?«, fragte er.

»Weil ich etwas mit dir besprechen muss.« Sie ging auf den Schreibtisch zu, blieb vor ihm stehen und breitete ohne jede Hektik die Fotos auf der Tastatur und der übrigen Fläche aus. »Kannst du mir diese Aufnahmen erklären?«, fragte sie.

Beim Anblick der Bilder begann Thomas' Adamsapfel auf und ab zu hüpfen. Hektisch wanderten seine Augen von Foto zu Foto, Katharina sah förmlich, wie es in seinem Kopf arbeitete.

»Woher hast du die?«, fragte er schließlich.

»Wo ist der dazugehörige Bericht?«, stellte sie die Gegenfrage.

»Was für ein Bericht? Von wem?«

»Tu nicht so ahnungslos«, entgegnete Katharina scharf. »Du weißt genau, wovon ich spreche. Mein Vater hat dich mit dem Bericht konfrontiert. Er hatte eine Detektei damit beauftragt, herauszufinden, wofür du die nicht unerheblichen Bargeldsummen brauchtest, die du von den Firmenkonten abgehoben hast.«

In Thomas' Gesicht war zu erkennen, dass sein Gehirn arbeitete. Wie zwei Duellanten standen Katharina und er sich gegenüber, den Schreibtisch als Distanz sichernder Graben. Würden Worte nun die Waffen sein, die alles entschieden?

»Zunächst einmal finde ich es mehr als respektlos, dass dein Vater mich hat beschatten lassen«, stellte Thomas endlich fest. »Was ich in meiner Freizeit mache, geht ihn nichts an.«

»Na ja«, wandte Katharina ein. »Wenn du für dein Freizeitvergnügen Gelder der Werft benutzt und sie obendrein noch verlierst, geht es ihn durchaus etwas an.«

»Ach was. Das Geld habe ich nur vorübergehend ausgeborgt, weil ich an mein Vermögen gerade nicht herankam. Das zahle ich natürlich wieder zurück.«

»Dann gibt es sicher Belege, die diese Summen bis dahin als deine Privatentnahmen verbuchen lassen?«

Thomas schwieg.

»Von der Volksbank weiß ich, dass du insgesamt dreißigtausend Euro abgehoben hast, in der Spielbank Bad Zwischenahn hast du allerdings fünfzigtausend verloren.« Katharina bemerkte, dass Thomas wütend mit den Zähnen knirschte. Doch sie wollte ihm keine Chance geben, sich etwas auszudenken. »Woher hattest du diese zusätzlichen zwanzigtausend, wenn du nicht einmal an die ersten dreißigtausend deines Privatvermögens herankamst?«

Thomas kniff die Augen zusammen, seine Kiefer mahlten aufeinander, er blickte unstet hin und her, ohne den Kopf zu bewegen. Katharina ließ ihn nicht aus den Augen.

»Ich hab mir das Geld geliehen«, gab er schließlich zu.

»Von wem?«

»Von Alexander Hildebrand.«

Ein dunkelgraues Loch breitete sich in Katharinas Bauch aus, genau dort, wo bis vor Kurzem noch die Schmetterlinge gekitzelt hatten.

Also doch. Alexander hatte sie belogen. Ganz bewusst belogen. Nicht nur, als er ihr seinen Namen vorenthielt, sondern auch gestern noch, als sie ihn deswegen zur Rede gestellt hatte. Etwas in ihr fiel in sich zusammen, wie ein Kartenhaus bei einem leichten Luftzug. Sie zwang sich, ihre aufrechte Haltung zu bewahren und den Rücken gerade zu halten. Nur so konnte sie ihrer Gefühle für den Moment Herr werden. »Und er hat dir das Geld einfach so gegeben? Ohne Sicherheiten?«

Thomas nickte. Er schien ihre Betroffenheit zu bemerken, denn als er nun sprach, klang er wesentlich selbstbewusster als vorhin. »Natürlich. Es war ein Vorschuss auf den Verkaufspreis der Werft.« Er nahm entspannt hinter seinem Schreibtisch Platz, als wäre die Gefahr gebannt. »Seien wir doch ehrlich zueinander und hören mit dem Herumgeeiere auf. Die Werft ist am Ende, und Alexander wird sie kaufen. Da konnte er mir genauso gut einen Teil des Kaufpreises als Vorschuss geben. Die Verträge sind von unseren Anwälten bereits aufgesetzt und unterschriftsreif.«

Katharina erstarrte. »Verzeih, wenn mir da gerade das Verständnis fehlt, aber willst du allen Ernstes behaupten, du hast mit

Alexander den Verkauf nicht nur besprochen, sondern auch bereits Verträge ausarbeiten lassen, ohne das Okay meines Vaters eingeholt zu haben?«

Thomas hob die Schultern. »Ja. Er hat ohnehin keine andere Wahl. Er muss in den Verkauf einwilligen. Beziehungsweise du musst dem Verkauf nun zustimmen, wo dein Vater zu keiner geschäftlichen Entscheidung mehr in der Lage ist. Er hat dir schließlich vor einem Jahr eine Generalvollmacht ausgestellt.«

»Ach.« Katharina wurde hellhörig. »Das ist also dein Plan? Die Situation ausnutzen, solange mein Vater handlungsunfähig ist? Schnell verkaufen? Was hast du denn davon? Du schuldest der Werft in diesem Moment dreißigtausend und Alexander zwanzigtausend Euro. Wovon willst du das denn zurückzahlen? Der Verkaufserlös geht zum großen Teil sicher an die Bank zur Ablösung des Kredites für die *Lange Anna,* den Rest erhält mein Vater. Du bist kein Teilhaber, wenn ich richtig informiert bin. Außerdem wirst du in diesem Jahr erst fünfzig. Wie stellst du dir denn deine Zukunft vor?«

»Das geht dich zwar nichts an, aber die HavenWerft zahlt mir eine gute Provision für die Vermittlung des Verkaufs. Damit sind die geliehenen Gelder locker gedeckt. Außerdem steht mir durchaus ein Teil des Verkaufserlöses zu, es gibt einen entsprechenden Vertrag, den dein Vater und ich vor einigen Jahren aufgesetzt haben. Er beinhaltet, dass ich nach dem Ausscheiden deines Vaters und falls es keinen Nachfolger für das Unternehmen gibt, berechtigt bin, es zu veräußern. Aber ich werde natürlich nicht untätig bleiben, beruflich werde ich künftig bei der HavenWerft beheimatet sein. Du musst dir um mich also keine Sorgen machen, ich komme sehr gut klar.«

Das wurde ja immer wilder! »Mein Vater ist aber noch nicht ausgeschieden«, konterte sie. »Er lebt, und er ist der Eigentümer.«

»Der handlungsunfähig ist! Keiner weiß, ob er jemals wieder wach wird und wenn, in welchem Geisteszustand er dann ist. Der

Brand der *Langen Anna* hat uns in Turbulenzen gebracht, und ich mache das einzig Richtige. Ich verkaufe. Jetzt.« Er kniff die Augen zusammen und fixierte sie mit seinem Blick. »Und du, meine Liebe, wirst unterschreiben. Und das weißt du auch ganz genau. Dein Lebensmittelpunkt ist in der Steiermark. Da hast du deinen Mann, deine Kinder und euer Weingut. Die Werft wäre ein Klotz am Bein für dich. Nein, für dich führt kein Weg daran vorbei, mich beim Verkauf zu unterstützen.« Er lachte höhnisch auf.

Das durfte doch nicht wahr sein! Und es musste wirklich um sehr viel Geld gehen, wenn allein Thomas' Provision so hoch war, dass er seine Schulden davon ohne Weiteres begleichen konnte.

»Wie lautet der Deal?«, fragte Katharina. Schnell überschlug sie im Kopf, wo der Verkaufserlös realistisch ungefähr liegen müsste. Bei der errechneten Zahl, die Thomas im gleichen Moment auch tatsächlich nannte, schnappte sie nach Luft.

»Die HavenWerft zahlt fünf Millionen. Dafür geht nicht nur das Unternehmen, sondern auch das Grundstück in deren Eigentum über.«

»Fünf Millionen?«, wiederholte Katharina.

Schlagartig grinste Thomas. »Na siehste! Da kommt sie also doch zum Vorschein, die geldgeile Kathie. Rechnest du dir schon aus, was für dich dabei rausspringt?« Er lächelte milde. »Keine Angst. Wenn du keine Zicken machst und artig deine Unterschrift unter die Verträge setzt, lasse ich mich nicht lumpen. Dann kriegst du ein hübsches Sümmchen ab.«

Entsetzt sah Katharina ihren Cousin an.

* * *

Johanna wartete, bis ihr Vater und Oskar aus dem Haus waren. Ihr Bruder hatte kurz den Kopf durch die Zimmertür gesteckt, bevor er gegangen war.

»Ich hab Papa heute meine Hilfe angeboten. Macht sich wohl

besser. Nur dass du Bescheid weißt, falls du mich vermissen solltest.« Er hatte ihr zugezwinkert und war verschwunden.

Seit einer Viertelstunde war es unten nun mucksmäuschenstill. Johanna zog sich an, dann eilte sie die Treppe hinunter und betrat das Schlafzimmer ihrer Eltern. Beide Bettdecken lagen unordentlich zerknüllt da. So hinterließ ihre Mutter nie das Zimmer! Wütend spitzte Johanna die Lippen und machte sich ans Werk. Schnell hatte sie die Betten abgezogen und die Waschmaschine auf Kochwäsche gestartet.

Als sie den Schrank öffnete, um neue Bettwäsche herauszuholen, glitt ein diabolisches Grinsen über ihr Gesicht. Sie würde ein Zeichen setzen. Und sie wusste auch schon, wie. Sie nahm zwar zwei Bettlaken, aber nur eine Garnitur Bettwäsche heraus. Mit einem fröhlichen Pfeifen auf den Lippen bezog sie das Bett ihres Vaters. Dann holte sie aus dem großen Schrank in der Hauswirtschaftskammer, in dem auch die Bettdecken für Gäste staubfrei vakuumiert verstaut waren, eine der großen durchsichtigen Kunststoffhüllen heraus, stopfte Kissen und Decke ihrer Mutter hinein und ließ mit Hilfe eines Staubsaugers die Luft heraus. Schnell schrieb sie auf einen Zettel »Mamas Bett« und klebte ihn auf den Beutel, ehe sie ihn ebenfalls zu den Gästebetten legte.

Zufrieden rieb sie sich die Hände und warf einen letzten Blick ins Schlafzimmer. Ja, so sah es gut aus. Hier schlief eine einzelne Person. Und das sollte auch so bleiben.

»Johanna!« Die Stimme ihres Vaters schreckte sie auf. Sie fuhr herum. Sie hatte gar nicht gehört, dass er gekommen war.

»Papa.« Sofort erlosch ihr kleines Triumphgefühl.

»Was machst du hier? Ich wollte nach dir schauen, weil du gestern so blass warst, aber ich habe den Eindruck, als ob es dir heute wieder besser geht.« Er warf einen Blick auf das Ehebett und zog die Stirn in Falten. »Was soll das?«

Trotzig hob Johanna das Kinn. »Ich fand es angebracht, die Wäsche zu wechseln«, sagte sie. »Und da Mama nicht hier ist, braucht das zweite Bett nicht bezogen zu werden. Zwei Decken und zwei Kissen wirst du ja nicht benötigen, ist eh schon Übergröße.« Herausfordernd sah sie ihren Vater an. Er erwiderte den Blick, und so lieferten sie sich ein kurzes, stummes Gefecht.

»Danke«, sagte ihr Vater schließlich, und ein Grinsen zog über sein Gesicht. »Also geht's dir heut' wieder besser?«

Erleichtert strahlte Johanna ihn an. Vielleicht kam ja doch alles wieder in Ordnung und er und Mama vertrugen sich bald wieder! »Ja, Papa, es geht mir jetzt schon sehr viel besser. Ich komm auch gleich in den Berg und helfe weiter mit.«

»Das freut mich. Weißt, i hab überlegt, dass wir, wenn die Weinlese vorbei is' a poar Tag nach Deutschland fahren könnten. Das Maischen kriegen's hier auch ohne mi hin. Was meinst?«

»Das wär super. Da würd' sich die Mama sicher sehr freuen.« Sie stellte sich auf die Zehenspitzen, hauchte ihm einen Kuss auf die Wange und lief zufrieden die Treppe hinauf. Ja, alles würde gut werden. Mama hatte recht.

* * *

Ingrid sah deutlich, dass etwas in Katharina brodelte, als sie das Vorzimmer betrat, die Tür hinter sich schloss und sich mit dem Rücken dagegenlehnte.

»Was ist los?«, fragte sie.

Kathie stieß sich von der Tür ab und ließ sich auf einen der Besucherstühle fallen. »Ich kann keine Worte für das finden, was gerade in mir vorgeht.«

»Brauchst du ein Glas Wasser?«, fragte Ingrid besorgt.

»Danke. Nein.« Kathie atmete einmal tief ein und stieß hörbar die Luft aus. »Thomas will die Werft für fünf Millionen verkaufen. Mit allem Drum und Dran«, sagte sie leise.

Ingrid wurde bleich. »Mit allem Drum und Dran? Was heißt das?«

»Das heißt inklusive des Areals.« Kathie schob den Unterkiefer vor und legte den Kopf in den Nacken.

»Inklusive des gesamten Geländes? Ist das denn nicht mehr wert?«, fragte Ingrid.

»Ich habe keine Ahnung«, antwortete Katharina. »Im Augenblick ist mein Kopf komplett leer. Stell dir vor, die Verträge sind sogar schon unterschriftsbereit. Und er will mich dazu bringen, für meinen Vater einzuwilligen und zu unterschreiben.«

»Aber das machst du nicht! Das kannst du nicht!« Ingrid spürte, wie ihr heiß wurde. »Du darfst die Hansen Werft doch nicht einfach so untergehen lassen.«

»Sie würde nicht untergehen«, korrigierte Kathie sie. »Sie gehört dann zur HavenWerft.«

»Kathie. Bitte«, beschwor Ingrid Walters Tochter. »Überstürze nichts! Nimm die hunderttausend Euro, die ich von deinem Vater damals erhalten habe. Damit kannst du die Werft sicher noch zwei Monate halten. Sprich mit dem Steuerberater und der Bank. Lass dich von Thomas nicht unter Druck setzen. Bitte!«

Nachdenklich drehte Kathie sich zu ihr. Sie biss sich auf die Unterlippe, und Ingrid konnte sehen, wie es in ihr arbeitete. »Ja, vielleicht sollte ich dein Angebot tatsächlich annehmen«, sagte sie schließlich und stand auf. »Aber erst muss ich ein paar Telefonate führen und schauen, ob es überhaupt einen Sinn macht. Ist Dr. Schröder immer noch Papas Anwalt?«

Ingrid nickte. »Ich stelle gleich die Verbindung her.«

* * *

»Na da schau an, die verlorene Tochter«, begrüßte Erich Schröder Katharina am Telefon. »Wie geht's deinem Vater?« Erich und Katharina kannten einander seit ihrer Kindheit, schon ihre Väter hatten zusammen die Schulbank gedrückt, und nach dem Studium war Erich in die väterliche Kanzlei eingestiegen.

»Sagen wir mal so, wir hoffen, dass die Talsohle durchschritten ist und es langsam bergauf geht. Ich will nachher wieder in die Klinik fahren und mit dem Oberarzt sprechen. Ich habe allerdings die Befürchtung, dass sein schlechter gesundheitlicher Zustand nicht allein durch die Lungenentzündung ausgelöst wurde. Die derzeit komplizierte Lage der Werft und Thomas' unglaubliches Verhalten haben sicher einen nicht unerheblichen Anteil an seinem Zusammenbruch gehabt.« Katharina drehte sich mit dem Stuhl um die eigene Achse und schaute hinaus aufs Wasser. Der Anblick beruhigte sie und verlangsamte ihren immer noch heftig hämmernden Puls.

»Ja, das denke ich auch«, bestätigte Erich ihre Vermutung. »Die Tatsache, dass Thomas spielsüchtig ist, hat ihn ziemlich aus der Bahn geworfen. Er hat es erst nicht glauben wollen, aber die Detektei hat ihm dann doch die nötigen Beweise geliefert. Thomas muss ganz schön tief gefallen sein, wenn er einfach Geld von den Konten abgehoben hat, ohne dafür triftige firmenbezogene Gründe und Belege zu haben. Dein Vater hat gesagt, er hat sich immer irgendwie rausgeredet, hat immer neue Lügen erfunden. Mal wollte er die Gutachter positiv stimmen und mal neue Investoren. Die Fotos und der Bericht kamen zwei Tage, bevor dein Vater ins Krankenhaus eingeliefert wurde. Er hat sofort das Gespräch mit Thomas gesucht und bei der Bank dafür gesorgt, dass es keine Barverfügungen mehr gab. Hast du schon mit Stefan Papenbrink gesprochen?«

»Ja.« Katharina war überrascht, dass Erich so detailliert informiert war. Warum hatte er sich nicht von sich aus mit ihr in Verbindung gesetzt? Halt, stoppte sie ihre Gedanken. Andersrum wurde ein Schuh draus: Warum hatte nicht *sie selbst* gleich an ihn als Ratgeber gedacht? Da hätte sie sich vieles erspart.

»Gut. Du bist also über alles informiert. Dein Vater wollte mit mir sprechen, um die Werft vor weiteren Zugriffen von Thomas zu schützen. Er war sehr aufgeregt, als wir telefonierten, aber zu seinem Termin hier in der Kanzlei ist es dann nicht mehr gekommen.«

»Aber ... das heißt ja, du hast die Verkaufsverträge gar nicht aufgesetzt?«

»Welche Verkaufsverträge?« Nun war es an Erich, geplättet zu sein.

»Thomas sagt, die Verträge zum Verkauf der Hansen Werft an die HavenWerft seien unterschriftsreif. Ich habe gedacht, du hättest sie ausgearbeitet.«

»Nein. Ich hatte keine Ahnung, dass Thomas so schnell so weit gehen würde.«

* * *

Fröhlich lief Johanna in kurzer Arbeitshose, den dicken Bergschuhen und einem rot-weiß karierten Hemd den Hang hinab bis zu den Weinreben. Weiter unten sah sie schon den Trupp der Arbeiter. Beschwingt schloss sie sich ihnen an. Ja, es war ein guter Tag. Erst die Versöhnung mit ihrem Vater, und dann hatte auch Paul noch eine Nachricht geschickt. Er litt genau wie sie unter der Trennung und sehnte ein Wiedersehen herbei. Diese Nachricht hatte sie so glücklich gemacht, dass sie beschloss, ihm zur Aufmunterung ein Foto zu schicken. Erst überlegte sie, ein Nackt-Selfie zu machen, aber das kam ihr dann doch falsch vor, darum suchte sie lieber eines der Selfies heraus, die sie gemeinsam küssend auf dem Skywalk in Graz zeigten, und schickte ihm das.

Beschwingt gesellte sie sich nun zu Vincent, nahm ihre Schere, schnitt wie er behutsam die Trauben ab und legte sie sorgsam in die Kiepe.

»Johanna. Gott sei Dank, es geht dir wieder besser«, sagte Vincent erleichtert, was Johanna verlegen machte. Dieses Mitgefühl hatte sie nicht verdient.

»Ja«, sagte sie. »Zum Glück. Es ist nämlich nicht schön, im Bett liegen zu müssen, während ihr hier draußen arbeitet. Da komme ich mir vor, als würde ich euch im Stich lassen.« Sie lächelte ihn an.

»Lieb von dir, dass du mich nicht im Stich lassen willst.« Vincent wurde rot und wandte sich schnell seiner Arbeit zu.

Oje, da hatte sie wohl komplett das Falsche gesagt. Mit schlechtem Gewissen arbeitete Johanna schweigend neben ihm weiter. Sie musste aufpassen, dass Vincent sich nicht wirklich in sie verliebte. Denn sie mochte ihn sehr und wollte ihm auf gar keinen Fall wehtun.

* * *

Die Telefonate mit dem Steuerberater und Stefan Papenbrink von der Volksbank gaben Katharina neuen Mut. Es würde möglich sein, mit dem von Ingrid zur Verfügung gestellten Geld die Werft zwei weitere Monate am Laufen zu erhalten.

Am liebsten hätte Katharina vor Freude geheult, nachdem sie das letzte Gespräch beendet hatte. Voller Euphorie ging sie hinüber zu Ingrid, trat von hinten an den Schreibtisch und umarmte sie. »Danke, du Gute«, sagte sie ergriffen. »Dein Vorschlag war genau richtig. Mit deinem Geld können wir zwei Monate weitermachen und müssen nicht sofort entscheiden.« Sie drehte Ingrid mitsamt dem Stuhl zu sich herum und ging in die Hocke, sodass sie auf gleicher Augenhöhe mit ihr war. »Und in dieser Zeit werden wir eine Lösung finden. Oder jemanden, der die Werft führt, zumindest so lange, bis mein Vater einer endgültigen Entscheidung oder Lösung zugestimmt hat. Ich danke dir wirklich sehr für diese Gnadenfrist.«

Lächelnd nahm Ingrid Katharinas Dank an. »Vielleicht wendet sich ja doch alles zum Guten«, sagte sie hoffnungsvoll.

»Ja. Vielleicht. Bestimmt sogar.«

In diesem Moment klingelte Katharinas Handy. Sie erhob sich und eilte hinüber ins Büro ihres Vaters. Die Klinik rief an!

»Baumgartner!« Sie war ganz außer Atem vor Sorge.

»Moin, Frau Baumgartner, hier Dr. Schneidhauer.«

Der Chefarzt. Ein bleierner Ring legte sich um Katharinas Kehle. Sie räusperte sich. »Dr. Schneidhauer. Ich hoffe, es gibt nur gute Nachrichten?« Die Angst, dass es ihrem Vater wieder schlechter ging, packte sie wie ein schwerer Albtraum.

»In der Tat, Frau Baumgartner. In der Tat. Ich möchte Sie nur kurz darüber informieren, dass die Werte und der Zustand Ihres Vaters es ermöglichen, ihn langsam aus dem künstlichen Koma zu holen. Wir haben bereits damit begonnen, die Narkosemittel zu reduzieren, um zu schauen, ob Ihr Vater gut wach werden kann. Und es sieht ganz danach aus.«

Für einen Augenblick war Katharina überwältigt. »Oh, das sind ja wunderbare Nachrichten!«, rief sie aus. »Können Sie sagen, wie lang der Prozess dauern und wann er wieder wach sein wird? Wann kann ich mit ihm sprechen? Es ist so wichtig, dass ich mit ihm sprechen kann!«

Sofort ging der Arzt in die Defensive. »Das kann ich Ihnen leider nicht sagen, Frau Baumgartner. Da die Medikamente im Körper Ihres Vaters gespeichert wurden, dauert es eine Weile, bis sie von den Nieren und der Leber ganz abgebaut wurden. Das ist von Patient zu Patient unterschiedlich. Wie lang es insgesamt dauern wird, kann ich Ihnen dementsprechend nicht sagen. Wichtig ist vor allem, Ihren Vater nicht gleich zu überfordern, wenn er wieder wach wird. Sie dürfen nicht vergessen, dieses künstliche Koma über Tage ist nichts anderes als eine sehr lange Narkose. Wir haben versucht, sie so flach wie möglich zu halten, dennoch ist es kein Schlaf, sondern ein Zustand, der mit Hilfe von Opiaten herbeigeführt wurde. Auch muss Ihr Vater wieder lernen, selbstständig zu atmen, wenn die künstliche Beatmung abgeschaltet wird. Geben Sie ihm Zeit, Frau Baumgartner. Er ist nicht mehr der Jüngste und muss die vergangenen Tage erst einmal verkraften. Nur dann hat er eine Chance, wieder ganz zu sich zu kommen.«

Sofort wurde Katharina von ihrem schlechten Gewissen überwältigt. »Natürlich, Herr Doktor, natürlich! Er hat alle Zeit der Welt!« Obwohl das ja nicht stimmte! Er hatte vielleicht vier Wochen, dann musste er in der Lage sein, über die Zukunft der Werft mitzuentscheiden. Andererseits würde sie es sich nie verzeihen, wenn sie zu viel Druck auf ihn ausüben würde. Doch verdammt noch mal, die Zeit lief, und sie konnte jetzt erst recht nicht den Vertrag zum Verkauf der Werft und des Geländes unterschreiben. Nicht so kurz bevor er wieder am Leben teilnehmen konnte. Das würde sie nicht nur sich selbst nicht, vor allem würde das auch ihr Vater ihr nie verzeihen.

* * *

»Sie holen meinen Vater aus dem künstlichen Koma!« Mit diesen nur leise ausgesprochenen Worten kam Katharina zurück ins Vorzimmer. »Sie können noch nicht sagen, wie lang es dauert, und er muss dann auch noch wieder selbstständig atmen lernen, aber sie gehen davon aus, dass er den Weg zurück ins Leben schafft.« Tränen der Erleichterung kullerten bei diesen Worten über Kathies Wangen. Ingrid stand auf und nahm sie fest in den Arm. Augenblicklich entlud sich die Anspannung in ein unaufhaltsames Schluchzen bei Walters Tochter. Schweigend standen sie viele Minuten so da, und Ingrid wartete, bis das Weinen verebbt war.

»Ich werde wieder mit ihm sprechen können«, sagte Kathie ergriffen und löste sich von Ingrid. »Ich bekomme eine Chance, mit meinem Vater zu reden! Ihn in den Arm zu nehmen. Ihm nah zu sein!« Mit dem Handrücken wischte sie sich die Tränen aus dem Gesicht. »Drück bitte ganz, ganz fest die Daumen, dass es gelingt. Dass wir beide eine Chance haben, alles zum Guten für uns zu wenden.«

Auch Ingrid liefen vor Rührung ein paar Tränen über die Wangen. »Natürlich. Zwischen euch wird alles wieder gut, du wirst sehen.«

»Und was die Werft betrifft, das kriegen wir schon hin. Das ist jetzt erst einmal zweitrangig«, sagte Kathie zu Ingrids Überraschung. »Die Hauptsache ist, er wird wieder gesund, und wir haben uns. Zur Not kommt er mit in die Steiermark und wohnt auf dem Altenteil, wo Hannes' Vater bis zu seinem Tod gelebt hat.«

Ingrid lachte auf. »Na, da kennst du deinen Vater aber schlecht! Der würde lieber in der Werkstatt der alten Holzhalle hausen, als sich von seiner geliebten Nordsee länger als für einen Urlaub zu entfernen.« Sie zwinkerte Kathie zu. »Und zur Not passe ich hier schon auf ihn auf. Da musst du dir keine Sorgen machen. Die Hildebrands kriegen uns nicht klein.«

Schlagartig erlosch Kathies Begeisterung. »Die Hildebrands. Es müssen Alexanders Anwälte gewesen sein, die alles in Vertragsform gebracht haben. Das kam heute im Gespräch mit Erich Schröder heraus. Er selbst hatte keine Ahnung von Thomas' Plänen. Ich finde das so hinterhältig.«

Ingrid wusste nicht, was sie darauf antworten sollte. Nichts war schlimmer, als wenn sich Vorurteile bestätigten, hier jedoch schien das der Fall zu sein.

Traurig sah Katharina sie an. »Weißt du, ich bin ja selber schuld, dass mich sein Verhalten irgendwie trifft«, sagte sie. »Die Begegnung mit Alexander tat mir anfangs gut, ich habe mich endlich mal wieder selbst gefühlt. War nur Katharina. Nicht die Mutter von Johanna und Oskar, nicht die Ehefrau, die sich um die Buchhaltung des Weinguts, den Haushalt, die Abrechnung und die Akquise mit Vertrieblern kümmert, ich habe einfach nur mich selbst gespürt. Und diese zunächst zufälligen Begegnungen genossen, anstatt sie zu hinterfragen.« Sie lächelte kurz. »Man muss Alexander schon zugestehen, dass er sehr charmant und einnehmend sein kann. Dabei war er einfach nur berechnend. Es ging ihm von Anfang an nur um die Werft.« Entschlossen schob Kathie die Haare auf der linken Seite hinters Ohr. »Und ich dummes Ding hab mich einlullen lassen. Das stärkt nicht gerade mein Selbstbewusstsein. Na egal, es ist ja nichts gewesen zwischen uns, also sollte ich die Angelegenheit sportlich nehmen.« Ein schiefes Lächeln glitt über ihr Gesicht. Dabei sah sie aus wie das vierzehnjährige Mädchen, das sie vor langer Zeit gewesen war. »So, ich glaube, ich muss jetzt mal eine Runde am Strand laufen und mir den Kopf freipusten lassen.«

* * *

Etwas veränderte sich. Walter Hansen könnte es nicht benennen, doch die Atmosphäre um ihn herum war anders. Positiver. Die Stimmen klangen zuversichtlicher, der besorgte Unterton fehlte. Kathie. Sie war doch hier gewesen? Oder hatte er nur geträumt? Thomas. Die Werft. Was war echt, was war Traum? Träumte er denn tatsächlich? Es konnte doch noch nicht das Ende sein, wenn er immer noch Stimmen hörte. Vom Tod hieß es doch, man würde durch einen Tunnel schweben, an dessen Ende ein verheißungsvolles Licht war. Aber er sah kein Licht, sondern hörte das Tschilpen von Spatzen.

Nein. Er war noch nicht tot. Er hatte noch etwas zu erledigen. Aber er wusste nicht genau, was. Zu verwirrend waren diese Träume.

* * *

Strammen Schrittes marschierte Katharina oben auf der Deichkuppe entlang. Unten bei den Strandkörben tummelten sich an diesem wunderschönen Spätsommertag zahlreiche Gäste. Kinder schaukelten auf dem Spielplatz, vier junge Menschen spielten Volleyball. Katharina aber wollte kraftvoll laufen, ihre Enttäuschung und ihre Wut loswerden, bevor sie gleich noch einmal mit Thomas sprach. Sie würde ihn nach den Anwälten fragen, bei denen die Verträge lagen, bevor sie ihm mitteilte, dass sie nicht unterschrieb. Unten am Strand erscholl ein Schrei. Automatisch blickte Katharina hinab und sah ein Kind entsetzt einer Möwe nachblicken, die mit einer dicken Eistüte im Schnabel davonflog.

Ein Schmunzeln glitt über ihr Gesicht. Ja, die Möwen. Die waren immer noch so dreist wie früher. Von den ahnungslosen Binnenländern über Jahre hinweg mit Brotstücken gefüttert, waren sie zu heimtückischen Räubern von Eiswaffeln, Pizzen und Co geworden, die sich von hinten näherten, blitzartig nach dem Essbaren schnappten und wieder davonstoben, während der Beraubte verdutzt in die Röhre guckte und nur noch die Vogelschwingen an seinem Kopf spürte. Katharina erinnerte sich an den Spruch eines Kapitäns bei der Überfahrt nach Wangerooge. Oder war es Langeoog? Das hatte sie vergessen, aber der Spruch war ihr in Erinnerung geblieben. »Bitte die Möwen nicht füttern«, hatte es aus der Lautsprecheranlage getönt. »Denn Möwen tragen keine Windeln.«

Sie stapfte weiter, und mit jedem Schritt wurde die Wut in ihrem Bauch weniger. Sie würde mit ihrem Vater besprechen, was geschehen sollte. Vielleicht würde er den Verkauf der Werft ja sogar gutheißen. So könnte sie weiterleben. Unter anderem Namen zwar, aber gehörte der Wandel nicht zum Leben dazu? Allerdings würde sie Alexander den Sieg nicht gönnen, wie sie sich eingestand. Ihr Handy vibrierte in der Hosentasche. Sie zog es hervor und warf einen Blick aufs Display.

»Wenn man vom Teufel spricht«, eröffnete sie das Gespräch, bevor er etwas sagen konnte.

»Mit wem sprichst du denn gerade über mich?«, fragte er. »Gehst du spazieren, oder warum rauscht der Wind so in den Hörer?«

»Das war mehr im übertragenen Sinn gemeint«, sagte Katharina, »Ich laufe gerade auf dem Deich. Brauchte ein bisschen frische Luft.«

»Ach so. Du bist allein?«

»Ja.«

»Na, ich dachte schon, ich müsste eifersüchtig werden.« Seine Stimme klang warm, und Katharina riss sich zusammen, um nicht wieder darauf hereinzufallen.

»Du bist nicht in der Position, eifersüchtig zu sein«, gab sie kühl zurück und trat mit dem Fuß schwungvoll gegen einen Pappbecher, den jemand einfach auf den Boden geschmissen hatte. Der Becher flog davon. Schon als Kind hatte sie gern Fußball gespielt. Oft war Thomas ihr Gegner im heimischen Garten gewesen.

»Uups, was ist das denn für eine Antwort?« Alexander klang, als wäre er sich keiner Schuld bewusst. Als wäre er kein hinterhältiger Verräter.

»Bei welchem Anwalt habt ihr die Verträge aufsetzen lassen?«, fragte sie, anstatt darauf einzugehen. Sie merkte, dass Alexander überlegte, was er antworten sollte, und fuhr scharf fort: »Komm mir jetzt bloß nicht mit Ausflüchten! Thomas hat mir gesagt, dass die Papiere unterschriftsreif sind.« Sie sog die Luft ein und versuchte, ihre Wut nicht wieder hochkochen zu lassen.

»Ich hätte es wissen müssen.« Alexanders Stimme war so leise, dass sie ihn kaum verstehen konnte. »Du bist nicht die Frau, der man die Dinge scheibchenweise beibringt. Dir muss man das Ganze offenlegen.«

»Wie bitte? Du bist so leise.« Natürlich hatte sie ihn verstanden, aber es gab ihr eine gewisse Genugtuung, ihn das noch einmal sagen zu lassen.

»Ich hätte dir von Anfang an die Wahrheit sagen sollen«, brüllte er nun in ihr Ohr.

»Schrei nicht so. Ich hab dich jetzt verstanden. Und ja, das hättest du. Ich lasse mich nämlich ungern verarschen.«

»Ich hab dich nicht verarscht, Katharina. Das musst du mir glauben.«

»Ich glaub dir gar nichts mehr. Also. Wie heißt der Anwalt?«

»Es ist die Kanzlei Wegenscheidt.«

»Okay.«

»Kathie. Lass uns persönlich darüber sprechen. Wir finden gemeinsam eine Lösung. Bitte. Als ich den Deal mit Thomas ausgehandelt habe, kannte ich dich noch gar nicht. Du bedeutest mir etwas. Wir können die Verträge ändern. Noch ist ja nichts unterschrieben. Du kannst Anteile der Werft bekommen. Dann sinkt natürlich der Kaufpreis, aber ... Ach was, lass uns das nicht am Handy besprechen, während du im Wind auf dem Deich stehst. Wann kann ich dich sehen?«

»Nenn mich nie wieder Kathie.« Mit diesen Worten legte sie auf.

* * *

Nein, ich lasse mich nicht wieder von seinem Charme einfangen, sagte Katharina sich, fast hätte sie es laut herausgeschrien, um ein bisschen Dampf abzulassen. Mit kräftigen Schritten stapfte sie wie schon auf dem Hinweg über den Deich zurück. Das eine hatte mit dem anderen nichts zu tun. Spätestens gestern hätte er mit der vollen Wahrheit herausrücken müssen. Er meinte, mit ihr spielen zu können, aber sie war keine Puppe. Ha! Als Erstes würde sie vom Büro ihres Vaters aus bei diesem Anwalt anrufen. Energisch betrat sie das Verwaltungsgebäude und stieß beinahe mit Carina Müller zusammen.

»Huch, Frau Baumgartner«, sagte die Auszubildende. »So stürmisch heute?«

Katharina warf ihr einen eiskalten Blick zu. Was glaubte diese freche Göre eigentlich, wer sie war? Ein solcher Spruch stand ihr nicht zu. Sie sah Carina Müller grinsen, als sie die Treppe ansteuerte. In Ingrids Büro schloss sie die Tür mit einem hörbaren Geräusch.

Erstaunt sah Ingrid Katharina an. »Was ist los?«, fragte sie.

»Das Verhalten der Auszubildenden gefällt mir nicht«, stieß Katharina hervor. »Du hättest sie gerade mal erleben sollen. Als ob sie hier die Chefin ist und ich die neue Praktikantin. Dass mein Vater ihr so ein Auftreten hat durchgehen lassen, kann ich gar nicht glauben.«

»Dein Vater hatte kaum mit ihr zu tun«, erklärte Ingrid. »Die Auszubildenden sind Thomas' Sache.«

»Na, dann passt das ja«, gab Katharina spitz zurück, um sich gleich darauf am Riemen zu reißen. »Entschuldige bitte, Ingrid, das war gerade nur der Tropfen, der das Fass zum Überlaufen gebracht hat. Alexander hat angerufen. Er behauptet, es sei ja noch nichts zu spät, wir könnten über alles sprechen und ich könnte Anteile der Werft behalten, dann würde allerdings der Kaufpreis sinken, aber er wolle das nicht am Telefon, sondern lieber persönlich besprechen. Ich würde ihm was bedeuten, und nein, verarschen wollen habe er mich selbstverständlich nicht.« Katharina holte erst einmal Luft, bevor sie nun langsamer weitersprach. »Kennst du die Kanzlei Wegesrand?«

Ingrid lachte auf. »Du meinst die Kanzlei Wegenscheidt?«

Nun musste auch Katharina lachen, und dieses Lachen löste den Wutknoten in ihrem Bauch. »Ja, das kann sein. Alexander sagte, das sei die Kanzlei, die die Verkaufsverträge aufgesetzt hat. Kannst du mich mit denen verbinden?«

Fragend sah Ingrid Katharina an.

»Ich werde dort nur bekannt geben, dass mein Vater als mehrheitlicher Gesellschafter aus gesundheitlichen Gründen nicht in der Lage ist, den Vertrag zu unterschreiben. Und dass ich als seine Generalbevollmächtigte das derzeit auch nicht machen werde.« Bei diesen Worten strahlte Katharina Ingrid an. »Wenn Alexander und Thomas glauben, sie hätten mich im Sack und ich würde nach ihrer Pfeife tanzen, dann haben sie sich geirrt. Hier passiert in Sachen Verkauf erst einmal gar nichts.«

Bei ihren Worten strahlte auch Ingrid. »So ist es recht, Kathie. Wehr dich. Lass dich von denen nicht unterbuttern. Du bist eine Hansen. Und eine Hansen gibt so schnell nicht auf.«

* * *

Dr. Wegenscheidt hatte ziemlich überrascht auf Katharinas Anruf reagiert, doch letztlich hatte er es hinnehmen müssen. Katharina war selbst verblüfft, wie leicht es ihr gefallen war, zu sagen, dass weder sie noch ihr Vater dem Verkauf zum derzeitigen Zeitpunkt zustimmen würden. Und es fühlte sich verdammt gut an. Sie hatte sich nicht um den Finger wickeln und auch nicht unter Druck setzen lassen. Sie hatte letztendlich einen kühlen Kopf bewahrt und nicht aufgegeben, die Fakten auf den Tisch zu bringen und nach einer guten Lösung zu suchen. Und auch wenn sie noch nicht sicher war, wie es ausging, war es doch ein Etappensieg für sie, für die Werft, für die Familie Hansen.

Als Katharina nun ans Bett ihres Vaters trat, betrachtete sie prüfend sein Gesicht. Gab es Anzeichen dafür, dass er wach wurde? Sie blickte auf die Geräte, die monoton ihren Dienst verrichteten. Sah die Kurven auf den Digitalanzeigen. Hörte das Geräusch der Sauerstoffpumpe, die ihn beatmete. Sie zog sich einen Stuhl heran und setzte sich. Griff nach der Hand ihres Vaters und streichelte sie.

»Hallo, Papa«, begann sie. »Heute ist ein guter Tag. Der Arzt hat mir gesagt, dass sich deine Werte so weit verbessert haben, dass sie versuchen wollen, dich aus dem künstlichen Koma zu holen. Alles deutet darauf hin, dass du auch keine Schwierigkeiten haben wirst, wieder selbstständig zu atmen. Das hört sich doch wunderbar an, oder?« Aufmerksam beobachtete sie sein Gesicht, doch sie bemerkte keine Reaktion. Auch blieb sein kleiner Finger still, der sich beim letzten Besuch bewegt hatte. Sie schluckte. Bitte lieber Gott, betete sie lautlos, lass ihn wieder zu sich kommen!

»Weißt du, ich habe mir für den Rest des Tages nichts vorgenommen«, sprach sie optimistischer weiter, als ihr zumute war. »Ich dachte, ich plaudere ein wenig, während du langsam wieder wach wirst. Ich kann natürlich auch schweigen, wenn es dir lieber ist. Dazu kannst du mir ja mit deinem Finger ein Zeichen geben, so wie neulich. Okay?« Sie starrte seine Hand an, als könnte sie durch ihre pure Willenskraft eine Reaktion auslösen. Doch ihr Wille allein reichte nicht. Und so streichelte sie seine Hand sanft weiter. Und begann zu erzählen. Von dem, was gut gelaufen war in ihrem Leben und von dem, was nicht so gut lief. Von ihrer Ehe, die nach über zwanzig Jahren mehr einer sehr guten, intensiven und vertrauten Freundschaft glich. War das nicht genauso wertvoll?

»Ich habe so viele Paare gesehen, die wegen Kleinigkeiten auseinandergelaufen sind, Papa. Aber es kommt doch auf das Ganze an. Auf die Familie. Auf das Vertrauen.« Sie legte eine kurze Pause ein. »Na ja. Also bislang habe ich Hannes vertrauen können. Wenn es stimmt, was Johanna gesagt hat, und er in meiner Abwesenheit mit meiner besten Freundin im Bett war, dann … Ach, das kläre ich, wenn ich zurück bin. Es scheint, als würde mein Leben gerade so richtig auf den Kopf gestellt werden. Aber du kennst mich ja, ich lasse mich nicht unterkriegen.«

Wieder pausierte sie, beobachtete ihn, doch noch immer regte er sich nicht. »Darf ich dir sagen, wie traurig ich war, dass du keinen Kontakt zu mir und den Kindern wolltest? Und wie perplex ich war, als ich hier ankam und sah, dass du doch in all den Jahren heimlich die Verbindung gehalten hast, über mich und die Kinder Bescheid wusstest, ja sogar unseren Wein getrunken hast? Ich hab mir so gewünscht, dass meine Kinder dich kennenlernen. Dass sie ihren Opa haben dürfen!« Nun stahl sich ein Lächeln auf ihr Gesicht. »Aber es sieht ja ganz so aus, dass ihr euch schon bald wirklich kennenlernen könnt! Papa, überhaupt wird alles gut! Du musst nur wieder aufwachen und dich erholen. Die Schwierigkeiten, die es auf der Werft gibt, kriegen wir gemeinsam in den Griff. Ich habe mit der Bank und dem Steuerberater gesprochen. Und Ingrid hilft uns auch dabei.« Katharina schwieg.

Ob er es wirklich schaffen würde? Würden sie die Chance bekommen, wieder zusammenzufinden? Ihr Blick fiel auf die Uhr an der Instrumentenanzeige. Drei Stunden war sie bereits hier. Hoffentlich hatte sie ihn mit ihrem Gerede nicht überfordert. Sie ließ seine Hand los. In dem Moment zuckte sein kleiner Finger. Einmal. Zweimal. Dreimal.

Atemlos sah Katharina zu. Konnte es sein, dass er sie gehört hatte? »Papa, kannst du mich verstehen? Kannst du den Finger zweimal hintereinander bewegen, um ja zu sagen?«

Mit klopfendem Herzen beobachtete sie seine Hand.

Und dann kam es. Erst einmal, dann zweimal bewegte sich der kleine Finger seiner rechten Hand. Vor Dankbarkeit und Glück liefen Katharina Tränen die Wangen hinunter. Sie beugte sich über ihn, um seine Stirn zu küssen. In diesem Moment schlug er die Augen auf.

* * *

Johannas Handy piepte, gerade als sie die letzten Reben für heute abschnitt und in die Kiepe legte, die Vincent gleich schultern und den Hang hinauf zur Scheune tragen würde. Endlich Feierabend. Sie spürte ihren Rücken und auch die Muskeln im rechten Arm. Beim Aufrichten entsperrte sie das Handy und las die Nachricht, die ihre Mutter geschickt hatte. »Dem Opa scheint es besser zu gehen«, rief sie Vincent erfreut zu. »Mama schreibt, die Ärzte holen ihn aus dem künstlichen Koma! Hey, super! Dann können Oskar und ich bald an die Nordsee fahren und ihn besuchen.« Sie strahlte.

»Ich freu mich für euch«, sagte Vincent. »Das wird bestimmt interessant, nach all den Jahren den Opa kennenzulernen. Bin gespannt, was du erzählst. Du wirst mir doch davon berichten?« Er sah sie fragend an.

Sie nickte. »Selbstverständlich!«

»Und an der Nordsee soll es ja auch toll sein. Ich war bislang immer nur in Italien an der Adria.«

»Ich auch. Aber das ändert sich ja nun endlich.« Johanna lachte und drückte Vincent spontan einen Kuss auf die Wange. Er wurde rot, doch bevor sie etwas sagen konnte, klingelte ihr Telefon. »Oh, das ist Paul!« Schnell nahm sie das Gespräch an und entfernte sich ein paar Meter. »Paul, wie schön, dass du anrufst! Du fehlst mir so! Wie geht es dir, wann sehen wir uns?« Sie sah Vincent hinterher, der den anderen Arbeitern den Hang hinauf folgte. Es war eine malerische Kulisse, die Laubfärbung verlieh allem goldenes und weinrotes Licht, es war schon beinahe kitschig schön.

»Gar nicht. Es ist aus«, sagte ihr Freund am anderen Ende der Leitung.

Johanna glaubte, ihn nicht richtig verstanden zu haben. »Wie bitte?«

»Es ist aus«, wiederholte Paul. »Wir werden uns nicht mehr sehen.«

»Aber du hast mir doch heute Morgen noch geschrieben, dass du mich vermisst«, stammelte Johanna fassungslos.

»Und du hast mir das Selfie von uns geschickt. Danke. Damit hast du das Aus nämlich besiegelt. Klaudia hat's gesehen. Und da war ihr klar, dass du für mich keine harmlose Schülerin bist. Sie hat mir die Hölle heißgemacht. Damit gedroht, mich zu verlassen, wenn ich nicht auf der Stelle Schluss mache mit dir. Hast du dir also alles selbst zuzuschreiben. Warst zu unvorsichtig. Leb wohl.« Schon hatte Paul das Gespräch beendet. Entgeistert starrte Johanna auf ihr Handy. Das sollte es jetzt gewesen sein?

Paul machte am Telefon mit ihr Schluss? So einfach machte er es sich? Langsam und wie betäubt lief sie den anderen nach, den Hang hinauf zur Scheune. Als sie näher kam, sah sie Vincent im Abendsonnenlicht in der offenen großen Tür stehen. Besorgt sah er sie an. »Alles in Ordnung?«, fragte er.

Sie schüttelte den Kopf. »Nein.« Mit einem Mal begann sie zu weinen. Zögerlich legte Vincent den Arm um sie und zog sie an sich.

* * *

Mit neuer Zuversicht verließ Katharina das Krankenhaus. Wie es genau weitergehen sollte, wusste sie zwar nicht, aber wichtig war jetzt vor allem, dass ihr Vater wieder ganz gesund wurde, Schritt für Schritt. Sie hoffte, dass Hannes Verständnis dafür haben würde, dass sie noch ein Weilchen hierbleiben musste. Den groben Finanzkram für das Weingut erledigte sie ja ohnehin bereits von hier, ihre Angestellte scannte die Lieferantenrechnungen ein und schickte sie per Mail, und da sie schon seit Jahren den Zahlungsverkehr auf Online-Banking umgestellt hatten, war auch das kein Hindernis.

Das einzige Problem schien Hannes selbst zu sein. Und Bine. Nie hätte sie von ihrer Freundin erwartet, dass die sich in ihrer Abwesenheit an Hannes heranmachen könnte. Natürlich hätte sie sie anrufen können, aber was wäre das für ein Telefonat geworden? In einer solchen Angelegenheit musste man sich in die Augen sehen können. Und so ganz mochte Katharina auch nicht glauben, was Johanna erzählt hatte. Vielleicht hatte sie nur eine Situation falsch interpretiert.

Nun ja, sie würde es sehen, wenn sie wieder daheim war. Jetzt wollte sie erst mal noch schnell ins Büro fahren und Ingrid vom Nachmittag berichten, bevor sie sich mit Alexander treffen würde. Er hatte darum gebeten, und sie wollte sich nicht die Blöße geben, ihm durch eine Ablehnung zu zeigen, dass sein Verhalten sie sehr verletzt hatte.

Als sie auf das Gelände der Werft fuhr, sah sie erstaunt, dass Alexanders Range Rover auf dem Parkplatz neben dem Mercedes ihres Cousins stand. Sie runzelte die Stirn. Er würde doch nicht etwa im Büro ihres Vaters auf sie warten? Sie hatten sich doch in der Brücke verabredet. Er hatte zwar vorgeschlagen, sich irgendwo zu treffen, wo sie allein miteinander sein konnten, sie zog es jedoch vor, dieses Gespräch in einem Restaurant zu führen. Der öffentliche Raum schloss ungewollte Gefühlsaufwallungen bereits im Vorfeld aus. Vielleicht wollte Alexander auch gar nicht zu ihr, sondern sprach mit Thomas. Denn nun, wo sie wussten, dass Katharina ihre Unterschrift nicht unter den Verkaufsvertrag setzen würde, hatten die beiden sicher einiges zu klären. Aber das war nicht ihr Bier.

Da kein Parkplatz mehr frei war, stellte sie den Wagen hinter dem Gebäude ab. Sie lief linksherum zum Eingang, denn dieser Weg war ein bisschen kürzer als der andere. Während sie sich dem überdachten und geschützten Unterstand für Fahrräder näherte, hörte sie Carina Müllers Stimme. Wahrscheinlich rauchte die junge Frau dort und telefonierte dabei. Das Rauchen im Verwaltungsgebäude war ja verboten. Umso erstaunter war Katharina, als sie nun auch einen Mann sprechen hörte. Und dieser Mann war kein geringerer als … Alexander Hildebrand.

Wie vom Blitz getroffen blieb sie stehen. Was hatte das denn zu bedeuten?

Carinas Kichern drang an ihre Ohren. »Nein, Alex, lass das. Stell dir vor, uns sieht hier jemand …«

»Wer soll uns hier denn schon sehen, du kleines, geiles Luder. Komm schon, lass mich unter deinen Rock fassen«, forderte Alexander lüstern. »Du hast mich mit so vielen wertvollen Infos versorgt, da kann ich dich als Dank doch auf die Schnelle noch mal verwöhnen, bevor ich mich gleich darum kümmern muss, dass mir das Geschäft nicht ganz durch die Lappen geht.«

Katharina blieb vor Schreck die Spucke weg.

»Oh Alex, jaaaaa ...« Carinas Stimme war auf einmal ganz weich.

Das konnte ja wohl nicht wahr sein. Katharinas Herz raste wie wild, und ohnmächtige Wut stieg in ihr auf. Jeder Anflug von Gefühlen, die sie für Alexander hatte, verflog. Was war er nur für ein mieser Kerl! Sie straffte die Schultern und ging mit klopfendem Herzen und weichen Knien am Fahrradunterstand vorbei. Aus dem Augenwinkel registrierte sie, wie Carina und Alexander erstarrten. Sofort zog er seine Hand unter ihrem Rock heraus und ging auf Distanz.

»Katharina. Bitte. Ich kann dir das erklären.«

Katharina lächelte kühl, und hoffte, ihre Knie würden nicht anfangen zu zittern. »Das ist nicht nötig, Alexander. Manche Dinge sind selbsterklärend. Frau Müller, Sie können morgen um zehn ins Chefbüro kommen. Wir werden Ihren Ausbildungsvertrag mit sofortiger Wirkung aufheben. Vielleicht können Sie den Rest der Lehrzeit ja bei Herrn Hildebrand in der HavenWerft absolvieren. Ich bin sicher, er wird in der Personalabteilung ein wohlwollendes Wort für Sie einlegen.«

»Das können Sie doch nicht so einfach machen!«, entrüstete sich die Auszubildende. »Ich werde dagegen klagen!«

»Tun Sie sich keinen Zwang an«, erwiderte Katharina lächelnd. »Obwohl ich befürchte, dass Ihnen kein Richter recht geben wird, wenn Sie interne Firmendinge an die Konkurrenz weitergegeben haben, wie ich soeben aus Herrn Hildebrands Mund erfuhr. Er kann Ihnen aber sicher einen Anwalt vermitteln, wenn Sie es dennoch probieren wollen.« Mit diesen Worten ging sie hocherhobenen Hauptes weiter.

* * *

Ingrid Brinkmann blickte besorgt auf, als Katharina bleich das Büro betrat. »Ist etwas passiert? Du siehst so komisch aus? Geht es deinem Vater schlechter?«

Kathie lächelte ein schmales Lächeln.

»Nein, stell dir vor, er hat zweimal auf meine Nachfrage hin mit dem kleinen Finger der rechten Hand gezuckt und sogar die Augen aufgemacht! Es wird alles gut. Hoffentlich.« Sie sah allerdings nicht so aus, als ob jetzt gerade alles gut wäre.

»Und warum wirkst du dann so deprimiert?«

»Das erzähle ich dir morgen. Sei mir nicht böse. Ich brauche jetzt ein wenig Zeit für mich. Ich lass meine Tasche hier und gehe runter zum hintersten Steg. Der Ort hat mir früher schon immer geholfen, zu mir zu finden.«

»Ich weiß«, sagte Ingrid. »Da habt ihr zwei, Angela und du, euch immer getroffen.«

»Ja«, sagte Kathie leise. »Und ich gäbe weiß Gott was dafür, wenn ich mich jetzt unten mit Angela treffen könnte.«

* * *

Matthias Behrendt schloss die Tür der alten Halle. Die anderen waren bereits gegangen, nur er hatte noch ein paar Dinge notiert, die sie morgen an einer Zehn-Meter-Segelyacht nachjustieren mussten. Besser man machte sich im Vorfeld Notizen, dann hatte man das aus dem Kopf und musste sich nicht in der Nacht mit den Gedanken daran quälen, diese Dinge bloß nicht zu vergessen.

Er wollte gerade zum Fahrradunterstand gehen, wo er wie jeden Tag sein Tourenrad abgestellt hatte, als er Katharina bemerkte, die mit gesenktem Kopf am Ufer entlang die Stegreihen ablief. Nachdenklich beobachtete er sie. Sollte er ihr folgen? Ach, warum denn nicht. Er hatte nichts vor und Kathie augenscheinlich ein Problem zu wälzen. Früher war sie immer zum hintersten Steg gegangen, wenn sie etwas beschäftigte. Angelas Tod. Der Tod ihrer Mutter. Die Frage, ob sie zum Studium ins Ausland gehen sollte. Oft hatten sie gemeinsam dort gesessen und über das gesprochen, was sie beide beschäftigte. Langsam folgte er ihr.

* * *

Innerlich wie ausgebrannt und verletzt bis ins Mark ließ Katharina sich am Binnentief auf dem Steg nieder. Sie war eine Versagerin. Offensichtlich komplett ohne Menschenkenntnis. Ihr Mann hatte eine Affäre mit ihrer besten Freundin, der Mann, in den sie sich hier im Norden fast verliebt hatte, war ihr bewusst gefolgt und hatte gezielt ihre Bekanntschaft gesucht, um einen Deal über die Bühne zu bringen, bei dem ihr Vater die Werft losgeworden wäre, ihr Cousin war ein Spieler und Betrüger, ihr Sohn ein Ladendieb, und ihre Tochter hatte eine Beziehung mit einem verheirateten Lehrer.

Sie hatte auf der ganzen Linie versagt. Als Mutter, als Frau, auch als Tochter. Und doch kamen keine Tränen. Vielleicht hatte sie die in den letzten Tagen aufgebraucht. Mit Augen, die so trocken waren, dass es fast schon wehtat, starrte sie aufs Wasser, das sich leicht auf der Oberfläche kräuselte. Die Abendsonne zauberte tanzende Glitzerlichter dazu, die beinahe blendeten. Angesichts dieses wunderschönen Anblicks wurde ihr nur noch schmerzhafter bewusst, wie verlassen und einsam sie sich gerade fühlte. Ihr Leben war ein einziger Scherbenhaufen. Wie würde es weitergehen? Wollte sie überhaupt aufs Weingut zurück und dort weitermachen, wo sie aufgehört hatte? Sollte sie den Weckruf, mit dem das Leben sie so unvermittelt und schonungslos konfrontiert hatte, nicht dazu nutzen, darüber nachzudenken, wie sie weiterleben wollte? Was sie sich wirklich vom Leben erhoffte?

»Darf ich?«

Sie blickte auf. Matthias stand neben ihr. Sie war so in Gedanken versunken gewesen, dass sie ihn gar nicht hatte kommen hören.

»Klar.« Sie nickte, und er setzte sich. Wie immer ließen sie die Beine über den Steg hängen, sodass sie über der Wasseroberfläche baumelten. Seine ein Stück näher am kühlen Nass als ihre. Gemeinsam schwiegen sie lange.

Katharina hatte vergessen, wie gut man mit Matthias schweigen konnte. Allein dieses stumme Zusammensein tat gut.

Irgendwann begann Katharina zu erzählen. Von ihrer Sehnsucht nach dem Vater, nach der Heimat. Von Hannes und Bine. Von Oskar und Johanna. Und von Alexander. Sie erzählte die ganze Geschichte, das Chaos der letzten Tage und ihre Unsicherheit darüber, wie es weitergehen sollte.

Matthias hörte zu.

»Weißt du«, sagte er einige Minuten, nachdem sie geendet hatte. »Manchmal sieht alles ganz trüb und dunkel aus, aber vielleicht will das Leben einem in diesen Momenten zeigen, dass es neue Wege für einen geplant hat. Vielleicht hat man einiges für sich selbst noch nicht richtig erkannt und wird so schmerzhaft darauf hingewiesen.«

Katharina schüttelte den Kopf. »Das glaube ich nicht. Du sagst doch, du und deine Frau, ihr habt eine gute Ehe geführt. Eine glückliche. Dann macht es doch keinen Sinn, dass sie so plötzlich gestorben ist.«

»Ich habe auch nicht gesagt, dass es immer so ist. Dass das Schicksal immer weiß, was gut für einen ist. Ich sagte: manchmal.«

Wieder schwiegen sie, und erst nach einer ganzen Weile sprach Matthias weiter. »Ich habe gelernt, auf das zu achten, was wirklich wichtig ist im Leben. Und das sind die Beziehungen zu den Menschen, an denen uns etwas liegt. Man muss auf sich selbst und sein Bauchgefühl hören und Entscheidungen treffen, die das Herz zufriedenstellen. Nicht nur den Verstand.«

Katharina ließ die Worte sacken. »Wenn das nur so einfach wäre«, sagte sie schließlich.

Matthias wandte ihr den Kopf zu, und auch sie sah ihn an. Ein eigenartig tiefes Gefühl von Frieden erfüllte sie in diesem Moment.

»Es ist so einfach«, sagte er bedächtig. »Du musst nur auf dich selbst hören.«

In diesem Moment kam Ingrid keuchend mit einem Zettel in der Hand angerannt. »Kathie! Matthias! Gerade kam eine Mail vom Gutachterausschuss. Sie wollten es schon mal durchgeben, bevor wir es per Post erhalten. Es war tatsächlich ein technischer Defekt und keine Brandstiftung. Die Versicherung zahlt! Die Hansen Werft hat eine Zukunft!«

LIEBE LESERIN, LIEBER LESER,

mit diesem Buch halten Sie ein Herzensprojekt von mir in der Hand. Ich kann nicht sagen, warum, aber ich musste es unbedingt schreiben. Katharinas Geschichte hatte sich immer tiefer in meine Gedanken geschlichen. Dieses Hin-und-Hergerissen-Sein zwischen der Liebe zu ihrer eigenen kleinen Familie und der zu ihrem Vater, ihr Gefühl, sich irgendwie zwischen den Fronten zu befinden, aber allen gerecht werden zu wollen, nicht zuletzt auch ihre Reise zu sich selbst und die Fragen, wie *sie* eigentlich leben will und was *ihr* am wichtigsten ist, haben mich sehr berührt und berühren mich immer noch. Zum Glück ist Katharinas Geschichte ja noch nicht ganz beendet, und wir dürfen gespannt sein, wie es weitergeht.

Für die Beratung in der österreichischen Lautsprache möchte ich mich bei Ingrid Hirth bedanken, die von Gitta und Anna Behr unterstützt wurde.

Und ich möchte dem Team des GOYA-Verlages danken, das meine Begeisterung für das Buch teilt und Katharinas Geschichte so viel Aufmerksamkeit entgegenbringt! Danke: Ulrich Maske: Mit Dir habe ich das erste Gespräch über das Buch geführt. Danke: Gabriele Swiderski für die Auswahl des wunderschönen Covers, das Fabia Schubert entworfen hat! Danke: Carla Swiderski für das entspannte und einfühlsame Lektorat, danke, Jasmin Centner für das Organisatorische bis hin zur Abstimmung für das Hörbuch!

Danke aber auch an Klaus-Peter Wolf und Cornelia Kuhnert, die genauso an das Buch geglaubt haben wie ich!

Über Kommentare oder auch Gespräche zu diesem Buch – ob online über Facebook oder Instagram, aber auch per Mail an info@christianefranke.de würde ich mich freuen.

Christiane Franke — Im August 2021